MW01228760

MAGNO

LIBERTAD

O. Daniel R. J

MAGNO
LIBERTAD

O. Daniel R. J

MAGNO: Libertad

Diseño de portada e interiores: Oscar Daniel Ramírez Juárez.

ISBN: 9798424855337

Ilustración

SEBASTIÁN PALACIO PINEDA,@lince_comic_art.
JOEL DOMÍNGUEZ, @joel_dom_art.
OSCAR DANIEL RAMÍREZ JUÁREZ, @o.daniel.rj_autor.

Dudas y Aclaraciones: juarezdan542@gmail.com

Hecho en México.

NOTA DEL AUTOR

Esta obra toma elementos historicos, organizaciones, territorios e instituciones, y los redefine junto con sus funciones verdaderas a partir de necesidades narrativas. Los personajes y hechos descritos en esta novela son completamente ficticios. Cualquier parecido con la realidad, es mera coincidencia.

A todas esas personas que apoyaron este sueño.

Dedicado también a todos aquellos que se sienten solos.
Espero puedan encontrar un cálido refugio en esta historia…
… y soñar

Dedicado al hombre que confió en mí y que en cada oportunidad me llenó de ánimos para hacer cosas grandes.

Abuelo Roberto

Y para aquel que me llamó gigante, incluso viendo lo pequeño que era.

Abuelo Alberto

Esta obra es para ustedes.

“Cuando la realidad se vuelve irresistible,
la ficción es un refugio.
Refugio de tristes, nostálgicos y soñadores”

Mario Vargas Llosa

PRESENTACIÓN

Había reprobado cinco asignaturas por ese entonces.

Las burlas hacia mí por mi procedencia, tampoco habían ayudado en aquel semestre.

Ese día me encontraba ahí sentado, escondido entre lo peor de lo peor. Esperando con ansias el momento para ir a casa. Una casa triste y vacía, que a propósito, se encontraba muy lejos de mi verdadero hogar, lejos de quienes me amaban y al parecer, también me extrañaban.

Aquella era una bella ciudad.

Me gustaba ver desde la azotea las luces de los edificios y las casas. Me gustaba ver los monumentos iluminados desde los suelos, y los aviones anunciarse con sus luces en medio de los cielos oscuros.

Los sonidos de las ambulancias y las autopistas provocaban en mí, una extraña inquietud, que aceleraba mi corazón a tal grado de no razonar. Toda esa angustia, me incitaba a desear presenciar cada acontecimiento. Me invitaba a formar parte de la noche como una especie de fuerza positiva.

Era tan magnifico el sonido de la urbe, que en cada noche mi cabeza imaginaba una historia diferente. Pasé ahí buena parte de mi tiempo, como un gato solitario soñando con conquistar el mundo.

Finalmente aquel día, rezagado del resto, y sin esperanza de ser considerado siquiera, concebí la idea. Concebí a quien hubiera querido ser. Y nació él. Aquel con quien debato largas noches, con quien alivio momentos de incertidumbre y dolor. Aquel con quien me refugio e imagino.

Nació de la nada, entre la oscuridad que la soledad brinda. Soledad existente incluso rodeado por cientos. Nadie se dio cuenta, nadie dijo nada. Solo observaron al pequeño foráneo, comenzar a rayar su cuaderno.

Han pasado 6 años desde entonces, y Dan Meggar, se ha convertido en el pilar que sostiene mis sueños. Se convirtió en mi familia.

Capítulo I

Origen

K'aaba'

I

En el comienzo de todo, acontecieron grandes sucesos.

Enormes naciones y civilizaciones surgieron, evolucionaron, y crecieron.

En la lucha por el dominio y consumidas por el hambre de poder y riqueza, muchas de estas alcanzaron la miseria y la destrucción.

El mundo había comenzado a recorrer un largo camino. Grandes conflictos, largas etapas, tiempos obscuros y de luz, forjarían la tierra hasta la actualidad.

Pero fuera de los continentes, adentrada en el mar, una isla inexistente en los mapas y ausente en el conocimiento de quienes coexistían en el exterior, fue habitada, por hombres y mujeres, provenientes de un lugar muy lejano. Se llamaban a sí mismos *Sa'atales (Perdidos)*, y bastaron solo algunos años, para que aquel pequeño grupo prosperara y se convirtiera en una tribu.

Como todos, tuvieron el deseo de encontrar su origen, de descubrir sus raíces, más allá de sus vivencias y sus recientes tiempos.

Pronto comprendieron muchas cosas. Se concentraron en el estudio de la vida, del amor y la paz.

Por décadas, crecieron con la firme intención de asegurarse una vida basada en la felicidad y la armonía. La tierra y el universo les habían dado un lugar, ellos respetarían eso.

Un día sin embargo, la maldad intentó hacerse paso por sobre lo demás, y algunos hombres se corrompieron. El egoísmo, la crueldad, la traición y la envidia se apoderaron de las almas de algunos habitantes en la isla.

Aquella rebelión no pudo ser tolerada así que de inmediato fueron erradicados y condenados por los sabios ancianos que lideraban a la tribu.

Utilizaron la flor del sueño profundo, y los arrojaron al mar, esperando en su muerte la valiosa oportunidad de la redención, purificando su alma a través de un castigo que no permitía la sobrevivencia. Castigo que daba ejemplo a los demás sobre el destino que les esperaba, si decidían obrar mal alguna vez.

Los ancianos habían sido elegidos cuidadosamente para regir con sabiduría a su pueblo. Habían erradicado con éxito la oleada de maldad que atormentó su isla.

Sabían, sin embargo, que las cosas no terminarían ahí. La isla necesitaba un protector, alguien que sirviera y representara la esencia del pueblo, de la gente, de los conocimientos, los animales, y todo lo bueno que podía ofrecer aquel lugar.

LA FLOR DEL SUEÑO PROFUNDO

Los Sa'atales, descubrieron en el interior de la isla, un regalo de la naturaleza, una pequeña flor amarilla. Ellos la procesaban como un poderoso sedante, y sus aplicaciones eran variadas, pues resultaba muy efectiva para aliviar el insomnio, realizar cirugías y perforaciones, tranquilizar a los niños, o apaciguar la agonía de un anciano antes de su muerte.

Entonces, los ancianos tomaron al más noble de los jóvenes, y fueron a las cavernas en las montañas de la isla del Alma (Así le llamaban a la isla central). Ellos le revelaron todos los secretos de la vida, lo inundaron con sabiduría y sentido de justicia, lo sometieron a intensos entrenamientos físicos. Aumentaron su velocidad, su fuerza, y cada una de sus capacidades corporales. Incluso en ocasiones, era sometido a largos días de estudio y meditación.

Sabían que el cuerpo, el alma y la mente, eran los principios básicos del hombre, la razón de todo y la inquebrantable herramienta para llevar la paz a cualquier sitio.

Durante diez largos años, no se vio a ninguno de estos.

Todos los secretos, los ejercicios, los pensamientos y los consejos, se plasmaban a tinta y cincel en los muros de aquellas cavernas. Solo los futuros guardianes podrían adentrarse en ellas algún día.

Cada uno de los ancianos, dotó al joven de un don especial. Lo hicieron rasgar la cima de la perfección. Lo llevaron a tomar consigo la fortuna de ser el mejor de su tribu.

Entonces murió el último anciano. El muchacho, convertido ahora en un hombre, volvió con su pueblo, todos estaban admirados. Reconocían el esfuerzo y poder de aquel.

El guardián debía proteger cada elemento de la isla, dar con sus acciones el ejemplo, y luchar a muerte contra el mal y sus medios. Ayudaría a quien lo necesitara, y dirigiría con sabiduría a todo el pueblo.

Cuando su luz comenzara a apagarse, debía escoger al más noble de los jóvenes, y prepararlo para algún día cederle el manto que cargaba. Un honor que pasaría por cientos de generaciones.

La isla viviría perdida en la existencia, en paz…

…pero no para siempre.

La isla se dividía en tres secciones, dos enormes partes en pico que rodeaban una isla un poco más pequeña en el centro.

La isla norte, estaba habitada especialmente por varias clases de animales y aves, desde jabalíes, hasta hermosos quetzales, serpientes, marsupiales, e insectos de todos los tamaños y colores. La medida de extremo norte a extremo sur era de aproximadamente 35 kilómetros. Además de eso, había algo extraordinario en aquel lugar. Era la presencia de una inusual criatura, que parecía reinar sobre las demás especies con su poder y majestuosidad.

Los alimentos y la vegetación eran abundantes. Existían cientos y miles de regalos que la madre tierra había dado sin restricción.

La isla sur estaba habitada por Los Sa'atales, ellos construyeron casas con madera extraída de los árboles y con los años su arquitectura adquirió un poco más de complejidad. Aprendieron sobre el cuidado de los árboles frutales. Cazaban solo animales comunes y con propiedades nutritivas.

Los nativos respetaban el territorio de los animales en la isla norte y su población se mantenía siempre en un número aproximado a setecientos.

Las fiestas eran comunes, pues veneraban a muchos Dioses, que vinculaban con el Sol, la Luna, el Cielo o las aves.Tenían incluso la Celebración del Viento, y la fiesta de los Muertos. Los Sa'atales celebraban su armonía con la vida, y con todo lo que esta representaba. Cada uno de ellos, era instruido desde sus primeros años para poder formar parte de ese lugar. No había momento para el egoísmo, la crueldad o la apatía. Era como un paraíso.

Ellos sin embargo, no estuvieron ahí desde siempre.

Se cuenta que alguna vez pertenecieron a los grandes continentes. Fueron parte de una gran civilización, que gozaba del dominio y el sacrificio humano. Los Sa'atales fueron castigados por su oposición a ese sistema, y como consecuencia, se les condenó al exilio. Los arrojaron al Mar, donde se perderían para la eternidad, según sus antiguos gobernantes.

Los Dioses se apiadaron de ellos.

Islas Sa'atales

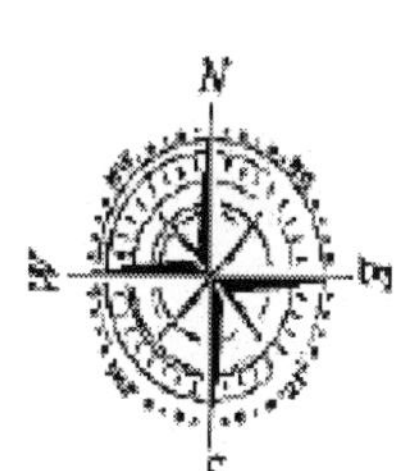

1945

En la época en la que la tierra entera experimentaba momentos de terror y violencia, cuando los cañones hacían retumbar los suelos y enormes bolas de fuego caían del cielo destruyendo ciudades enteras, las grandes fortalezas del hombre colapsaron, enterrándolos entre escombros, solo y nada más por avaricia.

Tras la gran alianza mundial, cientos de hombres quedaron a la deriva, lejos de sus naciones y sus familias. Perdidos como aves que abandonan el curso de su parvada.

No pasó mucho tiempo, cuando en la costa de su isla, *Los Sa'atales* hallaron el naufragio de dos extraños hombres, heridos y hambrientos. Los nativos los acogieron, les brindaron cuidados protección y atención. Durante largos días procuraron la recuperación de sus visitantes, hasta que finalmente les garantizaron la supervivencia.

El de corazón más noble y sonrisa sincera, contaba historias del mundo exterior a los niños, ayudaba a las mujeres, y bailaba en los rituales y fiestas. Su juventud y su pureza eran dignas de valoración. El otro hombre, de cuerpo robusto y barba solo un poco más abundante, se abstenía y solo miraba todo desde lejos con una mirada inexpresiva, degradada y extraña. Desaparecía casi siempre por las tardes. Algunos creían que visitaba la costa, intentando ver en el mar su camino de vuelta a casa.

En ese entonces, el guardián había elegido a su sucesor. La preparación había comenzado. El chico había visitado tan solo una vez las cavernas, era muy impetuoso y alegre. Aprendía rápido, y sin duda era el mejor de su generación. Todo marchaba bien, su nombre era *Ikal.*

1946

Los visitantes habían permanecido ahí ya un año, eran las fiestas de la Madre Luna, la noche era sagrada para *Los Sa'atales.* Durante el día, todos se preparaban para la celebración.

Era una fiesta especial, pues un miembro de la tribu contraería matrimonio, esto como las tradiciones de la Isla lo ordenaban. El hombre blanco de la sonrisa constante tomaría por esposa a una de las más bellas nativas, *Sáasil ja.*

Jon, —así se llamaba— lo había hablado con su compañero.

Jamás se había sentido tan completo. Si algún día encontraban la manera de regresar a casa, no arribaría con su amigo.

Le pidió en cambio, reportar su deceso a quien debiera hacerlo, y que jamás tendría que hablarle a nadie sobre eso. Él aceptó.

Era la tarde del último día de las celebraciones. El hombre sin sonrisa no estaba presente, lo cual causó cierto desconcierto en el Guardián, pues su comportamiento había sido extraño los últimos días.

Miró entonces hacia las cavernas en las montañas. Una columna de humo se extendía hasta los cielos.

Intentando ser discreto y sin alertar a su pueblo, corrió tan rápido como su fuerza le permitió y llegó al lugar. La cueva estaba llena de carbón, alguien la había incendiado. Gran parte de las inscripciones se perdieron en la ceniza aquella tarde.

Lleno de una ira apabullante, corrió hasta la costa, y justo ahí lo encontró, preparándose para zarpar en una barca cuidadosamente fabricada con ramas y troncos.

Intentó acercarse lentamente. Pidió al hombre una explicación, pero él no respondió. El Guardián reprochó la traición, lleno de cólera se acercó hasta él para someterlo, pero al instante, una bala perforó su abdomen.

El dolor fue profundo y desconocido. Aun así, con toda su fuerza perseveró y con más energía se aproximó hasta el traidor. Entonces otra bala atravesó su pecho. Llegó hasta donde se encontraba el ladrón. Con una mirada de incredulidad y sufrimiento, lo tomó por los hombros, este lo evadió y dejó que cayera a la playa, las olas se pintaron de rojo al golpear su cuerpo malherido.

Después de eso, el hombre del exterior, intentó recuperar su lugar a las afueras de aquel paraiso, pronto el mar lo llevó consigo. Escapaba, con aquel diario de viaje ahora plasmado por todos esos secretos. Secretos que jamás podría llegar a entender.

Alguien a lo lejos había observado todo.

Asustado, salió el joven sucesor al auxilio de su maestro, quién yacía tirado sobre la arena.

Al ver a Ikal, y con solo unos cuantos momentos más de vida, le dijo:

—Nadie puede enterarse... La maldad ha ganado hoy. Ellos no deben saberlo, pues se desencadenará miseria y destrucción en nuestro hogar. Allá afuera es malo. Tú no estás listo, pero eres

bueno. Solo por esta vez, dejaremos tu honor de un lado. Nuestro Padre Sol está enojado con nosotros, pues no hemos sido agradecidos con él. Ha quemado las cavernas, y ha arrebatado nuestro secreto… la Madre Luna consiguió salvarme, el mar me llevará con ella ahora. Yo volveré algún día, y es su deber, seguir como hasta ahora hemos estado… En paz.

El chico comenzó a llorar en silencio. No fue capaz de formular una sola palabra.

—*Limpia esas lágrimas mi niño, y tira mi cuerpo a las aguas. Asegúrate de que mis restos nunca vuelvan…*

Lo tomó por el cuello y acarició su mejilla, luego susurró a su oído:

—*…todo va a estar bien.*

Dicho esto, el último Guardián expiró. La isla, quedaría a la suerte del destino. Al igual que sus secretos.

El niño hizo lo que su maestro le pidió. Arrastró su cuerpo al mar, la sangre llamó a las bestias de las profundidades.

Volvió con los demás, triste y preocupado por lo que acababa de presenciar, les hizo a todos creer lo que el guardián le pidió. Sembró una mentira, que con el tiempo se convertiría en una leyenda.

El traidor navegó por semanas, desesperado y sediento, hasta que murió. La barca vagó por algunos meses más, flotando entre las mareas sin rumbo especifico. Había entrado en territorio marítimo perteneciente a los continentes, fue ahí cuando finalmente, una flota militar la encontró.

De inmediato supieron que se trataba de un naufragio, así que revisaron todo lo encontrado.

Era solo una balsa húmeda casi destruida. Sobre ella había un arma de fuego militar, asignada especialmente a los de rango como sargentos. Había algunas fotos de personas, que suponían, se trataba de la familia del tripulante, dos medallas militares, y un esqueleto húmedo con restos de putrefacción aferrado a un diario náutico envuelto cuidadosamente entre cueros, lleno de garabatos ilegibles, dibujos, e inscripciones en otro idioma.

Una de las teorías entre los marinos, decía que el hombre enloqueció y había comenzado a escribir sus propias alucinaciones.

Otros más aseguraban incluso, que había encontrado un libro

sagrado o algo así, pero la teoría fue descartada al encontrar antiguos datos de navegación.

Fuera lo que fuera, nadie podía entenderlo.

El capitán de la tripulación ordenó a uno de sus hombres hacer el registro de lo encontrado, enviarlo y reportarlo a quienes debían ocuparse.

Este hombre, obstinado y curioso, se llamaba Matías Megga. Tan solo tenía 18 años, era joven e inteligente, así que se abstuvo de incluir un elemento en su reporte… el diario.

1968

Corrían los finales de 1960, La República Federal de La Unión, también conocida como La Nación, experimentaba duros problemas y cambios en su organización sociopolítica. Las manifestaciones se hacían muy frecuentes entre los Ciudadanos, más específicamente entre los jóvenes. Los derechos parecían un asunto de poca importancia para los elementos políticos, y las leyes se podían quebrantar como delgadas varas de madera.

Una tarde, el gobierno decidió que no toleraría más libertad de expresión, así que miles de balas cayeron desde el cielo, acabando con la vida de muchos jóvenes, adultos, e incluso niños.

En la fría y dura acera, en aquel momento teñida de rojo, yacían decenas y cientos de personas sin vida, entre estas, los cuerpos de un hombre y una mujer, ambos caminaban a casa en espera de encontrarse con su pequeño hijo.

Sus nombres: Talía Vega, y Franco Meggar.

Del suceso, poco se habló. Aquella tarde quedó marcada en la mente de cientos y miles de ciudadanos. El evento no fue una pesadilla, la realidad comprobó eso. Los cadáveres eran cargados en carros como sacos de tierra. Madres y padres aguardaban el regreso de sus hijos. La libertad fue apagada, y el entonces Capitán Matías Meggar, no tuvo otra opción que cuidar de su sobrino, Elías.

1990

La Nación se encontraba sumergida dentro de un desequilibrio constante, prosperidad y caos, las cosas eran tibias, desalentadoras para algunos, pero prometedoras para otros. Diversas amenazas atentaban contra el crecimiento del país.

El ya coronel Matías Meggar, recibió la orden de idear un plan para poder enfrentar y abatir esas amenazas. La presión se hacía presente en su cabeza, y aunque le tomó años comprender lo que el diario tenía plasmado, pudo al fin encontrar significado a gran parte de los secretos que allí se contenían.

Su sobrino, se había vuelto un hábil elemento militar. Influyente entre sus compañeros, atento y disciplinado.

El coronel concibió la idea. Escogió a seis de los mejores soldados, los sometió a una rigurosa prueba, y luego, reveló a estos los secretos que "El Códice de los Perdidos" poseía.

Los hombres se volvieron más fuertes, ágiles, rápidos e inteligentes. En cada uno se vio potenciada la principal característica que lo definía. El nombrado capitán de la nueva Fuerza Élite M6, Elías Meggar, se convirtió en un líder y peleador nato. Paul Eliot, Samuel Allen, Ezra Nollan, Benjamín Cóvet, y Adil Antara fueron quienes conformaron la unidad.

Juntos, componían un práctico y poderoso equipo especial, capaz de resolver y enfrentar problemas de seguridad, misiones complejas y peligrosas, así como operaciones secretas.

Fueron muchas sus grandes hazañas. Sus acciones tuvieron un verdadero impacto en la seguridad nacional, y su llegada, representaba un destello de esperanza para cada habitante de La Nación.

Eran el orgullo del Coronel Meggar.

1998

Luego de meses de búsqueda, el equipo pudo localizar en Ciudad Libertad, a una de las más grandes amenazas internacionales; Abraham Bagdhu, un peligroso terrorista, traficante y ex-combatiente de la guerra contra los aliados en el golfo.

Los planes marchaban bien. El objetivo estaba rodeado. Abraham no tenía previo conocimiento de su captura.

Cuando el equipo se encontraba en el edificio donde se decía que estaría, una gran explosión se escuchó por toda la Ciudad.

Las noticias y los encabezados de los periódicos anunciaban la muerte y deceso de tres de los seis elementos de la fuerza especial M6. Los demás, se encontraban gravemente heridos. Solo Samuel,

Benjamín, y Elías habían sobrevivido. Resultaba increíble, siendo que muchas personas en el edificio murieron y algunos más quedaron atrapados entre los escombros. Pocos lo pudieron lograr. El 15 de marzo de 1998, quedaría marcado como el día de la tragedia. La gran falla. Un evento tan espantoso para toda La Nación, que sería recordado hasta los días en el presente.

El Coronel Meggar fue asesinado unos meses después. Alguien entró a su habitación durante su estadía en un hotel de la gran Ciudad del Norte (Ciudad Alfa).

Poco se supo de los últimos sobrevivientes de la M6.

Las organizaciones y los grupos de crimen resurgieron en las grandes ciudades, la corrupción se volvió una tendencia en el sector político, y el país, se había quedado sin esperanza.

1999

Los bienes de Matías Meggar pasaron a manos de su sobrino, Elías, quién decidió ir a vivir a la pequeña Comarca 02 de la Sub-Región 01 en la Región B, de la Nación. Su esposa, la Doctora Annie Vasconi, y su hijo recién nacido, Dan, intentaron servir como un débil apoyo a la enorme depresión con la que vivió desde aquel día. Un rostro desfigurado, y una dolorosa cojera lo acompañarían el resto de su vida.

Annie hacía todo lo que estaba a su alcance para animarlo. Por fortuna la pensión de Elías podía cubrir algunos de sus gastos. Ella trabajaba en la clínica regional. Las cosas se ponían difíciles cada día.

Dan crecía y comenzaba a tomar conciencia de lo que ocurría. Su padre era muy frío, y apenas salía de su habitación. Samuel sufrió quemaduras de tercer grado, pero el casco pudo proteger su rostro. Su personalidad positiva no se vio apagada por el incidente y los problemas que surgieron después. Tuvo una hija, tenía la misma edad que Dan.

Ella y él crecieron juntos unos años. Jugaban cuando Sam visitaba a Elías. Eso era lo único que a veces le animaba.

Pasó algún tiempo. Benjamín, el otro sobreviviente de la unidad, perdería la vida en un callejón del barrio 25, en la Ciudad de Norvoa.

Nadie sabría la razón…

2005

Era el cumpleaños de Dan. Seis velas sobre el pastel, iluminaban su triste y desilusionado rostro. A su lado estaba Gala, la hija de Sam, ex-compañero de Elías, y Aldo, su nuevo amigo de la escuela. Todos en la sala entonaban el canto de feliz cumpleaños. Poca gente estaba presente, solo sus dos únicos amigos, la madre de Al, los padres de Gala, y la vieja vecina de la casa de al lado.

Su madre se acercó hasta él.

—Pide un deseo —le dijo. Luego acarició con su mano el lado derecho de su rostro.

El niño obedeció.

Su deseo solo se encontraba a unos pasos de él, y al mismo tiempo parecía inexistente.

En sus pocos años de vida, había tenido menos de trescientos encuentros con su padre, pocos podían considerarse buenos, pues algunos solo se daban para ordenarle fríamente que recogiera sus juguetes, o que bajara el sonido de la televisión. Jamás un abrazo, o una caricia. Era extraño el momento en el que él sonreía.

A pesar de todo eso, Dan se sentía intrigado por aquel hombre. Veía su dolor la necesidad de aliviarlo. Su madre le contaba muchas cosas sobre él.

—¿Porque no está aquí? —preguntó Samuel a Annie.

—Tuvo una recaída ayer —contestó—. Él aún no se siente bien.

—Ya pasaron siete años. Tal vez debería hablar con él —sugirió Sam con algo de molestia.

—No. Terminaremos de arruinar este día sí se molesta.

La fiesta concluyó temprano. Gala terminó dormida en el sofá, Dan solo observaba cansado como su amigo construía una extraña pero compleja figura hecha con bloques.

La familia Allen se despidió, luego de ello, Aldo y su madre, no sin antes darle un abrazo a su desanimado amigo.

La casa volvió a quedar en silencio. Annie recogía los platos y lavaba algunos en el fregadero. Al final del pasillo, una puerta permanecía parcialmente abierta.

El niño tomó un trozo de pastel sobrante en un plato y caminó temeroso hasta ella. Comenzó a adentrarse despacio, revelando ante sus ojos la silueta de una silla colocada junto a la ventana, y un hombre sentado ahí, observando la luna con una mirada llena de dolor y resentimiento. Aún con la habitación en tinieblas, podían ser visibles muchos espacios cubiertos de polvo, y el ambiente ahí tenía un olor a madera vieja. Dan se acercó hasta quedar junto a su padre, con el miedo a ser despedido o ignorado.

Lo miró. Elías, sin dejar de apreciar el cielo nocturno, le dijo:

—No he sido un buen padre para ti… Quisiera excusarme en lo que me aqueja, pero no es correcto.

Hubo silencio. El hombre fue autor de una tierna mirada que impactó justo con los ojos de su hijo. No dijo nada durante segundos, solo volvió su atención hacia la ventana.

—La luna es más hermosa en esta época del año.

Era verdad. El astro iluminaba intensamente toda la región. Su luz podía dejar al descubierto cada centímetro de su rostro.

—Hoy fue mi cumpleaños —comentó Dan.

—Lo sé —respondió—, y me disculpo por no haber estado. Todo lo que pasa… lo entenderás algún día.

Dan se quedó pensando, intentando comprender lo que su padre le había dicho.

—¿Te dieron muchos regalos? —preguntó.

—Aldo me dio un juego de bloques. Jugamos después de comer. El señor Sam me dio un libro de dinosaurios. Gala y su mamá los zapatos que estoy usando. La abuela me envió chocolates, y mamá me ha preparado un pastel delicioso... ¿quieres probar?

—Ponlo sobre la mesa, lo comeré más tarde —dijo Elías, mientras acariciaba la cabeza de su hijo.

Así lo hizo el pequeño. Luego dio la vuelta dispuesto a marcharse.

—Espera… tengo algo para ti —dijo con un ligero tono de cansancio.

De un cajón al lado de él, sacó un regalo envuelto en papel de cartón, con un moño azul adornándolo.

Era una especie de caja. Al menos eso parecía. Dan lo abrió de inmediato.

—¡Otro libro! —dijo el pequeño asombrado. Sentía fascinación por los libros, especialmente si contenían ilustraciones de dinosaurios o astronautas. Este no las tenía.

Era un libro largo. De color café, pasta gastada y con bordes dorados. Dentro había extraños garabatos que él no podía comprender.

Aquel regalo lo tenía confundido. Pero lo había hecho feliz. Pocas veces recibía algo de aquel triste y solitario hombre.

—¿Qué es? —preguntó.

—El camino a la perfección —contestó Elías.

—No lo entiendo.

Elías dirigió su mirada hacia las estrellas en el horizonte. Su mano se apoyó sobre el hombro izquierdo de su hijo.

—Lo harás.

Annie presenció todo desde la puerta. Un rayo de esperanza iluminó sus pupilas. Las cosas iban a estar bien...

2009

Con diez años de edad, Dan Meggar jugaba en los árboles, trepando y saltando sin problema alguno. Poseía una fuerza equivalente a la de un chico de 17. Era tan ágil como un gimnasta olímpico y podía recorrer enormes distancias a velocidades sumamente increíbles. Incluso era capaz de mantener un trote estable por más de cinco horas.

Elías lo observaba desde una banca en la entrada de su casa mientras tomaba una cerveza. Annie se despidió con un beso para cubrir el turno matutino en el hospital, volvería a casa para la cena.

El exmilitar continuaba tomando su medicamento, asistía a terapias psicológicas una vez a la semana, y comenzó a engordar ganado, un oficio que alguna vez practicó su tío durante sus tiempos libres.

En ocasiones iba al bosque con su hijo para cazar liebres. Se habían vuelto una plaga. Intentaban no utilizar nada más que las manos.

A veces, Dan intentaba derribar a las vacas con nada más que su fuerza. Eso hacía reír mucho a Elías. No lo logró, no hasta algunos años después.

2012

Ese fue el año en el que Dan pudo al fin derribar a la vaca. Elías no pudo verlo porque solo unos meses atrás, había sido encontrado sin vida en su casa debido a una sobredosis. No supieron si fue un accidente o si el de verdad quería dejar de vivir.

Dan y Annie habían salido del pueblo para visitar a su abuela en la Ciudad. Fue un golpe duro para todos. Las cosas comenzaban a marchar bien.

Días antes del suceso, Samuel había visitado a Elías, no era como las visitas regulares que le hacía, dónde tomaban un trago y platicaban de los viejos tiempos. Aquella vez Samuel se veía nervioso. Discutieron durante horas, pero nadie supo de qué. Elías continúo actuando normal durante las semanas siguientes.

Aldo visitó a Dan por muchos días para estar con él y apoyarlo, pero tuvo que ir a la Ciudad con su padre para ser inscrito en una buena escuela secundaria.

Él era un hombre rico, pero había decidido enviar a su esposa y a su primogénito a la tranquila vida de un lugar como la Comarca 02.

2013

Gala tuvo que ir a vivir con su tía. Sus padres debieron atender un asunto en un lugar lejano, pero un accidente automovilístico impidió que volvieran a reunirse con ella.

Las cosas se estaban poniendo un poco extrañas. Eso era lo que Annie decía.

Ninguno de los seis miembros de la M6 seguía con vida. Eso comenzó a preocupar a algunas personas.

Dan no supo nada de sus amigos, hasta mucho tiempo después.

La Nación

La República Federal de La Unión, es un país americano, cuyo orígen se remonta al largo periodo de conquista que realizaron los colonos europeos. Los habitantes solo le llaman, La Nación.

Luego de que los ingleses se establecieran en la costa este del norte en el recién descubierto continente americano, y los españoles en el sur por las costas del golfo, una etapa de desequilibrio, esclavitud e injusticia se propiciaba entre los dos territorios dominados por los imperios.

Luego de que ambos consiguieran su independencia, otros gobiernos ofrecieron apoyo militar a los recién expulsados dominios, para llevar a cabo una reconquista con beneficios o retribuciones económicas y territoriales. Los líderes de ambos pueblos ahora independientes, se enteraron de la alianza, así que decidieron unirse para repeler la invasión.

Habitantes de otros reinos y personajes de otras culturas ofrecieron algo de apoyo a los nuevos aliados americanos. Luego de una lucha encarnizada y casi do años de guerra, el pacto europeo desistió y reconoció la independencia definitiva de los nuevos territorios.

Hombres ilustres y visionarios, vieron en la alianza americana la oportunidad de erigir una gran Nación, llena de abundancia y diversidad cultural.

El camino fue complicado, durante décadas se sufrió de enormes problemas económicos, sociales y políticos, el territorio original fue cambiando varias veces, y muchos eventos influyeron en la historia de este.

Actualmente La República Federal de La Unión, está dividida en 5 Regiones, cada una tiene una Ciudad capital, llena de historia y costumbres.

Ciudad Alfa (La Ciudad que nunca duerme)

Ciudad 24 (La cuna de los guerreros libertadores)

Ciudad Libertad (Ciudad Central, o el corazón de la Nación)

Ciudad Fortaleza (La Ciudad de los hombres fuertes)

Ciudad Omega (La última de las grandes).

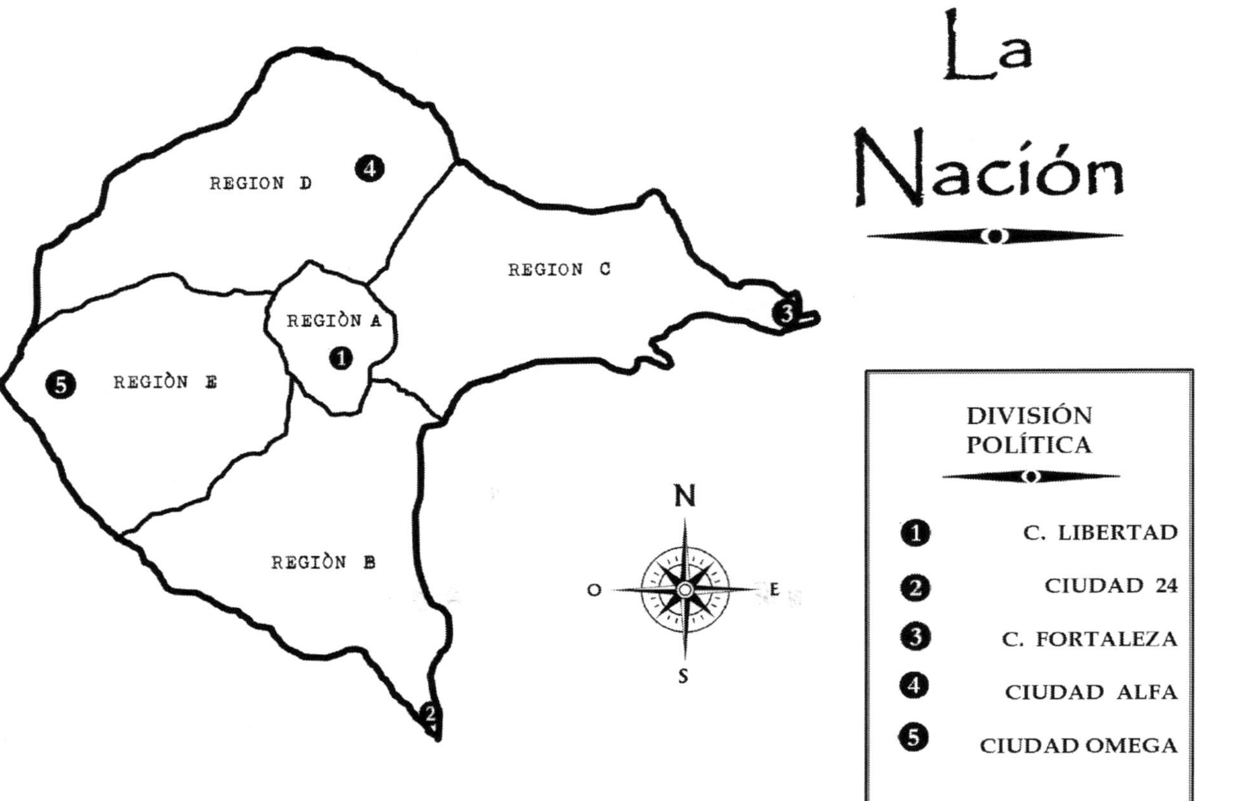
La Nación
REGION D
REGION C
REGIÒN A
REGIÒN E
REGIÒN B
N
O
E
S
DIVISIÓN POLÍTICA
1 C. LIBERTAD
2 CIUDAD 24
3 C. FORTALEZA
4 CIUDAD ALFA
5 CIUDAD OMEGA

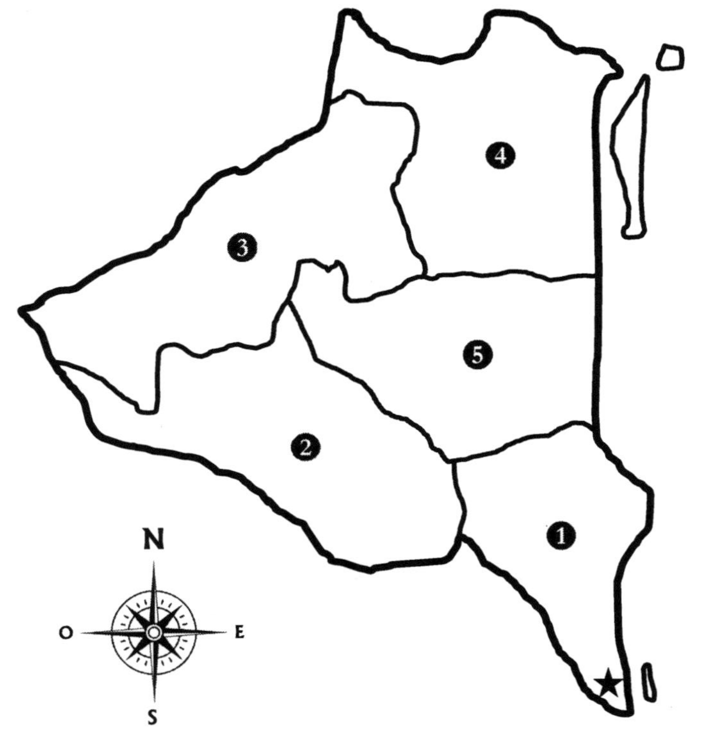

Región B

DIVISIÓN POLÍTICA

- 1 SUB – REGIÓN DE LA PAZ
- 2 SUB – REGIÓN DEL BOSQUE
- 3 SUB – REGIÓN DE LA PIEDRA
- 4 SUB – REGIÓN ESTRELLA
- 5 SUB – REGIÓN DEL VIENTO
- ★ CIUDAD 24

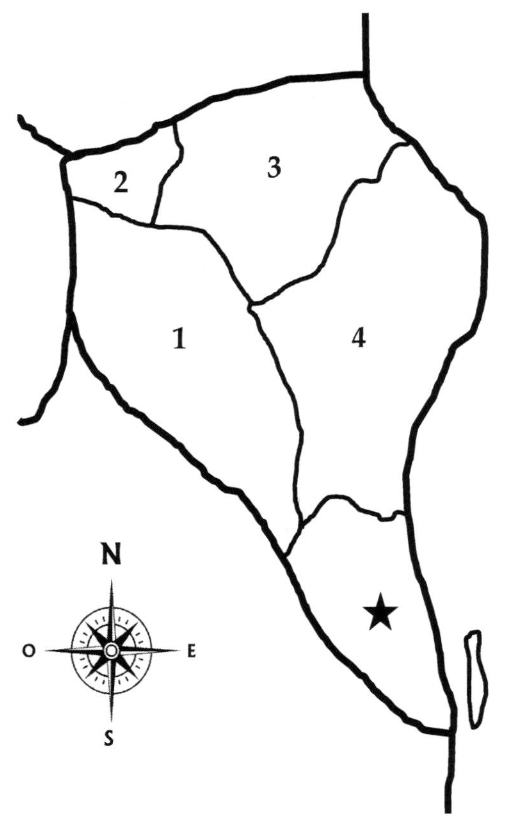

DIVISIÓN POLÍTICA	
Comarca	01
Comarca	02
Comarca	03
Comarca	04
Ciudad	24

Capítulo II

KOUKO

XOOCH'

Ciudad 24

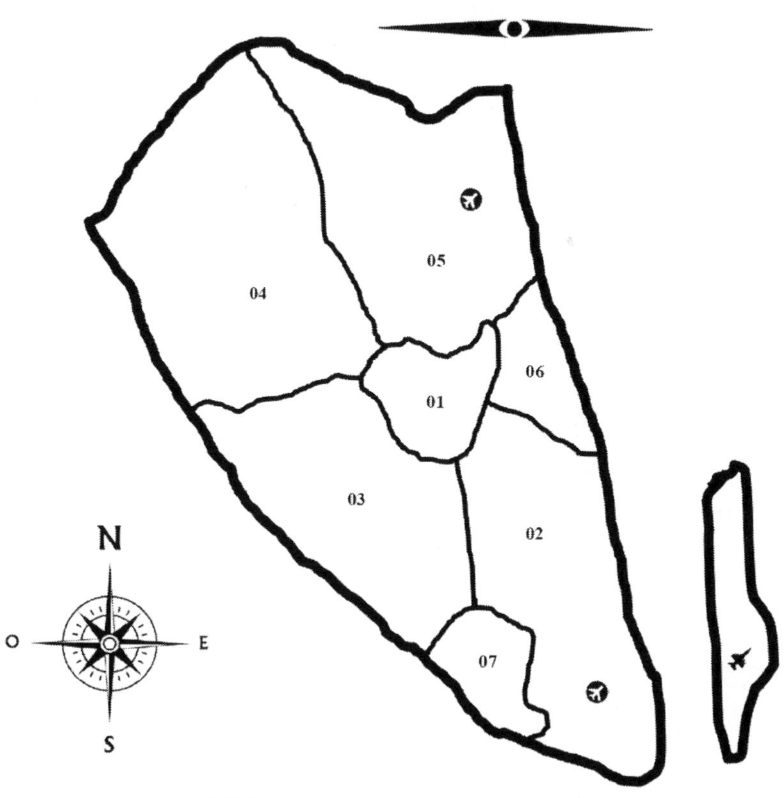

CIUDAD 24

SECTOR 01

SECTOR 02

SECTOR 03

SECTOR 04

SECT0R 05

SECTOR 06

SECTOR 07

II

El último año de la universidad había comenzado. Aldo y Dan estuvieron algo distanciados desde el inicio de la secundaria, pero se reunieron de nuevo cuando iniciaron sus estudios universitarios. El padre de *Al*, había alquilado un departamento para su hijo, ubicado muy cerca de la escuela, y ofreció al chico de la Comarca 02, habitarlo junto con él.

Dan decidió estudiar Ciencias de la Seguridad y Criminología. Aldo; Ingeniería Robótica, Informática y Mercadotecnia.

A pesar de sus ocupadas agendas y sus extralimitados horarios, ambos encontraban la manera de pasar tiempo juntos.

24 DE JULIO

Durante las vacaciones, Dan regresaba a la Comarca 02 con su madre. Alimentaba el poco ganado que aún quedaba y acostumbraba a correr por las mañanas, andar por el bosque y subir la peña más alta. Se respiraba tranquilidad ahí.

Muchas chicas se levantaban temprano para observarlo. Algunas incluso llegaron a seguirlo. Tal vez era su imponencia, tal vez era el aura de misterio que lo rodeaba, o la evidente intención que tenía de aislarse, pero pocas chicas y chicos se atrevieron a hablar con él alguna vez.

Cuando volvía a casa, regularmente el desayuno estaba preparado. Ese día sin embargo, solo sus maletas estaban listas. Era tiempo de volver a la universidad y aquel era su último año, así que se sentía más motivado de lo común.

—¿Empacaste tu cepillo de dientes? —preguntó su madre.

—Lo hice, compré uno nuevo antes de venir a casa para el verano —respondió.

Ella se puso frente a él, lo abrazó.

—Te voy a extrañar —dijo con la voz quebrantada.

—Volveré en unas semanas —respondió, mientras palmeaba suavemente su espalda.

El momento de abandonar la casa era difícil para ambos.

—Estás más gordo de lo que esperaba —Annie se burló.

—Sí. Yo no soy responsable de eso.

Se separaron lentamente, abrumados por la emotividad del momento.

—Ya es tarde, vas a perder el autobús —advirtió—. Sube al auto, yo te dejaré en la terminal.

Dan tomó una foto del cajón de su madre. Era de su padre, estaba junto a dos hombres uniformados. Portaban un traje militar y parecían estar en algún hangar. Elías se encontraba en el centro, el padre de Gala estaba a su izquierda, y un hombre con la mirada un tanto más confiada y relajada se colocaba a la derecha. Le gustaba mucho esa foto. Su padre lucía pleno. Feliz.

Al verla era imposible asimilar que se había ido. No había razón para que las cosas resultaran así. Y eso lo atormentaba.

El auto se detuvo. Su madre miró a su alrededor, esperando que nadie le pidiera moverse de dónde se había estacionado.

Él sostenía la foto en sus manos. Annie se dio cuenta.

—No imagino lo orgulloso que él estaría de ti —dijo.

—Ya lo creo —contestó.

—Fue un gran hombre. Tuvo una vida difícil —comentó.

Dan señaló al sujeto de la izquierda.

—Nunca supe quién era este hombre.

—Se llamaba Ezra. Era… amigo de tu padre… a veces tenían conflictos.

—¿Conflictos?

—Sí. Eran muy diferentes. Peleaban por el liderazgo del equipo, y algunas veces por ver quién era capaz de romper una sandía con la cabeza—suspiró, como si los recuerdos estuvieran aquejándole—. El hombre quedó irreconocible en la explosión. Murió instantes después de la detonación.

El sonido dentro del vehículo escaseó. Solo podían oírse los demás autos en el exterior.

—¿Tenía familia?

—No lo sé. Nunca lo conocí muy bien.

Un silencio vacío comenzó a hacerlos sentir incomodos, tristes. No olvidaban la ausencia de Elías, y tampoco podían evadir el dolor que aquella fecha les hacía recordar.

—Ya no hablemos de esto —sugirió—. Nos quedan un par de minutos. Prométeme que te portarás bien.

—Lo juro —aseguró Dan mientras alzaba la mano.

—Odio tanto cuando llega este momento —lo abrazó y palmeó con fuerza su espalda—. Debes cuidar bien de ti. La Ciudad es peligrosa, y no soportaría perderte a ti también.

—Su regalo ha resultado más útil de lo esperado. Estaré bien —respondió el chico con la intención de calmarla.

Se separaron. Ella besó su frente.

—El camión va a partir. Recuerda devolver esa foto —advirtió la mujer. Luego él bajó. Cargó sus cosas sobre su espalda, cerró la puerta y se despidió. Abordó el autobús.

Su destino… Ciudad 24.

CIUDAD 24

La Ciudad 24 es una de las urbes más grandes de La Nación y del mundo. Está dividida en 7 sectores que facilitan la ubicación de sus zonas, calles y colonias. El sector 01, es la parte más antigua de la Ciudad, su arquitectura data de muchos siglos atrás, destaca por ser un lugar familiar y turístico, además de increíblemente bello. Los sectores 02, 03, 04 y 05, son los más grandes y ocupan la mayor extensión del territorio.

El sector 06 es la parte más descuidada y decadente de la Ciudad, ahí la vigilancia es escasa y los problemas comúnes. Ha representado un gran inconveniente y un verdadero reto para el gobierno desde hace años.

El sector 07, el más pequeño de todos, se ubica a las orillas de la Ciudad, y es resguardado con mayor seguridad.

En este sector, se encuentra la mayor parte de la industria, así como empresas, complejos tecnológicos y plantas de energía. Este se encarga de brindar toda clase de servicios a la Ciudad; comunicación, electricidad, energéticos e infraestructura. Algunos también llaman a este sector, ZONA 0.

El nombre de esta gran urbe, guarda su significado dentro de la historia transcurrida ahí.

Cuando la Alianza Americana y los Ejércitos Europeos se enfrentaron durante la segunda invasión, 24 ciudadanos ofrecieron su vida en la lucha por la Libertad recién obtenida. Evitaron que el enemigo desembarcara en la playa. Defendieron con ingenio y valentía a su nueva Nación, a su pueblo.

Su sacrificio fue honrado tras el conflicto.

La terminal del norte fue invadida por cientos y miles de personas, algunas salían, otras entraban.

Dan bajó del autobús y caminó entre las masas aparentando ser alguien normal, justo como su padre le aconsejó alguna vez. Aquel jóven que recorría los andenes, era capaz de cargar media tonelada con algo de esfuerzo, correr con una velocidad equiparable a la de un venado, y propinar golpes tan fuertes, que podrían resultar letales. Conocía varios tipos de lucha, y podía mantener un intenso combate por más de dos horas.

Elías contribuyó en gran parte a eso. Dan había estudiado casi todos los secretos que estaban grabados en el diario, excepto algunas partes que nunca pudo comprender bien.

Abordó un camión a las afueras de la terminal y se dirigió al Sector 04. Vivía en el edificio Terra. Apartamento 15.

Descendió algunas cuadras atrás, caminó por el boulevard y llegó a casa. Eran las 11:30 del día. Aldo no estaba, así que preparó un sándwich y almorzó. Esperaba que dieran las 12:00 pm, era la hora de su primera clase.

Ciertamente tenía pocos amigos, pues estaba acostumbrado a la soledad que la Comarca 02 le ofreció durante sus primeros años.

Al finalizar la primera hora, acudiría con el Profesor Palacios, quién no era realmente docente de sus asignaturas. Desde los primeros años ambos habían hecho amistad.

Los dos eran fanáticos de lo que poca gente podía ver a simple vista. Les inquietaba aquello que permanecía sin resolver, y su necesidad por conocer la verdad, iba más allá de cualquier limitación. Había aprendido mucho de él, pero no se pudo despedir cuando las vacaciones llegaron, por semanas su maestro estuvo ausente y ocupado.

UNIVERSIDAD CENTRAL, SECTOR 4
02:15 PM

Dan se dirigió hacia el aula de Palacios.

Entró por la puerta. Su clase había concluido algunos minutos atrás. El profesor estaba por marcharse a una reunión con el consejo, así que recogía documentación y la colocaba dentro de su portafolio.

Una chica ordenaba algunos papeles en carpetas del otro lado del escritorio. Usaba un suéter amarillo con tres botones color café abrochándole justo desde el busto, su piel era blanca y tenía un corte de cabello muy distinto al de otras chicas. Traía puestos unos anteojos y leía atentamente algunas listas.

—¡Vaya, Señor Meggar! ¿Qué tal el Verano? —preguntó Palacios.

—Mucho mejor que el suyo, apuesto. Oportuno y relajante —respondió Dan amablemente.

—Espero que se haya relajado bastante entonces, porque hay mucho trabajo por aquí.

El joven se aproximó hasta donde se hallaban ellos.

—Ella es Amy, mi nueva asistente —informó orgulloso—. Amy, él es Dan, el brillante joven del que te hablé —dijo a la chica mientras se lo señalaba con discreción.

—¿Tú no eres la hija del Doctor Silva?

—Así es, Amanda Silva. Es un gusto Dan —extendió su mano con gentileza para saludar—. El profesor me ha hablado mucho sobre ti toda esta semana.

Dan se sintió un poco intimidado por ella. El perfume que usaba era dulce y fresco. Aparentaba una personalidad muy agradable.

—Amy debe cubrir su servicio. Su padre es un buen amigo mío. Ella es de mucha utilidad por aquí —comentó el profesor.

—Lo imagino. Espero que esto no signifique una especie de reemplazo —comentó Dan, al tiempo de dibujar una sonrisa timida en su rostro.

—Tranquilo —la chica tambien se sonrojó un poco—. Solo estoy aquí para ordenar documentos, agendar reuniones, y en ocasiones traer el almuerzo —aclaró.

El cometario hizo sonreír fugazmente al profesor. Aún así, continuó inmerso en la búsqueda de algunos documentos.

—Necesito que le des un vistazo a esto Dan.

Palacios le entregó un periódico.

El encabezado decía:

"La Mafia húngara y la Mafia de Los Topos se enfrentan por territorio. El sector 06 al borde del colapso"

—El sector 06 colapsó hace años, nadie, ni siquiera el gobierno ha podido hacer algo al respecto —comentó Dan.

—Y ellos aún quieren convencernos de que pueden controlar la situación —dijo de forma sarcástica—. El purgatorio se ha convertido ya en un infierno… solo un tonto no se daría cuenta de ello—el profesor hizo una pausa—. Pero eso no es lo relevante. Hace cuatro meses, apareció un hombre. Dijo que vio algo, formó parte de ello, un grupo, que podría hacerse con todo lo que quisiera. Uno dirigido por personas capaces de cualquier cosa. Luego de que saliera de la oficina de la policía aquí en la ciudad, su cráneo fue perforado con una bala. La noticia no trascendió. Una semana después, aparecieron los húngaros. Los medios hablan de ellos sin cesar, y deciden enfrentarlos con Los Topos.

Dan divagó unos segundos entre sus pensamientos.

—No pudieron ser Los Topos —afirmó.

—Ni los húngaros —completó el profesor.

—¿Y entonces?

El docente acumuló suspenso en el momento, no dijo nada, pero se veía confiado. Como si alguien estuviera mintiéndole sabiendo bien que conocía la verdad.

—Una organización no aparece así porque sí... No estoy seguro de que es lo que está pasando en la ciudad, ni de quien está detrás de todo esto. En cuestión de días, podremos conocer la verdad —aseguró Palacios, mientras terminaba de guardar unos archivos que Amy le había entregado.

—¿Nada de esto se relaciona con Los Baakoobo? —preguntó Dan.

—Los Baakoobo solo son comerciantes, defienden sus territorios con sicarios drogados, y mantienen a la gente del Sector 06 asustada—explicó mientras borraba los últimos rastros de gis en su pizarra—. Esto es diferente. ¿Cortinas de humo? ¿terrorismo político? Las elecciones están próximas.

—¿Sugiere que el gobierno tiene algo que ver?

—El gobierno siempre tiene que ver, previa o posteriormente. Y créeme, cualquier húngaro preferiría trabajar en una fábrica, que convertirse en un miembro del crimen organizado. Al menos en esta Ciudad.

—¿Qué debemos hacer? —preguntó Dan mientras entregaba al profesor la nota.

—Solo mantener nuestra distancia. Esperar a ser con…

Alguien tocó la puerta. Era el nuevo maestro de actuación.

Palacios comenzó a tartamudear como siempre lo hacía cuando tenía prisa o cuando estaba preocupado.

Observó a su extraño visitante, intentando formular adecuadamente la oración para hacerle entender que lo alcanzaría en un minuto.

Todos en la Universidad hablaban de lo serio y macabro que parecía el hombre. Su rostro pálido e inexpresivo contradecía totalmente a lo que se dedicaba. Su cuerpo era delgado y largo, como el de una garza.

Llamó con una seña al profesor. Este recogió los papeles y las notas que aún quedaban en su escritorio, era hora de su reunión con El Consejo.

Tomó su maletín y se dirigió a su joven visitante.

—Date una vuelta mañana. Te daré un poco más de información.

Luego se marchó.

No era usual que Palacios se comportara de esa forma. Era común que pudiera ocultar su nerviosismo bajo la fachada de un hombre sereno y seguro de todo lo que hacía y sucedía. Su cambio de postura resultó confuso para Meggar. Supuso que tal vez se debía a que había tomado el mando del consejo universitario recientemente. Era lógico que estuviera estresado.

CALLE 16
COLONIA DEL INVIERNO
EDIFICIO TERRA
SECTOR 04
08:45 AM

El día transcurrió de forma normal, aparentemente. Todo lo que le dijo el profesor acosaba su cabeza sin cesar.

«La mafia húngara no pudo volver de la nada». Estaba seguro.

La Mafia de Los Topos por otro lado, aun prevalecía, adquirieron ese nombre por qué en un principio, realizaban sus operaciones bajo las alcantarillas de toda la Ciudad. Incluso construyeron túneles para facilitar y ampliar su movimiento. Se les conocía por comerciar con sustancias, operar en el mercado negro, y por lavado de dinero. En ocasiones tenían enfrentamientos con el grupo delictivo de los Baakoobo, pero lo que realmente parecía relevante, era que hacía un par de años, los medios descubrieron que algunos servidores públicos de alto y mediano rango, mantenían vínculos y relaciones con miembros de estos dos grupos.

La mente de Dan intentaba encontrar algo con esa información.

De pronto el transmisor en la pared que Aldo había colocado para una fácil comunicación de habitación a habitación comenzó a sonar.

—*Dan, ¿Estas ocupado?*—preguntó sutilmente.

—No, ¿qué pasa? —respondió Dan mientras vagaba en su habitación tranquilamente.

—*¿Puedes venir? Necesito que me ayudes con algo.*

—No me voy a poner ese casco otra vez —advirtió.

Salió de su habitación y se dirigió al cuarto de *Al.*

—Huele extraño aquí.

—No es lo que piensas —dijo. Estaba revisando un cajón.

—¿Para que soy bueno?

—¿Recuerdas está belleza? —su compañero reveló una especie de artefacto tras quitarle una manta obscura de encima.

En la mesa había una peculiar máquina. Era un Dron. Su color era negro con arreglos grises, de tamaño mediano, con cuatro hélices y muchos otros detalles.

—Sí, lo recuerdo. Veo que has avanzado mucho —comentó mientras observaba la pieza—. ¿Pero en qué puedo ser útil?

—Ya está listo, ahora solo falta ponerlo en órbita.

—¿En órbita? ¿lo mandarás al espacio? —preguntó Dan con incredulidad.

—Perdón, no era la metáfora apropiada. Solo lo voy a colocar a 2.3 kilómetros del suelo. Servirá como una especie de satélite —comentó mientras revisaba unos planos e ingresaba códigos a su computadora—. Cuando esté en el aire, este bebé podrá detectar concentraciones térmicas en un radio de cinco kilómetros, rastrear dispositivos por toda la Región B, y vigilar cada parte de la Ciudad con solo algo de restricción. Vuela a una velocidad de setenta kilómetros por hora y utiliza una batería que se recarga con energía solar. Solo hay que cambiarla cada seis meses. Lo mejor de todo…

El chico señaló un brazalete que portaba en la mano izquierda.

—Puedo controlarlo con esto —al instante el dispositivo proyectó botones holográficos en colores blancos y azules. Parecía tecnología de punta.

—Es increíble. ¿Cómo lo lograste?

—Pues… las cosas se vuelven sencillas cuando tu padre dirige una de las corporaciones tecnológicas más grandes de La Nación.

—Ya lo creo —dijo—. ¿Qué debo hacer? ¿Subir en él?

—Para que eso pase deberás esperar un par de años. Por ahora solo puede cargar hasta 3.5 kilos. Debes subirlo a la azotea, encenderlo y realizar una sencilla configuración, luego hay que introducir este chip dentro. Yo estaré aquí para terminar la programación y ajustar unos detalles.

—Bien —Dan tomó el aparato con mucho cuidado y se puso en marcha.

Subió a la azotea. En un costado del artefacto podían leerse unas pequeñas siglas.

K.O.U.K.O

Era increíble lo que Aldo podía fabricar. Y aquella era solo una de sus tantas creaciones. Cuando tenía 7 años, desarrolló una especie de robot con largas extremidades que le permitían escalar básicamente cualquier superficie con fricción y que no superara los 90°. A los 10 años, durante el verano y sin nada mejor que hacer, Aldo y su compañero buscaron entre la basura y algunas herramientas de la bodega de Elías lo suficiente para hacer volar por los cielos una lata de conservas, dirigida por el control de un antiguo carro inalámbrico.

Ahora, con toda la más sofisticada tecnología a su alcance, *Al* podía hacer posible casi cualquier cosa que pasara por su cabeza.

—*¿Ya estás en la azotea?*—preguntó por el transmisor que Dan se había colocado en el oído.

—Sí. Aquí estoy —respondió, colocando su mirada en el cielo.

—*Bien. Hay un detector de huella, pon tu dedo sobre él*—indicó su amigo desde la alcoba.

Así lo hizo. El escáner se deslizó y la pequeña pantalla se iluminó. En la computadora de Aldo se encontraba toda la información de Dan, resumida en un perfil que indicaba su procedencia, edad, peso, entre otras cosas.

—*Conecta el programador. Y escribe el código que te voy a dictar.*

Dan conectó una especie de control que contenía un teclado numérico primario, de este salía un cable con terminación USB que iba directo a un puerto. Aldo se lo había dado antes de que él subiera. Luego de insertarlo, en aquella pantalla aparecieron campos de relleno.

Al comenzó a dictar:

—*2... 1... 0... 1... 0... 2....*

—Listo.

—*Bien. Ahora. 1,4, 0, 4, 7, 9.*

—Listo.

—*Presiona el botón rojo del programador tres veces.*

El dron emitió un sonido agudo de poca duración.

—*Por último, introduce el chip en el pequeño puerto inferior*

Dan así lo hizo. La maquina se iluminó con algunas líneas azules. Estaba listo.

—*Colócalo sobre el suelo y aléjate un par de metros*—ordenó.

El chico lo puso cuidadosamente sobre el piso. Luego retrocedió.

Su compañero terminaba de programar el aparato desde su computadora. Luego quedó enlazado.

—¿Porque *K.O.U.K.O*? —preguntó.

—*Viene del griego. Significa BÚHO* —explicó Aldo mientras terminaba de configurar los sistemas del dron.

—Jamás lo hubiera adivinado.

—*Comienza secuencia de despegue. K.O.U.K.O 20-23*

Las hélices del comenzaron a girar. Su zumbido era un poco inquietante y ensordecedor.

Lentamente subió a la altura de sus ojos. 1,85 metros.

—*¿Qué te parece?*—preguntó el ingenioso joven con un tono en el que era evidente su afán por presumir.

—¡Lo siento! ¡No puedo oírte!

—*«Activando Modo silencioso»*.

El artefacto dejó de hacer aquel sonido tan molesto. Solo siguió flotando con un ruido casi inexistente frente a la cara incrédula de su compañero.

En la computadora, Aldo podía ver la escena.

—Es increíble —reconoció Dan—. Aunque un poco perturbador. Parece como si tuviera conciencia.

—*Debe ser porque Máximus lo está controlando* —comentó—. *Bien, despídete, ya es hora.*

Al tecleó su equipo. El dron subió en un instante hasta las nubes. A unos metros parecía una estrella, pero conforme se iba alejando, distinguirlo se hacía cada vez mas imposible.

—*Eso era todo. Ya puedes bajar*—dijo el muchacho, agradecido.

Dan bajó y entró al departamento, luego se dirigió a la habitación de su amigo. Al entrar por la puerta topó con una camisa pestilente a humedad. Miró con más detenimiento el lugar y dijo:

—Tal vez deberías construir un robot que te ayude a ordenar por aquí.

—Esa idea no ha sido descartada.

—¿Para qué todo esto? —preguntó Dan interesado.

—Es mi proyecto de ingeniería.

—Creí que era el de robótica.

—El dron lo es, lo presenté la semana pasada. Todo esto, es el proyecto de ingeniería. Necesito algunas cosas para completarlo. Es una belleza; tiene reconocimiento facial, escáner de signos vitales, radiotransmisor, y Wi-Fi. ¿Qué te parece?

—Asombroso. Solo no mires con eso por mi ventana —advirtió Dan, disponiéndose a abandonar el cuarto.

—Descuida, es más interesante lo que pasa afuera —respondió Aldo con la intención de relajar a su amigo.

Antes de salir, se volvió a su compañero y le preguntó:

—¿Vas a querer algo de cenar?

—Ordené la pizza que venden en el centro. Deben llegar en veinte minutos —respondió.

—Bien.

—Gracias Dan.

—Cuando quieras.

—Olvidé mencionar la cámara en alta definición con…

Dan salió de la habitación. No pudo terminar de escuchar a su amigo.

Entró a su cuarto. Eran las 9:30 PM

Cerró la puerta, y luego de eso abrió la ventana, echó un vistazo hacia la calle. Una camioneta negra estaba parada en la esquina.

Unos hombres discutían acaloradamente alrededor, dedujo de inmediato que se trataba de un grupo de jovenes, tal vez músicos o repartidores. Era un tanto extraño, pero no le tomó mucha importancia. Se dirigió a su mesa frente al espejo, y observó su reflejo unos segundos. Pensaba en lo increíbles que eran las capacidades de su compañero, en lo confuso que era el problema que se había dado en la ciudad, y en lo mucho que extrañaba a su padre.

Entonces miró debajo de su cama. Se aproximó hasta ahí.

Puesto en cuclillas, sacó una caja negra y la abrió. De ella extrajo un par de guantes, unos lentes de protección, había una especie de máscara también, todo de origen y para fines militares. Alguna vez pertenecieron a Elías, y ocultaban lo que realmente resultaba valioso. El diario.

Dan hojeó el encuadernado. Trataba de entender algunas cosas. El silencio abundó pero se vio interrumpido por un sonido extraño que hizo Aldo desde su habitación.

No era nada.

Continúo mirando. Había ahí varios textos en la lengua de *Los Sa'atales.* Leía con facilidad algunas palabras.

Chi'ibal jach muk'óolalil
Muk'óolalil le alab óolal
ka alab óolal ts'a sáasil u wíinik.

Dolor es fortaleza,
Fortaleza es esperanza,
y la esperanza dará luz al hombre.

El joven comenzó a recordar algunos eventos del pasado.

COMARCA 02
SUB-REGIÒN DE LA PAZ
JULIO, 2010.

Dan y Elías cazaban liebres, las atrapaban con sus manos y las metían en jaulas. Las vendían vivas a un anciano que las llevaba a Europa, a un lugar donde la gente amaba tenerlas como mascotas y también comerlas de vez en cuando.

El chico era tan veloz, que demoraba solo unos segundos en atrapar a su objetivo entre las manos.

Elías había optado por el uso de trampas. Le era un poco imposible perseguirlas.

Terminada la tarde cargaban las jaulas en una enorme carreta con agarraderas que Dan arrastraba de vuelta a casa.

El niño de apenas 11 años, cargaba consigo alrededor de ciento veinte kilos.

—¿Cuántas capturaste?—preguntó Elías, mientras bebía la cerveza que sostenía entre sus manos.

—No estoy seguro —contestó el chico tratando de recordarlo. Miraba como la oscuridad se apoderaba del bosque—. Veinte, tal vez veintidós.

Elías llevaba cargando una jaula con dos liebres dentro.

—Bueno, no son tantas como las tuyas, pero esta de aquí fue a la escuela de leyes, así que deja de presumir.

Dan rio con la pésima broma de su padre.

Annie los esperaba en casa.

Otro ruido se escuchó, pero esta vez provenía de la calle. Alguien estaba discutiendo.

Se aproximó hasta la ventana y miró a través de ella.

Fuera de la camioneta había algunos hombres. Cinco para ser exactos, pero uno de ellos parecía estar retenido, rodeado por el resto. Lo bombardeaban con preguntas y acusaciones.

Dan apagó la luz.

—¡No mientas bastardo! —alegaba uno de ellos con ira y desesperación.

—¡No la tengo! ¡Lo juro!

—¡Al carajo con eso! —gritó el hombre que parecía estar a cargo—. ¡Nuestras fuentes son confiables! ¡Dánosla ahora!

—¡Por favor! Mis hermanos son muy pequeños. Mi madre está enferma. No puedo dejarlos solos. ¡Déjenme ir! ¡Yo no la tengo!

—¡Revisa la mochila! —ordenó el líder.

El segundo al mando obedeció de inmediato.

—Aquí no hay nada —dijo, esto luego de comprobar que efectivamente, se hallaba vacía.

Hubo silencio. Las cosas no terminaban de convencer al maleante. Miró al chico asustado a los ojos. Pudo darse cuenta por su mirada aún nerviosa, que ocultaba algo.

—Revisa bajo su camisa.

El chico protegió su cuerpo con sus brazos. Cuando se acercaron, no tuvo más opción que entumirse hasta donde le fue posible. Luego de forcejeos y varios jalónes, le arrancaron la camisa y encontraron bajo esta aquello que buscaban.

—¡Maldito infeliz! —gritó orgulloso, pero molesto—. Casi logras engañarnos.

Luego lo golpeó en la cara con la palma de su mano.

—¡Ya! ¡Para por favor! ¡Piedad! —suplicó con lágrimas en los ojos.

—¿Crees que ellos la hubieran tenido conmigo?

Un sonido provino de los pantalones del tipo, era su teléfono. Alguien estaba llamándolo, así que sin decir nada más, se alejó unos metros para responder.

—La tenemos señor. Su contacto no mintió.

—Perfecto. Si el muchacho no dijo nada más, deshazte de él.

El tiempo para el sujeto se congeló unos segundos.

—Entendido.

Luego colgó la llamada.

Se dirigió hasta donde los demás y perforó el abdomen del muchacho con una delgada y puntiaguda navaja. Hubiera podido acabar con su vida al instante. Pero alguien llegó a impedirlo.

Un hombre con sudadera y capucha gris saltó por derriba de la camioneta, quedó rodeado al instante. Comenzó entonces un enfrentamiento.

Acorralado por el resto de la pandilla, propinó varios golpes a uno de los sujetos. Pero el más grande de ellos, lo alzó y lo arrojó hasta el suelo. Luego trató de levantarlo, el interventor golpeó su nariz con su codo. Llevó la cara de aquel enorme hombre hasta su rodilla, dobló su izquierda y lo remató con una patada en el rostro.

El líder de aquella pandilla tomó al joven herido, y puso la navaja en su garganta.

El tipo de gris continuaba peleando contra los otros hombres.

—¡Alto! ¡Mataré a este desgraciado si haces un movimiento más! —gritó mientras sujetaba al muchacho herido.

El encapuchado decidió detener la lucha.

—¿Eres de los húngaros? —preguntó asustado, sin la intención de soltar a su rehén.

—Deja que él se vaya —suplicó el misterioso hombre.

—¡Responde la pregunta! —gritó agresivamente.

—No... No lo soy —respondió con las palmas estiradas, animándolo a que se tranquilizara—. Déjalo ir ya.

El criminal soltó una pequeña sonrisa casi fugaz y la tensión se alivió por un segundo, entonces se dirigió a uno de sus hombres:

—¡Mátalo!

Uno de los sujetos sacó una pistola, estaba justo detrás del interventor.

A punto de disparar, este esquivó la posible trayectoria y arrebató de su mano el arma. La cual lanzó justo a la cabeza del tipo que retenía al chico. Cayó al suelo. El vigilante atacó a los demás.

Herido, el joven se postró en el suelo, tomó el arma y apuntó a uno de los hombres. Luego disparó al cielo.

La pandilla subió a la camioneta y huyó. Dejando a su líder inconsciente en la banqueta. Llevaron consigo el sobre que habían robado.

—¡Llamaré a una ambulancia! —sugirió el enmascarado.

—¡Vete! ¡Tú no sabes en qué te has metido! ¡Largo! Tú... No quieres ser parte de esto.

El misterioso héroe intentó acercarse. El chico le apuntó con el arma.

—¡Diré que fue un asalto! ¡Y si no te vas entonces él va a ser inocente también! —advirtió y señaló al líder de los criminales.

A lo lejos se oían las sirenas de la policía y las ambulancias.

—No te lo voy a repetir otra vez… ¡Estoy bien! ¡Vete!

El encapuchado desapareció en la penumbra. En la oscuridad era prácticamente imposible verlo.

Subió por los muros y las ventanas hasta la azotea del edificio.

Aquel sujeto, era Dan. Una vez arriba, bajó por las escaleras y entró a su departamento. Corrió de inmediato a su habitación y echó un ojo por la ventana.

Llegó al lugar una patrulla con tres policías a bordo. Se detuvieron por un par de minutos.

Desde lejos era imposible percibir las acciones que se realizaban allí abajo. Los uniformados recogieron al inconsciente líder de la pandilla que se había dado a la fuga y lo metieron dentro de la unidad.

La patrulla encendió su sirena. Se pusieron en marcha, probablemente hasta el hospital más cercano. No se realizó ningún tipo de peritaje o revisión. No llegaron más unidades de seguridad. Era algo extraño lo que estaba pasando. Al parecer el chico había aprovechado el escape de Dan para poder huir, pues ya no se encontraba postrado sobre la acera.

Apagó las luces. Su mirada reflejaba miedo y exalto. Acababa de ser parte y testigo de un evento muy desconsertante y violento. También demostró sin embargo, parte de lo que a través de los años había aprendido.

Nadie escuchó los sonidos que la noche otorgó aquella vez. Nadie más había visto todo aquel alboroto.

Nadie vio a ese defensor emerger de las sombras.

Nadie, excepto una maquina en el cielo.

Capítulo III

Sangre

K'i'ik'el

III

CALLE 16
COLONIA DEL INVIERNO
EDIFICIO TERRA
SECTOR 04
8:30 AM

Dan regresaba del parque el día siguiente después de la noche del incidente. Acostumbraba correr y realizar su entrenamiento ahí. Era un sitio fresco y extenso, además era común ver corredores desde las primeras horas de la mañana.

Los árboles y la frescura del lugar obsequiaban un ambiente bastante agradable. Había salido desde muy temprano, no quería encontrarse con Aldo, ni hablar respecto a lo ocurrido durante la noche pasada.

Luego de terminar con su intensa rutina, se dirigió de vuelta a casa. Caminó unas cuantas calles y atravesó el puente del boulevard. Dio vuelta en la esquina del circuito y entró a su calle, una imponente subida aguardaba frente a él. Solo recorrería un par de pequeñas, casi diminutas manzanas, y llegaría al edificio.

A no más de 100 metros, justo donde la noche pasada habían herido al chico, Dan encontró lo que parecía ser la navaja con la que este fue apuñalado. Se detuvo, miró en todas las direcciones, cuidándose de que nadie lo viera, se agachó y la recogió con cuidado. Era una pieza de metal, sujeta a un mango de hierro color negro en textura mate, con una hoja parcialmente encorvada lisa. Pesaba alrededor de 200 gramos y medía unos 18 centímetros de extremo a extremo.

En el mango había una marca de color plata. No pudo identificarla, pero estaba seguro de que ya la había visto antes. Aún se hallaba manchada de sangre, y aunque ya estaba seca de algunas partes, había restos en donde el líquido permanecía fresco. La escondió bajo su manga y la llevó consigo.

Levantó la mirada esperando que nadie lo hubiera observado. La calle estaba desierta. Cuando regresó su mirada al piso, halló un papel doblado torpemente, sucio y mojado por lo que parecía ser sangre. Cuando lo levantó y leyó que había escrito ahí, un perturbador escalofrió recorrió su cuerpo. Era su nombre, y su dirección.

Dan Meggar
Calle 16
Colonia del Invierno
Edificio Terra

Caminó hasta el edificio, subió las escaleras y entró al departamento. Se dirigió a su habitación. Colocó el arma en su mesa casi vacía y la observó por unos momentos, intentando saber de dónde recordaba aquella marca.

Luego de minutos sin encontrar un vago recuerdo de aquel símbolo, decidió ir a la cocina. Ahí halló a Aldo, sentado en la mesa. Frente a él estaba su computadora portátil y había un plato de cereal.

Traía puesta la misma ropa de la noche pasada, y lucía unas ojeras que albergaban una extraña mirada.

—¿Acaso no dormiste anoche? —preguntó Dan, mientras abría el refrigerador—. ¿Olvidaste llevar tu ropa a la lavandería?

—¿Supiste lo de ayer en la noche? —su amigo sujetaba una cuchara con la mano derecha.

—No, ¿qué pasó? —respondió Meggar sin dar la cara.

Hubo silencio.

Aldo siguió la conversación mientras su amigo se servía algo de jugo en un vaso.

—Unos sujetos asaltaron a un chico. Justo allá afuera. Hubo disparos —comentó Aldo con seriedad en el tono de su voz—. ¿Cómo fue que no los oíste?

—No lo sé. Después de ayudarte con tu lanzamiento… caí muerto sobre mi cama —pretextó tranquilamente.

—Sí, lucías cansado.

Dan asintió.

—¿Incluso demasiado cansado para esto? —preguntó su compañero mientras giraba su computadora con la intención de mostrarle algo.

El joven interventor miró atentamente como si no supiera de qué se trataba. El video que *Al* le mostraba, era justo lo que él se temía. Los eventos de la noche pasada habían sido captados por *K.O.U.K.O*, y aunque carecía de una buena resolución, era muy claro todo lo que había ocurrido.

—Eso parece la calle de afuera —comentó Dan.

—Lo es —afirmó Aldo—. Creo que los sujetos de la camioneta intentaban robar al muchacho. Luego alguien entró en su defensa.

Continuó mirando el vídeo. Luego hizo un comentario:

—Vaya, ese tipo es… muy rápido.

—Lo es —afirmó el muchacho con certeza.

—Y mira su fuerza —comentó Meggar sorprendido, y algo perturbado por el interés de su compañero en aquel evento.

—Sí —afirmó el chico—. Y adivina de dónde salió.

Dan se congeló por un instante.

—¿De dónde?

—De este edificio.

—¿Hablas en serio? Eso es, increíble —levantó las cejas con una expresión de sorpresa. Tanto, que reflejó más nerviosismo del que esperaba.

—¡Dan, no soy idiota! ¡Lo vi! —dijo Aldo con un tono más elevado—. ¡Bajaste del edificio como un mono! ¡Hiciste volar a ese sujeto por tres metros con un golpe y lanzaste un arma de fuego justo a la cabeza de otro tipo! Luego subiste el edificio con la velocidad de un gato… Todo esto en cuestión de cuatro minutos. ¿Qué carajo pasa contigo?

—Aldo ¿Supones que el tipo que aparece en esa grabación, soy yo?

—No solo lo estoy suponiendo. ¡Lo estoy afirmando! No pierdas el tiempo tratando de mentirme, puedo comprobarlo —dijo Aldo intentando convencer a Dan de que estaba seguro de lo que decía—. Su ritmo cardiaco es idéntico al tuyo cuando terminas de ejercitarte, además, claramente corre igual que tú.

—Aldo, eso no puede probar nada —el chico negó las afirmaciones de su compañero.

—Bien, supongamos que *K.O.U.K.O* y todos mis programas se equivocan. La ropa que ese tipo usa, es la misma que tienes en el baúl debajo de tu cama.

Dan ya no pudo ocultarlo más.

—¿Revisaste debajo de mi cama? —preguntó escandalizado.

—Lo siento —se disculpó Aldo mientras se frotaba la cara—. En mi defensa… dejaste tu puerta abierta.

Meggar suspiró alterado y se recargó sobre la barra.

—*Al*… mira… no es lo que parece. Oye…

No continuó. Por un momento se quedó sin palabras.

—Oye… Se supone que debe ser un secreto. No es para tanto. Solo dame un segundo.

Aldo notó que estaba sintiéndose incómodo.

—Mira… esto es… es importante. ¡Dios!.

Frotó su cabello con ambas manos unidas hasta descansarlas detrás de su cuello. No tenía gran idea de que decir. Solo permaneció callado, dudando aún si contar la verdad era una buena opción.

Aldo logró serenarse. Comprendió finalmente que aquello no resultaría fácil de explicar.

—Tranquilo. Puedes confiar en mí. Soy tu mejor amigo ¿no? Tus secretos son mis secretos —dijo con calma, tratando de animarlo para que le contara.

Este lo miró un poco inseguro.

—Bien… —dijo resignado—. Deberás tener la mente abierta

COMARCA 02
REGION B
SUB-REGION DE LA PAZ
MARZO, 2007.

—¡Vamos hijo, no te rindas! —decía Elías, mientras Dan intentaba bajar de un enorme árbol.

—¡Esto es muy alto papá! —gritó el niño desde lo alto de un árbol de nueces.

—¡No utilices tu fuerza! ¡Utiliza tu mente! ¡No tengas miedo!— aconsejó Elías desde el portal de la casa.

Annie llegaba de trabajar, había salido desde muy temprano, estaba cansada y deseaba tomar un baño.

—¡Por Dios Elías! ¡Porque dejaste que subiera al maldito árbol! —gritó ella histéricamente.

—Tranquila nena, es mi hijo, podrá hacerlo, si cae lo voy a atrapar —contestó Elías confiado—. Podemos hacer otro si no.

—¡Oye, pude escuchar eso! —dijo Dan mientras abrazaba un tronco con todas sus fuerzas.

Elías había comenzado a tomar terapias. Siempre que su mujer no podía acompañarlo, entonces iba con su hijo.

Su estado de ánimo había mejorado desde hacía algunos meses, ahora pasaba tiempo tratando de que su hijo, se convirtiera en un humano física y mentalmente dotado. También había engordado un poco.

Annie entró a la casa.

—¡Vamos amigo! ¡Ya es hora de cenar!—dijo Elías a su hijo, animándolo a que se diera prisa.

Juntos habían preparado el platillo favorito de su madre.

JUNIO, 2008

Dan repasaba algunas páginas de el diario, había cosas ahí que aún no comprendía.

—¿Qué es lo que dice aquí? —preguntó a su padre mientras sostenía el diario en sus manos.

—Ahhh. Es la técnica para incrementar la fuerza en el golpe y en los brazos —contestó Elías. Estaba leyendo un libro sobre medicamentos que había hallado en su librero—. Solo es cuestión de girar la columna y todo el torso con ella, plantar bien los pies, y practicarlo tanto como puedas, combinando obviamente la fuerza que adquieras con los demás ejercicios. La mente influye mucho en ello. ¿Quieres intentarlo?

—¡Sí! —contestó el niño.

Después del almuerzo, corrieron directamente a la bodega. Un costal de boxeo colgaba de una enorme viga. Elías colocó unas vendas en los puños de su hijo. Se paró justo detrás del objeto colgante y comenzaron.

Los golpes del muchacho eran fuertes. Tenía tan solo 9 años, pero parecía como si un adolecente enfurecido golpeara aquel saco con toda su fuerza.

—¡Vamos Dan!, ¡Usa el torso!, ¡Planta tus pies en la tierra!, ¡Imagina que lanzas este costal hasta las montañas! ¡Respira! ¡Respira hijo! ¡Más fuerte! —Elías soltó el costal, rodeó a su hijo mientras le gritaba y lo animaba.

Aquel era un pesado costal de 60 kilos. Después de varios minutos Dan cayó rendido. Había lágrimas en sus ojos.

—Lo siento Papá —dijo casi sin aliento, jadeaba de cansancio.

—Tranquilo hijo, eso fue más de lo que esperaba —expresó Elías con calma mientras acariciaba la cabeza del niño—. Solo no te rindas. ¡De pie!

Dan se levantó y respiró hondo. Continúo golpeando el costal.

—¿Entonces tu padre te regaló este libro? —preguntó Aldo con una mirada incrédula.

—¡No es un libro! Es un diario de navegación, tiene plasmado algo. Extrañas inscripciones.

Aldo tomó el ejemplar entre sus manos:

—¿Cómo consiguió esto tu papá?

—Mi abuelo se lo dio… es decir… su tío. Según tengo entendido, su equipo lo encontró en el mar durante una expedición hace años. No sé exactamente de donde proviene. Nadie lo supo nunca.

El joven aún parecía confundido. La historia de su compañero, le había resultado un tanto novedosa.

—¿Cómo es que entiendes todo esto?

—La escritura es muy parecida a la de una civilización que habitaba cerca del Caribe, pero solo eso, parece que fue modificada en algunas secciones, hay partes que para serte sincero, no he logrado comprender —explicó Dan.

—¿Te importa si *Max* y yo le echamos un vistazo? —Aldo tenía una mirada que no expresaba otra cosa más que curiosidad pura.

—No, adelante.

Max, o *Máximus* era un sistema operativo que él mismo había creado. Era como una inteligencia artificial. Aunque no era tan avanzada, servía muy bien para muchas otras cosas. Había trabajado en ello durante sus primeros meses en el instituto.

UNIVERSIDAD CENTRAL
SECTOR 04
9:15 AM

En el teléfono público de la universidad, el Profesor Palacios mantenía una llamada con alguien:

—¿Cómo estás? —preguntó.

—Señor, ya no puedo seguir con esto, ellos saben quién soy y donde vivo. Tuve que dejar a mi familia. Esto ya, esto ya… no puedo más señor.

—Por favor, solo dime donde estas.

—Anoche me interceptaron Los Topos, estoy herido —dijo el chico con voz quebrada.

—¿Qué dices? —preguntó el profesor impactado.

—Yo hice lo que usted dijo. Pero me encontraron, Los Topos también tienen gente buscando. Querían la información que usted me dio.

—¿Aún la tienes? —preguntó angustiado.

—Fui a buscar a Dan Meggar, como lo ordenó. Pero ellos me encontraron antes. No pude localizarlo a usted. Pensé incluso que ya estaba muerto. Las noticias corren rápido.

—Por favor dime que aun la tienes.

Hubo silencio. El joven no sabía que decir.

—Ellos la tienen. Escaparon con ella. Un tipo intervino. Pudo ahuyentarlos, eso me dio tiempo. No pude encontrarlo. Ya era tarde.

—Dick —el tono de su voz sonó entrecortado—. Ellos ya deben saberlo. Y eso significa mi muerte.

Nadie dijo nada en segundos. Ambos sabían cómo acabarían las cosas.

—Dime donde estás.

—Olvídelo… a estas alturas ya deben saber dónde estoy, recogieron al líder del grupo que me interceptó anoche —hizo una pausa—. *¿Por qué no se lo dijo desde un principio? ¿Por qué dejó que las cosas se complicaran?*

Palacios se llevó una mano a la cabeza. Aunque luchó por ocultar su miedo y su angustia, al final fue imposible.

—Tu sabes por qué, hijo. Alguien te está buscando. Solo dime donde estás.

—*Por favor. Si puede localizar a mi familia. Dígales que los amo, con todo mi ser.*

—¡Dick! —el muchacho no respondió—. ¡Dick! ¡Responde!

Los ojos de Palacios dejaron caer lágrimas de miedo y dolor. Se sentía observado. Sin salida.

CALLE 16
COLONIA DEL INVIERNO
EDIFICIO TERRA
SECTOR 04
10:25 AM

Aldo y Dan investigaban en la red, todo lo relacionado al diario y la lengua que tenía plasmada. Investigaron todo sobre el Coronel Meggar, la Elite M6, y cada uno de sus miembros.

—Esto de verdad es un misterio, aún… aún no me la puedo creer —dijo Aldo—. Es decir, solo mírate, les diste una paliza a esos tipos. Uno simplemente no ve eso todos los días.

—*Al,* te agradecería si pudieras guardar todo esto en secreto —suplicó Dan—. Se lo prometí a mi padre.

—Tranquilo amigo, tu secreto está bajo resguardo total conmigo.

—Bien. Gracias —dijo con la mirada puesta en su compañero—. Esto es muy abrumador para mí.

—Aunque, ¿sabes algo? … —cuestionó Aldo, mientras parecía haber recordado algo—…durante tres años, he subido y bajado pesadas cajas a través de cinco pisos de escaleras. Tú mismo viste como caí varias veces, ¿y qué hiciste al respecto? Tú solo… miraste.

Dan rio avergonzado. Luego miró a la computadora de su amigo y dijo:

—Así que me grabaste… debí suponerlo.

—Sí, cámara de captura 360°, 1,8 megapíxeles. A una altura relativa, podría identificar una hormiga en el suelo. Puede escanear un rostro, y con la base de datos del registro de población, de la policía, del sector legal y de salud, puedo determinar quién es la persona. Además, puedo enlazar el programa con cualquier cámara pública de la Ciudad, y observar a través de ella.

—Suena increíble, un tanto aterrador, e ilegal, pero es sorprendente —dijo Dan. Luego le vino a la mente algo—. Oye, ¿Que pasó ayer luego de que desaparecí? Anoche no hubo inspección ni nada, solo recogieron al asaltante. Supongo que llevaron consigo al muchacho también.

—No, no fue así. Solo se llevaron al tipo que dejaste inconsciente.

—¿Y qué pasó con el chico? —preguntó Dan intrigado.

Aldo tecleó su computadora, accedió a los archivos de grabación y reprodujo el video que *K.O.U.K.O* había filmado. Luego de que Dan se perdió entre la oscuridad, la grabación mostró el cuerpo inconsciente del jefe de la banda.

El chico herido, intentó levantarse. Con algo de dificultad lo logró, luego se abrió paso por la banqueta y dio vuelta en la siguiente esquina. Se condujo por la calle parcialmente iluminada unos 150 metros, hasta llegar a la avenida, donde se ubicaba una parada de bus. Abordó enseguida.

—¿Y qué pasó con el otro sujeto? —preguntó Dan.

—No lo sé. Solo seguí con mis cosas. La ciudad se está volviendo peligrosa. Supuse que debía tomarlo con calma. Consideré tocar tu puerta. Pero honestamente, estaba muy asustado.

Aldo comenzó a buscar los archivos de grabación para revisar que sucedió después. Había decenas de videos de él realizando pruebas con el dron. Después de varios segundos, encontró la captura.

La patrulla llegó, se detuvo por unos instantes. Dos elementos de la policía bajaron y cargaron el cuerpo del hombre. Luego lo metieron al vehículo. Abordaron y se pusieron en marcha. Diez minutos después, se encontraban frente a un terreno baldío.

La camioneta permaneció ahí unos minutos, nada pasaba. Dan miraba atentamente.

—¿Por qué no bajan? —preguntó impaciente.

—No lo sé.

Una puerta del vehículo se abrió, de ella salió uno de los elementos. Luego alguien arrojó al sujeto desde adentro, este cayó al suelo, al parecer lo habían golpeado estando dentro.

Lastimado, intentó levantarse, sin tener ninguna clase de éxito, y justo antes de imaginarlo, el policía desenfundó un arma, disparó justo a la cabeza del hombre. Este cayó al suelo sin vida. Luego de un pequeño momento, el policía descargó cuatro tiros más en el cuerpo de aquel sujeto.

—No es posible —dijo Dan abrumado.

El asesino abordó nuevamente la patrulla y se fueron. El cuerpo permaneció ahí, entonces se detuvo la grabación.

—¿Es todo?

—*K.O.U.K.O* debió experimentar fallas en ese momento, la cámara 360° se fundió, los sistemas de grabación dejaron de operar y solo pudo captar eso —explicó Aldo.

Dan se llevó una mano a la frente, estaba algo impactado aún. No era el primer asesinato que había visto, lo que realmente lo tenía pensativo, era que, si él no hubiera inmovilizado al sujeto, tal vez habría escapado con los demás.

—Yo condené a ese hombre —dijo Dan.

—¡Dan!

—¡Yo lo hice! ¡Mira como lo ejecutaron!, si yo lo hubiera dejado…

—¡Habrían matado al muchacho! —interrumpió Aldo.

Dan lo miró a los ojos nervioso.

—Tienes razón…pero…

Pensó las cosas por un momento.

—Voy a mostrarte algo…—salió de la habitación y corrió a la suya. Tomó la navaja de la mesa en donde la había dejado y también recogió el papel. Luego regresó con su compañero.

—Encontré esto cuando regresaba de correr en la mañana —la colocó sobre su escritorio—. Creo que el muchacho estaba buscándome.

Aldo abrió un cajón y sacó un par de guantes de látex, se los puso y examinó el arma detenidamente.

—El símbolo en el mango, ¿lo habías visto antes? —preguntó Dan.

—Sí, lo he visto antes, ¿Cómo es que tú no? —respondió Aldo a su amigo —. Es de la mafia de Los Topos.

Dan lo miró incrédulo. Tenía razón.

—Hice un trabajo para la escuela —explicó, luego examinó el papel—. Es tu nombre y tu dirección. ¿Crees que te estén investigando?

Meggar comenzó a pensar.

—No lo sé. Ayer acudí con Palacios. Él estaba raro. Hablamos un poco sobre La Mafia Húngara, y luego me dijo que me haría llegar información pronto. Tal vez el chico tenía esa información.

—¿Alguna vez lo has visto?

—En todo caso, lo recordaría—tenía una mano en los labios, trataba de comprender que estaba pasando—. Debo llamarlo. No sé qué es lo que está pasando.

Volvió a su habitación tomó su teléfono e intentó contactar a su maestro. Fue imposible, le sorprendió el hecho de que el número ya no existiera, eso era lo que el servicio decía tras la marcación.

—No entiendo. Su número es inválido.

—Tal vez lo cambió.

La idea no era tan descabellada, Palacios modificaba su información de contacto de forma recurrente, así se evitaba muchos problemas con las personas involucradas en sus investigaciones.

Luego de minutos de analizar los hechos, hicieron un repaso.

—El chico poseía algo, algo que Los Topos querían. Ellos lo amenazaron, lo hirieron, y es posible que si no hubiera intervenido, lo habrían matado.

Entonces recordó las palabras del muchacho:

"¡Vete! ¡Tú no sabes en qué te has metido! ¡Largo! No quieres ser parte de esto"

—Los Topos buscaban al chico, y esos policías mataron al topo, imagino que no sin antes haberlo interrogado. ¿Acaso son los supuestos húngaros de los que hablaba el Profesor Palacios?, ¿Pertenecen a ellos? —expuso Dan a Aldo mientras se cuestionaba sobre aquello al mismo tiempo.

—¿Qué tiene el chico que podría interesar a Los Topos? —preguntó Aldo

—No lo sé, información, eso es lo más razonable. ¿Pero qué? Él estaba buscándome. ¿Para qué? ¿Estará relacionado con los Húngaros?

—¿Qué sabes de los húngaros? —preguntó Aldo.

—Hablé con Palacios al respecto, él no cree que se trate de una mafia —respondió.

—¿Entonces?

—Realmente no me dijo mucho.

—¿De qué hablas?

—Tenía un comportamiento extraño ayer. Estaba distraído. Nervioso. Asumí que tenía que ver con el Consejo Universitario.

Ambos reflexionaron unos segundos. Ninguno de los dos comprendía que estaba ocurriendo.

—¿Qué sugieres hacer?

Dan lo observó seriamente. A impresión inmediata, pareció no poner mucha atención a su cuestionamiento.

—Vamos a investigar.

Sin perder tiempo, tomó lo necesario y partió con rumbo a la universidad. Necesitaba encontrarse con Palacios, recibir respuestas. Lo ocurrido la noche anterior, sería solo el comienzo de una búsqueda. La verdad permanecía oculta ante la ciudad, en algún lado. Dan lo sabía muy bien, pero le asustaba el hecho de que Bernardo lo había dejado fuera. No podía entender por qué, y era lo primero que quería resolver.

UNIVERSIDAD CENTRAL
SECTOR 04
10:05 AM

El Profesor Palacios se encontraba en el aula donde impartía su clase. Amanda le ayudaba con algunos documentos del consejo universitario. Él revisaba un par de hojas. Su apariencia reflejaba un estado incluso más tenso que el del día anterior. Luego de la llamada con aquel chico, las cosas se complicaban. El miedo lo acompañaba desde tiempos recientes, respiraba en su cuello, esperando solo el momento más apropiado para convertir su mundo, en una pesadilla.

Amy quiso disolver la tensión.

—¿Le darán a la facultad de leyes la máquina de helados que solicitaron?

El profesor, sin tomarle mucha importancia, titubeo:

—Mmmm... No.

Amanda continuó revisando sus documentos, algo incomoda por la fría respuesta del hombre.

Cenando en la noche anterior con su padre, hablaron respecto a la actitud que había tenido Palacios en los últimos días. Una semana atrás, él había pedido a Silva sustancias y medicamentos de prueba para realizar estudios relacionados a una investigación privada. La confianza del Doctor Silva había sido bien ganada por él, así que no hizo muchas preguntas.

—Hazme un favor —hubo una pausa—. Necesito que lleves esto a rectoría, y que recojas las demás solicitudes en la oficina del rector.

El profesor le entregó unos folders. Ella reaccionó rápido. Le gustaba ser servicial y de aquella forma se sentía útil. Silva y el Profesor Palacios eran muy buenos amigos, habían arreglado que Amy sirviera como asistente del investigador para que cubriera el servicio que tenía retrasado debido a un accidente que tuvo a causa de su discapacidad, y así adquiriera un poco de experiencia en el área, pero Palacios no permitía que ella participara en las investigaciones, él no quería exponerla.

—Cuando regreses, yo ya me habré ido, solo ponlos sobre la mesa y podrás irte Amy, gracias —dijo Palacios.

Amanda sonrió mientras asentía.

Tomó el archivo y se dirigió hasta la rectoría, luego de una complicada caminata y una que otra mirada curiosa por parte de los demás estudiantes, llegó hasta la ventanilla de recepción, entregó los documentos que se le habían encargado y pidió acceso a la oficina del rector.

Luego de subir tres pisos de escalera, llegó hasta la sala de espera. Ahí estuvo durante más de treinta minutos, aguardando a que le permitieran pasar a recoger las solicitudes que el Profesor Palacios requería.

La espera pareció eterna, pero al ver que se demoraba bastante, la secretaria, una mujer que alcanzaba los 40 años de edad, decidió contactar al rector.

Tras una breve llamada, recibió la autorización. La mujer accedió a la oficina y regresó con los documentos. Los entregó a la chica y luego ella salió de ahí. El descenso por los escalones fue costoso, el regreso a la facultad también. Luego de casi 15 minutos de recorrido, llegó de vuelta al aula. Abrió la puerta, que hasta entonces había permanecido cerrada.

Mientras se acercaba al escritorio del Profesor, descubrió que en la mesa había una caja envuelta con un moño sobre ella. Y una nota que decía:

Para Amy

Parecía un regalo. Ella lo abrió cuidadosamente. Era un libro. *Estudio en Escarlata*, de Arthur Conan Doyle. Al observarlo y examinarlo con detenimiento, pudo darse cuenta de que era una copia original del año 1888. El ejemplar estaba casi intacto. Siendo un obsequio de Palacios, realmente parecía muy extraño.

Pensaba en ello cuando de pronto unos pasos apresurados se oyeron desde afuera. Alguien se acercaba.

Dan apareció por la entrada. La sorpresa de encontrarse con la chica le quitó más oxígeno del que le había exigído la intensa carrera.

—¿Qué tal? ¡Hola! —dijo jadeando.

—¡Hola! ¡De nuevo tú! —respondió ella, sorprendida y sonrojada—. ¿Qué te trae por aquí?

—Estoy buscando al Profesor. No conozco su nuevo horario.

—Él se acaba de ir.

—¿Te dijo a dónde iba?

—No —su corta respuesta dejó en evidencia una clara preocupación—. Ha dejado de hacerlo últimamente.

—Entiendo. Bien —el chico no pudo evitar sentirse un poco nervioso, solo comenzó a balbucear—. ¿Sabes porque no responde su teléfono?

—Lo extravió hace unos días. Eso fue lo que me dijo.

Dan pareció consternado, halló en esa respuesta algo que no lo convencía. *«Palacios extravió su teléfono»*. Repitió en su mente. Palacios nunca jamás había extraviado algo. *«¿Cómo era eso posible?»*

—¿Todo bien? —preguntó Amanda.

Él reaccionó, se había perdido dentro de los pensamientos que hacían divagar a su mente.

—Sí… es solo que —se detuvo.

No estaba seguro de querer involucrar a otra persona más en la situación que surgía, mucho menos quería que la chica se alarmara o se preocupara por el profesor.

—Quería saber si podía firmarme algunos permisos.

—Tal vez puedas regresar mañana. El definitivamente no volverá esta tarde.

—¿Crees que pueda encontrarlo en su casa?

—Esos deben ser permisos muy importantes.

—En realidad lo son. No quiero dejarlo para mañana.

—Puedes ir a buscarlo. Pero dudo mucho que lo encuentres ahí.

—¿Por qué?

—No parecía que se dirigiera a casa.

La ignorancia de la chica solo terminó por perturbarlo más. Si ella, siendo su asistente y la persona más cercana a él, desconocía su ubicación, significaba que él no tenía la más mínima intención de ser encontrado o contactado. En aquel instante, Dan se sintió perdido. Sabía que tenía que ir a algún lado, hacer cualquiera cosa. El problema era que no estaba seguro de a dónde o de qué. Amanda cargó consigo el libro que el Profesor había dejado para ella, lo colocó bajo su brazo y se dirigió al muchacho.

—Tengo que cerrar aquí. Ven conmigo, tal vez podamos encontrarlo.

Cerraron con llave, y abandonaron el aula. No hubo éxito tras su búsqueda.

UBICACIÓN DESCONOCIDA

Palacios arribó en un taxi hasta la entrada de un edificio. La construcción no era muy moderna, se trataba de un inmueble con departamentos modestos en renta, los pasillos sin embargo, estaban algo desgastados en apariencia y mobiliario. La oscuridad hacía más complicado apreciar ciertos detalles dentro de la construcción.

El profesor no había borrado de su rostro ese porte lleno de nerviosismo y miedo. Avanzaba a paso lento, como si perdiera vida en cada segundo, asemejando en su andar un cansancio provocado por el enorme peso que le cargaban las circunstancias. Subió las escaleras, él ya conocía ese sitio. Había un olor a polvo en el aire, que se mezclaba con los aromas del guisado preparado por algún inquilino cerca. Tenía hambre, pero incluso más que eso, en aquel momento tenía el deseo de dormir y no despertar nunca más.

Llegó hasta el último piso del edificio, tan solo tuvo que tomar tres niveles de escaleras. El último peldaño lo dejó frente a un pasillo aún más oscuro que tenía como fin una puerta iluminada por una muy débil lámpara. Se acercó hasta ahí, tomando toda la fuerza que le quedaba. Tocó la puerta con golpes apenas perceptibles. Nadie abrió.

—¿Estás? —preguntó con la voz entrecortada—. Es... ¿me oyes?

Tampoco hubo respuesta.

—Oye... —recargó ambas manos en la puerta, con ellas su frente—. Sé que estás ahí.

Hubo silencio. Trató de encontrar las palabras apropiadas para no romper en llanto.

—Acudo a ti, porque me he quedado sin opciones. Perdí al chico. Y no sé dónde está. Aunque tú pudieras saberlo, no podrías salvarlo si quisieras —dio media vuelta y se apoyó de espaldas—. Sé muy bien, que todos estamos corriendo peligro. Sé que el hecho de que yo me encuentre aquí, parado tras tu puerta, podría significar tu muerte. No me quedaré mucho tiempo. Temo que no me queda mucho tiempo.

Lentamente fue cayendo hasta el piso mientras se aferraba a su portafolios. Su gesto reflejaba derrota. Tanta que ni siquiera él podía contenerla.

—Un siervo no puede servir a dos amos. Es una falta de honor en cualquier lugar. Pero esto tal vez lo requiera. Esta noche ganaremos. Sin titubeos. Sin limitaciones. Sé que no podrás hacer mucho. Nadie a estas alturas puede. Lo sabes. Tengo todas mis cartas jugadas. He perdido y el precio de eso es mi vida. No creo sobrevivir a esta noche. Así que solo he venido a pedirte, que intentes ayudarlos en todo lo que puedas. Necesito un héroe anónimo. Así que confiaré en ti.

El Profesor comenzó a llorar. Se refugió en sus propios brazos, sentado a las faldas de aquella vieja puerta. Entre sollozos y lágrimas, solo pudo decir una cosa más.

—Ayúdalos.

La caída del supremo consejo

La Universidad Central había pasado por un momento de crisis política, pues en años recientes, el consejo universitario había sido acusado de negligencia y algunos dirigentes se habían hecho con una imagen poco admirable. Se revelaron archivos en los que algunos miembros se veían involucrados en actos de corrupción. El mismo rector parecía verse afectado por las acusaciones y pruebas poco contundentes, pero más tarde aclaró las cosas y limpió su nombre. Los responsables de aquellas acciones fueron expulsados de la universidad, algunos más tuvieron que ir a prisión. El rector tomó nuevas medidas y reorganizó un nuevo consejo, presidido por Palacios y su gran reputación. En aquel tiempo, el profesor había sido ya participe y responsable de la solución e investigación de varios casos sobre delitos y asesinatos por la Ciudad. Era el ejemplo a seguir de muchos estudiantes y maestros. Al parecer la universidad y el consejo habían retomado una estructura sólida, la administración y el desarrollo de las actividades políticas tomaban un aspecto más confiable. El rector tomó su distancia y prefirió fungir solo como un apoyo para evitar polémica nuevamente.

CALLE 16
COLONIA DEL INVIERNO
EDIFICIO TERRA
SECTOR 04
03:30 PM

Dan volvió del instituto, no había podido hallar a Palacios por ningún lado. Después de buscarlo por varias horas, al final desistió.

Regresó a casa, se encontró con Aldo de nuevo. Por sus fachas, pudo darse cuenta de que no había asistido a clases.

—¿Lo encontraste? —preguntó él.

Meggar colocó su chaqueta sobre la silla de su compañero.

—No. Amanda tampoco sabe nada sobre él —respondió.

—¿Y quién es Amanda?

—Su asistente. Una chica.

—¿Llamaron a su casa?

—Sí. Pero respondió la niñera de sus nietos. Tampoco estaba ahí.

Aldo suspiró desanimado. No lo estaba, pero trató de empatizar con su amigo.

—Bueno. A diferencia de ti, yo tengo buenas noticias.

—¿De qué hablas?

—Es respecto al arma.

—¿Qué pasa con eso?

—Mientras tú buscabas a Palacios, me tomé la libertad de enviar una muestra de sangre a los laboratorios de mi padre. Fue algo rápido. Tengo un amigo haciendo ahí su servicio.

—¿Tienes los resultados?

—El ADN del chico, no es muy común, en toda la Ciudad solo hay 430 personas compatibles entre sí. Accedí a los registros de la población y apliqué algunos filtros para disminuir el rango de búsqueda.

—¿Cómo tienes acceso al registro general de la población?

Aldo lo miró y sonrió. La respuesta era obvia.

—Solo procura no decirle a nadie —advirtió el joven.

Había logrado acceder a la base de datos gubernamental mediante una serie de desencriptaciones ejecutadas por un programa que él mismo había desarrollado. Era eficiente ante programaciones de baja o mediana seguridad. También era ilegal.

—Hallé algo curioso —comentó—. Cinco de ellos tienen antecedentes penales.

—Quiero verlos.

Aunque Dan sabía que su amigo estaba violando algunas leyes, no pudo evitar dejar a un lado la intención de reprenderlo. Lo único que su mente le pedía era resolver aquel enigma.

—Tenemos a esta chica. Somer, Vania, 27 años, asalto a casa habitación, actualmente se encuentra en prisión. La descartamos, a menos que escapara y se hubiera hecho una de esas operaciones. Ya sabes.

Tras analizar el perfil brevemente, pasó al siguiente.

—Luego está, este tipo de aquí. Isaí Klemer, 34 años. Mató a su esposa con una pistola. Pero murió en prisión por una neumonía. Tal vez olvidaron reportar su defunción. Esto es un desastre.

—¡Es él! —señaló Dan a la pantalla de la computadora.

Se trataba de un joven. Aldo leyó sus datos:

—Dick Conor, 22 años, asalto a mano armada, hace 9 meses. Su abogado le consiguió la libertad bajo fianza. Su domicilio conocido, Calle de los Gusanos, Sector 06, edificio del Alba. Vaya, sector 06, tiene sentido.

—¿Es todo? —preguntó Dan.

—Mientras el tipo sea un don nadie, me temo que si —respondió su amigo.

—Para quien sea que trabaje, es probable que esté al tanto de sus antecedentes —comentó Meggar.

—Por cierto, encontré algo más —Aldo tecleó la computadora—. Esto te va a gustar. Una cámara captó el asesinato de anoche, capturé el rostro del asesino, así que Maximus pudo encontrar información sobre él.

En efecto, una cámara ubicada del otro lado de la calle en la que fue asesinado el topo, captó el rostro del policía justo cuando abordó la patrulla. Aldo pudo escanearlo. Su tecnología permitía identificar a una persona con una foto mientras fuera clara, esa por fortuna lo era.

Se trataba de un hombre de 38 años de edad, su nombre era Víctor Loman, vivía en alguna parte del sector 05, y para sorpresa de ambos, era un elemento oficial de la policía.

—De verdad es un policía —se dijo a sí mismo, incrédulo.

Aldo adoptó una reacción de preocupación, y miró a su amigo.

—¿Qué es todo esto? —preguntó de manera retórica.

Al parecer la policía estaba matando criminales, más en específico, Topos, pero Dan no entendía por qué. ¿Acaso era una nueva estrategia por parte del gobierno? ¿Un ajuste de cuentas? ¿Corrupción?

Definitivamente eso formaba parte de algo más grande. Las ideas no eran claras, lo que pasaba era extraño y Meggar aún sentía preocupación por el chico. Tomar una decisión no le había llevado tan poco tiempo antes.

—Hay que encontrar al muchacho, cerciorarnos de que está bien, y ofrecerle ayuda. Buscaré a Víctor Loman, para interrogarlo. Si él y Dick hablan, tal vez lleguemos al fondo de esto —explicó.

—Dan, el chico es un criminal, estuvo en la cárcel, y el otro sujeto es un elemento de la policía, un policía al que no le importó acabar con la vida de un hombre. ¿Cómo piensas que acabará esto?

—Aldo, no tienes por qué involucrarte. Pero yo no puedo dejarlo pasar. Debo reunir toda la información que pueda y llevársela a Palacios. Tal vez esto tenga que ver con su investigación. Tal vez esto le pueda ayudar.

—Dan, solo te pido que pienses esto muy bien. No me gustaría que algo te pasara. Si vas a hacer esto, por supuesto estoy contigo, solo prométeme que estaremos bien.

Él se quedó pensando un rato, mirando a Aldo a los ojos y con las manos apoyadas sobre su cintura. Estaba armando un plan. Su amigo solo lo miraba esperando una palabra.

—Hay que buscar al chico, debemos saber si sigue con vida. Solo si lo hallamos rápido, podremos hacerle preguntas y acudir con Palacios. Si está muerto, tal vez podamos buscar alguien que lo conozca, hay que averiguar que querían los Topos de él.

—¿Y el otro sujeto? —preguntó Aldo.

—Voy a visitarlo esta noche. Tal vez pueda decirnos unas cuantas cosas. Debemos tener cuidado.

Su compañero sintió miedo y emoción correr a través de su piel por un instante.

—¿Qué haremos primero?

Dan respiró. Miró la pantalla del monitor y contempló la imagen de Dick por segundos. Luego dijo:

—Dame la dirección de la familia Conor.

Finalmente decidieron darle seguimiento a los extraños sucesos que habían acontecido en esos dos utlimos días.

Luego de recopilar información sobre el individuo, se presentarían con discreción a su primera parada:

Sector 06, Calle de los Gusanos, edificio del Alba.

LOCACIÓN DESCONOCIDA
HORA APROXIMADA:
6:00 PM

En una ostentosa sala, se reproducía el cuarto movimiento de la novena sinfonía del maestro Ludwig Van Beethoven, cuando un teléfono sonó.

Quien recibía la llamada, tardó en contestar. El aparato timbró por cuarta vez, entonces una mano lo levantó para atender.

—Diga…

Una voz femenina respondió del otro lado de la llamada:

—Señor, tenemos al chico.

—Bien. ¿El profesor está al tanto?

—Todavía no, pero sigue bajo vigilancia.

—Quiero la información mañana a primera hora…

—Esa es la otra cosa…—la mujer hizo una pausa, parecía nerviosa—. *El muchacho no tenía nada. Lo encontramos en un sanatorio.*

El hombre suspiró con decepción. Hizo una pausa. Luego dijo:

—Dile al Capitán que prepare a sus hombres —hizo una pausa para exhalar e inhalar profundamente—. La muerte del Profesor Palacios, deberá ser un hecho antes de la media noche.

Capítulo IV

Oscuridad

Ak'abo

VI

CALLE DE LOS GUSANOS
BARRIO 25
SECTOR 6
EDIFICIO DEL ALBA
5:30 PM

Los dos jóvenes permanecían sentados en una pequeña sala, atentos a la mirada de una mujer de cuerpo levemente robusto, que limpiaba su nariz luego de algo de llanto. Un niño se hallaba a su izquierda, una niña aún más pequeña estaba a su derecha. Les habían ofrecido galletas y leche. Aldo las había devorado todas, estaba nervioso.

—Entonces díganos, señora —Dan rompió el silencio—. ¿Cuándo fue la última vez que vio a su hijo?

La madre del chico no respondió de inmediato. Estaba secando sus lágrimas.

—Hace tres semanas —dijo—. No ha llamado desde entonces.

El joven tomó nota en una libreta. Luego hizo la siguiente pregunta.

—¿Ha estado al pendiente de las actividades de Dick en los últimos meses?

Ella entregó el papel a su hijo. Rascó su nariz antes de dar respuesta.

—Él ha estado trabajando con su tío en los muelles del Sector 05. Eso fue lo último que supe.

Dan estaba decepcionado. Pensó que encontraría más información de la que la mujer le había dado hasta ese momento.

—No sabemos porque atacaron a su hijo, ni sabemos que es lo que la Mafia de los Topos quiere de él. Debe estar tranquila por ahora, no hay certeza de que su hijo esté involucrado en actividades ilícitas, así que está de más preocuparse.

—¿Van a encontrarlo?

—No con la información que tenemos hasta ahora.

—¡Por favor hágalo!

La Señora Conor rompió en llanto de nuevo. Fue desgarrador, tanto que Dan se conmovió al instante. Fue como imaginar a su madre llorar y sufrir. *«Ninguna mujer querría perder a su hijo»* Pensó. Aldo lo miró preocupado. Meggar suspiró.

—Señora Conor… —se levantó y se acercó hasta ella. De frente y en cuclillas tomó su mano. Trató de calmarla—. Haré todo lo que esté en mis manos. Su hijo estará de vuelta.

No hubo más que decir. La confianza que inspiró Dan a la mujer fue suficiente para dejarla más tranquila, tal vez llena de esperanza.

Salieron de ahí, algo más desanimados que aliviados.

—Realmente pensé que obtendríamos algo más —comentó Dan.

—Ni que lo digas.

—¿Cómo es que una madre puede estar tanto tiempo sin saber de su hijo?

—¿Te parece extraño? —Aldo rodeó su auto y abrio las puertas—. Hace dos meses que yo no hablo con la mía.

Abordaron el vehículo y se pusieron en marcha de vuelta a casa.

CALLE 16
COLONIA DEL INVIERNO
EDIFICIO TERRA
SECTOR 04
07:50 PM

Al llegar a su departamento, ambos repasaron el plan.

Dan iría como incognito para interrogar a Víctor Loman, el oficial que asesinó al líder de la banda de Los Topos, los mismos que habían interceptado a Dick la noche anterior.

Hasta ese momento, no lograba asimilar todo lo que había ocurrido en tan solo veinticuatro horas, tal vez en menos. Llevaba más de media hora en la ducha, en su mente se proyectaba cada escena transcurrida durante el día anterior. La voz de Palacios anticipándole pronta información, la preocupación de su asistente, y las palabras del chico herido sonaban en su cabeza al mismo tiempo, y luchaba por relacionar lo poco que tenía para esclarecer las cosas.

Salió finalmente y se dirigió a su habitación. Estaba nervioso, y ese estado fue llevado a un grado aún más alto cuando se encontró con todo lo que había sobre su cama. Se le revolvió el estómago. El leve frío que la humedad provocaba en su cuerpo de pronto se evaporó con el calor emocionante que se apropió del momento.

Había algunas prendas que aguardaban su llegada. Se trataba de un pantalón completamente negro perteneciente a su padre durante su tiempo como militar, las mismas botas que había usado durante tantas misiones como capitán de la Fuerza Especial M6 también estaban ahí, justo al lado de un par de guantes tácticos con nudilleras de plástico macizo. Y en el medio de todo esto, la misma sudadera que había usado la noche anterior en el enfrentamiento contra los topos. Había algo nuevo en ella.

Aldo entró para conocer la reacción de su compañero. Él había sido responsable de la elección de aquel atuendo.

—¿Para qué todo esto? —preguntó Dan, aun confundido.

Su amigo no tardó en responder, pudo notar que también estaba nervioso.

—Vas a ir a interrogar a un tipo malo. Debes lucir como un tipo malo.

—¡Vamos Aldo! ¡No hablas enserio!

El rechazo de su compañero lo alteró un poco. No podía concebirlo.

—¡Mírame! ¡Te parece que esta es mi cara de bromista! —señaló su rostro.

—Más bien, creo que esa es la de loco.

—Oye ¡escucha! —se acercó hasta él.

Dan buscaba algo de ropa interior dentro de un armario, no parecía mostrarle mucha atención a su amigo.

—¡Debes proteger tu identidad para proteger a quienes te importan! —expresó, con una ridícula imitación de alguien—. ¡Es lo que las historietas nos dicen!

—¡Eso lo sé! Palacios alguna vez lo comentó. Y hemos sido cuidadosos con ello siempre. Por eso usamos pañuelos cuando debemos cubrirnos la cara. ¿Y qué es eso que pintaste sobre la capucha?

Dan señaló con confusión el símbolo colocado en la parte frontal superior de la prenda.

—Francamente no lo sé. Es parecido a las líneas decorativas que utilizan como adorno en las invitaciones. Pero estaba dibujada en el diario de tu padre. Creo que se ve bien.

—No lo sé —Dan hizo una mueca—. Parece un poco llamativo.

—¡Está oscureciendo! Serás levemente perceptible. Además no lo es todo. ¡Ven!

Aldo salió a toda prisa de la habitación y se dirigió a la suya, Dan observó el atuendo unos segundos, se colocó una camiseta sobre el cuerpo y siguió a su compañero.

—¡Observa esto! —Aldo llamó a su amigo con la mano, había algo sobre su mesa.

Cuando lo que el chico ocultaba con su cuerpo quedó a la vista de Meggar, una extraña emoción se apoderó de él por dentro. La máscara de protección que su padre usaba durante sus misiones especiales en el ejército estaba ante sus ojos, Aldo la había robado de su baúl, así como todo lo demás colocado sobre su cama y había hecho algunos cambios.

—Aquí la tienes. Una autentica careta de protección militar para fuerzas especiales con ligeras modificaciones.

—¿Qué le hiciste? —Dan corrió asustado y la tomó entre sus manos—. ¡Esto es importante! ¿Por q...?

—¡Dan, tranquilo! ¡Descuida, no le he hecho nada!

—¿Qué hiciste? —preguntó confundido y algo enfadado.

—Integré un transmisor de largo alcance y le agregué nano cristales de detección térmica. Además de una cámara ubicada en la mitad de la estructura de los lentes.

El chico estaba cada vez más abrumado.

—Pe...pe... ¿Pero para que todo esto?

—¡Es el comienzo amigo!

—¿El comienzo de qué?

—¡Tu gran ascenso!

—¿De que estás hablando?

—¡Como justiciero enmascarado!

—No, no. ¡No! —salió de la habitación y caminó de vuelta a la suya, su compañero lo siguió—. ¡Es ridículo!

—¡Dan! ¡Amigo! ¡Solo piénsalo! Tienes todo lo necesario. Tienes esa fuerza, esa, velocidad. Eres astuto como una liebre.

El chico estaba eufórico. Tan emocionado, que comenzaba a poner aún más nervioso a Meggar.

—¡No voy a ser un vigilante!

Aldo se tranquilizó. Un poco decepcionado, lo miró sin decir nada por unos segundos.

—Dan. Piénsalo. No es el simple hecho de andar corriendo por ahí con un atuendo ridículo. Tal vez es ahora cuando la ciudad más lo necesita—un tono serio y maduro se apoderó de todo lo que salía de la boca del chico—. Mira allá afuera. El pueblo está cansado de recibir tantas promesas. De depender de la autoridad. Tú acabas de ver de que es capaz la autoridad. Es ahora cuando necesitamos a alguien que intervenga. Un loco que dé esperanza y haga temer a los malos. Alguien que pueda encontrar la verdad sobre la mierda que se ha estado formando en el interior de la Ciudad.

—Aldo… no creo que eso sea lo que la Ciudad necesite.

—Entonces aun así. Úsalo esta noche. Siente lo que podría representar… te protegerá.

El chico tocó el hombro de su compañero y dejó la habitación.

Dan contempló la superficie de su cama por mucho tiempo. Se acercó hasta la capucha y la tomó entre sus manos. Enfocó la mirada en el símbolo. No pudo concebir por cuanto tiempo. Cuando se dio cuenta, todo ese traje ya cubría su cuerpo. Y se sentía bien. Su corazón había comenzado a latir de una forma extraordinaria.

Por primera vez en su vida se sintió como algo diferente. No como una persona normal. Más bien como alguien capaz de todo. Su fuerza podía sentirse en cada musculo. Su respiración dejaba bien vista la vitalidad que poseía. Incluso llegó a sentirse invencible.

Pocas cosas ocuparon su mente aquella noche. Solo había un nombre en su cabeza.

Víctor Loman, e iba por él.

Reaccionó finalmente cuando se encontraba saltando entre los edificios, trepando y escalando a través de los muros. En el interior de su pensamiento, una pregunta comenzaba a surgir. ¿Cómo fue que llegué hasta aquí?

—Por mi gran don de convencimiento —Aldo respondió a dicha pregunta. Dan no pudo ni siquiera ser conciente de lo que sus labios sin querer habían mencionado.

—¿Oíste eso? Ni siquiera soy consciente de lo que estoy diciendo.

—Lo noté. Hace un momento pregunté por tu nombre.

El chico subió por una barda en solo dos saltos.

—¿Mi nombre? Bueno, ya lo conoces.

—No me refiero a tu aburrido nombre de universitario.

—Entonces no sé de qué hablas.

—Me refiero a tu alias.

—Detente ya con todo eso. Mi respuesta fue no.

—*¡El hombre sombra!* —exclamó el chico—. *Aunque es demasiado largo.*

Dan no dijo nada, pero estaba escuchando. Continúo su recorrido.

—*Si mantienes esa velocidad, llegarás a la ubicación aproximadamente en cuatro minutos.*

—¡Entendido!

—*¡Anonymus! ¿Qué te parece?*

—¿No es el nombre del tipo que usa una extraña máscara para subir videos a internet?

—*Habla el tipo que usa una ridícula mascara para cazar policías asesinos.*

—Lo siento. Yo no elegí mi disfraz.

—*Lo sé. Tus gustos son anticuados* —Aldo se burló, seguía la trayectoria de su compañero por su monitor, mientras llenaba su boca de totopos—. *Sabes… he estado leyendo sobre el imperio griego de Alejandro Magno… Ese sí que es un gran nombre.*

—¿El imperio griego de Alejandro Magno?—cuestionó Dan con un gesto de ironía—, no parece fácil de recordar.

—*¡Nooo! ¡MAGNO! Como Alejandro, el gran conquistador… Eso mismo significa… Grande… en fuerza y espíritu… Tal vez aquel sea el símbolo que te gustaría darle al mundo.*

—¿Sabes que era el terror de muchos pueblos en ese entonces?

—*Pero también fue la esperanza de otros. Tal vez tú puedas darle eso a la gente.*

Dan se cuestionó todo aquello. Tal vez era una buena idea. Tal vez no. No estaba seguro de cargar con la responsabilidad de volverse un símbolo. Él solo quería averiguar lo que estaba ocurriendo.

—No creo necesitar algún nombre.

—*Solo era una propuesta.*

El chico había salido hacía casi quince minutos de su departamento. Desde lo más alto de cada edificio podía comenzar a reconocer el sector 05. Faltaba poco.

—*Estas a dos minutos de la ubicación aproximada. Solo no te detengas.*

CALLE 29
COLONIA DEL EVEREST
SECTOR 05
APARTAMENTOS RIDLEY

Eran casi las 9:00 de la noche, la Ciudad como siempre, seguía en movimiento. Las luces del Sector 05 podían iluminar el cielo, las personas comenzaban a llegar a casa después de un largo día de trabajo, algunos más veían televisión. Pero en un edificio, justo en el apartamento 06, Un hombre atendía una llamada por teléfono, estaba sentado a la mesa:

—¿Por qué no me lo notificó él?

—Es una órden directa, el Capitán recibe indicaciones especiales ahora.

—Tenía planes para esta noche, ¿No puede pasar un minuto sin que estos idiotas quieran matar a alguien?

—Ese no es nuestro asunto. Ya estás informado. Lleva a McMillan, por si acaso.

El hombre sonrió.

—Te veré en una hora.

Colocó el plato y el vaso de su cena en la barra, justo al lado del fregadero, luego miró a la ventana, sus ojos se perdieron contemplando las luces de los edificios, era posible oír los autos, el sonido de la Ciudad.

Fue a su habitación, abrió el closet. Había ahí un traje militar negro, unos pasamontañas, y en la parte de arriba, un enorme baúl.

El hombre lo bajó, limpió el polvo que se acumulaba encima, quitó los broches, y lo abrió. Dentro había un rifle de precisión, McMillan Tac-50, negro por completo, un arma utilizada principalmente por el ejército canadiense. Debajo de esta, una pistola Walther P99 semiautomática, era el arma designada para rangos especiales en la policía de la Ciudad. Varios cartuchos equipados y un cuchillo militar de acero inoxidable con mango oscuro terminaban por completar su arsenal.

Observó las armas por unos segundos. Una sombra se deslizó por la ventana de la habitación. Algo parecía no estar bien. De la cocina provino un ruido, algo había caído al suelo. Quedó estático por un momento, su respiración era tan silenciosa que parecía inexistente. Tomó el cuchillo del maletín, caminó por la habitación oscura, observando todo a su alrededor, esperando encontrar algún intruso o un objeto mal acomodado.

Llegó justo a la puerta de la sala, caminó unos pasos más hacia la cocina. Un vaso había caído al suelo. La tensión terminó justo ahí.

Alguien lo tomó por detrás, la mano derecha con la que él sostenía el arma, quedó sujetada fuertemente por la izquierda del invasor, mientras este sujetaba su cabeza por el cuello con la mano derecha intentando que el hombre no se moviera.

—Víctor Loman, matricula oficial 2281, tengo preguntas que hacerte.

El policía estaba inmovilizado, pero no del todo, su mano izquierda aún estaba libre. Golpeó fuertemente al encapuchado justo en la cadera con su codo, este lo empujó y se separaron por un metro, Víctor se puso en guardia y colocó su arma con la punta hacia arriba, estaba asustado. Tiró una cuchillada de derecha a izquierda, luego de vuelta a la derecha, el intruso pudo esquivar ambos movimientos. El oficial lanzó un par de patadas y luego intentó apuñalar directamente al misterioso sujeto, pero su arma nuevamente fue esquivada, entonces Meggar le propinó dos golpes con la punta de sus pies. El arma salió volando de la mano de Loman, pero Dan pudo atraparla en el aire con la mano izquierda, luego lo lanzó justo al lado de la cara del hombre, quedando incrustada en el muro de madera, donde yacía el sujeto asustado. El invasor lo acorraló, lo sostuvo del pecho y la camisa, elevándolo con su fuerza unos cuantos centímetros arriba del suelo. Luego le dijo:

—Oficial, quédese quieto, no le haré daño a menos que lo requiera.

—¿Quién eres tú?... Qui... Qu... ¿quién eres? —preguntó Víctor mientras balbuceaba.

—El hombre de Los Topos que asesinaste anoche... ¿por qué? —preguntó Dan con una respiración acelerada.

—No sé de qué hablas.

—Anoche en el sector 04, en la colonia del invierno —aclaró Dan—. Recogieron a un hombre.

—¡Oye, sabes que no puedo hablar! ¡Ellos van a matarme!

—¿Quiénes? —preguntó Dan.

—Por favor, ¡no puedo! —respiró asustado y gritó— ¡No debo!

Dan lo arrojó contra la pared frente a la ventana, luego lo tomó por la ropa. Aldo le habló por el transmisor:

—*Usa la fuerza Luke.*

Al enmascarado le pareció buena idea, así que golpeó a Víctor en el rostro, fue un impacto leve, pero muy fuerte para el hombre que estaba siendo interrogado. Al recibirlo quedó aturdido, reprimiendo su dolor en un simple pero evidente quejido.

—¿Qué sabes sobre los húngaros? —preguntó Dan.

Víctor jadeaba y se tocaba la cara esperando encontrar sangre en sus manos, miraba al hombre disfrazado que había penetrado su casa, su corazón palpitaba muy fuerte.

—¿Así que de eso se trata? —tragó saliva—. ¡Vaya idiota!

Loman comenzó a burlarse.

—Te diré algo. Lo que sea que estés haciendo, o creas poder hacer, es inútil —lanzó una risa forzada, que se ahogó en un leve quejido—. Un tipo enmascarado investiga grupos delictivos para conseguir la verdad. ¿Acaso vienes de una historieta?

El chico lo golpeó una vez más en el rostro. Intentó ser más rudo. El dolor fue evidente en su víctima, incluso intentó liberarse.

—¿Quién está detrás de todo esto?

—No sé cómo me encontraste, pero si no te largas, estas corriendo gran peligro aquí.

—Solo responde —gruñó Dan. Luego presionó la costilla del oficial, provocándole una molestia bastante aguda.

—¿Porque te interesa la muerte de un hombre?

—Algo está ocurriendo en la Ciudad, y necesito saber que es, ahora te doy la oportunidad de hablar, y nadie más lo sabrá.

—No. No puedo hacerlo.

—Habla.

—No.

—Hazlo

—No.

—¡Que lo hagas!—gritó Dan. Luego lo azotó contra el muro.

El hombre se quedó en silencio.

—¡Habla!

—¡Bien! —respondió el sujeto —¡Oye! ¡Mira! No debería, si lo hago, de cualquier forma, voy a morir, no voy a darte un nombre, ni siquiera sé si todo esto es obra de una sola persona. Pero hay un hombre, él debe saber algunas cosas...

—¿Quién?

El tipo desvió la mirada. Aún no estaba seguro de querer hablar. La presión podía verse en cada centímetro de su rostro.

—¡Dime su nombre!

—¡Bernardo Palacios! —finalmente dejó de contenerse—. ¡Un docente de la Universidad Central! Nos han dado la órden de matarlo, esta noche.

Dan se quedó perplejo. La mirada del sujeto se vio aliviada. Nadie dijo nada por un segundo.

—¿Y quieres saber algo más? —preguntó el hombre con una sonrisa macabra en la cara, que luego se convirtió en un rostro lleno de angustia y terror—. No habrá tiempo… para empacar mis maletas.

Algo atravesó la ventana desde el exterior, la frente de aquel sujeto estaba abierta y sangraba. Sus ojos despiertos aun podían moverse. Cayó al suelo. Dan se arrojó al piso, alguien disparaba balas o proyectiles. Era extraño que no se escucharan detonaciones. Más bien, parecían navajas que quedaban enterradas en los muros y en los muebles, los cristales caían al piso, pero el joven no podía ver nada.

—¡¿Estás viendo esto?!

—*¡Lo veo! ¿Estás herido?*—preguntó Aldo, asustado.

—¿Qué es?

—*¡No lo sé, la imagen satelital está congelada, y no hay más cámaras de vigilancia en el lugar!*

—¡Alguien nos vigilaba! —advirtió Dan mientras se cubría la cabeza—. ¡No usa un arma de fuego!

—*¡Ya sal de ahí!*—ordenó Aldo desesperado.

—¡¿Cómo?!

—*¡Hay una ventana a en la habitación! ¡Si saltas de ella caerás dos pisos hacia una azotea! ¡Solo tienes que dirigirte hasta allá!*

Dan recibió la instrucción. Luego de un par de impactos más, los disparos cesaron, aún era imposible apreciar la clase de proyectil o bala que se estaba utilizando.

Víctor yacía muerto en el suelo, el joven aún se refugiaba tras la barra de la cocina, aprovechó el momento, se levantó y corrió hasta el cuarto oscuro de aquel departamento, atravesó la puerta e intentó abrir la ventana:

—*¿En serio?*—preguntó Aldo.

Dan lo reconsideró de inmediato, retrocedió unos cuantos pasos, luego saltó a través de ella. Cayó por unos metros y en cuestión de dos segundos, se encontraba sobre la azotea de un edificio. Miró a su alrededor, intentando localizar al asesino, pero no vio a nadie, entonces algo impactó justo en el centro superior de la máscara, justo en el pequeño lente de la cámara de Aldo. Lo que sea que fuera, había quedado incrustado en el centro de las gafas de protección. Para su fortuna, el material con el que estaban hechas impidió que lo que lastimara.

Intentó palpar en el lugar para averiguar de qué se trataba. Al hacerlo, sintió una especie de pieza alargada en forma de pico por ambos lados, la extrajo de un fuerte jalón, pero no podía ver nada, era como un cristal.

—*¡Dan! ¡¿estás bien?!*—preguntó Aldo, angustiado.

Él no respondió, solo seguía apreciando el extraño objeto que lo había golpeado. De pronto, dos de esas cosas impactaron cerca de él, así que comenzó a correr, perseguido por alguien de quien no tenía ni la más mínima sospecha, y esas cosas que se sentían tan cerca mientras se movía.

Corriendo y saltando sobre los muros y edificios, intentaba prestar atención a lo que Aldo le decía por el transmisor.

—*Perdí imagen, ¡¿Qué fue lo que pasó?!*

—Algo impactó contra la máscara.

—*¿Te hirieron?*

—¡No, no está usando balas!

Aldo estaba muriendo de miedo, perdió imagen desde el dron, solo servían las cámaras frontales, había presentado más fallas de las que él tenía previsto. En la desesperación, intentó tomar el control de *K.O.U.K.O* y descender hasta donde se encontraba su amigo.

—*¡Dan! ¡Ya sal de ahí!*—gritó desde el transmisor.

Así lo hizo, corrió por la azotea del edificio saltando entre los ventiladores y las bardas, intentando no ser herido. A cada paso, uno de esos objetos se estrellaba contra alguna superficie. Aldo hacía todo lo posible para auxiliar a Dan, pero parecía tarde, él ya había sido alcanzado con uno de esos cristales en el costado derecho, había provocado un corte de siete centímetros de largo y unos cuantos milímetros por dentro. De inmediato comenzó a sentir un ardor muy intenso

Al llegar justo al centro de aquel piso a la intemperie, Dan observó un espacio obscuro, ni la luz de la luna ni la de otros edificios podía penetrar en aquella sombra, así que se refugió dentro del hueco. Eran dos cajas del circuito eléctrico del edificio pegadas al sistema externo del elevador.

Los disparos cesaron. Hubo silencio.

De entre la sombra el chico asomó la cabeza, parecía que todo había terminado.

De pronto otro impacto dio justo en la lámina de la caja derecha, a tan solo unos centímetros de donde estaba expuesto. Dan salió de entre las sombras, corrió varios metros por la azotea, bajó las escaleras de incendios. El choque de los proyectiles azotaba en el metal, siempre detrás de él.

Luego de descender dos de los ocho pisos, era imposible continuar, pues si llegaba hasta la calle por las escaleras, sería más probable que fuera alcanzado, así que entró por una ventana, que resultó ser la habitación de dos niños.

Al ver al intruso, sus gritos pudieran oírse por todo el lugar, Dan tomó un abrigo negro colgado en la puerta, salió de ahí aturdido hasta un pasillo, luego cruzó la sala y llegó hasta el corredor, la madre de los niños apareció por detrás casi enseguida:

—¡¡¡INTRUSO!!! —gritó despavorida—. ¡Desgraciado infeliz ridículo!

La mujer le arrojó sus zapatos y otros objetos, gritaba molesta y asustada mientras el joven se alejaba por el pasillo, herido y cojeando, pues se había lastimado cuando saltó del departamento de Víctor. Entró por el elevador y descendió unos pisos, una pantufla golpeó las puertas luego de que estas se cerraran.

Mientras bajaba subió la máscara a su cabeza, descubriendo su rostro, se puso el abrigo y trató de arreglar su aspecto.

—*¡Dan! ¿En dónde estás?*—preguntó Aldo.

—Entré a un edificio, estoy en el elevador…

—*¿Qué es lo que vas a hacer?*

—Conseguí algo de ropa, intentaré no llamar la atención.

—*¿Cómo está esa herida?*—preguntó Aldo preocupado. Él no respondió.

Al abrirse las puertas del ascensor, se encontró con el vigilante del lugar, quien lo miraba confundido. Dan sonrió, la herida le causaba dolor e incomodidad, sin omitir el sangrado frecuente que el abrigo negro ocultaba. Adoptó una posición serena y tranquila, salió por la puerta y abordó un taxi.

Alguien miraba desde la azotea de un edificio en la misma avenida, el chico herido consiguió pasar desapercibido. Pues dos personas más salieron del lugar al mismo tiempo.

Desde lo lejos una sombra vigilaba la entrada, pero le fue imposible identificar al hombre que estaba siguiendo. La persecución había terminado.

—Colonia del Invierno, Calle 16 —dijo Dan al taxista mientras descubría la herida y observaba el daño que el extraño cristal le había hecho.

El camino parecía largo, el dolor era muy fuerte, pero a pesar de eso, Dan no podía pensar en ello, más bien lo acosaba la preocupación y el miedo que le generó lo que Víctor le dijo… alguien se encargaría de dar muerte al profesor aquella noche.

En cuestión de minutos el taxi arribó al Edificio Terra, Aldo ya esperaba a su compañero. Bajó del vehículo y se apoyó en él, luego cayó a la banqueta. El taxista recibió su pago, un poco asustado y desconcertado. Luego se marchó.

El dolor disminuía, pero estaba muy nervioso.

—Dejaste de responder, ¿qué paso? —preguntó Aldo. Estaban subiendo las escaleras.

—No quería alarmar al taxista… El profesor está en problemas.

Rápidamente llegaron a su apartamento, fue una fortuna que nadie se encontrara con ellos, ya que Dan perdía bastante sangre y sus manos estaban manchadas.

Llegaron a la habitación. *Al* dejó en la cama a su amigo y salió corriendo.

—¿A dónde vas?

—¡Tengo un botiquín, espera!

Después de unos segundos, el chico regresó con un maletín negro, lo abrió, y comenzó a curarlo.

—¡Déjame ver!

Dan arrancó la camiseta, dejando al descubierto la herida. Aldo quedó pasmado por un instante.

—¡Rá…rápido! —balbuceó. Su respiración era fuerte y constante, su amigo temblaba, y parecía un poco torpe.

Aldo sacó una pequeña botella de alcohol y la derramó por toda

la herida, luego secó con algodón y repitió el proceso varias veces.

—¿Con qué hicieron esto? —preguntó.

—No sé, pero es letal, tú viste como atravesó la cabeza de Víctor. Por cierto, la máscara está dañada.

—¿Con qué te atacaron?

—Es una especie de dardo, un cristal, es prácticamente invisible. Duele mucho.

—Tendré que suturar.

—¡Bien!

Aldo preparó la aguja y el hilo, sus manos temblaban aun…

—¿Seguro que puedes hacerlo? —preguntó preocupado.

Aldo respiró profundamente, luego comenzó a coser. Dan intentó no quejarse, jamás había sido herido de esa forma.

—Víctor me habló… so… sobre el profesor, al parecer sabe más de lo que creíííí… —el dolor lo hizo quejarse —… no son húngaros, y creo que tampoco es una mafia. Sea lo que sea, quieren eliminar a Palacios.

—¿Cómo estás seguro de que el sujeto no te mintió?

—Las personas asustadas tienden a ser más sinceras de lo que imaginas. Alguien mató a este hombre porque dijo algo importante. Tengo que ver al Profesor.

—¿Y cómo se supone que lo harás? —preguntó Aldo irritado.

—Iré como incognito.

—No, no vas a ir a ningún lado —advirtió su compañero.

—¿Qué?

—Si mueres, ¿qué cuentas voy a entregarle a tu madre?

—Estás hablando como ella ahora mismo.

—¡Es en serio Dan! No quiero que te pase algo, ni que eso me atormente el resto de mi vida. Sabes… ¡creo que esto fue una mala idea! ¡Quién te perseguía, tal vez sea el mismo que se tenga que encargar del profesor!

—Tú viste como enfrenté a esos Topos ayer. Créeme, eso no es todo lo que puedo hacer. Será más fácil si tengo a este tipo de frente.

Aldo se quedó en silencio mientras terminaba los puntos.

—*Al*, Palacios es lo más cercano que he tenido a un padre, desde que el mío murió. Si tú no puedes continuar, yo no tendré problema, pero al menos por esta noche, necesito de tu ayuda.

Su compañero parecía inconforme y preocupado, algo asustado. Se quedó pasivo unos segundos.

—¡Aldo! —gritó Dan con la intención de que reaccionara.

—¡Sí! —contestó, mientras volvía a la conversación—. Si, reiniciaré el dron. Pero, lo mantendré cerca de ti.

—Bien.

—¿Seguro que puedes andar?

—Sí, sí, creo que sí —respondió Dan, intentando levantarse al mismo tiempo— ¿Dónde aprendiste a suturar?

—Me lastimé varias veces cuando hacía pruebas de vuelo con *K.O.U.K.O*—explicó, luego le mostró su brazo izquierdo.

Aldo respiraba de manera muy agitada. Se detuvo un momento junto a la entrada. Luego dijo:

—Hay una camiseta de repuesto en tu closet. Y tengo una chaqueta de cuero en mi habitación, vas a llevártela debajo de la sudadera.

Salió de la habitación, se dirigió a la suya, reinició los sistemas del dron y tomó el mando directo. Ambos abordaron el auto y se pusieron en marcha hacia el Sector 03.

El dolor comenzaba a aliviarse, el corazón de ambos palpitaba a tope. Eran casi las diez de la noche.

AVENIDA DE BRONCE
COLONIA CARMESÍ
SECTOR 05
10:05 PM

El Profesor Palacios era un hombre muy responsable, encontraba placer a la hora de leer cuentos a sus nietos. Su única hija murió durante un accidente aéreo al lado de su esposo, seis años atrás. Desde entonces él se hizo cargo de los niños; Alina, una adolecente de 15 años, Mark, de 8, y Leyva, de 5. Durante el día, una amiga de Palacios los cuidaba, su nombre era Mara. Era una mujer madura, de 45 años aproximadamente.

Aunque la casa era grande, y cada niño tenía su propia habitación, llevaban más de 3 años durmiendo en una sola.

El profesor llegaba muy tarde de trabajar y para cuando él hacía presencia, los niños ya debían estar acostados. Casi nunca era el caso, a veces eran demasiado inquietos.

Luego de dejar su portafolios en la entrada, subió por las escaleras y entró a la recamara.

—¿Hay alguien aquí dormido? —preguntó con una sonrisa curiosa.

Mark y Leyva se ocultaron bajo sus sabanas. Sus susurros podían oírse al momento de entrar. Alina permaneció sentada en su cama, leyendo uno de los libros que su abuelo tenía en la biblioteca.

—Lo siento abuelo, esta noche solo me encuentro yo —anticipó ella, conteniendo una sonrisa mientras trataba de enfocarse en su lectura.

—Oh. ¿Y a donde salieron esos pequeños duendecillos?

Alina no respondió.

—Bien, ya que eres la única persona aquí, creo que compartiré estos caramelos contigo, y, solo contigo.

—¡Buuuuu! —Leyva gritó, mientras se descubría las sabanas y saltaba de la cama para abrazar a su abuelo

—¡Aquí estas! —abrazó a la niña, Mark salió de su cama y corrió a los brazos del profesor—. ¡Oigan! ¿Dónde estaban? Alina y yo nos terminamos los caramelos.

—¡No hay caramelos!—reprochó Leyva con una sonrisa.

Entre jugueteos y bromas la conversación se extendió unos minutos más. Luego de dejarlos cómodos y listos para dormir, cerró la puerta y apagó la luz. Bajó a la cocina, Mara había dejado su cena sobre la mesa. Tomó una copa de vino, y se dirigió a su despacho, donde como de costumbre, permanecería hasta las 12 o 1 de la mañana, preparando sus clases, estudiando y poniéndose al tanto de los asuntos que había dejado pendientes. Esa noche se sentía diferente, la rutina estaba presente, pero él se sentía intranquilo. Aún más de lo que había estado en los últimos días.

Entró por la puerta, encendió un pequeño tocadiscos. Comenzó a sonar *Why don`t you do right*, interpretada por Julie London. Le gustaba oír esa pieza, le recordaba a su juventud, y a los felices días que vivió con su esposa, haciendo locuras y caminando a oscuras por la calle. Podía sobrellevar el trabajo de manera más placentera.

Bebió de la copa unos tragos. Sacó de su maletín la bolsa de papel que Amy le había dado en la Universidad, eran medicinas, unos cuantos frascos, y algunas tabletas. Extrajo una pastilla y la tomó con su vino.

Caminó cansado hasta su librero y eligió uno de los números de la Enciclopedia Universal. Lo colocó en el escritorio y se sentó.

Extrajo unos documentos del interior de un sobre dentro de uno de sus cajones. Luego comenzó a leer.

Mientras leía, parecía encontrar algunos detalles en el documento. Abrió la enciclopedia, y levantó algunas pequeñas tarjetas.

De pronto. Las luces se apagaron por toda la casa.

Delicadamente movió la mirada por el lugar preguntándose el por qué del apagón.

La luz de la luna era muy intensa, la ventana permitía algo de visibilidad.

Palacios abrió otro de sus cajones y sacó una vela, cuya llama comenzó a nacer gracias a unos fósforos viejos que había conseguido dentro del mismo cajón.

Justo cuando el fuego empezaba a iluminar débilmente la habitación, el hombre quedó inmóvil con la vista hacia el frente de su mesa de trabajo.

Su mirada pasiva mostraba solo un poco de sobresalto. Exhaló suavemente mientras se recargaba en su silla.

Con nerviosismo, miró al hombre encapuchado que ahora lo acompañaba en la habitación. Hubo un par de segundos llenos de silencio. La respiración del Profesor se aceleró un poco más. Luego hablo:

—Debo suponer que alguien te ha enviado.

—No estoy aquí para hacerle daño—respondió el hombre.

—¿Y qué te ha traído hasta aquí entonces?

—Tengo certeza de que usted sabe que ocurre por la Ciudad.

—En esta Ciudad ocurren muchas cosas. ¿Te gustaría ser más específico?

—Es sobre los conflictos entre Los Topos y Los Húngaros...— el visitante se tomó su tiempo—...los húngaros no existen.

Palacios apagó la vela con un soplido.

—Eso fue demasiado obvio desde el principio ¿no? —el profesor divagó en su mente unos segundos—. ¿Por qué quieres hacer esto?

Dan no sabía que responder, ni por dónde empezar. Así que elevó sus manos para descubrir su cabeza y quitarse la máscara.

—¡Alto! —dijo con un leve alce de voz, luego susurró—. Estamos siendo observados.

Dan sintió temor, Aldo al escuchar por el transmisor preguntó alarmado:

—¿Qué dijo?

No hubo respuesta.

—Conozco ciertas verdades, que podrían resultar peligrosas incluso en el conocimiento de quien puede solucionar todo esto. Y me odio por eso.

—Alguien vendrá. Estoy seguro de que usted querrá salir de aquí.

Palacios contempló la noche a través de su ventana. Estaba asustado.

—No voy a salir de aquí. Eso solo empeorará las cosas. Prefiero quedarme y cortar todo vínculo. De forma aparente.

Dan no comprendió. Corrió por su mente tomar al hombre, a su familia y sacarlos de ahí, incluso cargándolos en su espalda si era necesario. Pero la pasividad de su mentor lo detuvo.

—Hace seis meses, fui contactado por un anónimo, sabes lo que significa eso. Recibí información importante.

—¿Qué clase de información?

El profesor se quedó callado por algunos instantes. No hubo nada que decir, solo contempló al enmascarado, algo perturbado.

—De esa que te compromete, y que compromete a todos.

—Solo dígame. Estoy seguro de que podremos resolverlo.

—Ya es tarde —dijo Palacios, suavemente. Admiró la noche, aparentó tranquilidad de manera fugaz—. Sé quién eres. El pasado nos ha alcanzado. Y por el bien de muchos, debo callar. La verdad llegará a ti tarde o temprano.

—¿Cómo? —preguntó el joven, confundido y angustiado.

El hombre lo miró de forma directa, sin un solo parpadeo. Ni siquiera él se había percatado de todo el sudor que estaba comenzando a emanar de su cuerpo. Entonces comenzó a llorar de una forma muy desgarradora. La oscuridad había mantenido a Dan oculto en las sombras hasta ese entonces.

Quien fuera aquel que miraba desde lo lejos, solo podía ver a ese desesperado hombre llorando de miedo y tristeza.

Entre lágrimas continuó hablando

—Lo perdí. Perdí al muchacho… le prometí ayudarlo a enderezar su camino. Lo rescaté de la muerte, para llevarlo a la muerte.

—Lo encontraremos. Solo debe confiar en…

El hombre calmó su llanto un poco, pensó por unos segundos, su respiración se volvía más inestable.

—Ya no puedo —comentó—. Ya no.

Le fue posible encontrar algo de calma.

—Cada día persiguiendo la verdad, me hace temer por la vida de mi familia, y de aquellos que me importan.

Palacios se detuvo un momento, comenzó a respirar profundamente, se llevó la mano al pecho en la parte izquierda, y balbuceaba:

—Nnn... protege...los... a ellos...—cayó al suelo.

—¡Aldo, llama a una ambulancia!

Una alarma muy débil comenzó a sonar en la habitación. Era un aparato en el escritorio, el candado de los sensores indicaba que algún intruso había accedido al jardín.

—*Dan, será mejor que salgas de ahí*—advirtió su compañero.

—¡El Profesor Palacios! ¡Su corazón!

—*Intercepté un mensaje desde una frecuencia cercana. Alguien dio orden de acceder a la casa. K.O.U.K.O detectó algunas firmas de calor.*

—¿Cuántas?

—*Más de diez por la entrada trasera. Y parece que en el techo hay más.*

—¡Avisa a la policía!

—*¡Sí!*

Dan, se asomó por la ventana trasera, en efecto, varios hombres entre los arbustos se aproximaban a la entrada principal. Tomó una figura de hierro que estaba colocada en el mueble al lado de la puerta, un palo de golf cerca del sillón y cerró las persianas.

Caminó rápidamente hacia la puerta con la intención de enfrentar a los intrusos, pero Palacios sostuvo su pie, se inclinó hasta donde yacía tirado.

—Dan... mimi... mis nietos están arriba, no dejes... no dejes que les pase nada.

—Ya viene la ambulancia Profesor, yo me encargo.

A él no le pareció sorprendente que el profesor supiera quien era, pues lo conocía muy bien. Pudo darse cuenta de las similitudes físicas y vocales que tenían el hombre encapuchado y su alumno más brillante. Era un hombre excepcionalmente deductivo.

Dan salió de la habitación, su figura se escondió entre las sombras. La intención era llegar hasta el segundo piso, donde se encontraban los niños. El tercer piso tenía habitaciones vacías y cuartos que servían como almacén, pero antes de llegar a las escaleras, la puerta principal se abrió de un golpe.

Él se perdió en la oscuridad y esperó a que entraran los hombres. Uno penetró en el interior asegurando el área, pero este se acercó hasta donde el vigilante estaba escondido y fue absorbido por las sombras.

Entró el segundo, este traía una linterna consigo, encontró a Dan, los disparos se oyeron por toda la casa, la pelea había comenzado.

Los niños escucharon los ruidos. Leyva y Mark corrieron a la cama de Alina, ella los cubrió con la cobija y se quedaron en silencio. Abajo, los golpes y disparos no cesaban, Dan seguía tratando de contener a los hombres, era necesario neutralizarlos para ir arriba de inmediato.

—*Dan, hay ocho firmas en el techo. Ahora son nueve, una va directo hacia los niños. ¡Voy para allá!*

—¡No! ¡Estás a dos cuadras! ¡Están armados, yo me encargo!

Aldo sabía que ir a ayudar a su amigo era peligroso. Tomó una pequeña mochila y salió del auto, traía consigo unos pasamontañas. Corrió hasta la parte trasera de la casa, fue él quien suspendió el servicio de electricidad en todo el lugar, la intención era darle mayor ventaja a Dan en la oscuridad. Y estaba resultando.

Ya con cinco hombres en combate, Dan esperaba estar pronto en el piso de arriba. No habían pasado más que 30 o 40 segundos desde que Aldo le avisó sobre el invasor que se dirigía a la habitación de los niños.

Seguían ahí, paralizados en la cama y temerosos de lo que ocuría afuera. La chapa de su habitación comenzó a moverse, ellos emitieron un grito que se oyó por toda la casa. El joven los escuchó. Dio una patada a otro de los elementos, arrojó la figurilla de metal justo a la cara de uno de los hombres y golpeó con el palo de golf a los dos que restaban. Subió por las escaleras tan rápido como pudo. Continuó corriendo por el pasillo y abrió la puerta. El cuarto estaba vacío. Quien se los había llevado, no debía estar muy lejos.

—¡*Al*, se llevaron a los niños! —avisó Dan, esperando respuesta de su compañero, pero él no estaba en el auto.

Aldo llegó a la parte trasera de la casa, se colocó debajo de un árbol, donde nadie podía verlo. Del maletín extrajo un arma, muy parecida a un lanzacohetes. Solo un poco más pequeño. Ensambló cada una de las partes.

Dan había llegado hasta las escaleras que daban a la azotea, se asomó cuidadosamente. En todos los años de su vida, no había visto algo tan sorprendente. Por unos segundos se quedó bloqueado.

Una mujer hacía frente a cuatro hombres armados utilizando

técnicas marciales y un estilo de lucha formidable.

Utilizaba un atuendo negro, corto de la parte superior que dejaba al descubierto su torso, usaba una chaqueta ajustada con mangas largas, pelo corto, y lentes de visión, posiblemente de uso militar. Sin embargo, lo que más llamó su atención, era una especie de órtesis que acompañaba a su pierna izquierda. Era un poco imposible reconocerla, se movía muy rápido.

—*Dan ¿Ya estás en la azotea?* —preguntó Aldo por el radiotransmisor portatil que había llevado de camino a la casa.

—Sí, pero no veo a los niños —respondió.

—*¿Cuántos hombres hay?*

—¡Siete! ¡No, espera!... ¡Ahora son nueve! Hay una, chica... trata de contenerlos,

—*¿Una chica? ¿Sabes quién es?*

—No.

—*¡Bien! ¡Activa la visión térmica!*

Dan presionó uno de los botones de la máscara en la parte superior de los lentes. La visión se cambió de inmediato, Aldo disparó desde abajo un dispersor de humo que comenzó a girar y esparcir una neblina blanca por toda la planta alta.

Al acercarse para inhabilitar a los intrusos Meggar se dio cuenta de que la mujer también se vio favorecida con aquella nube. Él se abalanzó contra dos de los hombres. Ambos quedaron tirados en el piso, inconscientes. Fuera quien fuera aquella mujer, al parecer estaba del lado del profesor. El combate se perpetuó por unos segundos más. La neblina se disipó rápidamente por el viento. Dan apagó la visión térmica, miró a los hombres en el suelo posicionado a solo unos metros de la chica.

—¡Agáchate! —ordenó ella. Él lo hizo inmediatamente.

Un hombre se acercaba por detrás con la intención de atacar al encapuchado, pero la chica le apuntó con una especie de arma.

Se trataba de un pequeño cañón, que al instante irradió un flash tan intenso que aturdió al sujeto he iluminó gran parte de la azotea.

—¿Estás bien? —preguntó la chica, intentando ayudar al encapuchado a levantarse.

Algunas camionetas negras estacionadas en la calle arrancaron y se marcharon rápidamente. Las sirenas de la policía y la ambulancia se podían oír lejos. Dan se incorporó. Su herida se había abierto.

—Los niños ¿se los llevaron? —preguntó alarmado.

—Tranquilo, están a salvo. ¡Sígueme!

Bajaron por la escalera hasta el tercer piso, luego al segundo, caminaron de vuelta a la habitación de los pequeños y entraron. La chica se dirigió hasta el armario y abrió las puertas de par en par, ahí estaban, aún asustados por todo lo acontecido.

—Hola —ella se subió los lentes a la cabeza, luego dijo con suavidad—. Calma, ya se fueron.

Dan confirmó su sospecha sobre quien era aquella mujer. Se tratabade Amanda, la estudiante asistente del Profesor.

Ella abrazó a Leyva, y a Mark, Alina seguía asustada.

—Su abuelo está abajo—comentó Dan—, debo ir allá.

Amanda asintió al comentario, pero no parecía preocuparle. Ella siguió consolando a los niños un momento más.

Dan quiso salir de la habitación y bajar al despacho de Palacios.

—¡Espera! —intervino la chica—. Él estará bien.

Él joven se detuvo. Luego ella les habló a los niños.

—Unos hombres malos entraron a la casa, querían atrapar a su abuelito, pero ese hombre de ahí y yo les dijimos que se fueran. Esperen a que llegue Mara, salgan al patio cuando la policía abra las puertas. Si les preguntan sobre quien les ayudó, digan que no vieron nada —miró a Alina, haciéndola responsable al instante—. Nadie de nosotros dos, estuvo aquí.

La niña asintió. Luego salieron de la habitación. Ellos se dirigieron abajo.

—¡Ven conmigo! —dijo Amanda.

Dan la siguió hasta la azotea. Los elementos policiacos llegaron, los nietos de Palacios salieron y los médicos entraron a la casa. Cargaron al profesor en una camilla y lo metieron a la ambulancia, salieron inmediatamente. Una oficial intentó tranquilizar a los pequeños, los hombres inconscientes fueron arrestados y cargados en un convoy.

Amanda y Dan observaron todo desde la azotea.

—¿Cómo supiste de esto? —preguntó ella.

Él no respondió. Todavía seguía procesando lo que acababa de pasar. Tenía tantas preguntas en la cabeza. El profesor fue atacado, su asistente discapacitada resultaba no estarlo, y al parecer, sabía muchas cosas al respecto.

Algo pasaba en Ciudad 24. Aquellos que sabían de qué se trataba, no iban a hablar, los que lo hicieran, iban a pagarlo con sangre.

Capítulo V

Órtesis

Muk´ook K´a´am

V

CIUDAD 24
MARZO, 1999.

Un nuevo siglo estaba por comenzar. Y mientras el mundo se volvía loco, una vida había comenzado a habitarlo. La Doctora Amanda Sins dio a luz a la hija del Doctor Erick Silva. Los ojos de la niña brillaban tanto como los de su madre, se parecían casi en todo. Silva se sentía tan dichoso.

Consiguió un trabajo en un laboratorio biotecnológico, donde realizaba una investigación sobre los efectos revitalizantes en el uso de oxigeno hiperbárico, su objetivo era encontrar la manera de acelerar la recuperación y la producción de células para la construcción y reparación de tejidos orgánicos. Una gran investigación, que podía significar un enorme avance en el campo médico y tecnológico. Su estudio y su sacrificio al fin comenzaban a dar frutos.

JULIO, 2004.

La visita al puerto de los fantasmas, quedó grabada en la mente de la familia Silva; buena comida, buenas personas, y un hermoso trayecto de regreso a casa.

Luego de casi una hora y media de camino, las cosas se comenzaron a sentir extrañas. Amy estaba dormida en el asiento de atrás, y su madre comenzaba a sentirse fastidiada por la carretera. Cerca del kilómetro 140, las curvas se hacían más recurrentes, el camino se ponía peligroso, y muchos camiones de cargamento transitaban con poca precaución. Desde hacía ya unos kilómetros atrás, Silva notó que un vehículo o seguía, esperaba que solo fuera paranoia, aceleraba de vez en cuando o iba más lento, pero jamás fue rebasado por el auto, ni tampoco pudo perderlo. En definitiva, alguien iba tras de él, y no podía hallar el porqué.

—Amanda... —dijo suavemente, intentando no alarmar a su esposa ni despertar a su hija.

Ella se incorporó.

—¿Qué pasa?

Silva dirigió su mirada al retrovisor.

—Lo noté desde la estatal en el kilómetro 90.

—¿Por qué no aceleras de nuevo?—sugirió su mujer.

Así lo hizo. Al alcanzar los 150 km/h comenzó a temer por la vida de su familia, y sin ninguna idea de por qué aquel auto lo perseguía, la situación poco a poco se convertía en una pesadilla. Amanda trataba de no caer en la histeria. Finalmente le fue imposible.

Las luces de quienes los perseguían comenzaron a hacer señales. Silva no podía detenerse, su instinto no pudo permitírselo. En la curva próxima al despeñadero, apareció un vehículo de carga, el Doctor apenas pudo esquivarlo, pero perdió el control de su automóvil, dio varios giros por la carretera y atravesó las barras de contención. Cayó con su familia por la barranca y terminaron en el fondo del cañón.

El sistema de seguridad del vehículo pudo minimizar el daño un poco. Él sufrió de serias contusiones en la cabeza, varios huesos fracturados y quemaduras de primer grado, Amy sobrevivió con daños en la columna y la cadera, con futuras degeneraciones en la extremidad izquierda. Tras un diagnostico especializado y varias cirugías, los médicos lo determinaron, ella no volvería a caminar. La doctora Amanda Sins, sufrió heridas graves por todo el cuerpo, era la más afectada de los tres. Murió minutos antes de que llegaran a rescatarlos.

Silva no se había recuperado aún. La noticia sobre el deceso de su esposa y el diagnostico de su pequeña hija lo llevaron a desear la muerte. Su recuperación total le llevó casi cuatro años. Amanda tuvo que hacer uso de silla de ruedas para poder andar. Su padre había estado deprimido durante un largo tiempo. Perdió el trabajo y quedó desempleado. Había acumulado un patrimonio que les permitiría sobrevivir un par de años. Ella tuvo que tomar clases con maestros privados, dentro de casa, donde nadie pudiera verla.

CIUDAD 24
SECTOR 03
OCTUBRE ,2007

Eran casi las nueve de la noche. Amanda estaba en su habitación, la luz permanecía apagada.

Ella se asomó por la ventana, sostenía la cortina con su mano, miraba como los demás niños caminaban por la calle, vestidos de personajes de televisión, monstruos y fantasmas. Sonreían y brincaban mientras se llenaban la boca de toda clase de golosinas. La casa era demasiado grande para ella y para su padre, y a veces, en su ausencia, la pequeña la sentía todavía más inmensa.

Le hubiera gustado intentar salir y divertirse un momento. Sentir la alegría que los pequeños presumían. La cortina volvía a cerrarse cuando los chicos desde la calle volteaban, temían que fuera un fantasma, pues se había inventado el rumor de que, en aquella casa, habitaba una niña extraña y misteriosa. Su padre miraba todo eso. Le dolía la vida que su hija tenía que soportar.

Luego de pensarlo bastante, decidió que aún no era tarde para ir por unos cuantos dulces.

—Hola nena...—saludó Erick mientras encendía la luz—. ¿Cómo estás?

—Bien —respondió ella—. Solo miraba por la ventana.

—¿Y que hay en ella?

—Nada... algunos niños disfrazados, solamente.

Erick echó un vistazo a la calle. Miró unos segundos. Luego volvió la vista con su hija. Ella intentaba dejar la silla de ruedas para acostarse.

—¿Te gustaría salir?—preguntó él.

—Estoy cansada... y ni siquiera sé cómo hacerlo.

—Es simple... Solo vas, te paras enfrente y dices ¡Dulce o truco!

Amanda lo pensó unos segundos.

—¿Vendrás conmigo?

Él se acercó hasta ella, se inclinó y la tomó por los hombros.

—Siempre.

Amanda amaba los personajes de comics, los héroes y esas

cosas, pero estaba fascinada especialmente por Bat-girl, la fiel colaboradora del caballero de la noche. Había algo en ella, con lo que Amanda se sentía identificada. Era lógico que su padre llegara a la habitación con un disfraz del personaje.

Cuidadosamente le ayudó a ponérselo. Se sentía muy emocionada y nerviosa, tenía grandes expectativas sobre aquella noche. Incluso Alis, la señora ama doméstica se alegró de ver a la niña tan motivada. Salieron de la casa, era la primera vez en mucho tiempo que lo hacían juntos. Anduvieron por un rato, observando los adornos en las casas de los vecinos.

Tocaron a la primera puerta. Amanda estaba temblando de miedo.

Una mujer de edad avanzada salió sonriendo. Miró a la niña y a su padre.

—Dulce… ¿o truco?—dijo Amy tímidamente, mientras miraba a su padre.

—¡Estas hermosa! ¡Mira esa sonrisa! —comentó la vieja vecina—. ¡Aquí tienes!

La mujer entregó a la niña una generosa cantidad de caramelos y mentas, no sin antes sonreír sensualmente al Doctor Silva.

Las cosas estaban resultando bastante bien. Se despidieron de la mujer y salieron de ahí. En el camino, Amanda notó la mirada curiosa de varios niños. Por momentos se sintió como un bicho raro, como un ser jamás antes visto. Trató de ser fuerte y adaptarse. Sabía que sería cuestión de tiempo para que todos pudieran acostumbrarse a ella. Pero había algo diferente en la mirada de una niña. El Doctor Silva llevó a Amanda con rumbo a la siguiente casa y caminaron hasta la puerta, la muchachita aprovechó para incorporarse con ellos.

Tocaron el timbre, ella llevaba una extraña mascara, solamente. Parecía una marioneta. Un hombre salió, fue muy atento y repartió caramelos a las dos pequeñas. Luego de dar las gracias y entablar una agradable conversación con el hombre, caminaron de vuelta a la calle.

Amy nerviosa, se dirigió a la solitaria niña.

—Soy Amanda —dijo de forma precipitada.

—Soy Laura —respondió la pequeña desconocida, quitándose la máscara al mismo tiempo.

—Lindo disfraz.

—Gracias —dijo Laura, con una sonrisa muy dulce—. Me

gusta el tuyo.

Las niñas comenzaron a platicar, fue solo cuestión de minutos para que ambas tomaran más confianza. Erick, por primera vez, sentía algo de esperanza en su interior.

Laura parecía una niña normal, era de la misma edad que Amanda y su ropa era sencilla. Su piel era morena, su cabello estaba rizado y mal peinado, cargaba sus golosinas en una bolsa de tela café.

Acudía a la escuela pública norte del sector 03 y tenía una hermana mayor, que, según ella, debía haberla acompañado esa noche.

—¿No te da miedo caminar sola por la calle? —preguntó Amy, asombrada.

—No, sé cuidarme sola —respondió, alardeando sobre su aparente libertad.

Finalmente llegaron hasta una tienda en la esquina de la calle 45 con la 78, había algunos niños disfrazados afuera, comían dulces y se empujaban entre ellos.

Para Erick, todo aquello también parecía un poco nuevo. Pensó incluso que todo podía tratarse de un sueño.

—¿Podemos entrar solas esta vez? —preguntó Amy.

Él se sintió sorprendido, alegre, pero también temeroso, aun así accedió.

—Bien nena, las espero aquí —hizo una pausa—. Recuerda, tienes que sonreír.

Las niñas entraron, Amanda estaba algo asustada, pero su valentía era innegable. Se había quitado la máscara del disfraz porque le apretaba un poco, ella tenía el pelo algo corto.

Nunca se había sentido tan libre antes. Entraron y se acercaron hasta la caja. Un grupo de niños terminaba de ser despachado. Entre risas y alboroto, se apartaron del mostrador. Era el turno de las niñas.

Afuera, Erick no podía lidiar con los sentimientos encontrados que esa noche le habían provocado. Vino a su mente un recuerdo con su mujer. Fue justo en una fiesta de Halloween cuando la conoció. Ambos estaban en la Universidad. Él se quedó congelado cuando la vio por primera vez. Aunque era brillante en la escuela, nunca fue muy sociable. Era más bien, tímido y obstinado. Ella por el contrario, desbordaba alegría, carisma y astucia. Jamás conoció a otra mujer que se le pareciera.

Aun con los años ya transcurridos, seguía preguntándose, si el día del accidente realmente estaba siendo perseguido por alguien. Se preguntaba los motivos.

Tal vez estaban interesados en la tecnología con la que trabajaba.

Luego de dejar el proyecto y recuperarse del accidente, jamás volvió a ser molestado. Eso era lo más probable. Sin embargo, aún sentía algo de rabia. Los responsables podían haber seguido con sus vidas, inconscientes del enorme dolor que causaron. Habían condenado a su hija.

Caminó unos pasos hasta el límite de la acera, la calle permanecía tranquila.

Adentro, las cosas no estaban saliendo como se esperaba.

—¡Dulce o truco! —exclamaron las niñas.

El tipo encargado, soltó una risa burlona. Era un hombre obeso con barba, caucásico. Lo acompañaban varios adolecentes y chicos que bebían cerveza.

—¡Miren a quien tenemos aquí! —rio, mientras señalaba a las dos—. Bati-chica sobre ruedas, y a una pequeña disfrazada de indigente.

Las niñas no entendían a qué se refería el sujeto, pero asumieron que era una especie de broma, todos los demás se burlaron.

—¡Oye! —se dirigió a Laura—. ¿Porque no le compartes un poco de tu cabello? —era evidente que estaba ebrio.

Amanda confirmó que se mofaban de ellas. Miró con furia al hombre.

—¡Miren! se está enojando. Será mejor que corra ¡Podría alcanzarme! —soltó una carcajada. Los demás seguían riendo a los chistes que él hacía.

Erick escuchó las risas desde afuera. Se aproximó a la puerta y miró por el cristal. Vio como el hombre sujetaba la máscara de Laura y la de su hija en el aire mientras ellas intentabas alcanzarlas.

—¡Ya basta Dex, déjalas en paz! —gritó una mujer entre el escándalo, pero no fue escuchada.

El Doctor Silva entró furioso.

El tipo gordo continuaba burlándose de las niñas, Erick apareció en un instante y lo empujó, pero al no utilizar tanta fuerza, solo lo desequilibró un poco.

—¿Cuál es tu maldito problema? —preguntó Silva, furioso.

—Oye, ¿cuál es el tuyo? Solo nos divertíamos un poco —respondió, sin ningún tipo de culpa.

La discusión que comenzaba se vio interrumpida por el llanto y la salida de Amanda. Laura fue tras ella.

Erick estaba molesto. Así que reprendió al sujeto.

—¡Así no se trata a una niña desgraciado! —golpeó justo en la cara al tipo. Este cayó al suelo quejándose—. ¡Esto lo sabrá tu jefe!

Luego salió del lugar. Intentó ir tras las niñas, Amanda se encontraba a la vuelta, estaba llorando tras una cerca en la oscuridad,

Laura intentaba consolarla. Su padre la vio y se acercó.

—¿Te hicieron algo? —preguntó mientras la envolvía en sus brazos, luego miró a Laura, tocó su hombro con la mano—. ¿Estás bien?

Ella asintió. Luego tomó el rostro de su hija en sus manos y la enfocó de frente.

—Mi niña… ¿Tú estás bien?

Amanda seguía llorando.

—Quisiera que mamá estuviera aquí.

Erick sintió como su corazón se oprimía dentro. Él también deseaba que su esposa estuviera ahí. Abrazó a la pequeña.

—Ella está aquí. Seguro que aquí está.

Se quedaron así unos segundos. Mientras Amanda se aferraba a su padre, él se dirigió a su acompañante.

—¿Qué tan lejos queda tu casa?

—A unas cuadras de aquí —respondió ella.

—Te llevaremos.

Erick limpió las lágrimas de su hija.

—Vamos… tenemos suficientes dulces.

La pequeña se animó un poco. Llevaron a Laura de vuelta a su casa. Era muy linda, no tan grande como la suya, pero parecía acogedora. Ambas habían hecho una amistad esa noche, así que la aventura había valido la pena.

Ya de vuelta en casa, Amy se sentía cansada, triste, pero al mismo tiempo alegre. Laura parecía una buena niña, y prometió visitarla cuando pudiera para jugar e igualmente la invitó a que la visitara en la suya alguna vez.

Su padre la acompañó a la cama, intentó animarla una vez más, pero ella se desvaneció de sueño lentamente, hasta que se quedó dormida.

Erick la observó por unos minutos. Pensaba sobre lo que había ocurrido aquella noche. No parecía justo que aquella pequeña niña inocente, recibiera tales humillaciones.

En ese momento, llegó a su mente algo… parecía importante. Miró a Amanda ahí dormida, pensó en el diagnóstico que los médicos habían dado hace años, y recordó el proyecto en el que trabajó antes del accidente.

—Oxigeno hiperbárico concentrado —dijo en voz baja y con los ojos muy abiertos.

Corrió hasta su laboratorio en el sótano, revisó la copia de los archivos del proyecto que había guardado cuando lo despidieron del trabajo. En una carpeta se hallaba lo necesario para lo que tenía pensado. Había tenido una especie de cura en sus manos. Solo necesitaba algo de tiempo.

Si lograba crear un nano estimulador de oxigeno hiperbárico concentrado, y lo colocaba en la falla óseo-nerviosa de Amanda, con el tiempo la estructura se regeneraría. Solo habría que hacer una intervención. Con suficiente preparación y práctica podría realizarla el mismo. Solo necesitaba de un asistente.

Estaba Alis. Ella sería útil.

Justo desde esa noche, el Doctor Silva comenzó a trabajar en un proyecto que sin duda cambiaría la vida de su hija. Luego de semanas, y meses, lo consiguió.

CIUDAD 24
SECTOR 03
MARZO ,2008

El Doctor Silva estaba nervioso. Se las había arreglado para equipar el sótano de su casa con equipos quirúrgicos.

Luego de ensayos y exitosas pruebas, al fin estaba listo para devolverle a su hija la capacidad de caminar nuevamente.

Habían sido semanas difíciles para Alis también. Pasar de ser una simple ama doméstica, a convertirse en una asistente quirúrgica tomó de mucho trabajo. Las cosas parecían preparadas. Nadie más podía enterarse de aquella operación. Sedaron a la niña. Tendrían solo diez horas para realizar la cirugía. Silva tuvo mucho cuidado en el proceso, le llevó dos horas llegar hasta la falla en la columna. Reacomodó las vértebras dañadas sin temor a empeorar el problema. Después de todo el nano-estimulador se encargaría de la regeneración y la reparación.

Luego de insertarlo y acomodarlo, cerró la incisión. El proceso había sido difícil. La niña tuvo que ser anestesiada en dos ocasiones, pero finalmente había terminado. Amanda permanecería en observación toda la noche. Los resultados comenzarían a verse en un par de semanas.

CIUDAD 24
SECTOR 03
MAYO ,2008

Transcurridos algunos días, la idea del Doctor Silva comenzó a mostrar resultados. Propuso una rutina terapéutica para Amanda, ella pudo ser capaz de mover su pierna derecha sin mucha dificultad.

La falla degenerativa que provocó la lesión de la cadera en la pierna izquierda, le impidió poder mover esa extremidad con libertad por todos esos años. Había algo de dolor. Sería necesario seguir con sus terapias. Silva continúo trabajando en un proyecto especial.

Laura visitaba a su amiga casi a diario. A veces le ayudaba con sus ejercicios. Ambas se sentían emocionadas.

CIUDAD 24
SECTOR 03
JULIO ,2008

La extremidad inferior derecha de Amanda finalmente pudo moverse con total libertad. La izquierda también mejoró considerablemente. El dolor desaparecía gradualmente, pero la movilidad era limitada. Las sesiones fisioterapéuticas que designó Silva, no pudieron mejorar más el estado de su hija, así que su padre se encargó de encontrar una solución.

Durante los últimos meses había logrado diseñar y construir una órtesis robótica con efectos terapéuticos, que permitía a la niña poder recuperar el movimiento total de la extremidad. Lo malo era que el efecto solo se daba cuando portaba el artefacto.

Era en realidad un aparato bastante complejo. La órtesis completó la efectividad del tratamiento, pues con el tiempo, permitió a la niña, moverse como cualquier persona; correr, saltar y jugar sin ninguna clase de restricción. Cuando Amanda suspendía el uso de la máquina, solo podía desplazarse con una cojera bastante marcada.

El aparato se auto sustentaba de energía producida con el mo-

vimiento, era una estructura de tres partes que sujetaba y corregía la posición de la espalda, alineándola con la cadera y la pierna.

Un cable abrazaba la ingle desde el exterior de la extremidad izquierda, y sujetaba la cadera como un cinturón, en lo que radicaba principalmente la compostura de la degeneración. Recorría directamente a la altura de la rodilla, y finalizaba en la tercera sección que se entrelazaba con el sujetador del tobillo.

Era una pieza extraordinariamente flexible, que guardaba consigo secretos y funciones aún más especiales.

CIUDAD 24
AGOSTO ,2014

Ya habían pasado algunos años desde la recuperación parcial de Amanda, pero aún necesitaba el artefacto, el nano-estimulador de oxigeno hiperbárico había terminado el trabajo en su columna. Su padre lo había extraído el año pasado. Consiguió un trabajo como profesor en la Universidad Central. Amy estaba por terminar la secundaria. Su amistad con Laura perduró hasta entonces. Ella era la única que sabía de la funcionalidad de la órtesis, y guardó el secreto sin problema. Amanda había comenzado un entrenamiento desde hacía dos años, su padre contrató a un maestro de artes marciales para ella. Disfrutaba mucho de el combate, era increíble cómo había puesto a prueba sus capacidades y las de la maquina adherida a ella. El señor Dely se sentía orgulloso, la había llegado a considerar como una hija o una sobrina, era amigo del padre del Doctor Silva.

De vez en cuando Laura participaba en los entrenamientos, solo que comenzó ausentarse un poco. Debía cuidar a su madre, pues cayó enferma y su padre trabajaba dos turnos. Su hermana abandonó la casa. Según ella se fue con un chico. No sabía a donde, excepto que se encontraba muy lejos.

CIUDAD 24
OCTUBRE ,2014

Pasaron siete años desde que Amy salió a pedir dulces con su padre por primera vez. Aquel año, las niñas suspendieron la tradición de salir disfrazadas por el Halloween, pues la madre de Laura había muerto.

Su padre y ella estaban destrozados, su hermana llegó en cuanto se enteró, resultó que estaba embarazada. Amanda acompañó a su amiga durante los días posteriores. Ella la comprendía más que nadie. Su presencia alivió parte de su dolor; su padre sin embargo comenzó a frecuentar las licorerías y los centros de entretenimiento para adultos, llegaba a casa muy tarde, con poco dinero. Su hermana se fue una semana después del funeral.

CIUDAD 24
MARZO ,2020

Amanda y Laura se habían convertido en unas peleadoras y atletas formidables. Sus combates eran indudablemente intensos, sin embargo, la hija de Silva parecía siempre tener una ventaja. El uso de la órtesis la había obligado a volverse más rápida, más fuerte, y más ágil.

No existía rivalidad, no aún. Silva miraba desde lo lejos, pensaba que tal vez debía obsequiarle al mundo, lo mismo que le había dado a su hija. Sin duda, terminaría con el sufrimiento de muchos. Pero aún había cosas que lo hacían dudar. Trabajaba por su propia cuenta en la construcción de otra máquina. Pensaba aplicar el efecto del nano-estimulador a una capsula de ondas electromagnéticas. Eso probablemente significaría un gran avance en el sector médico y tecnológico, una máquina que sanaría el cuerpo. Parecía estar muy cerca de lograrlo.

A pesar de la insistencia del Doctor Silva para pagar su universidad, Laura jamás aceptó. Había preferido trabajar y pagarla por su propia cuenta.

Silva conoció en el instituto a un hombre, ambos se volvieron buenos amigos, su nombre era Bernardo Palacios, trabajaban juntos de vez en cuando en algunos proyectos.

CIUDAD 24
MAYO ,2020

Era el segundo año de universidad de Amanda. Las cosas parecían ir bien, pero a pesar de su gran carisma, le fue difícil hacer muchos amigos, hacía más de un mes que no veía a Laura, así que comenzó a preocuparse.

Una tarde, Amy decidió caminar a casa después de la escuela, su padre debía arreglar algunos asuntos, y a ella no le gustaba conducir en la Ciudad.

Cerca de un puente, la circulación era violenta e imprudente, los automóviles andaban de un lado a otro, el cruce de la calle parecía complicado, una mujer intentó atravesar la vialidad, un auto se aproximaba sin tener la intención de frenar. Amanda no lo pensó dos veces, corrió y empujó a la distraída señora. Pudo salvarla, el impacto le causo algunos raspones y golpes, pero quedó enormemente agradecida, Amy sintió algo de dolor, pues consiguió algunos roses, nada grave. Algunos hombres vieron la hazaña, con sus ojos se dieron cuenta de la capacidad para correr de aquella chica, algo muy extraño que pocos notaron.

CIUDAD 24
JULIO, 2020

Silva se dio cuenta de que nuevamente había personas al acecho. Sospechaba que el incidente de su hija era la razón, pero, por otro lado, se había involucrado con Palacios en algunas investigaciones. Así que no estaba seguro.

Un par de hombres fueron a verlo. Preguntaron por la órtesis de Amy, y le ofrecieron varios millones por la patente. Por supuesto él se negó. Pidió apoyo al Profesor para investigar sobre la organización para la que decían trabajar. Pero nada se pudo encontrar.

Laura seguía sin comunicarse. Nadie la había visto, y no había respondido a las llamadas de su amiga. Amanda intentó visitarla en su casa, pero se encontró con que estaba en venta. Era probable que Laura se hubiera mudado, pero no podía explicarse porqué no la puso al tanto o porqué no se había tomado la molestia de llamarla. Temía que algo malo le hubiera pasado.

CIUDAD 24
AGOSTO, 2020

El Profesor Palacios no pudo averiguar mucho, estaba más ocupado con algunos asuntos de la Universidad. Silva lo estuvo apoyando, así que también había descuidado sus asuntos personales.

Amanda se encontraba sola aquella vez, su padre no había vuelto a casa por el trabajo, la media noche se estaba quedando atrás por algunos minutos. Yacía acostada, preguntándose donde estaría Laura. Ya hacía tres meses, desde que la había visto por ultima vez.

En el silencio de la noche, fue posible escuchar un extraño sonido por la casa, Amanda se sintió alarmada, no asustada, así que fue a revisar. En la oscuridad era difícil esconderse, pues la luz de la calle alumbraba los pasillos. La puerta que daba al sótano, hacia el laboratorio de Silva, estaba entreabierta.

Con cuidado la chica bajó por las escaleras, alguien revisaba los cajones y extraía información de la computadora de su padre. Encendió la luz. Se vio deslumbrada por el repentino cambio tras la iluminación del lugar. Al instante y luego de tomarse solo unos milisegundos para enfocar, distiguió a una mujer. Era Laura.

—Laura...—dijo Amanda confundida—... ¿qué estás haciendo?

Ella no respondió, su mirada mostraba vergüenza. Tanta presión la obligó a abalanzarse contra la hija de Silva, y entonces comenzaron una pelea en la que ninguna cedía a la violencia verdadera, ambas tan solo intentaban contenerse.

—¡Yo no soy responsable! —exclamó Laura.

—¡Para ya y explícame! —exigió Amanda, mientras esquivaba los golpes de su amiga.

—¡Ellos tienen a mi padre y a mi hermana! ¡Tu padre ha sido muy egoísta con lo que ha creado, y si yo no consigo esto, van a matar a los únicos que me quedan!

—¡Somos tu familia, Laura! —replicó Amanda con lágrimas en sus ojos.

—Lo siento Amy... ya no más.

El corazón de la chica se fragmentó. No halló respuesta inmediata para lo que había escuchado.

—Si tú lo dices —respondió resignada. Aparentó hacer el dolor a un lado. La pelea continuó, Laura contendía como nunca, su amiga estaba destrozada. Una gran desventaja. Silva estaba trabajando en un cañón de flash cegador nuevo, lo había dejado sobre la mesa. Laura estaba sobre Amanda, sujetándola del cuello. Tomó el cañón, y lo disparó. La chica no pudo cerrar los ojos, el impacto lumínico la cegó temporalmente. Laura escapó con la información y los archivos. Amanda lloraba en el piso mientras balbuceaba.

—La… Laura… ¿por qué haces esto? Tú… Eras mi amiga… ¡No puedes hacerlo! ¡No puedes! ¡Vuelve!

Pero ella ya se había ido.

13 DE SEPTIEMBRE, 2020

Palacios encontró el paradero de Laura. Se encontraba viviendo en una Ciudad de la Región 04. Sus contactos dieron con su dirección. Silva y Palacios prepararon una operación.

Amanda visitaría a Laura para interrogarla. La diferencia era que ahora estaría preparada.

15 DE SEPTIEMBRE, 2020

Laura entró a su departamento. Parecía volver de hacer algunas compras. Amanda emergió de las sombras. Ella se percató al instante, pero intentó mantenerse en calma.

—¿A qué has venido? —preguntó.

—Quiero lo que tomaste, de vuelta —respondió Amanda—. Y quiero el nombre de las personas con las que trabajas.

—No tengo nada. Me contrataron para eso. Solamente —desvió la mirada, no hallaba más justificación—. Ellos lo tienen todo.

—¿Cómo pudiste?

—¡Tú no tienes idea Amanda! He sufrido la mitad de mi vida. Alguien vino a mí, llevó consigo a mi familia, me prometió su rescate y dinero con tal de robarles a ustedes, ¿qué se suponía que debía hacer? —con lágrimas en sus, ojos abrió un cajón, sacó un arma, la observó con un dolor tan profundo, y la levanto temblando—. Lo peor de todo, fue que era mentira. Los mataron de igual forma.

Laura se llevó la pistola a su cuello.

—Laura... tranquila. Vamos a resolverlo... solo dame el arma... dime sus nombres.

—Ya no tiene sentido Amy —soltó un llanto desgarrador.

Amanda intentó consolarla.

Laura extrajo una hoja de papel de su bolsillo. Se lo entregó. Era la información que necesitaban.

—Ellos van a buscarme cuando se enteren. Son muy poderosos.

—Podemos protegerte.

—¡No! Solo debo mantenerme muy lejos —Laura se puso de pie. Extrajo una mochila dentro de un mueble. Miró a Amanda, dándole la espalda—. Cuídate.

Salió del departamento. Amy tenía lágrimas en los ojos. Jamás se volvieron a ver.

27 DE SEPTIEMBRE, 2020

Amanda y el Doctor Silva trabajaron junto con el Profesor Palacios en la busqueda de los responsables. Luego de días de seguir el rastro, encontraron el paradero de los hombres que solicitaron la patente de la órtesis. Resulta que pertenecían a la SIS (Sociedad Internacional de Servicios), una organización secreta de carácter internacional, dedicada entre muchas otras cosas, al espionaje, desarrollo de armas y servicios secretos, que se encontraba en decadencia.

Su estructura se debilitaba, pues experimentaba un gran descenso en la demanda de sus servicios y funciones, así como inconsistencias en su estructura política interior.

Habían estado buscando la forma de volver a recuperar el poderío que alguna vez tuvieron. La tecnología de Silva era solo uno de cientos de proyectos en la mira de la Sociedad. Lo que planeaban era renovar su sistema e incrementar las funciones, así como los servicios que ofrecían. Amanda encontró la locación de uno de los dirigentes principales. Amir Escotia. Se ubicaba en unas oficinas del Sector B en una provincia urbana de la Región A. Debido a diversas complicaciones, le había sido imposible entregar la información que Laura había robado del laboratorio de Silva.

El hombre se encontraba aislado en su oficina. La puerta estaba cerrada, llevaba más de una hora atendiendo una llamada. Parecía estar metido en serios problemas.

Luego de colgar el teléfono, Amanda emergió de donde se ocultaba.

—Esos fueron sesenta y siete minutos muy interesantes.

El hombre, asustado, extrajo un arma de su escritorio.

—Tranquilo —Amy se acercó con confianza y serenidad—. No estoy aquí para hacerte daño. Solo dame lo que es mío, y prometo que ninguno saldrá lastimado.

—No sé qué es lo que quieras, y no se quien seas, pero si no sales de aquí inmediatamente, no tendrás otra oportunidad.

El hombre estaba paralizado. Amanda se acercó por detrás, tiró el arma al suelo, luego ató sus manos y pies con una cuerda.

Intentó por minutos que Amir cediera. Como él se rehusó a hablar, ella comenzó a buscar por su cuenta, pues era un hecho que la información se encontraba ahí.

Luego de un rato, la chica comenzó a sentir desesperación.

—¡Ambos estamos perdiendo el tiempo! —exclamó ella con un tono molesto—. Mi equipo y yo ya hemos recopilado suficiente información sobre ustedes, información que los compromete.

Se acercó hasta él.

—A propósito, mucha relacionada contigo —comentó amenazante—. Si quisiéramos hundirlos ya lo habríamos hecho. Pero estoy aquí, dándote una oportunidad. Sé que tus hijos valorarían que cooperaras... y sé que valorarían aún más que no fueras a prisión. Suena mejor que esperar a que vengan a borrarte del mapa, ¿no?

Alguien se comunicó con Amanda por medio del transmisor. Era su padre.

—Linda, el edificio está siendo evacuado a discreción. Se rumora sobre una serie de bombas dentro del edificio.

—Alguien tiene prisa por liquidar a estas personas —respondió ella.

—¡Tienes que salir de ahí!

Tal parecía que las sospechas de Palacios eran acertadas. El edificio sufriría un atentado esa misma noche.

Amy arremetió contra el hombre. Abrió otro de los cajones y por casualidad encontró un temporizador, justo al lado de un paquete de explosivos.

—¡Oh, no! —balbuceó Amir, aterrado por lo cerca que se encontraba de su final..

—Son cinco minutos para la detonación… —avisó Amy a su padre, que se encontraba a una cuadra del edificio dentro de una camioneta.

—¡Ya, sal de ahí! —ordenó Erick.

Amanda pensó por un segundo. Luego se dirigió al hombre.

—Así son las cosas ahora... dame la información, y prometo sacarte de aquí.

La respiración del sujeto aumentaba, dudó por unos instantes. Luego accedió.

—No están aquí —titubeó—. Hay una oficina en el piso de arriba, los archivos están ahí, esperando ser descargados y enviados a la base central. Pero si subes no habrá tiempo para salir después.

Amanda parecía encontrarse en un dilema, pero consideraba que no intentarlo, representaría semanas de búsqueda tiradas a la basura. Era preciso obtener la información que había estado tratando de recuperar por meses.

Corrió hasta las oficinas en el piso de arriba, encontró la tarjeta de memoria, corroboró en la base de datos que la información no hubiera sido descargada ni copiada. Demoró algo de tiempo. Bajar le llevaría treinta o cuarenta segundos. Y quedaban más de dos minutos. A pesar de que Amir era un desgraciado, Amada no podía dejarlo ahí para morir. De nuevo se encontraba en un dilema.

Él se hallaba desesperado en su oficina, su vida entera pasaba por su mente. Resignado a afrontar su destino, cerró los ojos, dispuesto a aceptar la muerte.

Justo en ese momento, Amy entró por la puerta, liberó los pies de Amir y emprendieron el escape. El edificio contaba con cinco pisos de altura, ellos se encontraban en el tercero, y el detonador solo les estaba regalando sesenta segundos más de vida. Se dieron prisa, bajaron hasta el segundo. Luego llegaron hasta el primero, la puerta estaba cerrada. Amanda intentó golpearla con todas sus fuerzas, pero fue imposible moverla. El miedo comenzó a apoderarse de ella.

Amir parecía inusualmente calmado. Solo quedaban treinta segundos.

—La puerta de intendencia —sugirió él.

Amanda su puso en marcha, pero tras unos pasos, notó que Amir se había quedado estático. Ella lo miró confundida.

Con los brazos contenidos, y una mirada resignada, dijo a Amy:

—Mi vida será así de ahora en adelante —enseñó sus manos atadas, privadas de total libertad—. Esto, o la muerte… y no vale la pena.

—Tú tienes hijos —comentó ella.

—Estarán mejor sin mí.

Amy comprendió que si salvaba la vida de aquel hombre, sus enemigos, o sus propios amigos, llegarían hasta él. El cautiverio puede ser peor que la muerte para algunos, y la muerte no debe ser necesariamente sinónimo de dolor.

Amir cayó al suelo. Amanda lo miró, después de todo, él había aceptado su condena. Ella se dirigió hasta la puerta de intendencia, la abrió y salió de ahí. El edificio sería el escenario de más de ocho detonaciones. La chica pudo recuperar la información de su padre, descubrió que utilizarían su tecnología para aplicarla en armamento y armas químicas. Pero no podía comprender la razón por la que alguien atentaría contra dicha organización de esa manera.

—Sociedades como esta, se hacen de muchos amigos, amigos que más tarde se volverán tus enemigos. Enemigos que después buscarán la manera de acabar contigo. Ambición y poder, de eso se alimentan estas organizaciones. Solo una persona leal a su ideología podría manejar y maquinar algo tan grande. Es muy probable que algún gobierno, o incluso una organización rival, esté detrás de todo esto —explicó Palacios.

OCTUBRE, 2020

Las cosas parecían tomar calma. Palacios estuvo trabajando muy duro. Afortunadamente la información que fue extraída de la casa de los Silva, fue muy mal manejada.

Su vida privada no corría riesgo, y el secreto de la órtesis, parecía haberse mantenido a salvo.

JULIO, 2023

Los problemas con la SIS quedaron atrás, el Profesor parecía haberles perdido el rastro. Sus contactos de pronto dejaron de tener comunicación con él. Comenzaba otro año de Universidad para muchos. Amanda trabajaba todas las vacaciones preparando algunos asuntos para Palacios, la carrera de Biotecnología exigía que el estu-

diante realizara un servicio a la Universidad, y el Profesor le ofreció a Amanda apoyo. Además, por los fines de semana recibía clases extras de su padre.

Las vacaciones fueron enteramente aburridas. Finalmente, todo volvería a la normalidad.

Sin embargo, Amy notó que Palacios se encontraba cada vez más presionado. Distante, y algo nervioso.

Ella estaba al tanto de sus reuniones y clases, así que atribuía se comportamiento a la agitada vida que llevaba. Su padre le había enviado un paquete con ella. Al parecer eran medicamentos.

El profesor le hizo un regalo. Un libro, que en realidad no se relacionaba con sus gustos, sin embargo, era de su conocimiento, la fascinación que este tenía por "Las aventuras de Sherlock Holmes". Hojeó unas páginas, había algo dentro de ellas.

SECTOR 01
CENTRO HISTÓRICO
12:16 AM

—¿Ya vas a decirme quién eres? —preguntó Amanda.

Dan no respondió.

—Bien. Supongo que, me veré mal si sigo insistiendo.

—Antes que nada, quiero saber tu verdadero nombre —condicionó el muchacho.

—¿De verdad? —le cuestionó Amanda de manera desafiante—. Bien.

Se retiró los lentes del rostro, miró directamente al chico. Su mirada era penetrante, en cierta forma, parecía seductora. Una inexplicable sensación de confianza se apoderó de su interior.

—Me llamo Amanda… el profesor es amigo mío.

Dan no se mostró sorprendido, tan solo quería saber si ella era capaz de darle su nombre. Miró a un costado, tratando de dar suspenso a su revelación. Metió la mano dentro de la capucha por el cuello y jaló lentamente la máscara. Amanda se encontraba a la expectativa, luchando en su interior por no parecer impresionada. Fue imposible. Frente a sus ojos, Dan se reveló como el enmascarado que había defendido la casa de su mentor. La chica tenía los ojos abiertos, su actitud cómoda se esfumó por un momento, tenía la boca abierta, era obvio que no sabía que decir.

—Vaya —dijo con un ligero movimiento en la cabeza—, creo que era demasiado obvio.

—¿De verdad? —preguntó el.

—¿Quién más podría haber sido?

—Eso no era lo que quería escuchar. Soy nuevo en esto.

—Sí, supongo —comentó—. Pero me gusta tu estilo.

—Gracias… en realidad, esto, no es obra mía.

—¿Tienes un modista? —preguntó con un tono de burla.

—Algo así…

—No, espera. Sé quién está detrás de esto. ¡El chico de informática! ¡Aldo! Ese es su nombre, ¿no?

—¿Lo conoces? —preguntó Dan.

—No en persona. Pero sé que son compañeros. Dicen que es brillante.

—Sí, lo es. Un poco complicado. Tal vez incluso a veces fastidioso.

—Así somos los genios.

Hubo un silencio confuso, Amy le había dado la espalda y se alejó en unos cuantos pasos.

—Ahora que estamos más familiarizados. Tengo muchas preguntas para ti. Y apuesto a que tú también.

—¿Qué es todo lo que acaba de pasar?

Amanda suspiró, luego lo miró directamente a los ojos. Torció la boca.

—Francamente, no lo sé. El Profesor Palacios es impredecible. Y desde hace mucho, no nos tiene al tanto sobre sus asuntos.

—¿Nos? —preguntó Dan confundido.

—Mi padre y yo.

Dan intentó asimilarlo.

—El profesor sufrió un ataque al corazón.

Ella sonrió, de una forma dulce y al mismo tiempo burlona. Como si solo se tratara de una broma.

—Eso no es algo de lo que debas preocuparte. Concentrado de vitaminas amazónicas. Es una sustancia, ilegal en casi todo el mundo. Concentra el colesterol y lo envía hasta el corazón. Obstruye el flujo dentro de las arterias, provocando pequeñas anginas cardiacas. El tránsito de la sangre se reanuda en segundos, luego viene el segundo efecto. Desmayo. Mi padre se la dio, pero ignoraba el uso que le iba a dar.

—¿Qué sabes sobre los que lo fueron a buscar? —preguntó Dan.

Amanda no respondió.

—Ahora yo quiero hacer una pregunta.

Dan asintió.

—¿Cómo supiste que alguien lo visitaría esta noche?

El joven no respondió de inmediato. Dio media vuelta.

—Esa es una historia muy larga —dijo, luego volvió a ponerse frente a ella.

Su respuesta no fue inmediata. Cruzó los brazos.

—Bien. Tenemos toda la noche.

Amanda estaba dispuesta a ponerse al tanto de la situación. Dan igual tenía muchas dudas respecto a ella, así que accedió a conversar.

Las preguntas, historias y respuestas se extendieron por casi tres horas. Dan se sintió aliviado al suponer que Palacios tenía una especie de plan.

Según lo que le contó Amanda, el Profesor le había hablado en secreto a su padre sobre una operación de emergencia, en el caso de que alguien atentara contra su vida.

El octor Silva nunca pensó que se llevaría a cabo tan pronto. Palacios sería llevado al Hospital General "E" del sector 05, y no al "A" del sector 01, como se suponía. Lo más probable era que Palacios tuviera contactos en la policía y que gente en el hospital pudiera ayudarle inmediatamente a confirmar su defunción, así evitaría que los que lo perseguían, pudieran dar con su paradero o el de su familia. Cambiar de hospital sería una estrategia que funcionaría para distraer a quien intentara cerciorarse de su muerte. Luego de encontrarse estable, viajaría a su casa de campo en la comarca 03 de la Sub-Región de la Paz. Sus nietos, y su hermana lo esperarían ahí para ocultarse por unos días. Él continuaría con sus investigaciones, oculto de quienes quisieran hacerle daño.

Eso era lo que tenía planeado, era la última y única forma de llegar hasta el fondo de la verdad. De alguna manera intentaría contactar con Dan, lo había mantenido fuera de la investigación por extrañas razones. Tal vez si lo conseguía, podrían averiguar qué era lo que estaba pasando a la sombra de Ciudad 24.

SECTOR 05
HOSPITAL GENERAL "E"
03:05 AM

Dos ambulancias partieron de la casa de Palacios unas horas antes, una se dirigió al Hospital General del Sector 01, y otra hasta el Hospital del Sector 05, que era en realidad una clínica, un lugar un poco menos ostentoso.

Como lo especuló su asistente, el Profesor Palacios tenía un plan detrás de todo el evento que ocurrió aquella noche. Luego de arribar hasta el centro médico, fue conectado y reanimado. Saldría muy temprano de ahí para dirigirse hasta la Comarca 03 y reunirse con su familia.

Quienes ordenaron su muerte, debían estar satisfechos. Un médico lo declaró muerto en el Hospital General del Sector 01. Su cuerpo iba a ser entregado al día siguiente por la mañana.

Su estrategia parecía haber resultado. Aunque sería algo complejo trabajar desde las sombras, esperaba apoyo de varias personas.

La noche era tranquila. La clínica se encontraba en silencio y los pasillos en ella estaban parcialmente iluminados. La alcaldía no destinaba mucho dinero para el mantenimiento de aquel lugar, así que el horario nocturno debía ser más recatado con respecto a los gastos y los servicios. Los efectos de las vitaminas amazónicas habían pasado. El profesor solo intentaba descansar.

Las pocas luces encendidas fueron apagadas por todo el edificio. Las cámaras de seguridad dejaron de funcionar. Las lámparas del exterior alumbraban débilmente el interior del lugar. Una sombra se deslizó por los pasillos, caminó a la habitación de Bernardo. La puerta se abrió. Un hombre vestido con camisa blanca, tirantes y pantalones negros se aproximó lentamente hasta la cama. Palacios yacía dormido tranquilamente sobre ella.

El visitante sacó una especie de puñal transparente, como un cristal. Contempló un momento al sujeto sobre la cama, acercó el arma fría y serenamente, para enterrarla sin piedad en el corazón del Profesor. En los últimos segundos de su vida, pudo ser capaz abrir los ojos. Lo que veía, era tan confuso, como aterrador.

No hubo más palabras, solo silencio.

Capítulo VI

Muerte

Kìimili'

VI

CALLE 16
COLONIA DEL INVIERNO
EDIFICIO TERRA
SECTOR 04
8:16 AM

La noche pasada resultó ser de lo más extraña. Dan había llegado a su departamento alrededor de las 02:00 am. Estaba exhausto. Esperaba despertarse hasta las 10 u 11 de la mañana. No fue así. Aldo entró a su habitación eufórico y alarmado.

—¡Dan! ¡Dan despierta!¡Dan, ven a ver esto! —gritó asustado esperando respuesta pronta de su compañero—. ¡Palacios está muerto!

El joven, aún recostado, sintió como si su alma abandonara su cuerpo. Abrió los ojos y se levantó de la cama. La televisión anunciaba el asesinato del Profesor Bernardo Palacios. Los noticieros informaban que durante los últimos años, éste había sido el dirigente y líder de la Mafia Húngara. Desenmascaraban sus más sucios secretos, y le atribuían más de doscientos homicidios. Hubo algunos enfrentamientos entre supuestos representantes de esta organización, y otros grupos delictivos. Las afirmaciones que los informativos daban, dejaban muy en claro que dicho grupo criminal en realidad existía. La Ciudad comenzaba a perder el control. Dan aún no estaba seguro de que tan verídico sería todo aquello. Pensó por un instante que todo era un montaje organizado por el mismo Profesor.

De pronto otra nota periodística apareció en pantalla. *«Bernardo Palacios, responsable de la explosión en el Edificio del Alba, en el Sector 06»*. Ese era el Edificio donde vivía la familia Conor, la familia de Dick. Según la información, no existían sobrevivientes.

Dan corrió a vestirse. Necesitaba respuestas. No le tomó mucho tiempo estar listo para salir a buscarlas.

—¿A dónde vas? —preguntó Aldo.

—Necesito hablar con Amanda. ¡No se suponía que debía pasar esto! Tal vez ella sepa que está ocurriendo. ¡Palacios no puede estar muerto!

—¿No prefieres llevar el…?

—No creo que sea buena idea.

Salió de su habitación. Aldo lo seguía, intentaba calmarlo.

—¿Quieres que vaya contigo? —preguntó.

—No, ve a la universidad. Averigua que está pasando por ahí. Tal vez haya algo.

—Bien.

El joven se aproximó hasta la puerta.

—¡Dan!

Agitado, devolvió la mirada a la de su amigo antes de salir.

—Ten cuidado.

Él asintió. Luego se puso en marcha.

La Ciudad sin duda estaba convirtiéndose en un caos. Hasta ese momento, muchos pudieron percatarse de la importancia y el impacto que había tenido Palacios en los últimos años.

El hombre que resolvió el caso de las gemelas SaintAnn, aquel que disolvió a La Mafia Húngara hacía más de 30 años, enemigo jurado de la corrupción, el mejor detective de la Ciudad, tal vez de La Nación, resultaba ser solo un fraude. Las investigaciones no paraban. Protestas y conflictos bloqueaban las principales avenidas y parques.

Dan no hallaba razón ni respuesta en su cabeza. Había tomado un taxi luego de salir del Edificio. La casa de Amanda estaba a unos minutos.

MANSIÓN SILVA
SECTOR 03
AVENIDA 707

Meggar pagó al chofer. No tuvo tiempo para recibir su cambio, así que solo bajó del vehículo. Antes de cruzar la solitaria calle, pudo darse cuenta de la presencia de una camioneta extraña estacionada a unos metros. Un hombre estaba recargado en ella, observando fijamente sus movimientos. El chico se aproximó de manera serena hasta la puerta. Se había parado frente a una mansión de estilo californiano con losas caídas a dos aguas y un acceso a doble altura sostenido por dos columnas. Tenía ventanas de medio arco con molduras de yeso. Era una linda obra, ni muy grande, ni muy pequeña. Estaba rodeada por un jardín a sus pies que se dividía por una linda escalinata, nacida de un cerca de piedra con rejillas negras a mediana altura. La casa era visible desde cualquier punto de la manzana.

Tocó el timbre. El sujeto de la camioneta no dejaba de mirarlo. Dan comenzó a sentir incomodidad. Amanda abrió la puerta de la casa y caminó cojeando con la órtesis hasta la entrada. Miró a Dan sonriendo, lo cual era raro, tal vez no tenía conocimiento de lo que estaba ocurriendo. Al abrir la puerta de la calle, su comportamiento pasó de ser inusual, a extraño.

—¡Ahí estas! —dijo alegremente, mientras saltaba a los brazos del visitante, luego le dio un beso en la mejilla.

La confusión que eso le causó, lo puso aún más nervioso.

Amanda lo tomó de la mano y lo llevó consigo hasta la casa.

Caminando por el jardín, y aún a la vista del extraño tipo de afuera, ella se acercó a su oído y susurró:

—Solo es precaución… sígueme el juego.

Dan empezó a tener una idea de lo que ocurría.

Entraron por la puerta. Amy soltó el brazo que poseía y cerró con seguro. Luego su actitud cambió por completo.

—Lo siento, ese tipo lleva ahí más de una hora, ¿por qué viniste? —preguntó nerviosa.

—¡No entiendo nada de lo que está pasando! ¡¿Palacios es o no el hombre que yo creía que era?!

Fue evidente que ella no tenía una respuesta.

—Mi padre está abajo.

Se dirigieron al sótano, bajaron por la escalera. El lugar se dividía en tres habitaciones con medidas iguales. 5*5*3.

Al descender y entrar por la puerta, quedó al descubierto la primera estancia, que albergaba varios muebles llenos de libros, cuadros, y un escritorio con una lámpara.

Había colgados varios marcos con notas periodísticas y artículos decorativos.

La habitación estaba un poco desordenada. Había una televisión encendida, parecía que el Doctor y su hija ya estaban al tanto de la situación. Amanda no dijo nada. Se abrieron paso y entraron al siguiente cuadro. Era más obscuro, iluminado con luces de artefactos, máquinas y lámparas negras.

El Doctor Silva trabajaba en su computadora, y frente a él, sobre la mesa de trabajo, había una órtesis como la que la joven usaba. En el fondo había una ventana grande, de ella provenía una considerable cantidad de luz blanca, parecía ser la tercera sala. Al entrar, el hombre miró a Dan por un segundo y sin ninguna expresión, se quitó los lentes de protección, acomodó un par de herramientas, colocó una pequeña libreta bajo su brazo y se aproximó hasta ellos.

—Señor Meggar —extendió su brazo con la intención de saludar. Ambos se estrecharon la mano con fuerza.

El hombre inspiraba confianza y firmeza. Su aspecto lo hacía lucir joven, muy a pesar de las notables canas que compartían lugar con cabellos negros en su cabeza. Dan solo lo había visto un par de veces. Jamás había tenido la oportunidad de entablar una conversación con él. A leguas se notaba que era un hombre muy listo, pero le fue muy difícil ocultar algo de nerviosismo y preocupación.

—Debes tener preguntas —afirmó.

—Sí, así es —respondió el visitante.

De vuelta en la primera habitación, los tres charlaron, el noticiero seguía reportando. El Doctor Silva estaba sentado en su escritorio, jugando nerviosamente con una pluma retráctil. Veía atentamente lo que la televisión transmitía.

—Esto es una locura —dijo, sin quitar la mirada del monitor.

Dan y Amy permanecían de pie, atentos de igual forma.

—El profesor no puede ser responsable de todo esto —aseguró el chico—. Él no es quien ellos dicen que es.

Hubo silencio. Amanda lo miró por unos segundos. Su padre rompió el silencio.

—Bernardo era mi mejor amigo, lo conozco mejor que nadie. Y sé que él no está detrás de todo esto.

—¿Y dónde está entonces? —preguntó Meggar, alterado.

—¡Está muerto! —respondió el Doctor, como si la respuesta fuera obvia.

—¿Cómo puede estar seguro de eso?

—Palacios podría recurrir a cualquier medio para encontrar la verdad. Pero de ninguna manera sacrificaría su propia reputación. Los medios no solo lo están acusando por ser el dirigente de una organización criminal. También le acreditan la muerte de los Conor. Y eso es demasiado. Aun para él.

El desconcierto fue evidente en Dan debido al comentario.

El Doctor inhaló y exhaló aire. Se puso de pie. Luego habló.

—Analicemos el plano completo. Se dice que a veces, pensar lo peor puede ser la manera más sencilla para deducir la verdad. Siempre hay un responsable, eso es un hecho. Hablamos de alguien con el poder para controlar a la policía y a los medios nacionales. Tomando esto en cuenta. No se trata solo de una mafia local. Es algo más. Y acaban de quitarse una piedra del zapato. Lo peor es que harán lo mismo con aquellos que se relacionen con él. Primero Dick, el muchacho con el que había trabajado. Me comentó mi hija que tuviste un encuentro con él y con su familia ¿Sabes dónde está?

—No —respondió Dan.

El Doctor continuó.

—Están manchando la imagen que la Ciudad tenía sobre Bernardo. Amanda ha sido perseguida estos últimos días, no le han hecho nada aún, pero el hombre que esta allá afuera, no está allí solo porque le pareció un lindo lugar.

—Por eso la extraña bienvenida —comentó Amanda, sonrojada.

—Ellos saben de ti —afirmó Silva—. Has sido de mucho apoyo para Palacios. Pero según tengo entendido, no has trabajado con él desde hace meses.

—Sí. Así es.

—Creo que intentaba protegerte.

Silva hizo una señal a su hija, Amanda salió de la habitación y subió para traer algo.

Dan aprovechó para llamar a Aldo.

El teléfono sonó dos veces, y respondió casi de inmediato.

—*¡Dan!*

—¿Alguna novedad? —preguntó él.

—*Aún no lo sé. Estoy en el instituto, parece que el rector no ha llegado todavía. Hay muchos reporteros esperándolo. ¿Cómo va todo allá?*

—Muy extraño. Silva asegura que todo es una mentira.

—*¿Cómo estás tú?*

—Mal… —dijo abrumado, esperando con ansias el momento para despertar de aquella pesadilla—. Creo que tienen información. Será mejor que vengas pronto.

—*Bien, voy para allá.*

—Gracias.

—*¡Oye! ¿Supiste lo de la morg...e?*

—¿Qué?

—*Hallaron a un vi…itante …erto* —la llamada se estaba interrumpiendo.

—Hay una especie de interferencia… ¿Aldo? ¿Al?

Aldo había colgado el teléfono, se puso en marcha hasta el departamento y llevó consigo el traje de Dan, algo de herramientas y su laptop. Le llevaría varios minutos llegar.

Amanda regresó al sótano, traía en sus manos un libro. Se lo entregó al muchacho.

—Palacios me dejó esto ayer. No entendí de que se trataba, él ya se había ido, lo hallé justo cuando llegaste a buscarlo. Al principio creí que era un obsequio, pero luego encontré esta página —Amanda señaló en el libro.

La obra era una copia original de *Estudio en Escarlata*, novela de Arthur Conan Doyle. Su contenido parecía normal, a simple vista era solo un libro. Pero justo entre la página 99 y 101, se hallaba una hoja diferente, que se suponía, debía ser la página 100. Contenía unas palabras que no presumían mucho sentido a primera vista. Parecía otro idioma.

—Es… esto no es posible —dijo perturbado.

—¿Hay algo que te sea familiar?

—Hay algunas palabras aquí… en *Sa'atal.*

—¿Qué es *Sa'atal*? —preguntó Amanda.

—Una lengua perdida —respondió él—. En realidad no se sabe de donde proviene. Pensé que solo mi familia la conocía. Esto no tiene sentido.

—¿Puedes hacer una traducción?

—Sí, pero no entiendo cómo es que el Profesor la conoce.

—¿De qué hablas? —insistió ella.

—Todo lo que yo sé. La fuerza, mis habilidades... provienen

de un estudio antiguo. Los Sa'átales, eran un pueblo perdido. Nadie sabe de él. Mi abuelo lo recogió en el mar hace años, es decir… mi tío abuelo. Luego se lo dio a mi padre, y él me lo entregó a mí. Ninguno más lo ha poseído antes.

—Meggar. ¿Ese es tu apellido, no? —preguntó el Doctor Silva—. Tu padre, era Elías Meggar.

—Así es—respondió Dan.

—Palacios hablaba mucho sobre él, era un héroe nacional. Miembro y capitán de la legendaria Fuerza Especial M6. Pocos lo saben, pero Bernardo, inició su carrera como investigador en el sector militar.

—¿Perteneció al ejercito? —preguntó el joven.

—Solo por unos años. Tal vez ahí conoció a tu padre.

El chico lo pensó por un segundo, y aunque no pudo recordar algo que apoyara la deducción del Doctor, sin embargo, lo que decía, parecía lo más lógico. Observó el mensaje.

Los vínculos se han quebrado.
NVTTZI B XLMLI son la llave, para imponer la verdad.

—Hay dos palabras que no comprendo.

—Meggar y Conor… es un cifrado Alfabético invertido. Parecido al *Atbash.* Era común que el profesor los usara con nosotros para esconder mensajes.

Los vínculos se han quebrado.
MEGGAR y CONOR, son la llave para imponer la verdad.

Conor… Dick Conor. Pensó Dan.

—¿Qué se supone que poseía Dick exactamente? —preguntó Amanda.

—No lo sé. Supongo que, información.

—¿Qué clase de información? —interrogó Silva.

—¡No lo sé! Las cosas han ocurrido muy rápido. Hace dos

noches él fue atacado cerca de mi edificio. Intenté salvarlo, pero me pidió que no me metiera. Luego huyó. Tratamos de seguirle el rastro. Yo no sabía que él iba a buscarme.

—¿Quién lo atacó?

—Un grupo de Los Topos. Cuando me fuí, los oficiales estaban llegando. Escaparon también, pero su líder se quedó ahí tirado, inconsciente. Un vehículo de la policía llegó, lo recogieron. Aldo los localizó minutos después. Mataron al hombre ¡Los policías, mataron al hombre! Localizamos al elemento que lo asesinó. Víctor Loman. Él fue quien nos avisó sobre Palacios. El resto de la historia, ustedes ya la conocen. Antes de eso, identificamos al chico. Dick Conor. Su familia vivía en el Sector 06. Fuimos con ellos para preguntar por su paradero, pero no sabían nada. Traté de localizar a Palacios antes de que todo esto ocurriera, pero él solo desapareció.

Nadie dijo nada en un rato. Los tres compartían el deseo de que todo aquello, solo fuera una horrible pesadilla.

—Palacios era un hombre misterioso. Misterioso en muchas formas. Desde hace meses lo noté con una extraña actitud. Había insistido en que le autorizara a mi hija hacer su servicio con él. Así que finalmente cedí. Tal vez así averiguaría un poco más sobre lo que estaba haciendo. Fue inútil. Trabajamos juntos en diferentes ocasiones. Pensé que confiaba en nosotros —miró a su hija.

El Doctor permaneció pensativo, algo decaído por la situación, pero analítico.

—Según lo que parece, Palacios y Dick estaban involucrados en una investigación —planteó Meggar—. En algún punto, las cosas se complicaron. Creo que Palacios dejó a Dick como alternativa buscarme cuando eso sucediera, y entregarme aquello que poseía. ¿Pero que poseía?

Sintió la frustración de nueva cuenta. No había claridad. Era como si su mentor le hubiera dado la misión de encontrar respuesta a un acertijo que no quería que resolviera jamás. La firme y calmada voz del Doctor lo obligó a salir de sus pensamientos.

—Palacios entregó a Amanda una misión. Reunirte con Conor. Y haremos todo lo que esté en nuestras manos para encontrarlo. Las personas responsables por todo esto, se han visto afectadas por la intervención de Bernardo. Por eso lo mataron, y por eso asesinaron a los Conor. Dick puede estar en cualquier parte. Y llegaremos a él. De una u otra forma.

Miró en un monitor la cámara en el exterior de su casa. El

hombre que Dan había visto tras arribar al domicilio seguía ahí afuera, al acecho y pendiente de todo lo que ocurría.

—Creo que podríamos encontrar algunas respuestas ahora mismo.

Amanda y Dan entendieron de inmediato a que se refería. Pero el joven se sintió un poco desganado por la complejidad de la situación.

—¿Y que planea que hagamos una vez que lo tengamos? —preguntó Dan.

—Eso lo decidirás tu, hijo.

Silva lucía como un hombre listo a primera impresión. Realmente lo era. El joven visitante estaba algo intimidado por sus anfitriones. Sobre todo por Amanda. Ella era por el contrario, todo lo opuesto a lo que había percibido inicialmente. Los problemas no parecían afectarle mucho. Permanecía confiada y tranquila a pesar de los eventos desafortunados.

Luego de unos preparativos, el Doctor entregó a su hija una especie de rifle, no era un arma que pareciera letal, pero aun así despertaba la curiosidad del muchacho. Ella subió hasta el tercer piso y se posicionó tras una ventana, colocó el rifle en la base de tri-pie y apuntó al hombre de afuera.

Jaló el gatillo y disparó un pequeño dardo tranquilizante. El sujeto cayó al suelo inconsciente casi al instante.

Amanda explicó que su padre había encontrado la manera de potenciar el efecto de casi todas las sustancias con las que trabajaba, sin temor a efectos colaterales ni sobredosis.

Silva se había convertido ya en un erudito de la Bio-Farmacologia y la Tecnobiología. No por nada era quien impartía estas especialidades en la Universidad. Muchos de sus medicamentos habían sido patentados. Su grado de efectividad había convertido al Doctor en un reconocido profesional de la medicina química.

Luego de llevar al hombre hasta el interior de la casa y asegurarse de que nadie estuviera al tanto, comenzaron a prepararse. Aldo llegó casi al instante. Entregó a su amigo el traje. Luego se apartaron un poco de donde se encontraba Amanda y su padre.

—¿Qué les has dicho? —preguntó a su compañero.

—Casi todo —cruzó los brazos.

—No puedo creer que vayamos a trabajar con el Doctor Silva. Quisiera pedirle un autógrafo, ¿Crees que le parezca extraño?

—Tal vez —lo miró con total desacuerdo—. Mejor prepárate,

vamos a averiguar qué es lo que está ocurriendo.

—¿Enserio crees que este tipo sepa algo?—cuestionó Aldo.

—No lo sé, pero nunca se es demasiado a la hora de averiguar la verdad. Debe conocer un nombre al menos.

Luego de ponerse al tanto, Dan y Aldo caminaron hasta donde se encontraban los anfitriones.

En la tercera sala, habían colocado una silla, el tipo estaba amarrado a ella. Era un sujeto de estatura promedio, de piel blanca y pelo claro. Traía puesta una chaqueta térmica y un pantalón de mezclilla obscuro. La luz blanca del lugar lo empalidecía aún más.

Amanda se había puesto la ropa con la que había intervenido la noche anterior. A esto, Dan comentó al Doctor:

—Usaré una máscara, pero ella podría ser reconocida fácilmente.

—Tranquilo —respondió Silva—. Amy le administrará un concentrado de Tiopentato de Sodio, un derivado del ácido barbitúrico. Su función consiste en ralentizar la velocidad con la que transitan los mensajes cerebrales, el individuo no tiene conciencia sobre las consecuencias de lo que dice. Será un poco más sencillo que responda a lo que le pregunten. La sustancia también funciona como un anestésico, dormirá en unos minutos. Tiene un efecto interesante con los sonidos agudos. Cuando despierte, habrá olvidado lo ocurrido en las últimas doce horas.

Aldo miró a Dan con una expresión de asombro y admiración, mostrando el pulgar hacia arriba. Para él, Silva era como un ídolo. Más de un estudiante en el instituto habría dado cualquier cosa por trabajar con él en algúno de sus proyectos o investigaciónes.

Amanda accedió a la sala blanca por la puerta, traía en sus manos una jeringa, inyectó al hombre inconsciente. La imagen dentro de aquel lugar a través de la ventana era muy clara. Dan no pudo explicarse la sensación que sintió al ver a la chica. Su cuerpo delgado de mediana estatura con discretos y bellos atributos resultaba imposible de ignorar. Aunado a eso, el traje que ella usaba, le daba un toque inusual de sensualidad. En definitiva, aquella no podía ser la linda e inocente asistente de Palacios.

Tras administrar la sustancia, extrajo la jeringa, limpió el punto de sangre ocasionado por la inyección y se dirigió a la ventana.

—Es todo tuyo —dijo con las manos en la cintura.

Dan entró a la sala con ella. Casi de inmediato, un fuerte sonido se escuchó por todo el cuarto, uno muy parecido a una bocina de gas o una bocina náutica. El hombre despertó. Se hallaba confundido y alarmado.

Amanda estaba recargada en la pared detrás de él sujeto.

—¿Dónde estoy? —preguntó. La luz blanca parecía lastimar su vista.

Dan intentó apagar su nerviosismo y adoptar un postura seria y constante.

El hombre volvió a preguntar:

— ¿Dónde estoy…? ¿quién eres tú?

El chico no contestó hasta segundos después.

—Llámame… Magno. Por ahora —Aldo sonrió desde el laboratorio—. Te he seguido por un tiempo.

El hombre comenzó a experimentar mareos. En su mirada se notaba un evidente cansancio.

—¡Magno! ¿Magno? —el hombre comenzó a reír, pero aquella extraña reacción desapareció con un inesperado gesto de angustia y miedo—. No me hagas daño.

El hombre actuaba como si estuviera afectado por el consumo de alguna droga. Parecía estar al borde del llanto. Como si estuviera en una pesadilla, queriendo despertar.

—No voy a hacerte daño —respondió el enmascarado—, ni siquiera voy a preguntar tu nombre. Vas a responder un par de preguntas. Luego voy a dejarte ir. ¿De acuerdo?

—Sí —respondió el hombre—. Sí, está bien.

Dan miró a Amanda, ella le sonrió. Luego volvió su vista a la ventana. Era posible ver al Doctor Silva y a Aldo a través de ella.

—¿Qué hacías en la calle afuera de aquella casa? —cuestionó.

—Na… Nada —contestó.

—¿Estás seguro? —insistió Dan.

—No —respondió con dificultad.

—Habla ya entonces.

—Familia Silva… vigilaba… yo… vigilaba.

—¿Que vigilabas? —interrogó.

— No conspiraciones… nadie debe meterse.

— ¿Meterse? ¿Con quién?

—No lo sé —respondió de manera desinteresada.

Dan hizo una señal al Doctor Silva. Este dio vuelta a un botón y las esquinas de la sala blanca generaron un leve sonido agudo que para el hombre era insoportable. Comenzó a gritar y a sacudirse como si quisiera liberarse.

—¡No lo sé! ¡Lo juro! ¡Para ya! ¡Para!

El sonido se esfumó.

—¿Quién te envió? —preguntó Amanda. El hombre no se había dado cuenta de que ella estaba ahí. Giró un poco la cabeza.

—Tuuuu… Tú —respondió el hombre—. Creí que eras un mito.

—Lo soy… —alardeó ella, luego se acercó hasta él y con un tono fuerte le dijo—. ¡Responde la pregunta!

—¡No! ¡Eso no! ¡Él va a venir! ¡Va a matarme! ¡Está en todas partes!… sus manos están llenas de sangre. ¡Él no tiene piedad!

—¿Cuál es su nombre? —preguntó Dan.

—No… No.

—¡Cuál es su nombre! —insistió Dan, esta vez con furia.

—¡NOOOOOO!

El sonido agudo volvió. El hombre sufría intensamente. Cayó al suelo, aún aferrado a la silla.

—¡REMI! ¡REMI LeBlanc! —gritó desesperado. Luego comenzó a llorar en el suelo.

Lo levantaron y lo regresaron a su lugar. Él los miraba de una manera extraña. Intentaba reconocerlos. El llanto cesó.

—¿Dónde estoy? —preguntó nuevamente.

—Estas en un lugar seguro —respondió Dan—. Háblanos de él.

—¿De quién? —preguntó.

—Remi LeBlanc.

—No. No, no, no, no… N… no —el hombre siguió balbuceando.

—¿Quién mató a Palacios? —preguntó Amanda.

—No… ¡No debo!

—¿Remi?

—Sí.

—¿Dónde está él? —insistió Amanda.

—¡Ellos están en todos lados! ¡Miran desde la sombra! Ellos son la sombra. Yo debo ir con él… debo verlo, por la noche. Esta noche.

—¿En dónde? —preguntó Dan.

—En mi casa.

—¿Dónde?

—Sector 02… Avenida 203… Por el acueducto.

—¿A qué hora?

—A las 11:00.

Dan y Amanda giraron la vista hacia la ventana. Esperando alguna orden o señal del Doctor Silva. Pero él solo se quedó pensando.

Al volver la mirada, se encontraron con un hombre profundamente dormido. Habían terminado. Entonces lo sacaron, Dan lo metió a la camioneta de Silva. Él y Amanda lo llevaron hasta una taberna del Sector 06. Nadie hizo preguntas. Solo observaron.

Aldo se quedó en la casa del Doctor Silva investigando junto con él. No encontraron mucha información al respecto. Solo mitos urbanos sobre un fantasma que habitaba la Ciudad por la noche. Era un sitio poco confiable. Su credibilidad era cuestionable. Pero Abel, no pudo decirles más. Ese era su nombre. Mientras dormía, pudieron buscar entre sus bolsillos identificaciones y tarjetas. Su apellido era Pinkman, con dirección en el sector 02, Avenida 203. Tenía 31 años de edad. No se encontró nada más.

Estando ya de regreso, los cuatro comenzaron a hablar. Se reunieron alrededor de la mesa de la primera sala.

—¿Encontraron su dirección? —preguntó Dan.

—Sí. Vive en el sector 02. Renta un buen apartamento cerca del acueducto en el Centro Histórico, en un pequeño edificio al que llaman Casa Unidad.

—Bueno… Sabemos entonces que gana bien —comentó Dan.

—Según lo que dijo, se reunirá con este… Remi LeBlanc, en su casa. Supongo que para entregarle el reporte de hoy —explicó Amanda.

—¿Entonces vamos a hacer esto? ¿Visitaremos la casa de Abel para esperar a este sujeto? —preguntó Aldo.

—Puede ser peligroso —comentó Silva.

Dan intervino motivado.

—Pero esta persona no sabe que estaremos ahí, tenemos algo de ventaja, pienso que podría ser viable.

—Tal vez. Pero debemos tomarlo con precaución. No sabemos cuan peligrosa pueda ser esta persona.

—Puede que este sepa donde esta Dick. Si Dick poseía algo que involucraba a este grupo, ellos tal vez sepan dónde está. Y es muy seguro que tengan más información para nosotros. Es necesario entrar al juego.

El Doctor Silva mostró una expresión de optimismo, miró al joven y se sintió inspirado.

—Bueno... Bernardo se ha ido... supongo que ahora eres tú quien debe encabezar esta investigación... te apoyaremos en todo lo que necesites. Si estás decidido a visitar la casa de Abel esta noche, Amanda te acompañará.

El Doctor Silva entró a su laboratorio. Su hija se quedó en la primera sala con Dan. Aldo cruzó los brazos y se dirigió a donde había dejado sus cosas.

—Aunque no lo parezcamos, estamos muy afectados por la muerte de Palacios.

—Lo sé —respondió Dan con tristeza, dio media vuelta y se recargó sobre la mesa, la chica hizo lo mismo—. Amanda, no tienes que venir conmigo si no quieres.

—¿Tú no quieres que vaya? —le cuestionó ella, con algo de confusión.

—No. No es eso —respondió Dan—. Pero no me gustaría que algo malo te pasara.

Amanda se vio sonrojada por el comentario, una sonrisa tímida se dibujó en sus labios.

—He pasado los últimos años de mi vida corriendo toda clase de riesgos. Sería interesante correr uno junto contigo.

Dan remangó la playera que traía puesta, y le mostró a Amanda su herida.

—Esto pasó la ultima vez que yo corrí un peligro —sonrió sutilmente.

—Esa es una razón más para no dejarte ir solo...

Luego de aquel comentario, salió a buscar a su padre. Dan se quedó reflexionando un poco todos los hechos desde la noche en que peleó contra Los Topos y rescató a Dick. Aldo se acercó a el:

—Oye... apenas la conociste anoche—dijo con algo de burla en su tono—. Su forma de mirarte es muy extraña.

—Estás loco —Dan se volvió a la mesa tratando de ignorar el comentario de Aldo. Este lo observó preocupado unos segundos.

—¿Tienes miedo? —preguntó.

—Un poco —respondió él, sin parecerlo realmente—. Creo que es más preocupación e ira. Estoy demasiado abrumado.

—Bueno, eso tal vez pueda motivarte. Esto es algo que podemos resoñilver. Vamos, debemos prepararte para esta noche.

Ambos se dirigieron al laboratorio del Doctor Silva. Luego de que Aldo conversara con él unos minutos, consiguió que le prestara algunas herramientas y materiales. Silva por otro lado, terminaba con el trabajo que realizaba cuando Dan llegó por la mañana.

Cambio de color, formas más curvas y estructura delgada, eran solo algunas de las nuevas características de la órtesis que el Doctor había agregado. Además, Aldo le proporcionó a Amanda una careta similar a la que Dan usaba. Esto con el fin de que pudiera proteger su identidad y se redujera la posibilidad de ser reconocida.

El artículo era algo más sencillo, de material flexible y con un respirador integrado. Podía ir sujeto a las gafas de visión y retirarse en el momento que se deseara. Se encargó de la reparación de la cámara en la máscara de Dan, pero no obtuvo gran éxito, la imagen era borrosa e intermitente, no podía reemplazarla con una nueva en aquel momento. Ambos se sincronizaron con un transmisor enlazado al sistema del laboratorio. Silva y Al se encargarían de monitorear la misión.

Dan terminó por caer en cuenta que aquello no era nuevo ni para Amy, ni para su padre. Habían realizado ese tipo de operaciones desde hacía un par de años, y por lo que había visto, ella era sin duda una peleadora con la que pocos se quisieran encontrar. Por algo Abel se refirió a ella como un mito.

Los visitantes pasaron todo el día ahí. Era mejor estar resguardados hasta que las cosas se calmaran. A Dan le había llamado la atención una segunda puerta en la sala blanca, se preguntaba que había tras ella. Amanda resolvió su duda al explicarle que aquella puerta conducía al sótano de un edificio cercano, era en realidad un viejo asilo que pocos habitaban. Cuando ella volvía de fuera, accedía por ese túnel. Así evitaba entrar por alguna puerta de su casa y levantar sospechas.

No había que repasar algún plan, en realidad la operación era muy sencilla. Como no conocían la ubicación exacta del departamento de Abel, permanecerían dentro del edificio hasta observar algo que pudiera indicarles donde se encontraba.

Esperaban que el tal Remi LeBlanc diera respuestas más concisas, tenían la esperanza de acercarse más a quien era el responsable. Incluso esperaban que LeBlanc, fuera aquel al que buscaban.

—Quiero que tengan cuidado. No es la primera vez que hacen algo como esto. Ahora son un equipo. Protegerán uno del otro. Conozco el máximo potencial de uno de ustedes, espero que ambos estén al nivel. Si las cosas se complican, Aldo y yo veremos la forma de sacarlos de ahí —el Doctor Silva los miró luego de terminar.

—*K.O.U.K.O* funciona, pero no como debería. Puede que experimente algunas fallas. Pero les equipé un rastreador —explicó Aldo—. Traten de conservarlo con ustedes.

Dicho esto, Silva se acercó a su hija, le dio un beso en la frente. Luego le dijo:

—Estas hermosa mi niña —él no se equivocaba, aquella noche Amanda amalgamaba belleza, fuerza y letalidad en un solo ser. Resultaba muy fácil perderse en la distracción que provocaba—. Te pareces tanto a tu madre…

Luego se dirigió al frente del chico. Lo miró a los ojos y dijo:

—Busca la verdad, la muerte de mi amigo no será en vano. Cuida mucho a mi hija.

Acto seguido, ambos caminaron hasta la sala blanca, Amanda fue por delante. Aldo se despidió de Dan con una sonrisa y su tan recurrente saludo de amor y paz. Estaba emocionado.

Abrieron la segunda puerta de la pequeña sala e iniciaron un recorrido de 200 metros por el estrecho túnel. Descendieron por un corto tramo hasta alcanzar un camino plano. A pesar de su reducido espacio, podían caminar de forma rápida. Estaba bastante oscuro, era una excavación sin acabados en otros materiales. Solo tierra, tierra consistente.

Dan tenía algunas preguntas en su cabeza. Preguntas que Amanda no tardó mucho en responder.

—El túnel fue excavado por un hombre que conoce mi padre, le debía algunos favores. Tranquilo… él ya no recuerda ni siquiera quienes somos.

—¿Lo drogaron? —preguntó el chico.

—¡No! —exclamó ella, con un leve tono de ofensa—. El hombre tuvo un accidente al caer de un edificio. ¡Oye, no estamos locos!

Llegaron hasta unas escaleras de madera que conducían hasta una puerta de piso. A partir de ahí Amy apagó su lámpara, la luz que emitía era bastante incandescente. En el laboratorio, Aldo se animó a realizar la primera pregunta de la noche.

—¿Cómo funciona la luz del cañón?

—Dentro hay un pequeño reactor. Está compuesto por agentes pirotécnicos de aluminio y magnesio. Dentro del cañón hay pequeñas válvulas, que liberan cantidades de amonio, cuando estas entran en contacto, se produce un destello cegador, que aumenta su intensidad con un micro cristal lumínico —explicó El Doctor Silva—, el destello activa todas las células sensibles de la retina y cega al individuo cuando entra en contacto directo con el rayo. El reactor puede encenderse y apagarse a voluntad del usuario. Apliqué esa misma tecnología a toda clase de armamento. Pero no he tenido tiempo de comenzar el proceso de fabricación y pruebas. Es probable que nunca lo haga, así que Amanda se ha estado poniendo al corriente.

Dan y Amy salieron por la puerta del edificio, un anciano los miró pasar, intercambio una mirada con él hombre de gris, luego vio como cerraron la puerta.

Aprovecharían el tiempo para llegar a pie y ser más discretos.

El camino fue interesante. Amanda le contó sobre algunos eventos en los que participó. Dan no dejaba de maravillarse con cada palabra que salía de su boca, intentaba no mostrarse sorprendido. Pudo darse cuenta de que el andar de la chica era casi perfecto, la cojera con la que la conoció había desaparecido por completo.

—¿Cómo funciona la órtesis exactamente? —preguntó Dan.

—Es complicado. Corrige la postura de la columna vertebral, y está conectada a la falla ósea en mi cadera de lado izquierdo. Oxigeno hiperbárico… y algo de anestésicos mejorados. Sin ella, la cojera es irremediable. Por fortuna, el dolor ha desaparecido casi en un 100%. Me permite correr, aumenta la fuerza en la extremidad y simultáneamente en gran parte del cuerpo.

—¿Qué tan rápido podrías desplazarte?

—No estoy segura de que quieras averiguarlo.

—Sería interesante…

—¿Seguro?

El joven asintió.

Amanda sonrió, miró a Dan, y comenzó un trote lento que de inmediato fue aumentando en velocidad.

Parecía haberlo retado, y si había algo que a él le gustaba, eran los retos. Pensó en darle algo de ventaja, pues conocía la velocidad que él mismo podía alcanzar. Casi de inmediato notó que había subestimado a su nueva compañera. Habían pasado solo 6 o 7 segundos desde que ella adelantó el paso, cuando la perdió de vista, entonces decidió tratar de alcanzarla.

Atravesaron calles y estrechos, barrios y edificios. La luz de la Ciudad jamás había sido tan brillante como aquella noche, y Dan jamás había encontrado a una persona tan rápida como él.

Por segundos perdía de vista a la chica, era como una experta practicante de *Parkour*. El intenso recorrido de ambos parecía excitante, jamás se habían sentido tan fuertes. Fue solo cuestión de minutos para que Dan pudiera ponerse a mano en la distancia. Habían recorrido más de 4 kilómetros. Esperaba que Amanda se sofocara pronto, pero parecía que jamás ocurriría.

Llegaron hasta el sector 02, hacía minutos que era posible ver el acueducto. Era una hermosa edificación antigua hecha de piedra, con más de 35 metros de altura. El ayuntamiento de la Ciudad prohibía a la parte colindante de cada sector con el Sector 01, levantar edificaciones de más de 24 metros de altura, por lo que el acueducto sobresalía varios metros por encima de las casas y construcciones, las cuales, en su mayoría, conservaban una presentación antigua y colonial. Cuidad 24 había sido antes solo un paraje en el que pocas personas habitaban. La escasez de agua hacía difícil que la gente pudiera y quisiera establecerse, fue entonces que se ordenó la construcción de un acueducto para suministrar a la pequeña región del servicio que tanta falta hacía. El lugar pronto comenzó a crecer, y en cuestión de aproximadamente 250 años, Ciudad 24 pasó a convertirse en una de las urbes más grandes de La Nación y del mundo. Los Arcos eran imponentes, y la belleza que aportaban a los viejos sectores 01 y 02, era indescriptible.

Amanda accedió al acueducto justo desde donde la serie de arcos comenzaba, corrió por el estrecho monumento como si lo hiciera en una banqueta cualquiera, el equilibrio de ambos era excepcional. El ancho del canal era de aproximadamente 110 centímetros.

Luego de casi 600 metros, Amanda se detuvo. Dan no hizo mucho por alcanzarla finalmente, pero la siguió y se reunió con ella de inmediato. Jamás imaginó que alguna vez correría por encima de aquel lugar. Suponía que aquella no era la primera vez que Amanda lo había hecho.

Los músculos de ambos habían comenzado a calentarse. Amanda sonrió, jadeaba solo un poco más que su acompañante.

La vista era bellísima aquella noche. El edificio donde Abel se reuniría con Remi, estaba a una corta distancia de donde se encontraban ellos.

Eran las 10:15 PM. Suponían que el tipo estaría dormido en aquella taberna todavía. Aprovecharían los minutos que quedaban para acceder al edificio y encontrar la manera de entrar al departamento para emboscar a su visitante y comenzar el interrogatorio.

—Es imponente, ¿no? —preguntó Amanda retóricamente, mientras se colocaba la máscara que Aldo le había dado.

—Lo es.

Echaron un vistazo a las luces que las estrellas, la luna y la Ciudad les obsequiaban. Aldo les sugirió varios métodos para suspender el servicio eléctrico del edificio o de la manzana, así podrían introducirse sin ser vistos por nadie.

—Creo que podríamos cortar la energía eléctrica del edificio al entrar, podemos usar un interruptor inalámbrico y…

Amanda dejó de hablar, miró detrás de donde Dan estaba y quedó inmóvil, él esperaba a que terminara de dar su sugerencia, pero al verla distraída y en parálisis, tuvo una leve idea de lo que ella observaba.

Giró su cabeza de manera lenta esperando no ser sorprendido, pero al mirar, una corriente de frio provocada por el aire y la humedad del sudor, recorrió su espalda.

Una extraña figura se sobreponía al igual que ellos sobre la superficie del acueducto, a unos 65 metros de distancia de donde se encontraban. Parecía ser una persona, resaltaba el uso de una camiseta blanca de mangas largas, con tirantes y pantalón negro, el efecto de estas prendas con la oscuridad del suelo que pisaba, hacían parecer que se suspendía sobre el aire. Su cara estaba pálida, tan pálida, que parecía un fantasma.

El hombre quedó parado ahí, observándolos a lo lejos, nadie hizo un movimiento. La comunicación con Aldo y el Doctor Silva se había cortado.

No tenían una idea de qué era lo que ocurría. No sabían cómo iba a acabar todo aquello. Sin embargo estaban seguros de que aquel hombre, era a quien buscaban.

—Así que no es una leyenda —mencionó Amanda abriéndose paso a través de su compañero.

Dan la sujetó fuerte por el brazo, ella se detuvo. Lo miró, pero él no dijo nada, solo se adelantó unos pasos y esperó unos segundos, parecía estar en una lucha por obtener concentración absoluta. El Diario aseguraba que, en los combates físicos, la paz y la respiración constante aventajaban al individuo que consiguiera obtenerlos.

Dan y Amanda eran excelentes peleadores, tan buenos, que no se hubiera podido definir quién podía ser mejor.

Amy parecía corroborar la existencia de algún rumor o un mito. *«¿Quién era ese sujeto?»* Esa era la pregunta que acosaba la cabeza de él. Su postura y su atuendo eran perturbadores, extraños. Sus pasos seguían recorriendo la superficie del acueducto lentamente, Dan de igual manera se acercaba con cautela, esperando algún comentario o cuestionamiento, tal vez un saludo, pero no ocurrió.

En su lugar, aceleró el desplazamiento, la velocidad de ambos aumentó, y a menos de cuarenta metros, el extraño comenzó a avanzar más rápido, decidido a iniciar una contienda, donde la muerte era un probable resultado. Dan no se intimidó, de igual forma apresuró el paso hasta que se dio cuenta de que había comenzado a correr, Amanda se quedó observando, los hombres estaban cada vez más cerca. Veinte metros… quince metros… diez… cinco… el combate comenzó, Dan intentó abrir con un golpe directo, pero al cruzarse con el hombre, lo perdió de vista, giró de vuelta hacia atrás y no pudo encontrarlo, no hasta regresar nuevamente la mirada a donde lo había perdido antes, ahí estaba, como si hubiera sido una clase de fantasma o ilusión. De inmediato recibió un golpe del extraño sujeto en la cara, que lo obligó a bajar y girar la cabeza, (jamás un impacto le había dolido tanto). Seguía confundido sobre aquella persona. Al tenerlo de cerca, pudo notar en él un gran parecido al nuevo maestro de actuación del instituto. Aquel rostro pálido y semi-calaverico era prácticamente idéntico. Usaba pinturas en la cara, el cuerpo delgado y alto no aparentaba la capacidad de mover siquiera una roca de medio kilo.

El hombre, comenzó a dar pasos lentos rumbo a donde se encontraban ellos. Dan intentó hacer contacto con Aldo y Silva, pero nadie respondió. La hermosa noche se había convertido en un extraño sueño. Adrenalina comenzaba a correr por la sangre de ambos.

El chico retomó la posición de combate a más de un metro de su contrincante, lanzó un golpe directo a su rostro con el puño izquierdo, luego uno más fuerte con el derecho, ambos fueron esquivados.

Su velocidad no fue suficiente para poder tocar el rostro de aquel individuo, vestido como una especie de mimo. Tal vez estaba loco, tal vez era una especie de estrategia para distraer o intimidar.

Luego de los ataques fallidos y un tercer intento, el mimo detuvo el brazo con el suyo y propinó un segundo golpe al encapuchado, tan fuerte como el primero. Dan casi cayó en cuclillas. La supuesta concentración, había desaparecido, o tal vez se había convertido en miedo. Se levantó y retrocedió algunos pasos, regresó a la posición de guardia, la desesperación comenzaba a surgir en lo más profundo de su interior.

El peculiar oponente conservaba una postura elegante y estática, con un rostro frio y atemorizante. En silencio, sacó algo por detrás, algo que era prácticamente imposible de apreciar. Como si fuera invisible. Un sonido agudo provino de aquel movimiento, como si se desfundara algún cuchillo o un cristal. A simple vista, parecía que su mano, cubierta por un guante negro de material similar al cuero, empuñaba una daga o puñal.

Dan comprendió entonces quien era aquel ser. Vino a su mente la otra noche en casa de Víctor, cuando desde las sombras, alguien comenzó a atacarlo con objetos que él no podía ver.

La herida que dichos proyectiles le ocasionaron comenzó a abrirse nuevamente, una pequeña mancha de sangre fue expuesta en la sudadera que portaba, la sutura se había estropeado.

No tardó mucho en comenzar a arder, era una clara desventaja para él. La pelea reanudó, el mimo se acercó con la intención de cortarlo, él pudo sentir como el material se deslizaba por el vacío.

Activó la visión nocturna a un 30%, entonces fue posible ver parcialmente la forma de esa arma.

En efecto, coincidía con la figura que había sentido en sus manos la noche anterior.

El hombre era rápido, probablemente más que él. Cayó en cuenta hasta entonces de que había perdido la concentración. Con todos sus medios, intentó retomarla nuevamente, pero le fue imposible, el combate era intenso, los golpes de su delgado oponente eran difíciles de detener. Por más de un minuto contendieron sobre la estrecha superficie del acueducto. Amanda había emprendido marcha a donde se encontraban. Pero antes de llegar, pudo escuchar el sonido de un helicóptero acercándose. Intentó darse prisa para auxiliar a Dan, finalmente, eso era lo que debía hacer.

Él estaba en el suelo, su contrincante había golpeado ya varias veces la herida abierta del chico. También lo había cortado justo en el pecho, nada grave aún, pero la sangre era posible de apreciarse. El hombre se aproximó hasta él y lo tomó por el pecho, casi sin encorvarse. Parecía no tener problema para sostenerlo. Acercó la daga invisible hasta el cuello del encapuchado y lo miró con soberbia desde arriba. Estaba dispuesto a enterrarlo y quitarle la vida.

Entonces Amanda gritó desde metros atrás:

—¡HEY! ¡Date la vuelta!

Así lo hizo. Al girar en la dirección de donde el grito había provenido, se vio en contacto con un intenso flash blanco, el mismo flash con el que Amanda había aturdido a un grupo de sujetos la noche pasada.

La sorpresa fue que el tipo de la cara blanca, no se vio afectado por la luz en absoluto. Por el contrario, sus labios parecieron curvarse solo un poco.

Ya sin el chico en sus manos, y de pie frente a ella, se acercó, intentó cortarla y someterla, pero resultó más complicado encargarse de ella. El estruendo de las hélices y el motor del helicóptero cada vez eran más fuertes.

El delgado combatiente había dañado los cañones de luz de Amy, luego de haberla golpeado y lastimado de la pierna derecha.

Dan se incorporó de nuevo, se aproximó para auxiliarla, estaba a punto de declinar ante el tipo. Este cargaba ya consigo un arma distinta, una daga de 4 picos que sostenía sin temor a herir su propia mano. Amanda tirada en el suelo, se desplazó en reversa, con temor. Casi caía del monumento, pero fue alcanzada, el Mimo estaba posado sobre ella. Dispuesto a enterrar el arma en su pecho, deslizó el objeto por su chaqueta, cortando la prenda con facilidad. Pero estando a punto de penetrar su piel, Dan lo tomó por detrás con fuerza y lo jaló, liberando a Amanda por completo del bloqueo. Tardó varios segundos en reponerse del golpe.

El hombre contendió con él por unos segundos más, el helicóptero había llegado, los alumbraba con un enorme reflector. Ambos se separaron, se miraron fijamente. Al parecer alguien había reportado la presencia de personas sobre el acueducto.

En la distracción de Dan, el sujeto de blanco rostro se abalanzó contra él y el equilibrio que ambos habían manejado tan bien por los recientes minutos, se esfumó. Cayeron de la estrecha superficie, aún aferrados. Amanda los perdió de vista, así que se aproximó al límite y miró para ver donde habían caído y si su compañero se hallaba bien, pero al asomar la cabeza, ningún cuerpo estaba a la vista, ambos habían desaparecido.

Capítulo VII

Cara Blanca

Sak u Yich

VII

PONTOISE
VALLE DEL OISE
REGIÓN PARISINA
FRANCIA
1996

Adrien LeBlanc, llegó a casa luego de un largo día de trabajo. Eran casi las 10:00 pm. La belleza de la gran Ciudad de París, se encontraba a unos kilómetros, esa era su procedencia.

Su casa, ubicada en una de las regiones más pobres, no podía mantener la luz encendida hasta esas horas. Debía quitar el maquillaje de su demacrado rostro en la oscuridad. Presentarse en la Ciudad era mucho mejor que trabajar en el campo todo el día, a la intensa luz del sol y con un salario humillante. Estaría en peores condiciones si se quedaba en Pontoise.

Su hijo, Remi, de diez años, dormía en el viejo colchón. Dejó la cena lista, algunos guisantes con atún, y algo de pan. Una vez más les había sido imposible charlar unos minutos al menos. Al día siguiente él iría a la escuela, besaría la frente de su padre, y no lo vería hasta el otro día para repetir la misma rutina.

Sería hasta el sábado, cuando juntos, regresarían al Parc Georges-Brassens, ambos con sus impecables trajes y sus llamativas caras blancas, para poder trabajar y pasar un rato juntos. Adrien había sido un mimo gran parte de su vida. Su esposa lo abandonó cuando se recuperó del nacimiento del pequeño, no supo nada de ella desde entonces.

La escuela era difícil para Remi, todos le preguntaban por su madre, sabiendo muy bien cuál era su situación. A pesar de las burlas y uno que otro maltrato, él sabía muy bien controlar su mente y sus sentimientos.

En París, la gente era amable, los turistas le daban monedas a cambio de ingeniosos movimientos y acrobacias que un simple niño no podía hacer a esa edad.

A veces los comercios locales le regalaban deliciosa comida, a él y a su padre. Se tomaban un descanso a medio día para despues continuar con el trabajo. A pesar de ser cansado, ambos disfrutaban de su oficio, y de convivir al menos de esa manera. Ninguno presumía ser de muchas palabras, solo se tenían el uno al otro, era lo que realmente importaba al final del día.

Cierto fin de semana, ambos degustaban un delicioso almuerzo, el Señor Bourdeu abrió un puesto de panqueques y trufas callejeras en el parque y había tenido mucho éxito. Conocía a Adrien desde hacía muchos años, eran buenos amigos. La gente esperaba a que los artistas terminaran su almuerzo, para poder saciar su curiosidad con el encanto que la pequeña familia ofrecía.

Había gente que visitaba el lugar frecuentemente, pero había sin embargo, personas que pasaban y nunca más se les podía volver a ver. Era común que el niño olvidase algunos de esos rostros. Un día sin embargo, notó la presencia de una persona que jamás había visto; una niña, con risos de color bronce, una sonrisa tímida y mejillas rosadas. Vestía ropa gastada y traía consigo un cofre viejo, vendía relojes y algo de bisutería. La acompañaban sus hermanos, Clemont y Florence, a quienes Remi ya conocía.

Clemont ayudaba al repartidor local en la venta de los diarios regionales, Florence vendía golosinas y cigarrillos a la gente.

La nueva niña resultaba ser su hermana menor, solo tenía un año menos que el pequeño mimo. Su nombre era Cosette. Y le encantaba ver como Remi lidiaba con aquel imaginario perro salvaje, le gustaba verlo andar en la bicicleta que se convierta en caballo y se angustiaba cuando su padre lo lanzaba por los aires para que diera vueltas y cayera al suelo sin un solo desbalance.

Se hizo amiga muy cercana de él, y una razón para que añorara volver a París cada sábado.

En casa, luego de terminar sus deberes, consumía las últimas horas del día para practicar nuevos e ingeniosos trucos que podrían impresionar a aquella niña.

Tras varios días de silencio y cambios en el trabajo. Se dio cuenta de que su padre, había estado evitando las rutinas compli-

cadas y pesadas, ya no quería lanzarlo ni cargarlo. Pensaba que tal vez se debía a que había crecido un poco en las semanas recientes.

Por varias tardes, tuvo que despedirse más temprano del parque y de Cosette, pues los últimos fines de semana, su padre había comenzado a visitar a un doctor.

La espera en aquella fría sala hacía que la curiosidad se sintiera atemorizante. No sabía que pasaba dentro del consultorio. Tal vez su padre estaba resfriado, o se había lastimado la espalda. No podía deducir otra cosa. Al salir Remi recibió una sonrisa del doctor. Su padre lo tomó del hombro, era hora de ir a casa.

Meses más tarde, las cosas se volvieron extrañas. Su padre dejó de visitar la Ciudad. Comenzó a preparar una pequeña extensión de campo para cultivar algo de maíz. Cuando la escuela terminaba, Remi le ayudaba un poco. Adrien empezó a tomar algunas medicinas, lucía cansado y de vez en cuando, más cariñoso con su hijo. A pesar de ser un cambio agradable, él extrañaba pasar tiempo con Cosette. Esperaba verla muy pronto.

5 MESES DESPUÉS…

Remi se sentía cansado, las noches en vela cuidando de su padre, le habían impedido despertarse temprano para ir a la escuela. Un médico local había estado visitando la casa los últimos días, le explicó al niño, que su padre padecía de una extraña enfermedad, y que solo era cuestión de tiempo, para que Adrien tuviera que marcharse y dejarlo. La esperanza se agotó con cada hora que transcurría. Si él se iba, no quedaría nadie en su vida. Muchas cartas fueron regresadas por el servicio postal, iban dirigidas a una mujer llamada Odette. No sabía de quien se trataba, hasta que un buen día, halló valor para mirar el contenido de una.

Querida Odette:

Fue hace nueve años, cuando decidiste dividir nuestro camino. No pudiste tener la fuerza y el amor para seguir a nuestro lado, y te odiaré eternamente por eso, odiaré cada palabra que escribí para ti, odiaré aquel día en Georges-Brassens, cuando me acerqué hasta donde estabas y te ofrecí mi corazón. Tú jamás debiste tomarlo.

Así como el desierto es infernal, y las probabilidades de sobrevivir son tan inexistentes como la vida, siempre puedes encontrar un oasis que salvará tu existencia. Remi fue ese refrescante manantial en mi desierto. En él he redimido mis pecados y aliviado mis tristezas, me he encargado de cuidarlo y procurar su bienestar. Pero mi hora se acerca. Y lo único que deseo, es que él pueda alcanzar la felicidad y la fortuna que yo no pude brindarle.

Me queda poco tiempo en esta tierra, y a parte de mí, eres lo único que tiene.

No te pido que le des una gran vida. Solo te pido que le des los medios necesarios para que un día, no deba padecer.

Apiádate de él, y apiádate de mí. Dios te lo recompensará con el lugar que perdiste en el cielo, cuando nos dejaste.

Adrien.

El corazón del pequeño se estremeció. A su corta edad era capaz de comprender las complicadas imperfecciones de la vida. Su madurez era inusual, para un niño como él.

Odette era su madre, y lo había abandonado cuando apenas había nacido, jamás volvió, nunca recibió ninguna carta, y eso estaba bien, porque en el fondo, él también la odiaba, en su interior, él jamás tuvo una madre, y jamás iba a tenerla.

Alimentó la chimenea con las letras de su padre, preparó un poco de sopa aquella noche, e intentó que viviera sus últimos días de la mejor manera.

Y cuando la hora llegó, le hizo creer que Odette vendría por él, así moriría tranquilo y en paz.

Había algunas personas del pueblo en aquella pequeña casa, la noche que Adrien dejó a su hijo. Al cerrar los ojos, Remi soltó una lagrima, el compañero que tenía se había ido para siempre, finalmente estaba solo, y su futuro era incierto. Salió al campo, lloró entre los maizales, hasta quedar dormido, y así como la noche, su corazón comenzó a enfriarse.

3 SEMANAS DESPUÉS...

Adrien se fue, pero dejó algo de dinero para su hijo. Con eso podría sobrevivir al menos hasta que Odette llegara por él.

Eso nunca pasó.

Semanas después de su partida, unos hombres vinieron a donde Remi. Sacaron los muebles viejos y las pocas cosas que había dentro. Lo echaron, alegando que aquel lugar no pertenecía a Adrien. El niño se rehusó, lo golpearon y lo arrojaron fuera.

Con lágrimas en los ojos, tomó el viejo maletín de su padre, cortó un par de mazorcas del campo y emprendió la marcha lleno de ira, una ira que se desvanecía con cada paso, hasta que llegó a la carretera.

Caminó por la noche, con el frio penetrándole hasta los huesos y el estómago vacío, le tomó dos días llegar a París, justamente al Parque Georges-Brassens.

Era la noche buena del año 1995. Se suponía que él y su padre se encontrarían comiendo codornices y pan, acompañado de un reconfortante té caliente. Pero uno estaba tres metros bajo tierra, y otro dormido bajo una banca. El fin de semana no estaba lejos. Pensaba que tal vez podría conseguir algo de dinero al amanecer. Tal vez al día siguiente, podría finalmente ver a Cosette.

Amaneció temprano para él, tomó un baño en la fuente antes de que la gente comenzara a llegar. El agua y el ambiente estaban congelados. Se vistió detrás de un árbol, y salió impecable.

Eran las 10:00 am. Remi comenzó calentando los músculos un poco, estaba algo nervioso esa mañana. Cosette aparecería en cualquier momento.

La gente comenzó a llegar al lugar. Los que frecuentaban el parque quedaron desconcertados al ver al niño sin su padre. Imaginaron de inmediato lo que había pasado. El día continúo. El Señor Bourdeu, le obsequió algo de comida, esto luego de que Remi le contara lo que había pasado. Ni Cosette ni sus hermanos apare-

cieron en todo el día. Quiso preguntar a los comerciantes por ella, pero decidió que no tenía caso. El día se estaba esfumando, debía encontrar un lugar donde pasar la noche.

Caminó por varias horas, eran casi las 11:00 pm, la noche se había enfriado de nuevo. Tenía hambre, así que compró algunas galletas de leche y mantequilla. Se recostó dentro de un pequeño hueco en las faldas de un viejo edificio. Destapó el envoltorio y comenzó a comer. Jamás algo le había parecido tan delicioso. Era como tener el calor de un beso sobre la lengua, como un abrazo en el alma.

Estuvo ahí unos minutos hasta que un chico asomó la cabeza en su desventurado y poco convencional refugio. Era un joven de entre veinte y veintidós años

—¡Hola! —exclamó afable—. ¿Puedo preguntarte que haces ahí?

Remi solo lo miró intimidado, pero no respondió. Sentía algo de miedo. Su mirada no perdió de vista al muchacho. Ambos se observaron por incomodos segundos. Le resultaba difícil confiar en la gente que se le acercaba. Su padre le había hablado sobre muchas personas que ofrecían ayuda y amistad, solo para obtener facilidades.

—La Señora Isabey suele lavar su piso por las noches, y el agua que usa viene a parar donde estas sentado —comentó—. ¿Quieres venir a la conserjería?

El niño miró hacia la ventana de arriba, y entonces lo pensó unos segundos. Se levantó y siguió al muchacho. Aún no estaba muy convencido. Caminaron unos metros hasta la entrada de la vieja construcción.

—Soy Marcel, por cierto —dijo mientras abría la cerradura de la antigua puerta—. ¿Cuál es tu nombre?

El pequeño mimo de nuevo se abstuvo de responder. Miró hacia el recibidor esperando que no hubiera algo extraño, luego dio algunos pasos al interior.

—Si no tienes donde dormir, o si tus padres te echaron, puedes ocupar ese cuarto de ahí, nadie lo usa, más que excepto esas viejas escobas. Puedes quedarte el tiempo que quieras, solo si prometes no hacer fiestas o traer mujeres —bromeó con el niño.

El chico era amigable, aunque algo curioso. El miedo por él iba disminuyendo dentro del niño.

—¿En serio eres un mimo?

Remi se quedó mudo nuevamente. Sin hacer ningún comentario, entró al pequeño cuarto. Estaba lleno de polvo y había algunos trapos sucios colgados.

—Bueno, ya veo que sí —dijo Marcel resignado—. Si necesitas algo, solo pídelo, ahora somos vecinos, estoy justo en frente de ti.

El joven sonrió, vestía ropas que le lucían algo grandes, y estaba un poco desalineado, sin embargo transmitía confianza y amabilidad. Comenzó a cerrar la puerta.

—¡Remi!—exclamó el niño—. Mi nombre, es Remi.

El chico sonrió

—Es un buen nombre —luego cerró la puerta.

Remi se quedó en el oscuro almacén, a pesar de estar en pésimas condiciones, resultaba mejor que la acera, o que una banca en el parque.

El frio afuera era infernal. Terminó las galletas y se recostó. El lugar comenzaba a calentarse con su cuerpo, se echó encima algunas de las prendas y durmió, como no había dormido en semanas.

Al día siguiente se levantó temprano, intercambió algunas palabras con Marcel, fue ahí cuando le contó que el encargado del edificio en realidad era su padre, pero que él se hacía cargo prácticamente de todo. El hombre acostumbraba a gastar su dinero en alcohol y en apuestas. Su madre había muerto cuando él era niño.

Luego de que compartiera un emparedado con él, partió de nuevo al parque, prometiendo que regresaría en la noche. Sus piernas temblaban de nerviosismo. Esperaba encontrarse con Cosette antes de que llegara la tarde.

Esperó horas, y comenzó a trabajar. Muchas miradas apreciaban su acto y sus trucos maravillosos, pero ninguna pertenecía a la niña que estaba esperando. Su corazón comenzaba a entristecerse.

Eran las doce del mediodía, el sol brillaba, y el parque se veía hermoso. Era la hora de su descanso.

Aún no se podía decidir qué era lo que almorzaría.

Había pasado la Navidad y las personas seguían más generosas por eso, así que al menos aquel día, podía comprar algo más decente. Se dirigió a un carrito de salchichas y pidió algunas. Colocó las especias y algo de salsa.

Regresó de nuevo a su sitio y se dispuso a comer. Algunas per-

sonas ya estaban ansiosas de verlo en acción otra vez. Al terminar con el último de los exquisitos embutidos, dirigió su mirada hacia la entrada del parque. Se quedó paralizado de inmediato.

Su estómago se revolvió de una forma casi inquietante. Tuvo alegría y miedo. Cosette había entrado al Georges-Brassens con sus hermanos. Clemont se separó con sus diarios a la izquierda, Margot a la derecha. La pequeña abordó a un par de turistas casi de inmediato, estos le compraron algunos souvenires y le pagaron con gusto.

Mientras guardaba las monedas en su bolsa, dirigió sus ojos al interior del parque. Al ver a Remi sentado, mirándola, soltó su mercancía al suelo, algunas de sus monedas cayeron también. Corrió a su encuentro con una sonrisa inigualable. Remi hizo lo mismo. Al reducir a nada su proximidad, el abrazo que se dieron parecía volverse eterno con el transcurso de cada segundo. Las personas tuvieron que conservar las ganas de ver el arte de Remi, pues se dedicó todo el día para pasarlo con Cosette.

El invierno mejoró bastante después de aquel encuentro. La vida parecía algo estable, y eso era bueno. Algunos otros mimos en el parque se sentían celosos del talento y la sensación que Remi poseía. Sobre todo porque hacia él corría la mayor parte de las multitudes.

Intentaba arreglarselas para no meterse en problemas. Cosette por otro lado, se sentía feliz de poder ver a Remi casi a diario, a veces compartían la comida y visitaban lugares. Su madre era empleada en una casa cercana, limpiaba y cocinaba para la familia. Varias veces intentó convencer a sus hijos de trabajar junto a ella, así podría estar al tanto de ellos. Sin embargo se resistían al dominio que eso podría significarles. No por su madre, sino que no soportaban la idea de recibir órdenes de personas que no entendían realmente lo que significaba, ser libre.

Las semanas transcurrieron, el pequeño mimo tuvo con quien pasar el año nuevo. Como siempre, el padre de Marcel, yacía tirado en la cantina de Monet. Aquella noche no fue la excepción. Eso significó más jamón para él y para su amigo.

El hombre estaba al tanto de la presencia de Remi en el cuarto de la conserjería, no le molestaba, en tanto se mantuviera lejos de sus botellas o de los inquilinos. Ese no era un problema para él, ya que repudiaba el alcohol, y pasaba gran parte del día fuera de ahí.

ABRIL, 1997…

La ausencia de Cosette por las mañanas mientras iba a la escuela, dio a Remi la oportunidad de concentrarse más en sus alrededores.

Notó la presencia de un extraño hombre, que visitaba el parque cada fin de semana y de vez en cuando los miércoles. Acudía al lugar especialmente para verlo actuar. Al terminar le daba algunas monedas o comida. Era un tipo de unos 60 o 65 años. Tenía un bigote anticuado y vestía ropas muy elegantes, regularmente en tonos oscuros. Sus zapatos parecían muy finos. Se alejaba por la esquina del Georges-Brassens para abordar un automovil negro y con los vidrios totalmente oscuros. A Remi le desconcertaba un poco, sobre todo porque, como él, parecía ser un hombre de pocas palabras. Su fría y severa mirada, resultaba intimidante para las personas comunes. Pero Remi no era una persona común. No sabía nada sobre este sujeto, y no le hubiera molestado en lo absoluto cambiar eso. Era agradable frecuentarlo, sus donaciones eran generosas.

Cierta vez, luego de terminar una nueva presentación, la gente se disipó. Nadie se acercó con monedas ni dulces. Nadie, excepto aquel hombre. Como de costumbre, entregó a Remi caramelos, y algo de dinero. Pero hubo algo más. En su mano, depositó lo que parecía ser una tarjeta.

—Hermosa actuación la de hoy —dijo con una sonrisa amigable y una mirada serena, casi paternal—. Quiero darte una oportunidad única. Llama si estas interesado —dicho esto, se marchó.

Había inscritas algunas palabras:

Jean Louis Perceau
345 34 56
Nova Vié

Remi la contempló por unos segundos. No estaba seguro de que se trataba. Miró al hombre para encontrar alguna respuesta o recibir un comentario, pero había desaparecido, como si de un fantasma se tratara. El chico sintió miedo, no lo volvió a ver en un tiempo.

JUNIO, 1997

El parque fue cerrado. Se había infestado de ratas y cucarachas.

Los desechos de los comerciantes callejeros y los visitantes habían atraído a los roedores. Remi intentó encontrar un espacio en plazas y lugares cercanos, pero no tuvo mucho éxito. Los demás artistas lo amenazaron con una fuerte paliza si lo veían trabajar en su zona. Ignoró la advertencia del mimo del Jardín Bartholomé, así que este lo llevó a un callejón cercano y lo golpeó. A pesar de haberse contenido un poco, el castigo dejó marcas muy notorias en su rostro y en su cuerpo.

Caminó de vuelta a casa. Cargaba en la espalda un fracaso y la mala racha de no haber conseguido nada nuevamente.

Antes los vecinos del edificio parecían sentir algo de lastima por él y Marcel. Pero ya no era frecuente. Así que cada quien se las arreglaba para obtener su propia comida.

El día no fue muy generoso con Remi. A duras penas pudo tomar un poco de agua por la mañana. Intentó encontrar algo en que ser útil durante el día, incluso trató de vender periódicos como Clemont, pero no lo quisieron contratar. Era de tarde, sus bolsillos vacíos solo contenían polvo y una que otra migaja. Entró al edificio, y se dirigió a la conserjería. Su estómago rugía como un tigre. Sus piernas temblaban, y su cabeza estallaba.

Vio entonces, que en la mesa del cuarto, el padre de Marcel había olvidado una charola. Había comida ahí.

Lo pensó mucho. Nadie estaba a la vista. Hubiera sido muy fácil tomarla y correr hasta no ser visto. Pero su cabeza adolorida, aún le permitía hacer uso de su moralidad. Dio la vuelta y se alejó. Pero solo cuatro pasos después, volvió la mirada. Intentó apagar su pensamiento. El instinto lo dominó. Tomó la comida, y huyó a su pequeño cuarto, cerró la puerta y sació su hambre. Aquella noche, tal vez dormiría plácidamente. Esperaba que fuera así.

La tormenta se acercaba. Los relámpagos hacían retumbar los muros. Entonces algunos gritos vinieron de afuera. Era Marcel, lloraba y suplicaba a su padre que dejara de golpearlo.

—¡Yo no fui! —gritaba entre quejidos y sollozos—. ¡Por favor! ¡Déjame!

Remi podía escuchar los golpes que le propinaban a su amigo, no podía verlo, pero era consciente del horrible sufrimiento que experimentaba.

Hubo silencio.

Un intenso miedo empezó a correr por su cuerpo.

El padre de Marcel abrió violentamente la puerta de la conserjería. Su sombra se vio a través del marco, rodeada del destello de los relámpagos. Se aproximó hasta donde Remi yacía acostado, y lo pateó. Luego lo levantó del cabello y lo sacó del lugar.

—¡Maldito ladrón! —gritó lleno de rabia, estaba ebrio— ¡Te has hecho con mi comida, infeliz bastardo!

Lo tomó nuevamente por la cabeza y lo arrastró hasta la calle.

La tormenta era tan fuerte como el sufrimiento y la vergüenza que sentía el muchacho. Marcel intentó detener a su padre.

—¡Déjalo! ¡Déjalo ya! ¡Lo estás lastimando! —gritó con lágrimas en los ojos. Pero solo consiguió recibir un fuerte golpe en el rostro.

El hombre lo echó por la banqueta y casi de inmediato le arrojó sus pertenecías a la cara. Remi salió de ahí, asustado y llorando. Cargaba sobre sí una vergüenza agobiante y un enorme deseo de que todo de pronto acabara.

El parque estaba cerrado y lleno de sucias ratas. No podía pasar la noche ahí.

Caminó por muchas horas. La lluvia no cesaba. Terminó debajo de un puente. Había basura, y como en el Georges-Brassens, peludas criaturas por donde quiera. La luz llegaba poco ahí, y el olor era pestilente. Estaba empapado, a solo unos metros de algunos vagabundos. Era difícil saber si algunos seguían con vida. Parecía el infierno. La estabilidad de la que había gozado, se derrumbó en solo una noche.

Sus lágrimas se volvían amargas. Su esperanza se consumió por completo. Solo quería dormir, y jamás despertar.

Entonces de entre sus cosas, extrajo la tarjeta que aquel hombre le había entregado en el parque hacía semanas. Tal vez él podía ayudarlo.

Se quedó dormido, tumbado junto al frio concreto de aquel puente, con un charco de agua sucia mojando sus pantalones. Esperaría al día siguiente para contactar al hombre de los zapatos brillantes.

28 DE JUNIO, 1997

Remi había conseguido monedas para el teléfono público, y luego de tres intentos, alguien al fin respondió.

—Habla Jean Louis Perceau. ¿En qué le puedo ayudar?

Remi no supo que decir ni cómo empezar. El tiempo se congeló y trató de formular su primer comentario.

—¿Eres tú, mimo?

Luego de una larga pausa, respondió:

—Sí.

El hombre resultó ser maestro en una academia de artes, ubicada a las afueras de París, oculta entre las montañas y el bosque.

Luego de una breve charla, acordaron un sitio para encontrarse. El niño aceptó los términos del hombre.

La Institución, de la que pocos tenían conocimiento, ofrecía un hogar para todo aquel artista talentoso y desamparado. Jean Louis le contó muchas cosas sobre Nova Vié.

La comida era deliciosa, las habitaciones cómodas y acogedoras. Los compañeros eran talentosos y especiales. Remi lo veía como un sueño.

Convencido por el hombre, preparó sus pocas pertenencias y abordó el auto con él. Parecía haber tenido la suerte de encontrar una vida más sencilla. Lo único que extrañaría, sería ver a su querida Cosette. Pues según el hombre, solo podría visitarla en el verano. Resultó casi imposible que Remi desconfiara de él. La frecuencia con la que lo había visto, lo convirtió en una persona de relevancia dentro de su extralimitado circulo social.

—Habrá que tramitarte documentos nuevos, ya me encargaré de eso. Ahora eres mi responsabilidad, y estás bajo mi cuidado —comentó el hombre, mientras el auto marchaba por las calles de la Ciudad—. ¿Cuál es tu fecha de nacimiento?

Remi estaba distraído por la belleza de los interiores del automóvil, no puso la más mínima atención.

—Ya habrá tiempo —dijo Jean Louis, suavemente.

Salieron de la Ciudad. El pequeño echaría de menos el Georges-Brassens, después de todo, aquel lugar, había sido el único donde parecía sentirse en casa.

El conductor del auto salió hasta la carretera y anduvo casi una hora más por caminos que Remi nunca había visto.

—¿Por qué yo? —preguntó intrigado.

El hombre tomó su tiempo para responder. Sin mirarlo, explicó:

—El lugar al que vamos, solo recibe a chicos como tú. Talentosos, fuertes… jóvenes que a su corta edad, han experimentado el dolor de la vida que se nos ha dado. Para nuestros estudiantes, el sufrimiento no debe ser un problema.

Remi no estaba seguro de entender, pero vio algunos objetos y libros pertenecientes a la academia, que le reafirmaban la existencia de aquella institución. Se sentía un poco nervioso, pero desde el encuentro con aquel hombre, había sentido como si todo lo que ocurría a su alrededor, fuera solo parte de un sueño. Un sueño que en definitiva él no podía controlar. Solo se dejó llevar. Esperando que nada de pronto se convirtiera en una pesadilla.

Sus ojos se sintieron cansados. Un intenso sueño comenzó a alejarlo de la realidad. Solo durmió. Durmió hasta que fue capaz de despertar.

En la vida, jamás había abordado un vehículo como ese. Su padre le había contado sobre muchas cosas en la Ciudad: Secuestradores, estafadores, y malas personas. Era consiente entre sueños, que se dirigía a un nuevo lugar. Tal vez había muerto. Tal vez iba a encontrarse con su padre de nuevo. Extrañaría a Cosette, de eso no había duda.

Aquella ilusión terminó cuando fue despertado por Jean Louis.

Solo tocó su hombro. Sus ojos se abrieron. Los frotó un poco con sus manos. Al mirar a través de la ventana, y justo ante sus ojos, presenció con asombro La Academia de Artes y Ciencias Nova Vié. Era inmensa, como un castillo.

La arquitectura era hermosa, sus alrededores eran verdes y muy amplios. Tan solo había observado la fachada. Se sentía tan avergonzado de su apariencia. Aún usaba la ropa de mimo, estaba sucia y apostaba a que aquel desagradable olor, provenía de él. Se sintió intimidado. El hombre por el contrario parecía sentirse en casa. Bajó del automóvil y caminó hasta la entrada. Había dos escaleras en curva que dirigían hasta una puerta de color café. Debajo de esta, al límite del piso, había una puerta un poco más grande. Tomaron las escaleras. Remi siguió al hombre, se colocó casi a su lado, como si tuviera miedo de perderse o de ser robado. Hasta ese momento, tuvo algo de miedo.

Observó a su alrededor. No había señales de que otra persona estuviera cerca. Jean Louis se colocó frente a la puerta. Tocó de una forma extraña. Miró al muchacho y sonrió. Entonces dio siete golpes separados.

Todo se quedó en silencio. Remi enfocó atentamente al sujeto, sin una sola idea de cómo reaccionar. Entonces se abrió la enorme puerta. Dos guardias uniformados los recibieron y saludaron cortésmente al niño. Portaban extraños uniformes y espadas que combinaban con lo que traían puesto. Luego del recibimiento, volvieron a sus estáticas y frías posiciones.

Remi los contempló un poco más. Jean se alejó mirando los bellos muros de la entrada que se extendían hasta el fondo. Remi observó muchos de los adornos y los muebles que decoraban el enorme palacio.

Aquella escuela , debía ser la más costosa del mundo. La aparente ausencia de estudiantes sin embargo, resultaba algo extraño.

Comenzó a cuestionarse por dentro, si realmente era una academia. Caminó por los pasillos junto con su nuevo mentor. Él no decía nada, pero la intriga, el silencio y la falta de jóvenes, se disipó cuando en una enorme sala, observó a un grupo de chicos reunidos en círculo. Estaban atentos a algo, pero se encontraban muy lejos, así que solo siguió su camino.

—Te sugiero, que mantengas la calma. Nos reuniremos ahora con alguien muy importante. Piensa en algo que pueda sorprender incluso a la persona más severa del mundo. Ahora mismo la conocerás.

El estómago de Remi se estremeció, llegaron a una puerta de madera muy ostentosa, sus piernas, una vez más, temblaban. No tenía idea de quién podía estar dentro de aquel cuarto. Pero debía mostrar de que estaba hecho, quien era, y lo que podía lograr.

—¿Listo? —preguntó Jean Louis mientras se acomodaba y se sacudía el traje.

Una vez que ambos lo estuvieron, abrió la puerta. El joven entró, y entonces, justo a partir de aquel momento, su vida cambió para siempre.

2010

Pasaron más de doce años desde que Remi, fue recibido con incomparable satisfacción en la Gran Academia de Artes y Ciencias, Nova Vié. Cuyo objetivo realmente era formar a los más peligrosos y talentosos asesinos de Francia. Desde magos, hasta pintores, desde músicos hasta acróbatas, actores, dramaturgos, y toda clase de seres letales. Nova Vié, preparaba, educaba y comerciaba con inigualables máquinas de matar. Las personas más poderosas del mundo, podían solicitar los servicios del artista que más le convenciera, y en algunos casos, comprarlo.

En el primer día de escuela, la Academia sometía a cada estudiante, a un efectivo tratamiento de hipnosis. Cuyo resultado, era una mente dispuesta a aprender, luchar, obedecer, y matar si era requerido.

Los alumnos juraban lealtad a La Gran Nova Vié, dirigida por nada más y nada menos que Soleil Allamand, "La gran cazadora". Una asesina maestra, tan cruel y letal, que podía acabar con la vida de un ejército de la manera más macabra e insensible, obstinada al grado de ser como un fantasma para la mayoría de seres vivos en la tierra y en aquel lugar. Mucho se podría hablar de ella, y de cada persona en aquel sitio.

Remi supo aprovechar cada minuto ahí, las estadísticas lo posicionaron como el estudiante más peligroso de la academia. Su intimidante postura, su inexpresiva y fría mirada, su atuendo y la letalidad de sus trucos, mantuvo alejado a todo aquel que lo veía andar por los pasillos.

Contaba con más de 125 muertes confirmadas alrededor del mundo. Cincuenta misiones encubierto, y presumía ser la causa de la locura en más de quince personas. No tenía a nadie, solo a Jean, maestro de filosofía y esgrima. Él disfrutaba mucho de los combates en los torneos de la escuela, y de que Remi fuera el mejor estudiante que había llevado a la academia. Se volvió como su padre, y la única persona con la que Remi se atrevía a hablar desde aquella clase de lucha en la que cometió su primer asesinato.

El cuello de aquel enorme muchacho fue dividido luego de probar el filo de las dagas del mimo. La sangre en su traje y el suelo, sirvieron como advertencia para aquellos que incluso en su mente, se atrevieran a fastidiar su existencia y su camino. El dolor en su corazón, finalmente se había trasformado en ira, y en perversión. La piedad dentro de él, se agotaba poco a poco y toda su humanidad, se esfumaba con ella.

Tantos fueron los trabajos que "El mimo" realizó, que ni siquiera era posible calcular el valor que tenía para la escuela.

Resultaba tan efectivo en sus servicios, que innumerables personas, organizaciones y hasta gobiernos, intentaron hacer el gran trato con Nova Vié.

Alguien alcanzaría su precio tarde o temprano.

2017

Remi estaba de vuelta en Nova Vié, Jean Louis solo disponía de unos pocos días más de vida. El mimo tenía que afrontar la pérdida de su mentor. Una perdida más. Tal vez no estaba listo para algo así de nueva cuenta.

Haber matado al dictador de la Nueva República del Congo, y a todo su gabinete, había resultado más fácil de lo que esperaba. Llegó a la presencia del hombre que lo había procurado desde que fue admitido en aquel lugar. El pobre anciano yacía tirado en una cama, el cuarto estaba desordenado y sucio. El enfermero resultó ser un cruel holgazán, y Jean no había recibido sus medicinas a la hora indicada. Cuando Remi se dio cuenta de lo cruel que había sido el hombre al cuidar a su mentor, no dudo en romper su cuello. Él mismo se encargaría de sus ultimos cuidados

Al contemplar a su señor, LeBlanc no pudo evitar volver al pasado. Parecía haber visto en esa misma cama a su padre. Los recuerdos de la violencia, el sufrimiento y la desgracia, volvían a su mente, y aunque parecía imposible, una lágrima comenzó a correr por su mejilla.

No hubo un sonido, ni un murmuro, nada de llanto. Solo un asesino, rindiendo respeto a la persona que lo sacó de aquel horrible infierno, al hombre, que lo convirtió en un ángel de muerte y venganza.

Las semanas siguieron. Remi se abstuvo de realizar todo tipo de actividad. Entonces, una mañana, lo llamaron.

Caminó hasta la oficina de Soleil, de nuevo. Parecía que su mente regresaba al pasado. Se colocó de frente a la puerta como en el día que llegó, solo que Jean Louis no lo acompañaba esta vez.

Entró. Vio sentada a la Gran Asesina. Aunque su cuerpo estaba más arrugado, y su columna le impedía estar erguida, era posible que le esperaran lustros más habitando la tierra. Eso era lo que ella solía decir. Al intervenir en la habitación, notó como los rojos y carnosos ojos de Soleil lo seguían.

Un hombre con traje negro estaba sentado frente a la anciana, era imposible reconocer su rostro, pues solo podía mirarle la espalda.

—Señor LeBlanc, gracias por venir —dijo la mujer con su cansada y rasposa voz, sonrió un poco, de una manera macabra—. Porfavor, toma asiento.

Remi se negó a la indicación. Pero no requirió siquiera de mover la cabeza. Solo esperó en silencio a que la anciana hablara.

El sujeto en el cuarto, se mantenía en silencio, quieto, como si no estuviera. De igual forma esperaba las palabras de Allamand. Esta no se dignó a hablar, hasta unos segundos después.

—¿Qué tal la carne del maldito Congo? Me dijeron que solo te tomó unas horas —la mujer conservaba aquella sonrisa en los labios, sus ojos verdes y terroríficos, la hacían presumir una innegable alegría.

Continuó hablando.

—Él es el Señor…

El hombre elevó la cabeza y la mirada, dando una señal a la señora. Soleil pareció enfadarse.

—Mmmm... —gruñó mientras la sonrisa se le borraba de la boca y miraba al hombre—. Este caballero ha venido a mí, con la intención de poner un precio a tu servicio de manera permanente. Quiere que trabajes con él.

Hizo una pausa.

—Ya hemos acordado sobre los costos, pero prefiere reservar su nombre, en el caso de que no aceptes —dirigió sus ojos a donde se encontraba sentado el visitante—. Debo anteponerte, que en verdad es una oferta digna... más que digna. El poder de este hombre, podría cambiar por completo tu vida, y tu carrera.

Remi había rechazado a incontables interesados en su contratación permanente. Nova Vié se había convertido en una especie de casa, pero esa no era la verdadera razón por la que no había abandonado el lugar.

Jean Louis lo mantenía atado a la Academia, y no hubiera sido capaz de abandonarlo. Pero él ya no estaba. Su libertad podía ser vendida sin problema. Solo debía empacar, y esperar a que el destino le diera una muerte digna de su nivel.

No lo pensó mucho. Había llegado la hora de dejar aquel lugar. A partir de ese momento, El Mimo, o como algunos se atrevían a llamarlo; Cara Blanca, se convirtió en el más temido miembro de la Organización Internacional de Servicios Secretos y Particulares (OISSP)

Su primera misión… asesinar al Secretario General de la ONU.

Capítulo VIII

Resurrección

Suut tu Kuxtal

VIII

Dan despertó aturdido, su pelo estaba empapado en sudor. Permanecía atado a una silla colocada justo en el medio de una sala completamente blanca. Se sintió aliviado al darse cuenta de que aquel cuarto, no era el mismo que había abandonado en la casa del Doctor Silva, pues aquel tenía el piso en color gris, mientras que la luz de las seis superficies en ese lugar, lastimaba sus ojos debido a una blancura total.

La ventana oscura estaba de lado derecho, y una puerta de metal, lo mantenía recluido dentro de ella.

Había algunos golpes en su rostro, también algo de sangre. Varios dolores por todo el cuerpo le aquejaban, y la herida de la noche pasada, había estado sangrando los últimos minutos. El cristal negro en la pared a su derecha, lo hizo sentirse casi seguro de qie que alguien podía estar viéndolo a través de él.

Respiró profundamente. Se preguntaba en dónde podría estar Amanda, no sabía que pasó después de la caída, pues fue ahí cuando perdió el conocimiento. La cabeza le punzaba intensamente, la luminosidad del cuarto no le proporcionaba ningún alivio.

Su muerte o la de ambos podían estar cerca, y no tenía ni la más mínima idea de quienes estaban detrás de todo. Solo le quedaba esperar a que alguien penetrara en ese lugar, tal vez habría algo nuevo que descubrir. O no. Era incierto.

Fue cuestión de segundos, para que alguien abriera la puerta, era electrónica, el sonido al abrirse emitía sonidos extraños. Accedió a la sala un tipo con uniforme militar completamente negro, era algo mayor, lucía de unos 40 o 50 años. Su mirada era seca y su cabello mostraba algunas canas. No dijo una sola palabra. Solo se colocó frente a él y lo observó con las manos entrelazadas por detrás de su cuerpo.

—¿Así que tú eres el que ha estado causando problemas? —le cuestionó con su voz grave y clara—. Sobreestimamos tus capacidades. El sujeto que te trajo hasta aquí, nunca había tardado tan poco en completar una misión.

Dan no respondió. Solo se mantuvo firme. Trataba de recordar algo de los minutos que trascurrieron después de caer del acueducto. Pero nada venía a su mente. Sus manos estaban atadas con cadenas y candado. Incluso una cuerda hubiera sido mucho mejor.

Tras la ventana se encontraba El Mimo, junto con algunos uniformados más. El hombre que estaba dentro con Dan regresó donde ellos, y habló con Remi.

—Has estado activo desde hace 72 horas. Ve a descansar, nos encargaremos de él —Remi lo observó por unos segundos. No dijo nada—. Deberías dejarnos complacer al hombre por una vez, después de todo, también servimos para él.

Sin ninguna expresión en su pálido rostro, Remi salió de ahí, contemplando al sujeto de la manera más fría y hostil. Caminó hasta una puerta, y se fue. Era hora de dormir un poco.

El escuadrón M7 se encargaría del prisionero. Se trataba de siete agentes especiales, que servían como apoyo en muchas de las misiones y operaciones de la OISSP. Eran de lo mejor que había.

Dan seguía retenido en la sala. Pensó que era probable que esas personas supieran del interrogatorio de Abel. La duda y preocupación sobre donde se encontraba Amanda estaba aumentando. Tampoco sabía dónde estaba la máscara que portaba. El descubrimiento de su identidad, desencadenaría una ola de desgracias sobre él y los que se le ligaban.

Intentó controlar sus emociones. Después de todo, el diario le había enseñado como hacerlo.

Yaantal le Jets'óolal yéetel alab óolal. T'ab le yaj óol ti' a puksi'ik'al ka ts'aik u le a wíinkilil. Chéen bey náajalnakech jump'éel pool Jach k'a'am bey le tunicho'ob.

Encuentra la paz y la esperanza. Enciende la furia en tu corazón y dásela a tu cuerpo. Solo así ganarás una mente tan fuerte como las rocas.

Una lucha en su cabeza estalló. Intentaba encontrar la paz en una zona de guerra que lo desalentaba en lugar de motivarlo. Parecía imposible. Solo estaba lleno de miedo y de furia. No con los hombres, más bien con él mismo. *¿Cómo había llegado a todo esto? ¿Por qué Palacios lo condenó a eso?*

Tres hombres entraron al cuarto, uno de ellos ya le era conocido, pero los demás, cubrian su cara con una máscara.

Se colocaron a un extremo de cada esquina. El otro hombre, quien parecía ser su líder, volvió al encuentro con el chico.

—Nos reportaron que una mujer te acompañaba en el acueducto cuando fuiste capturado. Quiero saber su nombre, y el de todos con quienes trabajas. Pero antes… —el hombre había comenzado a rodear la posición de Dan, con el fin de intimidarlo—…quiero escuchar, el nombre de la persona más estúpida de Ciudad 24.

Se acercó a su rostro y lo miró directo a los ojos. Dan lo contemplaba con algo de ira. Estaba nervioso. Comenzaba a regular su respiración. Sin darse cuenta, el agente le había revelado que Amanda no había sido capturada.

—Ya me lo suponía —dijo, luego arremetió contra él golpeando su rostro, tirándolo al mismo tiempo de la silla. Fue doloroso.

Además del tipo que lo capturó, jamás había sido golpeado por alguien de esa forma. De su boca emanó la sangre. Su mente parecía desvanecerse. Su expresión demostraba dolor y malestar. Lo levantó de nuevo, lo miró una vez más a los ojos y serenamente le dijo:

—Quiero tu nombre, ahora.

Una vez más, se quedó en silencio, con la vista perdida y la quijada endurecida. Su respiración era constante. Los golpes le estaban ayudando a alcanzar la concentración y la fuerza requerida para soportar una tortura.

Al asumir que el chico no hablaría, el sujeto propinó un golpe más en su estómago. A pesar de la contracción abdominal que hizo, no pudo evitar perder todo el aire. Intentó recuperarse. Le tomó unos segundos. El hombre prosiguió con su brutal castigo.

A casi una hora de tortura, Dan ya tenía el rostro lastimado y lleno de sangre. El ojo izquierdo se había hinchado, y le era imposible abrirlo. Le había fracturado una costilla, y su mandíbula estaba dislocada.

—Ninguno de los dos está avanzando con esto hijo. Dame tu nombre. Solo tu nombre, y juro, que tu muerte será instantánea, sin dolor. ¿Eh?

El joven persistió en su silencio. El puño de su verdugo estaba enrojecido, el piso manchado con gotas de sangre y sudor. Nada de eso impidió que el hombre soltara sobre él un golpe más. La cara del chico cayó al suelo, junto con todo su cuerpo de nueva cuenta.

El tipo llamó con una seña a uno de los elementos que lo acompañaba.

—Ve al almacén, trae más cadena, y mi equipo quirúrgico —indicó. El otro elemento partió en busca de cumplir la orden. El hombre volvió con Dan y le dijo—. Habla, porque cuando él regrese, jugaremos al doctor. Y aunque es divertido para mí, lo encontrarás muy doloroso.

Afuera, se encontraba el resto del M7, uno de ellos operaba los equipos de cómputo, los demás observaban la tortura que su líder, daba al inquebrantable muchacho.

Vieron pasar a su compañero, iba rumbo a donde se le había ordenado. Salió de la segunda sala, y llegó a un corredor. Los muros de ahí eran grises, manchados y de aspecto descuidado, había poca luz, y una serie de puertas a distancia. Llegó hasta la del almacén, y la abrió.

Buscó algunas cosas y salió enseguida, pero antes de cerrar la puerta, fue succionado dentro. Se escucharon algunos golpes en el interior, luego silencio por varios segundos. Entonces su salida fue completada finalmente.

El sujeto regresó a la sala blanca, cargando consigo lo que su líder le había pedido.

Colocó un maletín en el suelo, y cargó la cadena entre sus manos. El hombre que le había dado la orden se inclinó para abrirlo y extrajo una serie de instrumentos, entre ellos, un bisturí y unas pinzas de presión.

—Ahora bien. Se me acabó la anestesia.

Miró al muchacho con ambas herramientas en las manos.

—Por última vez, ¡Dime tu nombre!

Dan estaba cansado, aquel sujeto desquiciado, y ver todos esos instrumentos de tortura, lo hicieron reconsiderar su silencio por un segundo. Comenzó a balbucear, pero no dijo una palabra.

Entonces el agente que sostenía la cadena, la enredó rápidamente en el cuello de su líder. Golpeó su cabeza y lo derribó con un par de ataques más.

Confundido, el maltratado joven presenció la escena. Uno de los demás agentes que los acompañaba ahí dentro se abalanzó contra su compañero, pero fue asesinado por el bisturí que yacía en el suelo. La sangre salpicó en el espejo. Entró el resto del equipo para contener al infiltrado. Dan reconoció cada movimiento del sujeto que había intervenido. Eran los mismos que él utilizaba, las posiciones, cada golpe, el desplazamiento e incluso pudo escuchar cómo se valía de la respiración controlada para realizar cada movimiento que hacía.

No llevó mucho tiempo para aquel agente, dar muerte a casi todos los integrantes del M7. Algunos solo quedaron inconscientes.

Luego de terminar, y con una respiración agitada, se retiró la máscara. Era un hombre maduro, con cabello canoso de tonos grises, era alto y parecía estar en buena forma para su edad. Dan apenas podía mantenerse despierto. Parecía un sueño. Esperaba que lo fuera.

—Eso fue mucho tiempo —comentó mientras daba la vuelta a la silla para liberarlo—. No me imagino soportando algo así.

Con una llave, abrió el candado y soltó los brazos. Luego desanudó las cuerdas que amarraban sus pies. Pudo sostenerlo cuando el chico casi caía al piso. Estaba en un grave estado.

—Tranquilo, te sacaré, pero deberás hacer un esfuerzo, si no puedes, tendré que dejarte aquí para morir.

Dan hizo un intento, el hombre hablaba en serio.

Salieron por la puerta de la sala, atravesaron el cuarto que se encontraba enseguida y llegaron al corredor. Anduvieron por unos metros más. Entonces se escucharon gritos de algunos hombres. Aparecieron por la vuelta del pasillo.

El sujeto abrió de inmediato la puerta de donde había salido disfrazado como un elemento y entró con el chico antes de ser vistos. Los demás agentes pasaron de largo, se dirigieron directo a la puerta de la sala de interrogatorio y entraron, eran cuatro.

El oportuno interventor salió casi cargando al muchacho.

Siguieron caminando algunos metros más. Entonces uno de los agentes salió de vuelta al pasillo y al ver a los sujetos intentar escapar, avisó a los demás por su transmisor:

—¡Hey! ¡Alto! ¡Atención! ¡diez-noventa! ¡Repito! ¡Escap…

El chico hizo un esfuerzo y arrancó un teléfono que había en la pared. Lo lanzó a una distancia de 15 metros, justo en el rostro del agente. Este cayó al suelo de inmediato. Hizo un esfuerzo por mantenerse de pie, fue complicado.

—¡Buen tiro! —reconoció su nuevo acompañante. Entonces la sala donde segundos antes lo habían castigado, explotó.

Él no sabía a donde se dirigían, y no podía preguntarlo a la mitad de un escape. Llegaron hasta una puerta. Se detuvieron.

—Hay decenas ahí afuera —advirtió e hombre—. ¡Espera aquí!

Colocó al malherido encapuchado en el suelo. Abrió la puerta y salió. Dan permaneció allí tirado, pero segundos después, sus ojos se cerraron. Perdió el conocimiento total, de nuevo.

MANSIÓN SILVA
SECTOR 03
AVENIDA 707

Amanda entró por la segunda puerta de la sala blanca en el laboratorio de su sótano. Al estar dentro, la cerró con fuerza y se echó a llorar en el suelo. Su padre y Aldo entraron enseguida.

—¡Fue mi culpa! ¡Mi culpa! —dijo entre sollozos y desesperación—. Eso… ese… ¡No sé qué era! Se lo llevó. Sólo desaparecieron.

—¡Amanda! calma. Tranquilízate hija. ¿Dónde está Dan?

—Ese hombre. Peleamos con él… Cayeron por el acueducto, pero no encontré a ninguno. La policía había llegado. Tuve que salir de ahí.

—¿Quién era? —preguntó el Doctor Silva.

—Estaba vestido muy extraño. Había maquillaje en su cara, como un fantasma. Se movía como uno. Quiso matarme, pero Dan lo impidió, cayeron. ¡No sé dónde están!

—Revisaré si fueron detenidos —avisó Aldo. Luego salió de la sala.

Ella se dirigió a su padre, con lágrimas en los ojos.

—Van a matarlo.

—No. No Amanda. Vamos a encontrarlo, solo cálmate —el Doctor Silva intentó tranquilizar a su hija, su voz se volvió suave—. Él no puede morir. No puede. Bernardo Palacios fue su maestro, y Elías Meggar era su padre.

SECTOR 06
UBICACIÓN DESCONOCIDA
3:15 AM

Dan despertó, una vez más en un lugar que no podía reconocer. Le era imposible ponerse de pie. Tenía golpes y heridas por todo el cuerpo. Estaba debajo de la Ciudad, en un canal de agua sucia, era el drenaje. El olor era fétido, había silencio, y muy poca luz. Hizo un esfuerzo e intentó recargar su espalda en un muro de piedra. Se quejó por los golpes. No había rastro de alguna persona, pero eso no significaba que estuviera solo. El hombre que lo rescató, apareció por derriba, bajó por las escaleras de una alcantarilla.

Traía en su mano dos cervezas de lata.

—¡Despertaste! —exclamó con sorpresa—. Temía que no sucediera. ¿Una cerveza?

—No, gracias.

El hombre se sentó junto al chico. Olía a alcohol y tabaco. Usaba un pantalón militar muy parecido al que él traía puesto, pero más viejo y decolorado. También usaba un traje oscuro, compuesto por un chaleco militar gris y algunos *gadgets.*

Ya acomodado a su lado, suspiró:

—Así que… eres hijo de Elías, ¿No? —preguntó, intentando cerciorarse de que su afirmación fuera correcta.

—¿Quién eres tú?

El tipo sonrió con alarde y burla.

—Un amigo —respondió—. Me extraña que lo preguntes. Tu padre debió hablarte sobre mí.

—¿Lo conoce?

—Sí, algo así.

—¿Trabajaban juntos?

El sujeto se quedó en silencio pensando, como si estuviese recordando algo. Dan formulaba su siguiente pregunta. Tenía muchas de ellas.

—¿Cómo me encontró?

—Yo no te encontré. Solo andaba por ahí, buscando… buscando a otra persona —siguió vagando por su cabeza unos segundos—. Sé que Meggar era tu padre, porque esta máscara era de él.

Le entregó al muchacho la careta que le habían quitado, la recuperó cuando salieron del lugar solo un par de horas atrás.

—Además, te pareces mucho.

—Usted es…

—Benjamín Cóvet —interrumpió—. Miembro oficial de la fuerza especial M6, y posiblemente, el último de ellos.

—Se supone que estabas muerto.

—Muchos lo suponen. El hombre que en realidad ahora lo está, era el único que sabía la verdad sobre mí.

—¿Palacios? ¿Conoces al Profesor?

El hombre miró al muchacho sorprendido.

—Sí. ¿Tú también?

—Él, era… yo era su estudiante. No de… manera oficial, pero me enseñó muchas cosas.

—¡Dios! Esto debe ser una maldita broma —se puso de pie, arrojó la lata de cerveza vacía—. ¡Primero Dick! ¿Y ahora tú? ¡Palacios es un gran imbécil!

—¿Dick? ¿De quién estás hablando?

Benjamín lo miró, pero no respondió.

—¿Dick Conor?

—¿Lo conoces? —preguntó intrigado.

—Es una larga historia —comentó Dan—. Le salvé la vida hace dos noches. He investigado desde entonces. Un policía asesinó a uno de los hombres que quería matarlo. Se trataba de un elemento corrompido.

—¿Corrompido? ¿Por quién?

—Aún no lo sé, iba a averiguarlo esta noche, pero me encontré con esa cosa.

—¿Con esa cosa? ¿Te refieres a ese maldito mimo?

—Sí. Una persona me acompañaba. Debo saber dónde está.

Dan intentó levantarse, pero resultó imposible. El cuerpo le dolía extremadamente.

—No lo hagas, debes ser atendido por un médico —suspiró nuevamente, se llevó las manos a la cintura y contempló los alrededores.

Luego dio un paso hacia donde yacía Dan, volvió a sentarse, esta vez de frente a él. Tomó la máscara entre sus manos y la observó por unos instantes.

—Perdí la mía en un tren.

—¿En una pelea? —cuestionó el chico.

—No, una persecución, estaba huyendo.

—Mataste a esos hombres —comentó Dan—. No sabía que la M6 asesinaba criminales.

Benjamín soltó una pequeña carcajada.

—Todos lo hicimos alguna vez, incluso tu padre.

Meggar se escandalizó. El hombre lo notó. Desvió su mirada a otro lugar, con la intención de evadir al muchacho.

—Él desaprobaba lo radical, pero en ocasiones era necesario. Estos tipos, no son criminales comunes. Son asesinos con licencia. Pertenecen a la OISSP.

—¿Qué es la OISSP? —preguntó el muchacho, más interesado que nunca. Incluso el dolor que sentía quedó por unos momentos en el olvido. Jamás había escuchado esa palabra.

—Por lo poco que sé, es una organización.

Benjamín divagó unos segundos.

—¿Una organización?

—La Organización Internacional de Servicios Secretos y Particulares. Vaya nombre ¿no? Los que la conocen, piensan que es un mito. Pero no lo es. Si tienes los medios, puedes ir con ellos, contratarlos para realizar un trabajo, cualquiera, solo debes ser especifico. Están por todas partes. Quieren establecer un dominio. Eso me dijeron. No sé a qué año se remonte su origen, pero si puedo apostar algo. De una u otra forma, fueron responsables de que la fuerza especial dejara de existir.

—¿Estás seguro de…? ¿Sabes quién la dirige?

—No. Eso podría ser imposible de saber. Hay mucha gente allí dentro, servidores públicos, empresarios, militares. Corrompen el sistema, se infiltran en instituciones. Una mente debe estar detrás de todo esto, pero es probable que mueras antes de siquiera conocer su nombre —hizo una pausa, volvió a contemplar la máscara—. La fuerza especial M6 se inició con un gran objetivo. Proteger a este maldito país hasta la muerte, pero resultó imposible. Éramos casi indestructibles. Cada uno aportaba algo valioso al equipo. Fuimos elegidos de entre los mejores. El coronel nos enseñó muchas cosas. La Nación hallaba en nosotros, esperanza. Incluso trabajamos con el Profesor durante algún periodo.

—¿Estuvo en el ejército?

—Estuvo, si, por unos años. Colaboramos con él muchas veces. Luego nos dejó para comenzar a dar clases en universidades. Nos hizo falta. Abraham Bagdhu, sería una de nuestras más grandes hazañas. Fuimos tan estúpidos.

El hombre parecía revivir aquellos recuerdos en su mente. Su mirada se perdía en momentos.

—Ese día, Ezra discutió con tu padre. Dijo que la estrategia, estaba mal elaborada. Elías fue persuadido. Muy a pesar de que Matías había estado de acuerdo con él. Y finalmente optamos por re planificar la operación. Tres hombres bajarían por el techo, otros tres estarían tras la puerta del departamento. El resto de salidas estaban bloqueadas por miembros del ejército y vigiladas por francotiradores. Estábamos listos. Todo era demasiado fácil para ser verdad, pero nadie se dio cuenta de eso. Tu padre, como siempre, sobrepuso su vida sobre la nuestra. No sé por qué lo hacía, su esposa era hermosa —dijo mientras soltaba una risa de incredulidad—. Si una mujer como tu madre estuviera esperándome en casa, yo intentaría salvar mi trasero a costa de todo.

Dan lo seguía con la mirada atentamente. Cóvet se escuchaba algo emocionado, como cualquier persona que relata una aventura.

—El conteo comenzó, la rata allí dentro, ni siquiera sabía que estaba rodeado. O eso se suponía. Tres... dos... uno... Tu padre debía entrar por la ventana, nosotros accederíamos por la ventilación. Y el resto debía derribar la puerta. En lugar de eso una maldita explosión sacudió la parte superior del edificio. Elías corrió con mucha suerte. Los de la puerta, quedaron irreconocibles. Sam y yo caímos por dos pisos desde la azotea, no desperté hasta muchas horas después. La Nación estaba hecha un caos. El cuerpo de Bagdhu jamás fue encontrado. Solo desapareció. Jamás se supo nada de él. Mucho se especuló sobre el atentado, pero nunca se supo la verdad. Fuimos tan estúpidos. Fue una maldita trampa.

Hizo una extensa pausa.

—Luego del atentado que provocó nuestra disolución, Sam y Elías, fueron dados de alta de inmediato. Supongo que querían estar con sus familias, yo no tenía ninguna prisa. Finalmente, salí de ese hospital, y me mudé a Ciudad Norvoa, en la Región E. Viví con mi amada... Julieta.

—¿Tu esposa?

Hizo una pausa y lo miró fijamente.

—Mi perro. Me lo obsequió la mujer con la que pretendía hacer una familia.

—¿Pretendías?

Su mirada continúo enfocada en él.

—Las cosas no pararon ahí. Poco tiempo después, yo regresaba de hacer las compras. Julieta iba conmigo, una gran compañera. Caminaba por el callejón para atravesar la manzana, como de costumbre. Pero unos sujetos nos abordaron. Estaban armados. No puedo recordar cuantos eran, pero estoy seguro de que superaban los cinco. Alguien los había enviado. Se abalanzaron contra nosotros. Julieta se defendió como una bestia salvaje, pero nos superaban en número —sus ojos se pusieron llorosos, como si estuviera a punto de soltar una lágrima—. La mataron.

Hizo otra pausa. Dan notó como hizo un esfuerzo por resistir a la casi inevitable sensación de llanto.

—Terminé con los infelices. Toda mi furia, quedó impregnada con su sangre sobre mi ropa. Salí de ahí de inmediato. No a mi casa, jamás regresé ahí. Contacté a Palacios. Él me ayudó a esconderme. Sus contactos nos apoyaron —sacudió la cabeza—. Fingí mi muerte. Y desde entonces, me volví un fantasma. Trabajé con el profesor algunas veces, pero tuve que vivir en las sombras. Quedaron muchas cosas sin resolver. Luego me alejé de todo y de todos. Estuve unos años en el medio oriente, haciendo trabajos para gente poderosa, me hice de muchos enemigos, así que regresé. Intenté vivir de la forma más normal posible, hasta hace un par de meses. Palacios me dijo que algo pasaba en la ciudad, las cosas se habían puesto extrañas.

—¿Por qué?

—Él descubrió, que el atentado del 98 fue un sabotaje, ocasionado por un grupo. Alguien le pagó a alguien para deshacerse de nosotros. Pero solo eso. Finalmente, las cosas, tienen una consecuencia, y si el traidor estaba entre nosotros, pagó la factura antes de que lo imaginara. Palacios me llamó hace dos meses. Me pidió ayuda. Estaba algo ocupado, así que me negué. Lo contacté hace unos días. Dijo que un chico estaba siendo perseguido, no me dijo por qué pero me pidió que lo buscara. Él no sabía dónde estaba. Quería que lo protegiera hasta que pudiera librarse de quienes lo vigilaban.

Dan intentó asimilar todo lo que el hombre le había contado. Aquello era demasiado.

—Palacios me dijo que los húngaros no podían ser responsables de las irregularidades en Ciudad 24, tampoco los Baakoobo —mencionó Dan—, esto se trata de algo…

—Más grande —completó Benjamín.

—¿Cómo supiste del lugar donde yo estaba?

—Visité la morgue esta mañana, quería saber si las noticias decían la verdad. Pero alguien me siguió. Un idiota.

—¿Qué pasó con él?

—Tuve que romperle el cuello.

Dan pareció escandalizado de nuevo. Ben lo miró, asumiendo que aquella expresión, no era de aprobación. El chico se tomó un momento para reflexionar.

—De no ser por ti, mis amigos y mi familia ya estarían muertos, junto conmigo.

Benjamín lo miró amablemente, como si hubiera sido un honor.

Escupió al suelo y anduvo de un lado a otro pacientemente como si no tuviera otra cosa mejor que hacer.

Dan parecía haber concluido con aquel comentario, pero no.

—No era necesario quitarles la vida a todas esas personas.

Benjamín suspiró nuevamente. Parecía ser una manía en él, exhalar aire antes de hablar o expresar algo. No encontraba la manera de explicarle al chico lo que pensaba.

—Hijo. Si quieres acabar con esto, tienes que volverte como ellos. Debes actuar como ellos. No tienen una pizca de honor o piedad, ni mucho menos benevolencia. Aún es incierto quienes son, y cómo funcionan exactamente, pero por lo que he sabido, para ellos, tomar una vida, secuestrar a una niña, robar corporaciones, o realizar un acto terrorista, es como entregar una pizza.

Miró al chico con los ojos muy abiertos. Estaba agitado.

—Tú no podas ni riegas la espinosa hiedra, no… tú, cortas brazo por brazo hasta llegar a la raíz. Luego debes extraerla y echarla al fuego. Debes cerciorarte de que se reduzca a carbón, negro e insignificante carbón, y una vez que lo haces, será preciso envenenar la tierra, arrebatarle su fertilidad. Asegurándote de que ese mal jamás vuelva a brotar de ella. Solo así, y nada más así, terminas con algo como esto.

—Creí que la fuerza especial, simbolizaba esperanza —replicó Dan.

—La esperanza puede venir de cualquier manera. Hay infinidad de perspectivas, métodos e ideologías. El bien a veces debe conseguirse masacrando a la maldad... nos cueste lo que nos cueste, y tendrás que empezar a considerarlo. La M6, se creó para eso, ese fue el objetivo de nuestra existencia —apuntó su mirada hacia el suelo, buscando ágilmente las palabras que iba a decir—. Sí. Nosotros éramos símbolo de esperanza, pero solo para aquel que caminaba por la recta del orden y la ley. Pero las personas como la OISSP, los Baakoobo o la Mafia de Los Topos, tenían que vernos como su peor pesadilla, como la muerte, imposible de detener. Y tú, deberías comenzar a serlo también si de verdad quieres dar esperanza a las personas. Y no, sé lo que piensas. No hago esto por diversión. Es un compromiso, con la gente, con su seguridad. ¿Qué importa tu moralidad? Debes estar preparado, aquí, y aquí—señaló su corazón y su cabeza—. Si no lo haces, el que terminará en el fuego, serás tú.

—Aquel que consiga el bien, por medio del mal, deberá enfrentar una muerte igual de cruel. Pero aquel que sobreviva al mal, y triunfe sin perturbar a la vida, vivirá plenamente.

—Leíste ese estúpido diario —asumió Benjamín. Se puso de pie y le arrojó la máscara de vuelta—. No tienes que creer toda la basura que hay ahí escrita.

—¿Conoces el diario?

—Tu padre me habló sobre él. Pensaba que solo eran patrañas para afinar nuestra moralidad.

Dan no respondió. El ardor en la herida abierta se hacía más fuerte. Todo su cuerpo le dolía.

—Debe atenderte un Doctor.

—No puedo… no puedo ir a un hospital.

El hombre pensó unos segundos, de nuevo su mirada divagó en los alrededores.

—¿Hay alguien con quien pueda llevarte? —preguntó.

—Sí. Al sector 03. Debo responder por algunas cuentas.

CIUDAD LIBERTAD

REGION A

09:46 PM

Ciudad Libertad, era la urbe más grande de La Nación, reconocida con ese nombre por los grandes revolucionarios que en ella realizaron sus históricas hazañas. En esta, se encontraba uno de los hoteles más lujosos y exhuberantes del país. Sin embargo, era también propiedad de uno de los mafiosos más poderosos de la región. Había burlado a la ley y la había comprado como a una ramera. Podía andar por las calles como una persona normal, sin temor a ser perseguido o arrestado. Se alimentaba del miedo, de la avaricia, y sin vergüenza había postulado a su propio candidato como aspirante a la Alcaldía de la Ciudad.

Una de las tantas mucamas se dirigía por el pasillo hasta la última puerta del piso más alto, la vista desde aquella altura, era increíble. Había miedo y angustia en su mirada. Hubiera deseado que el trayecto fuera infinito, pero la realidad era otra. Detrás de aquella puerta, se encontraba Marco Crestoni. El hombre más peligroso de Ciudad Libertad.

Había oído hablar mucho sobre él. Algunas mujeres le huían, otras le seguían, pero aquella chica, tenía solo 21 años. Sus compañeras le habían obligado a realizar la tarea.

Tras varios pasos, finalmente llegó a la puerta. La mano le temblaba. Tocó un par de veces, débilmente. Quedó a la espera de que se abriera y eso solo demoró unos segundos. Un tipo gordo, con barba y bigote abundante, de piel bronceada y facciones toscas apareció. Sonrió de la manera más enferma que alguien podría y miró a la chica de pies a cabeza, saboreando con sus ojos aquello que su mente perturbada imaginaba hacerle.

—Justo a tiempo —dijo—. Pasa, muero de hambre.

La joven entró empujando el carrito que trasportaba el delicioso manjar. Pudo sentir la sucia y pervertida mirada del hombre por todo su cuerpo. Accedió hasta la sala.

—Toma asiento preciosa. No tienes prisa en hacer otras cosas allá afuera, ¿o sí?

La mujer se quedó en silencio.

El hombre se sirvió una copa de vino. Luego ofreció a la muchacha. Esta se negó, asustada y con lágrimas a punto de caer por su rostro. Marco se acercó lentamente hasta ella. La tomó de la mano y la condujo hasta el sofá. Tomaron asiento en aquella cómoda pieza.

Ella intentaba entumirse lo más que podía.

—¿Segura que no quieres un trago? A algunas les viene bien. Relaja, y excita. El alcohol, puede ser milagroso —mencionó, mientras elevaba su copa y dejaba caer el líquido sobre la cabeza de la joven.

Resignada, con sus lágrimas perdiéndose en el embriagante líquido, estaba siendo humillada mientras el hombre recogía con su lengua los rastros de licor en su rostro. Tocó su busto, y recorrió con la mano su abdomen, en picada hacia abajo, esperando tocar aquello que deseaba realmente. La puerta sonó de nuevo. Esta vez los golpes parecían más fuertes.

—¡Largo de aquí! —exclamó el hombre, pero segundos después, la persona detrás de la puerta insistió.

Crestoni comenzó a irritarse. Se puso de pie, y se dirigió hasta el recibidor. Entonces abrió.

MANSIÓN SILVA
SECTOR 03
AVENIDA 707

Aldo revisaba la avería que los rastreadores habían sufrido. Al parecer alguien había provocado una interferencia con los transmisores y el sistema de rastreo había sido bloqueado de manera satelital. Le avergonzaba que *K.O.U.K.O* no resultara muy útil después de todo. La preocupación en su interior crecía a cada segundo. Aunque no lo parecía, contenía un llanto de desesperación y frustración. No había forma de rastrear a su amigo.

—¡Ya estoy harto! —exclamó—. ¡Tengo que encontrarlo!

—¡Aldo! —Silva interfirió en su repentino arrebato—. Si vas a hacerlo, primero tienes que relajarte. ¡Es peligroso! No solo para ti. Nosotros estamos corriendo un riesgo al igual que tú.

—¡No! ¡Nosotros cometimos un error al involucrarnos en esto! Y en hacer de este grupo, uno más grande. ¡No me interesa que pase! ¡Debo hallar a mi amigo!

Aldo estaba dispuesto a abandonar el lugar. Pero antes de cerrar su equipo, un sonido provino de él. El sistema de rastreo estaba en línea de nuevo y la interfaz estaba cargando. Unos cuantos débiles timbres se emitieron desde el equipo. El mapa de la Ciudad estaba en pantalla. La ubicación de Amanda apareció de inmediato a solo un par de metros de donde estaban. Luego un punto verde indicó la ubicación de Dan. Se encontraba a 40 metros de distancia, dentro del corredor subterráneo.

El muchacho quiso aproximarse, pero el Doctor Silva lo detuvo.

—¡Espera! No podemos confiarnos.

Amy tomó su cañón de luz, Aldo una llave de tubos de la herramienta de Silva, y este un arma de fuego (o eso parecía) que guardaba en uno de sus cajones.

Apagaron las luces y se colocaron cerca de la puerta, dentro de la sala blanca. Los pasos se oían cada vez más cerca, pero con cierta torpeza y uno que otro quejido.

La puerta se abrió violentamente. Benjamín apareció con Dan sujetándose de su cuerpo. Las luces se encendieron y Amanda se aproximó hasta su herido compañero para abrazarlo. Aldo tampoco se quedó con las ganas. El nuevo aliado parecía cansado. El Doctor Silva intentó abrirse paso.

—¡Ayúdenme a cargarlo! —solicitó— ¡Amanda. ¡Enciende la capsula!

Dan por fin pudo relajarse. Quedó inconsciente al sentirse rodeado de personas que ya conocía. Lo llevaron al otro extremo de la sala blanca. Amanda estaba afuera, operando la computadora principal del laboratorio. Se encendió un círculo luminoso a medio metro de distancia del suelo. Justo en la pared. Entonces se abrió, como si de un compartimiento secreto se tratara. Este portaba una especie de plataforma. En el interior unos paneles de luz blanca y azul iluminaban el reducido espacio. Desvistieron al muchacho casi por completo y lo recostaron en la camilla.

Una vez listo y acomodado, Amanda se encargó de cerrarla nuevamente. Aquella pequeña bóveda, era en realidad una cápsula de ondas regenerativas, con efectos externos generados a partir del oxígeno hiperbárico que había utilizado Silva para la cura en la falla óseo-muscular de su hija. En el interior, decenas de cristales piezoeléctricos generaban ondas de choque focales, produciendo posteriormente cavitación a nivel celular, provocando una respuesta terapéutica que aliviaba y regeneraba daños internos, esas ondas estaban amalgamadas con dispersores gaseosos de oxigeno hiperbárico, que se encargaban de desinfectar, desinflamar y regenerar los tejidos externos. La cámara medía aproximadamente dos metros, y era muy parecida a un cilindro. La temperatura era bastante agradable y su fabricación había costado una fortuna. Era por eso que su fabricante, la había equipado con un rastreador.

Luego de trascurrir unos minutos, Silva utilizó el sistema de escáner de la capsula para evaluar el estado del joven.

—Tiene una costilla fracturada —comentó.

—¿Es grave? —preguntó Aldo.

—No. Apenas está agrietada —comentó, mientras intentaba encontrar alguna otra lesión severa—. Su mandíbula no está donde debería. Lo mantendremos ahí durante ocho horas. Estará bien para entonces.

—¿Dónde estaba? —preguntó Amanda al extraño hombre que ahora los acompañaba. El tipo la observó fijamente desde unos metros mientras estaba de pie y cruzaba los brazos, luego respondió:

—Sector 06, en un complejo oculto bajo los almacenes de chatarra. Lo estaban torturando.

—¿Cómo lo encontró? —interrogó Aldo.

Al hombre parecía molestarle un poco la manera en la que estaba siendo cuestionado.

—Deben quedarse tranquilos. No pienso hacerles daño.

—Discúlpelos —intervino Silva—. Hemos estado muy presionados... Agente Cóvet.

Aldo y Amy se quedaron perplejos. Silva parecía saber quién era aquel hombre. Incluso este hizo un cambio leve en su expresión.

Se acercó hasta él y le tendió la mano.

—Doctor Erick Silva. A sus órdenes.

—Benjamín Cóvet —respondió con un fuerte apretón. Aldo estaba a nada de desmayarse.

Resultaba imposible creer que uno de los miembros de la Fuerza Especial M6 estaba ahí con ellos, respirando y más vivo que nunca.

—¿Resucitó? —bromeó el Doctor mientras soltaba su mano.

—Algo así.

—Y... ¿Cuánto tiempo lleva trabajando con el Profesor?

—Un par de semanas. Me contactó para buscar y proteger a un chico.

—¿De quién se trata?

—Dick Conor.

Hubo silencio.

—Está muerto. Junto con toda su familia —aclaró Amanda.

Benjamín la miró sin expresión alguna durante un instante.

—No es así.

Silva no se sintió tan confundido como los dos chicos, aun así, esperaba una explicación. Su visitante no tenía ninguna prisa en hablar.

—Ha sido una larga noche —comentó, luego tomó asiento en la silla más cercana—. ¿Pueden darme algo de café?

El Doctor Silva salió del lugar, no sin antes dar una indicación con la mirada a Amanda. Debían cuidar de que el hombre verdaderamente fuera de fiar. Aldo se acercó hasta donde ella. Entonces y lejos de donde el militar pudiera escucharlo, preguntó:

—¿Tú sabías que ese hombre seguía vivo?

—No.

—¿Cómo es que tu padre lo conoce?

—Aldo. Es un héroe nacional. ¿Quién no iba a conocerlo? —respondió con un tono lógico.

—¿Será el único sobreviviente?

—No lo sé. Tal vez. ¿Cómo saberlo?

—¿Qué tal si le preguntamos?

—No. Sería una imprudencia. ¡Aldo, no!

Los susurros se convirtieron rápidamente en comentarios fáciles de escuchar. Amanda intentó detener a Aldo, pero ya era tarde.

—Entonces… Ben. ¿Puedo llamarte Ben?

—Solo si logras vencerme en un combate, hijo.

Aldo se quedó inmóvil, una pizca de miedo fue apreciable en su rostro.

—Creo que, señor Cóvet estaría bien para mí.

—No te asustes chico —se burló—. Muchos me llaman Ben. Y no puedo responder a la pregunta que pretendías hacer. Eso sería imposible de saber. Tal vez Bernardo hubiera podía saber algo. Pero por ahora, solo soy yo.

Ya con su taza de café en las manos, los cuatro se sentaron a la mesa del laboratorio para hablar. Luego de varios minutos, todos estuvieron al corriente.

—¿Entonces Dick sigue vivo? —preguntó Aldo asombrado.

Benjamín asintió.

—Está recluido en el Sector 07. La Zona 0. Eso me dijeron algunos hombres en el complejo de donde saqué a su amigo.

—¿Por qué aún no lo han matado? —preguntó Amanda.

—Tal vez esperan que alguien vaya para rescatarlo. Es una trampa —sugirió el Doctor Silva.

—No lo creo. Tuve que matarlos para que nadie supiera que habían hablado —tomó un sorbo de la taza—. Mi intervención los mantendrá alertas y prevenidos, listos para cuando alguno de nosotros tres sea avistado de nuevo.

—Eso es un hecho —afirmó el Doctor Silva.

—¿Qué es lo que debemos hacer? —preguntó Amanda intentando dar pauta para comenzar a idear alguna estrategia o plan.

—Pues yo tengo que rescatar a Conor, pero no podemos meter a Dan en esto todavía —explicó—. Cuando despierte y esté mejor, deberá tomar una decisión. Después de todo, ninguno de nosotros está obligado a hacer nada de esto.

—Es un buen punto —afirmó Aldo—. Aún no sabemos qué fue lo que vio Dan, o lo que pudieron haberle dicho.

Su vista se dirigió a la capsula. Ahí dentro, su mente era testigo de muchos recuerdos, de incomprensibles visiones y pesadillas. La foto de su padre con sus compañeros se proyectaba sin cesar en su cabeza, había algo en ella, que vagamente lo perturbaba. Luego apareció Remi, quien se acercaba por delante hasta desaparecer, y lo apuñalaba por detrás, mostrándole a pocos metros el castigo que Amanda y Aldo sufrían. La Ciudad estaba hecha ruinas, mientras la cabeza de Palacios adornaba la punta de la torre más alta. Vio también a su madre llorando de una forma desgarradora. Fuego y oscuridad por todas partes. Su padre sonreía mientras lo invitaba a correr tras de él. Un grupo de personas vestidas de manera extraña bailaban en medio del bosque. Había disparos y explosiones por todas partes. Gritos y lamentos. Una cueva plasmada de palabras y dibujos que él ya conocía. Remi lo golpeaba una y otra vez, y no podía despertar, no había forma de hacerlo. Solo se quedó ahí tirado en el piso. Toda la realidad comenzaba a desvanecerse en la sombra hasta quedar en tinieblas. Y no había nada que hacer.

CIUDAD LIBERTAD
REGION A
09:47 PM

Marco abrió la puerta finalmente. Para su sorpresa, no había nadie. Miró por los pasillos, pero el piso estaba totalmente desierto.

Enfadado y fastidiado volvió a asegurar la entrada. Caminó de vuelta a la sala. Su corazón y su estómago se estremecieron al ver a la chica con la que estaba, ser sometida por un hombre vestido totalmente de negro. El tipo era alto, corpulento y mantenía una quietud admirable.

Al ser consciente de que aquello no era bueno, ni mucho menos un sueño, intentó emprender la huida. Una mujer con el mismo atuendo yacía parada justo detrás de él. Con la velocidad de una bala, colocó la punta de un cuchillo en su garganta. Lo condujo de vuelta al recibidor.

—Di una sola palabra, y tu... hermosa acompañante, dejará de vivir en este instante —advirtió el intruso.

—¿Crees que eso me afectaría en algo? —respondió Marco.

—Yo sé que no —el extraño hombre quitó el arma de la cabeza de la camarera—. Vete.

Luego de que la chica saliera, ordenó de igual forma a la mujer que lo acompañaba, abandonar la sala. Quería tratar un asunto con el asqueroso mafioso.

Al conseguir la privacidad que deseaba. Ordenó a su rehén que tomara asiento. Él se dirigió hasta la barra para servirse un trago.

Examinó las botellas intentando encontrar algo de su agrado. Se sirvió y volvió con el hombre.

—Escuché que tenías un candidato en campaña. ¿Cómo vas con eso?

—¿Quién eres? —preguntó Crestoni.

El hombre solo lo miró a través de su máscara.

—Eh estado muy ocupado con otros asuntos. No había tenido tiempo de venir aquí a Libertad. Una Ciudad es mágica cuando todos te temen, ¿no?

—¿Qué quieres de mí?

—Me alegra que vayamos al grano con esta velocidad. A veces es bueno ocuparse de los asuntos por propia cuenta. Siempre he pensado que los mafiosos mediocres como tú, son solamente un fraude. Su amor por el poder, no es real. Disfrutan de hacerle la vida imposible a pequeñas personas —el hombre se refirió a la chica que minutos antes había dejado ir—. Sus intentos por no caer de la cima, los hacen ver tan ridículos, como un niño obeso y mimado en el colegio intentando no quedarse sin amigos. Sus metas tan pobres y aburridas han llegado a sacarme de quicio. Y aunque de vez en cuando resultan útiles, también pueden representar un estorbo. Tú sabes quién soy. Y sabes que es lo que quiero.

Crestoni parecía no comprender.

—Soy tu muerte. Tus últimos segundos, llenos de desesperación y arrepentimiento. Y tomaré lo que es tuyo, para construir algo que realmente valga la pena. Tu ciudad, como la llamas, dejará de serlo en unos instantes. Tu inepta marioneta corrupta, te ha traicionado.

La conversación se detuvo unos instantes. El invasor sacó por detrás del sillón una bolsa de plástico negra.

—Apuesto a que te gustaría reprenderlo y condenarlo ahora mismo —tomó la bolsa y la mantuvo colgada de su mano—. Yo te daré la oportunidad de que lo hagas.

Arrojó el envoltorio a los pies de Marco, la cabeza torturada y decapitada de un hombre rodó hasta quedar al descubierto. Era su candidato.

El horror y el miedo fueron evidentes en el sujeto. Intentó encontrar refugio en su costoso sillón, pero nada le permitía escapar de la presencia de su visitante.

—A partir de hoy, el dominio de un impostor termina, y dará comienzo la conquista del verdaderamente digno —el hombre se acercó hasta donde Crestoni, y comenzó a rodear su cuello con una cuerda.

Marco finalmente supo de quien se trataba, pero era tarde. La cuerda estaba rosando su piel y comenzando a quitarle el oxígeno.

—Envía al diablo mis saludos.

Marco estaba siendo estrangulado por el intruso. En sus últimos segundos, la mirada del hombre reflejaba el más crudo terror.

Una noche de placer y perversidad, acabaría siendo la última y la más angustiante de las transcurridas.

Luego de lograr su cometido, el misterioso sujeto arrojó el cuerpo de su víctima al suelo. A pesar de su peso, pareció no tener ningún problema para cargarlo. Salió por la puerta, se retiró la máscara. Era un hombre maduro, con algo de barba en el rostro, y una mirada fría. Su cabeza se coloreaba en buena parte con cabellos grises. Su altura superaba el 1.90.

La mujer que lo acompañaba, estaba esperándolo afuera. Lo abordó y caminaron a la par por el pasillo. Ambos parecían satisfechos.

—Dejó ir a la mujer ¿Habrá problema con ella?

—Será advertida pronto. Si quiere conservar su vida y la de quienes le importan, callará por la eternidad.

Capítulo IX

Zona 0

Kùuchil Talalilo'ob

IX

MANSIÓN SILVA
SECTOR 03
AVENIDA 707
11:10 AM

Hundido en un sueño profundo, Dan era incapaz de poder percibir si quiera el sonido de la voz de su amigo. Las pesadillas continuaron hasta entonces, a lo lejos parecía escuchar su nombre.

—*Dan… Dan…*

Despertó.

Amanda y Aldo estaban a los costados de la camilla observándolo. Silva manejaba un equipo de monitoreo de signos vitales, Benjamín solo miraba desde la puerta de la sala blanca.

A pesar de la intranquilidad que su cabeza y su cuerpo experimentaban, abrió los ojos de manera rápida y serena. Confundido, miró a su compañero.

—¿Estás bien? —preguntó *Al.*

Él no respondió, solo trató de hablar, pero le fue difícil al principio.

—Tranquilo… tranquilo, toma tu tiempo, solo relájate —Amy intentó recostarlo sobre la cama. Su respiración seguía agitada.

—¿Q…? ¿Qué…? ¿Qué pasó? —preguntó.

—Llegaste con este hombre, caíste casi de inmediato, estabas muy golpeado. El Doctor Silva nos ayudó. ¿Cómo te sientes?

Dan intentó tocar su rostro, esperando encontrar alguna herida o lesión, siguió por su cuello hasta llegar a su costilla. Ya no podía sentir dolor alguno, y la abertura que Remi le hizo la primera noche, había desaparecido. Sin embargo, su cuerpo se sentía fatigado y adormecido.

No pudo darse cuenta hasta unos segundos después, que estaba semidesnudo, con una prenda corta de color blanco cubriendo su pelvis y la zona baja. Pareció no sentir pudor, pero en el fondo se preguntaba si Amanda llegó a ver que había bajo esa ropa. La respuesta fue obvia solo unos segundos después.

—Una de tus costillas falsas, sufrió un leve cuarteo, ¿Una patada?

—No, caí al suelo. Estaba atádo a una silla.

—Ese tipo de lesiones pueden llegar a ser muy dolorosas. El resto de la caja torácica está intacta. Si me hubieran puesto al tanto de la herida en el costado derecho, habríamos tratado eso antes de salir a buscar a ese sujeto. Las cosas hubieran resultado distintas.

Mientras Silva continuaba hablando. Dan miró el rostro de Amanda. Escuchaba a su padre atentamente. Puesto que ella había estado al tanto de la herida, se sintió un poco culpable por no haberle dado más importancia. La chica desvió su mirada para encontrarse con la de él, pero al cruzarlas, ella se sonrojó y evitó el contacto visual. Él pudo darse cuenta como Aldo sonrió, hizo un movimiento de cejas y señaló con sus ojos la parte baja del chico. Entonces el pudor se hizo presente, él cruzó los brazos e intentó cubrir solo un poco de su cuerpo. No había nada más que pudiera hacer.

—Te administraré vitaminas. Debes descansar un poco. ¿Tienes hambre?

—¿Cómo desaparecieron todas mis heridas?

—La cápsula regenerativa.

Dan se quedó confundido, era evidente en su rostro.

—¿La qué?

—Luego te explico —dijo Amanda—. Por ahora será mejor que comas algo.

Dan se levantó con cuidado. El dolor en efecto, había desaparecido. Pero en su mente, aquellas pesadillas, seguían proyectándose. Se dirigieron a la primera sala. Amanda y Aldo le trajeron algo de comida. Su apetito despertó y comió como si no lo hubiera hecho en días. Los demás esperaban a que terminara, solo así, comenzarían a hablar sobre lo que podía venir después.

COMPLEJO 03 DE LA OISSP
SECTOR 06

La fuga de dos hombres, un retenido y un intruso, había ocurrido solo unas horas antes. La bomba que fue detonada por Benjamín, casi no fue percibida por la gente en el exterior. Sin embargo, el responsable de semejante error, no iba a ser perdonado tan fácilmente. El hombre que había castigado e interrogado a Dan por la madrugada, estaba sentado en el mismo lugar que el chico, había sido golpeado y maltratado de la misma manera. Su brazo derecho yacía colocado en una base especial, unida a una silla de contención. Estaba amarrado y asegurado. Su mano estaba abierta, algunas bandas separaban y mantenían asegurados sus dedos también. Remi, preparaba algunas herramientas frente a él.

Afuera, un par de agentes, observaban lo que estaba a punto de suceder. Uno de ellos, recibió una llamada. Respondió de una manera nerviosa, como si quien llamara se tratase del mismo señor de los infiernos.

—Diga...

—*¿El señor LeBlanc está ahí?* —preguntó una voz por el teléfono.

—Sí señor. Pero está ocupado.

—*¿Se está encargando del Capitán?*

—Así es señor.

—*Cuando termine, dígale que se reporte conmigo.*

—Lo haré.

La llamada terminó. El lugar estaba en ruinas. La sala del interrogatorio estaba prácticamente intacta, a excepción de que el cristal, había sido destruido casi en su totalidad. El sujeto regresó su atención a donde el Mimo se encontraba. Este había encontrado lo que estaba buscando.

En sus manos sostenía un cuchillo de borde punteado. Era corto, como de 25 centímetros. El hombre en la silla, tenía la boca tapada. Intentaba mantenerse quieto. En realidad, sabía perfectamente que era lo que iba a pasar.

Remi dirigió el cuchillo lentamente hasta el dedo meñique del infortunado, lo colocó encima, y lo deslizó violentamente. En solo tres cortes, separó el miembro de la extremidad. La sangre salpicó por todos lados, el hombre se deshizo de la mordaza que lo mantenía mudo, y comenzó a gritar desgarradoramente. Los agentes afuera intentaban mantener la postura. Resultaba difícil contemplar aquel castigo.

Llegó el turno del anular, y fue lo mismo. Más gritos desgarradores. Había sangre por todos lados, sangre de un hombre que jamás volvería a cometer un error.

MANSIÓN SILVA
SECTOR 03
AVENIDA 707
11:10 AM

—Entonces… ¿Dónde lo tienen? —preguntó Dan.

—Sector 07 —respondió Benjamín.

—¿Por qué retendrían a una de las pocas personas que poseé información peligrosa sobre ellos? Es decir. Asesinaron al Profesor. Toda la familia Conor está muerta. ¿Por qué aún no lo han borrado del mapa?

—Tal vez también tiene información para ellos —comentó Amanda.

El chico se detuvo a pensar por un momento.

—Sí, ¿pero qué clase de información?

—Tal vez no solo es información. Podría ser también una trampa —afirmó Benjamín.

—¿Una trampa para qué?

—Para atár cabos.

—Intenta ser más claro.

—La organización lo retiene como una especie de carnada. Conocen los alcances de Palacios. Tal vez no lo han matado, porque están esperando a que alguien más tome acción. Un rescate sería una clara prueba de que alguien aún está interesado en conocer lo que pasa. Mafias rivales o investigadores. Son astutos.

Dan suspiró profundamente, se puso de pie y se recargó en la mesa. Estaba pensando. La situación era complicada.

—Habrá que rescatar a Dick. No solo por lo que sabe o ha visto. Es un compromiso —miró a Benjamín, este asintió a lo que dijo el muchacho.

El asunto del rescate de Conor quedaría pendiente para esa noche, Amanda, Benjamín y Dan se encargarían

OFICINA DEL RECTOR,
EDIFICIO ADMINISTRATIVO
UNIVERSIDAD CENTRAL.
MARTES 25 DE JULIO
03:02 PM

La oficina del rector no presumía austeridad en lo absoluto. Era amplia, estaba decorada con lujosos muebles de encino, y su mayor atractivo era una llamativa cava de vino con repisas repletas de los más costosos licores. Había arte y esculturas en los muros, además de un abundante aroma a loción de Gaiac, (proveniente de un perfume que según algunos rumores, había sido un encargo especial del rector para una reconocida marca de cosméticos).

En el escritorio, amplio y elegante, descansaba un lindo plato repleto con dulces egipcios y galletas de avellana. Eran apropiadas a la hora de recibir visitas importantes.

—Supongo... que se pregunta por el motivo de esta inesperada reunión.

Palacios no hizo mucho caso al comentario del hombre sentado sobre la lujosa silla decorada con terciopelo. Observaba más bien, el cuadro colgado a su izquierda. Era una obra sin duda cautivadora. La había estado analizando detenidamente desde que le permitieron acceder al lugar.

—Aquella pintura... —dijo suavemente—... ¿dónde la adquirió?

El rector la miró desinteresado, estaba más ocupado rellenando dos vasos de cristal con un vino francés que había sacado de su vitrina, tan rojo que ni siquiera la luz del sol que atravesaba la ventana

podía penetrar en él.

—Ah… la gané, en un sorteo, realizado para la beneficencia.

—Hum… —Palacios aún seguía apreciando la obra—…es extraordinaria.

—Lo es —terminó de servir y ofreció la bebida a su invitado.

—Aún no estoy seguro de porque me has llamado, Bram, pero por el vino que estas compartiendo, asumo que se trata de algo importante.

Steker sonrió, sus dientes relucían tan blancos y bien cuidados, que casi opacaban el brillo del sol a través de los anteojos que usaba para la miopía.

—Es increíble tu habilidad para deducir cosas, aciertas con audacia la mayoría de las veces. A mí en ocasiones me cuesta mucho trabajo siquiera entender las indirectas de mi esposa.

—Lo imagino.

La respuesta de Palacios, aunque corta y sin aparente intención, le causó un poco de incomodidad.

—En fin… ¿Por qué no vamos al grano?

—El tiempo es oro. Usted no lo puede ver de otra forma, ¿no es así? —bromeó el rector—. Pero ya que lo sugiere, creo que sí, debemos ir al grano.

Bebió un sorbo de su vaso, y continuó:

—He notado, que se encuentra usted más saturado de actividades extraescolares que de costumbre. Sabe muy bien que eso nunca me ha molestado, no. Me encantan los profesores comprometidos no solo con su institución, sino con toda la sociedad. ¿Y de quien son los profesores si no de la sociedad? ¡Del pueblo! Y usted es un claro ejemplo de ello.

Las alabanzas hipócritas de Steker no habían logrado ni siquiera causar incomodidad en el profesor. Contempló el vino de su vaso por un segundo, y tras dar un pequeño sorbo, miró de nueva cuenta hacia la pintura.

—Pero… bueno, he recibido algunos comentarios de personas que nos han estado apoyando, ¿sabe?, y…

—¿Apoyando dice usted?

—Sí… eso fue lo que dije.

—No comprendo el fin de esa pintura —Palacios cambió el tema de la conversación de una forma tan repentina que Steker se

confundió al instante.

—¿El fin? ¿A qué se refiere?

—Es una obra de Raymond Duckeness, valuada en 7 millones de dólares. Sé que no es una copia o un duplicado, puesto que conozco su trabajo, destaca el uso de pinturas que con la luz del sol toman un color más oscuro, su firma se ubica en el extremo inferior izquierdo a dos centímetros del borde por debajo y a un lado, siempre en tinta dorada. Además vi el auto de la galería donde la exhibían el día que se lo entregaron, eran las 09:48 de la noche. Hace más de medio año. Lo sé porque aquel día me quedé hasta tarde por unos asuntos del consejo. Lo que no comprendo, es la intención con la que lo ha colocado en ese muro. Vale más de lo que cualquier docente podría llegar a ganar en doscientos años, y usted presume haberlo ganado en un sorteo para la beneficencia como si se tratara de una licuadora o un cortacésped. Eso solo me dice dos cosas…

—¿Qué es lo que le dice?—preguntó Steker, rojo de furia y de incomodidad.

—Que usted de verdad no sabe valorar el verdadero arte, o ha adquirido esa pieza de alguna forma vergonzosa.

El rector tragó saliva, mantenía una mirada fría y fija sobre Palacios. Parecía como si estuviera a punto de estallar. Hubo un largo momento de silencio. Steker había fijado su mirada en otro sitio, no sabía cómo reanudar con la conversación.

—Sé muy bien la razón por la que me ha llamado. Sé muy bien, quien está detrás de todo esto —se acercó un poco más hasta Steker y lo miró a los ojos por encima de sus anteojos—. Dígale, que no debe preocuparse. Estoy tan vulnerable como usted.

MANSIÓN SILVA
SECTOR 03
AVENIDA 707
03:09 PM

Dick iba en busca de Dan la noche en que fue interceptado por Los Topos. Era probable, que su visita sirviera como advertencia, o que su intención fuera pedir ayuda. Ninguno estaba seguro de sus objetivos, pero tenían claro que las respuestas solo las encontrarían teniéndolo frente a ellos. Y ahí estaba Ben, Amanda, y el resto, esperando que Meggar dijera algo. Un anuncio, una órden, o en el peor de los casos… una renuncia oficial. El silencio se apoderó de la sala. Todos lo miraron fijamente, excepto Silva, quien, al parecer, comprendía la situación en la que estaba.

—¿Cuánto tiempo llevas buscándolo? —preguntó Dan a Benjamín. Él demoró su respuesta unos segundos.

—Dos semanas.

El chico meditó unos instantes. Estaba preocupado. La presión estaba atormentándolo en el interior.

—Dan —habló el Doctor Silva—. Palacios no contempló si tú realmente querías formar parte de esto. Comprenderemos si prefieres…

—Hay que ir por él —interrumpió.

Aldo y Amanda reflejaron emoción en su rostro. Los dos hombres, sin embargo, se mantuvieron un poco más serios, aun así, por dentro, admirados.

—No sé con exactitud a que nos enfrentamos. No sé ni siquiera que nos puede deparar. Pero si ustedes están dispuestos a morir por esta causa, entonces debemos luchar. Si fallamos, me encargaré de convertirnos en mártires, tal vez en héroes, pero si sobrevivimos, la historia nos recordará como aquellos que perpetuaron la Libertad.

Amanda sonrió, llena de esperanza y emoción. Aldo le dio una mirada de apoyo. Aquello fue motivador. Había mucho trabajo que hacer.

Benjamín los puso al tanto sobre los detalles de la Zona 0. Con un mapa, determinaron las zonas en las que Dick podía estar retenido, hasta elegir tan solo tres lugares. Cada quien acudiría hasta uno de esos sitios y se mantendrían comunicados, esperando no ser vistos o capturados. Silva contactó amigos en el lugar para obtener algo de apoyo. Estaban cubiertos por esa parte.

La Zona 0 era una extensión de la Ciudad, dedicada a la industria y al suministro de toda clase de servicios indispensables para los siete sectores. Había en ella una refinería, cinco plantas eléctricas, complejos tecnológicos y empresas de administración industrial, almacenes y bodegas con toda clase de piezas y materiales. El Sector 07 era una de las principales corrientes económicas de la Ciudad, y estaba bajo control de varios grupos y empresas privadas, por lo tanto, los sistemas y elementos de seguridad eran abundantes.

Los contactos de Silva le notificaron que meses atrás, una empresa fantasma, adquirió de alguna forma tres de las instalaciones más importantes en el Sector.

- Almacenes Godey

- Fábrica de Neumáticos - SALAR -

- Edificio Brant - Complejo 32 -

—Será fácil hallar el lugar donde Dick se encuentre, una vez estando ahí. Nos mantendremos comunicados. Si notan cualquier anomalía, repórtenla, acudiremos de inmediato. Tal vez Remi esté ahí. Habrá elementos de seguridad alerta a cualquier avistamiento. Debemos estar atentos a todo.

Dan intentaba dar algunas instrucciones. Aldo finalmente pudo poner a *K.O.U.K.O* en funcionamiento estable. Pero se vio obligado a deshabilitar algunas funciones como la cámara 360° y el rastreo regional. Equipó al dron con cañones de luz, fabricados por Amanda. Nada podía salir mal esta vez, pues los acompañaba Benjamín, quien presumía haberse enfrentado a Remi antes, y salir casi victorioso.

Algunos elementos de seguridad estaban al tanto de la intervención del equipo, los dejarían pasar y operar de manera tranquila, siempre y cuando, no causaran desordenes por la zona. Aunque era una misión arriesgada, era lo único que les quedaba. Dick era la llave de toda la información que necesitaban y debían conocer. Solo con él de su lado, sabrían que estaba pasando realmente en La Nación, quienes eran la OISSP, y la ubicación de las personas que estuvieron relacionadas con esta organización. No había un plan B. Al rescatar al chico, lo llevarían hasta el almacén de la planta eléctrica 240, y lo extraerían por un extenso túnel hasta salir de la Zona 0. Luego abordarían una camioneta que Silva conseguiría de una empresa dedicada a colocar cristales y ventanas.

Aldo se ausentó por una o dos horas. Había regresado al departamento, tenía algo que traer. Dan comenzaba a preocuparse. Pero estando a punto de llamarlo, él había regresado. Cargaba consigo un maletín. Era metálico, llamó la atención de todos en el lugar.

—¿Qué cargas ahí dentro? —preguntó Dan.

—Al enfrentarse con Remi, la velocidad y la fuerza, puede ser una desventaja. Pienso que no deberíamos arriesgarnos. Además, es probable que se topen con bastantes elementos de seguridad. Deben ser rápidos con eso.

—Bien. ¿Qué nos tienes?

Aldo abrió el maletín. Del interior extrajo un par de bolsas de plástico cromadas. Estaban selladas. En el interior contenían algo extraño. Al destapar la bolsa, mostró al grupo uno de los productos que la empresa de su padre había creado.

—Son guantes de vibración exponencial recargables —extendió uno y se lo colocó en la mano—. Cada pieza, cuenta con 20 alambres conectados a una fuente de poder, la tela tiene propiedades maleables, los alambres, producen una fuerte y constante vibración, que aumenta casi al doble la fuerza en cualquier impacto que con este se perpetre. Significa que, si tu golpe natural es de 9 kilos, estas cosas aumentaran la potencia al 40 o 50 por ciento.

Aldo los miró seriamente.

—Podrían ser letales. ¿Quieren probarlo?

Aldo entregó a cada uno un par. Amanda y Ben estaban fascinados, pero Dan no estaba muy convencido. Tenía miedo de que sus ataques llegaran a arrebatarle la vida a alguien.

Benjamín tuvo todo el día para poder mostrarle a Dan y a Amanda algunas estrategias y técnicas de combate que ellos no conocían.

Llegada la noche, se pusieron en marcha hacia el Sector 07. Al arribar, caminaron por los límites mientras la camioneta se posicionaba. En ella estaban Aldo y Silva.

Accedieron por los muros entre la entrada 1 y 2, que en realidad eran las que contaban con menos vigilancia. Brincaron y cayeron justo en uno de los jardines. Todo el sector 07 estaba cercado con malla y concreto. Las entradas estaban custodiadas por vigilantes y elementos de seguridad en cada calle y conducto, había cámaras grabando las 24 horas del día.

Se movieron a través de las sombras hasta llegar a un estrecho oscuro. Era el punto de división.

—Ahora, estamos enlazados. Conocemos la ubicación de los lugares. Al llegar reportaremos lo que alcancemos a ver, hay que ser cuidadosos durante la inspección. Cualquier detalle será útil para saber en donde está oculto Dick. Háganmelo saber. Esperaremos hasta reunirnos en el lugar para comenzar la extracción. Si alguien los ve, repórtenlo también. Estaremos al pendiente. Aldo, ¿Tienes el control de las cámaras?

—Solo de la Zonas A, B, C y E. Parcialmente. La zona D sigue bajo control de sus propios sistemas.

—Bien. Ya oyeron. Hay que tener cuidado en la zona D, Ben.

—Entendido —contestó Benjamín. Subió por los cuartos de seguridad en un par de saltos y se hizo camino hasta el edificio Brant. Le tomaría unos 15 minutos llegar.

Amanda se quedó unos segundos más. Ella podría caminar libremente hasta los almacenes, pues la vigilancia estaba siendo controlada por Aldo, y algunos elementos de seguridad estarían al tanto de su intervención. Además, no había mucha luz. Dan arribaría hasta la fábrica de neumáticos. Su camino tampoco sería muy complicado, pero debía cuidarse de algunos sensores de movimiento que estaban colocados en los andenes y pasillos.

Antes de ponerse en marcha, ella lo miró directo a los ojos.

—Saldrá bien —afirmó Amanda de una manera muy tierna.

La máscara no le permitía verlo bien, pero sus miradas chocaron por unos segundos hasta que ella se fue. Le tomaría 10 o 12 minutos llegar a su punto asignado.

Dan esperó unos instantes más para comenzar su camino. Subió como lo había hecho Benjamín. Caminó por los almacenes y algunos cajones industriales, hasta llegar a la fábrica de neumáticos. Tuvo cuidado con los sensores. Si alguno de ellos lo detectaba entonces las alarmas comenzarían a sonar por todo el lugar. Aquello complicaría la operación, pero no había otra ruta.

Amanda recorrió varios metros pegada a la pared. Vio a lo lejos un grupo de hombres en las oficinas de una aseguradora local. Al verlos, desarmados y con un ridículo uniforme, supo que no habría problema. Pasó casi por el frente de ellos. Estaban evidentemente confundidos, pero igual no le tomaron mucha importancia. Siguió por algunos estrechos hasta llegar a los almacenes. Pero justo antes de llegar, fue sorprendida por dos vigilantes que merodeaban a pie.

—¡Alto ahí! —gritó uno. Ambos se acercaron hasta donde ella estaba. Amanda no hizo mucho por evadirlos. Más bien, esperó hasta tenerlos de frente.

—Usted no tiene permiso para estar aquí.

—Oh… Perdón —dijo ella con nerviosismo fingido—, creí que estarían al tanto de nuestra visita.

—¿Nuestra? —preguntó el otro hombre confundido. La chica lo golpeó en el rostro y lo dejó inconsciente. El guante había resultado efectivo. No le tomó más de cinco segundos neutralizar al otro sujeto y tras haberse encargado de ambos, prosiguió su camino sin mucha dificultad.

Benjamín estaba casi por llegar al edificio Brant. Tuvo que rodearlo para ubicarse sobre las bóvedas de almacenamiento, solo desde ahí tendría una mejor vista a la entrada principal, pues la construcción no contaba con puertas traseras ni de emergencia. Algo muy extraño, pues era una clara violación al reglamento de construcción de Ciudad 24.

Ya en posición, esperó hasta notar algún movimiento o actividad irregular. Si el edificio estaba vacío, solo debería estar dentro el personal de intendencia y uno o dos guardias. Así era, en la entrada, un guardia custodiaba la puerta, portaba un arma, pero no se trataba de cualquier objeto, más bien, era un fusil de asalto estándar para fuerzas especiales M4. Era muy inusual que un vigilante portara un arma con esas características. Aquello fue lo primero, así que reportó de inmediato.

—El guardia del edificio Brant porta un fusil militar, de uso autorizado solamente para fuerzas militares especiales.

Amanda y Dan recibieron la transmisión. Él había llegado finalmente hasta SALAR, la fábrica de neumáticos. Se cuidó de caminar por donde no había mucha luz. Esquivó a varios vigilantes que patrullaban la zona.

—Bien. Estoy por entrar a SALAR… ¿Amanda?

Amanda ya estaba ubicada.

—*Nada por los almacenes* —notificó.

—Bien, mantennos al tanto.

Al llegar hasta la parte trasera de la inmensa fábrica, encontró un acceso, pero tuvo que dejar inconsciente al hombre que lo resguardaba para poder entrar. Penetró por la pequeña puerta, trajo consigo al sujeto y lo aseguró de manos y pies con algunas cuerdas que encontró. Caminó por un pasillo, estaba algo sucio y obscuro. Un solo foco iluminaba el acceso, había puertas a los lados, se suponía que era la parte administrativa de la fábrica. El piso era irregular, estaba manchado de grasa, caucho y había algunos charcos de agua. Dan recorrió los primeros metros con sigilo, esperando no encontrarse con más vigilantes o trabajadores.

Al llegar a la primera puerta, intentó escuchar dentro. Parecía no haber nadie. Abrió cuidadosamente la chapa y entró. No le tomó mucho registrar el lugar. Salió en cuestión de segundos. Continuó con el recorrido, llegó hasta la siguiente puerta, miró para ambos lados. Al entrar, solo halló un escritorio, un archivero, y un dispensador de café vacío. Nada que le resultara sospechoso. Apagó la luz y cerró la puerta. Giró la mirada para cerciorarse de que el hombre siguiera ahí en el suelo. Así era, no presumía tener la intención de levantarse. Sus ojos aún permanecían cerrados.

Dio unos pasos más. Llegó hasta la tercera puerta. Un sonido vino del vigilante inconsciente. Su radio comenzó a recibir una transmisión.

—*Vic... ¿Cómo va todo allá atrás?*

Dan se acercó rápidamente hasta el aparato.

—*Vic... Idiota, repito, ¿Cómo vas allá atrás?*

Tomó el radio entre sus manos y pensó la respuesta apropiada para el hombre detrás del radio. Tardó unos segundos.

—Sin novedades.

—*¿Tienes hambre?*

—No... Ya comí algo.

—*Bien, entonces vete al diablo. Tony, fuera.*

Las cosas salieron bien. Cargó consigo el aparato, así evitaría sospechas o alarmas. Se dirigió de nuevo a la tercera habitación. A pesar de que la oscuridad empezaba a abundar en aquel lugar, pudo darse cuenta de que la puerta y el piso de la entrada, estaban manchados con pequeños puntos y manchas de un color rojo obscuro. Era sangre.

Se quedó estático por unos instantes. No estaba seguro de que le esperaba encontrar allí adentro. Con extrema calma, dio vuelta a la perilla. La puerta comenzó a abrirse. El cuarto estaba oscuro, incluso más de lo que esperaba. Fue inútil encender la luz, pues no había ninguna bombilla. Extrajo una linterna de su pantalón. La prendió. Lo que encontró, ciertamente alcanzó a perturbarlo. En la contra esquina de la habitación desolada y gris, había un delgado poste de hierro con arillos soldados, de donde colgaban dos tiras de cadenas con esposas oxidadas. Al igual que en la entrada, aquella esquina estaba manchada de sangre, como si hubieran destazado a un cerdo, o como si una bomba de pintura roja hubiera estallado. Se acercó para poder apreciar el lugar. Se dio cuenta que la sangre estaba seca. Si habían castigado o asesinado a alguien ahí, había sido uno o dos días atrás. Esperaba que aquel no fuera Dick. El olor era extraño. Estaba frío, y había humedad por todos lados. Alumbró con la linterna el resto del lugar, no había nada más que una silla.

Entonces Benjamín habló por el transmisor.

—Hay actividad. Un par de guardias han salido del edificio para recibir a alguien. Un hombre, llegó en un Rolls Royce. Porta un traje.

—¿Puedes reconocerlo?—preguntó Amanda.

—No. Jamás lo he visto en mi vida —comentó—. *Están entrando, ahora hay dos guardias en la puerta. La seguridad aumentó al doble.*

Benjamín se burló.

—Nada en los almacenes—anunció Amanda—. *¿Dan?*

—Yo encontré algo.

—¿Qué?—preguntó Cóvet.

Dan no respondió. Salió de ahí y cerró la puerta cuidadosamente.

Continúo su camino hasta el fondo del pasillo. Había una puerta más grande. Supuso que era el acceso al resto de la fábrica. Fracasó al intentar abrirla, estaba asegurada por el otro lado. Solo se resignó y dio vuelta. El hombre que había dejado inconsciente, continuaba ahí en el piso. Se acercó hasta él. Algo llamó su atención. En el bolsillo izquierdo de su chaqueta, sobresalía una especie de identificación. La extrajo para examinarla. Era negra, brillante, había algo casi imposible de leer, pero parecía el nombre del sujeto, había algunos datos y códigos, pero lo que realmente lo desconcertó, era el logotipo que la identificación tenía plasmado en la esquina superior.

Aquel vigilante, era un miembro o elemento activo de la OISSP. Eso comprobaba que la supuesta empresa fantasma que había adquirido propiedades en la Zona 0, era nada más y nada menos que aquella organización.

Continúo revisando cada bolsillo del hombre, pero no encontró nada relevante. Solo pudo extraer una tarjeta en blanco con el número telefónico de un hombre, Antón Romero. La llevó consigo también. Tal vez le sería útil. No pudo continuar con el registro, pues Benjamín reportó movimiento en el edificio Brant.

—El guardia y el hombre del Rolls-Royce están saliendo de nuevo.

—¿Hay alguna novedad?

—Sí, el tipo del auto, carga… una mochila.

Dan se sobresaltó. Se puso de pie.

—¿Mochila? —preguntó—. ¿De qué color es?

Benjamín dilató su respuesta unos segundos.

—*Ahhh. Roja. Con bandas negras, algo gastada.*

El chico sintió como su estómago se revolvía. Algo de emoción y miedo comenzaron a recorrer su cuerpo.

—¡Dick! —dijo alarmado—. ¡Es la mochila de Dick! ¡Si no está muerto, él debe estar ahí!

—*Es probable, no hay nada en los almacenes* —comentó Amanda.

—¡Sigue atento! —ordenó Dan—. ¡Vamos para allá!

Dan salió de SALAR a toda velocidad. Amanda también emprendió la marcha hasta el edificio Brant. No les tomó más de cinco minutos arribar hasta donde se encontraba Ben. El hombre del elegante auto ya se había marchado con lo que contenía aquella mochila. Aun así, no era más importante que rescatar al chico.

—Aldo, tenemos la posible ubicación de Dick. Edificio Brant. Háblanos del lugar.

—*Sí, claro, bien. Es una obra del arquitecto Joel Bernal, fue diseñado hace 30 años, pero edificado hace 17, cuando el Señor Brant compró los planos. Seguro escucharon de él. Hanik Brant falleció hace cinco años, dejó toda su fortuna a uno de sus sobrinos. Según los contactos del Doctor Silva, fue adquirido por una empresa fantasma hace casi medio año. No se sabe con certeza a que se dedican los nuevos usuarios.*

—Sí, sí. Pero, ahora háblanos de los interiores.

—*Bien. Perdón, lo siento. Son cuatro pisos, una terraza con acceso solo para personal autorizado. Como muchas otras construcciones en la Ciudad, esta cuenta con un piso inferior subterráneo, un sótano. Nuestros amigos nos cuentan que es incierto para que lo utilizan, pero es seguro que para almacenar cosas o albergar archivos. Hay un pasillo a la derecha de la entrada principal. Tal vez se encuentren con personas en el interior. Al final del corredor, hallarán una puerta, es una oficina, nadie puede entrar ahí. Está protegida con alta seguridad. Será difícil que ustedes puedan abrirla. Deben esperar a K.O.U.K.O. Denme un minuto, está descendiendo.*

Aldo utilizaría al dron, y a Maximus para desbloquear la puerta en el fondo del pasillo que debían recorrer. Esperaron la señal para poder acceder. Primero debían burlar o neutralizar a los dos guardias que custodiaban la entrada. Planearon una estrategia rápida. Aldo colocó el dron a 35 metros del piso, luego dio la señal.

—*K.O.U.K.O* en posición… procedan.

Amanda se iba a encargar. Descendió de donde estaban ubicados. Con extrema confianza y seguridad salió de entre las sombras. Caminó hasta donde los guardias. Estos se alarmaron por la inusual aproximación de aquella extraña chica.

—¡Hey! ¡Qué tal! Hay una falla en los circuitos del sector F, pero nuestros ingenieros están de vacaciones.

Ella seguía acercándose. Los hombres estaban confundidos, y tan intimidados con la presencia de aquella bella mujer. Como hipnotizados, esperaron, hasta que se colocó frente a ellos.

—Creen que puedan ayudarme —preguntó Amanda con docilidad.

Los guardias se miraron mutuamente. Luego uno de ellos se dirigió a ella.

—No tenemos autorizado abandonar nuestros puestos.

Amanda, decepcionada respondió:

—Sí, me lo temía.

Al instante, y con una clara ventaja, golpeó con el puño derecho desde adentro hacia afuera el rostro del guardia que tenía de frente, no paró ahí, pues de inmediato tocó al otro hombre con su guante, una descarga eléctrica proveniente de este, lo dejó en shock. Cayó al suelo. El primero todavía no se recuperaba del puñetazo, cuando la chica lo tomó de la camisa y levantó su rostro, propinándole un golpe con la rodilla directo a la cara, y finalmente una patada al contrario que lo dejó inconsciente y tendido en el piso. Benjamín y Dan descendieron sobre ellos.

—Muy bien —reconoció el joven. Amy sonrió, luego se dirigió a Benjamín.

—Hay que administrarles esto. No queremos que recuerden el rostro de la chica que les pateó el trasero.

Entregó a Cóvet un par de dosis. Era tiopentato de Sodio, la misma sustancia que se le había administrado al hombre que habían interrogado la otra vez.

—Los dos del frente están neutralizados. Estamos listos para entrar —informó Dan a su amigo.

—*Bien.*

Un extraño sonido provino del cielo. Como si de algún insecto se tratara. El dron se aproximaba velozmente hasta ellos, pero se detuvo. Este comenzó a parlar, era la voz de Aldo.

—*Hay un par de firmas de calor adentro. Debemos tener precaución.*

Accedieron por la puerta. Benjamín arrastró a los dos guardias con él.

Ya en el interior, el dron activó su modo silencioso. Buscaron el pasillo indicado. La voz de *Al* los guiaba desde el aparato.

—Ben, ¿puedes cubrirnos? —preguntó Dan—. Buscaremos al chico.

Él tardó unos segundos antes de responder.

—Le prometí al Profesor encontrar al muchacho —dijo con seriedad—. Por favor, tengan cuidado.

Entonces montó la guardia. Los muchachos siguieron el artefacto. El pasillo se prolongó varios metros hasta el fondo. Había una puerta blanca que no poseía ningún tipo de resguardo o vigilancia. Caminaron sigilosamente. El lugar parecía solitario.

—*¡Alto!* —susurró Aldo con fuerza—. *Hay alguien dentro.*

—De acuerdo —Dan hizo la seña a Amanda para guardar silencio. Penetró la puerta y la cerró. Algunos gritos y golpes se oyeron desde el interior. El chico se asomó y susurró—. ¡Despejado!

El dron y la chica entraron. Era un cuarto muy parecido a los que Meggar había visto en SALAR. Pero en mejores condiciones. A la derecha de la puerta se encontraba un acceso con seguridad, era una puerta similar a la de las salas de interrogación, pues estaba sellada y tenía un panel a la izquierda.

—*Bien. Ese panel. Dirígete a ese panel.*

Amanda se quedó para vigilar. Dan se aproximó junto con el dron.

—*Hay un puerto debajo. ¿Lo ves?*

—Sí, lo veo.

—*Bien. K.O.U.K.O va a expulsar un cable con la misma entrada. Vas a conectarlo. Y vas a esperar.*

Así lo hizo. El dron desprendió un cable de su interior. Dan lo extrajo como si desenrollarla un listón. Este se iluminó.

Un débil sonido comenzó a escucharse, provenía de la puerta, era intermitente.

—*Treinta segundos.*

—¿Para qué?

—*La clave se está descargando.*

Hubo silencio por varios segundos más. Si Aldo no podía encontrar la forma de abrir la puerta, debían buscar otra manera.

—*Se está generando...* —el suspenso se apoderó del lugar unos instantes—. *Ok. Ya la tengo. Inserta la siguiente combinación*

Dan colocó su mano frente al panel. Esperó las instrucciones de su amigo.

—*Trece... Diez... Nueve... Cinco.*

Introdujo los números en el orden que se le dictó. Luego presionó el botón verde. La puerta se abrió al instante. Había unas escaleras que descendían por varios metros. Era oscuro. El chico bajó por ellas hasta el sótano. Encendió una débil luz amarilla en el techo. Era un pequeño lugar con espacios irregulares y un corto pasillo que se oscurecía conforme se avanzaba a través de él. Luego había una pared. Parecía estar vacío.

Dan recorrió el lugar a su izquierda, pero no halló nada. En el interior, temía encontrar algo que lo perturbara o algo que lo hiciera enfurecer.

Encendió su linterna, pues el pasillo a su derecha estaba totalmente oscuro. La luz blanca se deslizó a través del piso por varios metros más. Entonces pudo enfocar algo, un pie descalzo, que después se convirtió en una extremidad. Había algo de sangre en el piso, proveniente de un muy malherido joven. Era Dick. Había sido cruelmente golpeado, y estaba atádo de las manos, amordazado, y vendado de los ojos. Temblaba y gemía con temor.

Dan se sobresaltó al encontrarlo, pero de inmediato acudió a socorrerlo.

—¡Lo encontré! ¡Repito! ¡Dick sigue vivo! —reportó—. ¡Tranquilo, ya estamos aquí! Vamos a salir de aquí.

El chico estaba inestable. Se asustó mucho cuando el encapuchado se acercó hasta él.

—Tranquilo amigo. Soy Dan —le quitó cuidadosamente la venda de los ojos—, Dan Meggar. Palacios nos ha enviado.

Había lágrimas en los ojos del joven. Dan se sintió tan emocionado, lo abrazó con fuerza como si de un hermano se tratara, y descargó sus sentimientos con él. Hubo lágrimas en sus ojos también.

Con mucho cuidado y delicadeza, retiró la cuerda de sus brazos, también la mordaza de su boca. Al hacerlo, Dick lloró y lo abrazó por el cuerpo. Le era complicado decir alguna palabra.

—Shhh… Shhh… —el encapuchado lo tranquilizó—. Calma, no digas nada. ¿Puedes ponerte de pie?

Con mucho trabajo, pudo levantarlo. Dick cayó un par de veces, le faltaba fuerza en sus piernas, era casi seguro que no había comido en varios días.

Meggar lo levantó y lo cargó, subió las escaleras y se encontró con Amanda. Ella lo ayudó a cargar al muchacho.

—¿No había nadie más? —preguntó ella.

—No, solo él.

—Bien. Hay que salir cuanto antes.

Salieron del cuarto. Recorrieron el pasillo, pero antes de llegar, se percataron de que Benjamín no estaba. Aldo los había seguido con el dron.

—Aldo, ¿Puedes ver a Ben?

—No, su rastro de calor desapareció… ahora el tuyo. Solo quedan Amanda y Dick… ahora solo hay uno… no sé qué pasa.

—¡Mierda! —murmuró Dan—. ¡Hay que irnos! ¡Ya deben saber que estamos aquí!

Salieron por la puerta principal, caminaron por varios metros. La luz del edificio se cortó. Solo las lámparas del exterior quedaron encendidas. Los tres se detuvieron y miraron hacia el frente. Había tres figuras paradas a varios metros de distancia, y una sometida.

Era Remi, con Benjamín tomado por el cabello. A su lado se ubicaba un hombre con una extraña armadura en el cuerpo, muy parecida a la órtesis que Amanda usaba. A pesar de lo raro que resultaba él, la tercera persona que los acompañaba, fue la que realmente dejó a Dan sin palabras. En todos esos años, Gala no había cambiado en lo absoluto.

Benjamín fue apuñalado en el costado, sin embargo, tuvo la fuerza y resistencia para comenzar a pelear contra Remi. Dan arremetió contra el hombre de la peculiar armadura. Amanda se enfrentó contra la chica que los acompañaba. Fue una dura pelea, y Dick estaba presenciándolo todo. Aún más asustado, encontró la fuerza para ponerse de pie y emprender la huida. Nadie estaba seguro de poder salir de ahí con vida. Pronto el chico se perdió de vista. Sus salvaguardas trataron de contener a El Mimo y a los otros dos.

El sujeto de la armadura era un hombre con barba y bigote,

lucía de unos 35 o 40 años. Usaba un uniforme completamente negro, la súper órtesis que lo armaba, parecía resistente. Era fina y oscura, elevaba su estatura un par de centímetros, recorría sus piernas, su cintura y su columna hasta la cabeza y cada una de las extremidades superiores. Era muy fácil notar, que aquella estructura no le provocaba ningún tipo de incomodidad. Los golpes que daba era fuertes, sus movimientos rápidos, pero no tanto como los del macabro artista. El hombre combatió contra Dan por varios minutos. Benjamín sucumbiría pronto ante Remi. El encapuchado no tuvo más opción, que utilizar el guante que Aldo le había dado. Al encenderlo, su mano comenzó a vibrar de una manera tan intensa, que tuvo miedo de que aquello fuera una desventaja. Solo necesitó aplicar algo de fuerza para que las vibraciones se volvieran tolerables. Entonces comenzó la verdadera lucha.

A pesar de que los movimientos del oponente eran rápidos, Meggar tenía la ventaja en agilidad. La situación se comenzaba a tornar cansada.

—¡Dan, algunos autos comenzaron a llegar al lugar en donde nos encontrábamos! Ahora vamos en camino hacia el punto de extracción. ¿Cómo van ustedes allí?

—¡Mal! ¡Las cosas aquí están muy mal! ¡¿Como maldita sea no te percataste de esto?!

—Alguien desestabilizó los sistemas del dron, y de alguna forma, hicieron que Maximus se desconectara.

—¡Dan! ¡Golpea la columna del exoesqueleto! ¡Es el punto débil! —sugirió Amanda. Ella seguía contendiendo contra la chica.

Aunque le fue muy complicado, uso todos sus medios para poder tener a su total alcance la parte trasera del hombre. Entonces golpeó la columna de la estructura de una manera tan fuerte que esta se fracturó. El hombre cayó de rodillas. El chico remató con una patada que flexionó sus pies y lo golpeó en la cara. Entonces se desplomó inconsciente al suelo.

No sabía si aquello lo había matado, pero no hubo tiempo para cerciorarse. Remi y Benjamín ya se habían alejado varios metros, entraron hasta un comedor ubicado cerca del edificio Brant. Tal vez Benjamín vio como buena estrategia entrar ahí para reducir el espacio de lucha con su oponente.

Amanda estaba más cerca, pero se negó a recibir la ayuda de su compañero.

—¡Puedo con esto! ¡Ve con él!

Dan estuvo de acuerdo. En su interior quería evitar asegurarse de que aquella chica era Gala. Además, Amanda parecía tener la ventaja. Corrió hasta donde Remi y Benjamín se habían metido. Sus golpes y movimientos podían oírse. Cuando los encontró, el Mimo estrangulaba a Cóvet al mismo tiempo que lo retenía contra los muros. Dan se lanzó y lo empujó con toda su fuerza. Remi voló por algunos metros y atravesó una puerta, su contrincante no se detuvo ahí, sino que lo siguió. Era la cocina. Había una mesa en el centro, y el lugar era más o menos amplio. El mimo no estaba, todo se quedó en silencio. Eso era una clara señal de peligro.

Un plato impactó contra los brazos de Dan, apenas pudo cubrirse la cara. Se rompió en varios trozos. Luego un par más. Los golpes comenzaban a ser dolorosos, él solo pudo agacharse. Encontró una tabla para picar vegetales, pensó al instante que tal vez podía lanzar eso. Al elevarse para arrojarla, se dio cuenta de que Remi cargaba un cuchillo. El chico no tuvo tiempo para atacar, pues se lo lanzó directo a la cara. Colocó rápidamente la tabla en el frente de su rostro, entonces el cuchillo se enterró en ella, la hoja de metal sobresalió un par de centímetros. Una vez más, había burlado a la muerte. De inmediato retiró la tabla. Entonces pudo apreciar a Remi de frente, listo para arrojarle dos afilados utensilios más en el cuerpo. No hubo tiempo de ocultarse de nuevo. Solo alcanzó a cubrirse nuevamente con la tabla. Resultó en lo mismo. Los dos objetos se enterraron firmemente en la madera. Dan no lo pensó más, tomó una de las afiladas piezas y la lanzó casi de la misma forma. No dio en el blanco las primeras dos veces, pero en la tercera pudo hacer un leve corte justo en el costado izquierdo de su oponente. Fue ahí donde aprovechó para acercarse hasta él y comenzar un combate cuerpo a cuerpo.

Amanda persistía en su lucha contra Gala. Pero una distracción le costó dos fuertes golpes que la inmovilizaron varios segundos. Perdió de vista a la chica. Eso resultó fatal, pues ella fue tras de Dick. El joven había llegado hasta los estrechos. Estaba oscuro y sus piernas temblaban con cada paso que daba. No tardó mucho en ser encontrado. Gala lo derribó, haciéndolo golpear el suelo con su rostro.

Dan forcejeaba con el Mimo y entablaron una intensa pelea en la que los golpes se distribuyeron equitativamente. El miedo hacia el pálido hombre estaba desapareciendo. Meggar dominó el enfrentamiento por segundos, propinando violentos golpes en el rostro maquillado de Remi, pero de alguna manera, la situación se vio invertida, y el mimo, posado encima del muchacho, comenzó a ahorcarlo, con una mirada llena de odio y rabia, era lógico suponer que su intención era quitarle la vida. El chico comenzó a perder el conocimiento. Con su increíble fuerza no pudo hacer mucho para poder liberarse. Sus últimos segundos de vida parecían alargarse. La desesperación era evidente, incluso a pesar de tener colocada la máscara.

Remi comenzó a sonreír con satisfacción, pero Benjamín lo golpeó justo en la cabeza con un enorme aplanador de carne. Entonces cayó inconsciente al suelo. Era posible ver brotar sangre de su cabeza. Fue una buena oportunidad para salir de ahí, pero fue complicado para Dan ponerse de pie otra vez.

Alcanzaron a Amanda en el lugar donde había estado peleando con Gala, pero apenas terminaba de recuperarse.

—¡Amanda! ¡¿Dónde está Dick?! —preguntó el encapuchado mientras se acercaban. Ella se sobaba la cabeza. Parecía confundida.

—¡Lo perdí de vista! ¡Ella debe estar tras de él!

—¡¿Hacia dónde?! —Meggar sonaba desesperado.

—¡No lo sé Dan! ¡No lo sé!

Las cosas se empezaron a salir de control.

Dan corrió por una dirección de la que no estaba muy seguro.

Gala aún retenía al muchacho.

—Cometiste un terrible error —dijo ella con enojo y reprendimiento, lo había tomado por la ropa del pecho—. Involucrarte con el Profesor te ha traído hasta aquí. Ahora él está muerto y tú lo estarás…correrás el mismo destino que tu familia.

La mirada del chico se quebró, como si aquella noticia hubiera traído consigo una cruel puñalada. Se le humedecieron los ojos y sus pupilas se dilataron. Los clavó fijamente en el rostro de la chica.

—¿Mi… mi familia? —balbuceó a punto del llanto.

Ella lo observó a través de la máscara. El enfado se esfumaba de su porte. Soltó al muchacho. Él cayó al suelo, comenzó a llorar desconsolado, aún intentaba asimilarlo.

—El profesor…Mi… niña…Ma… —dijo entre lamentos.

Gala estaba agitada. Parecía conocer al chico desde antes. Era algo lógico.

—Lo lamento —expresó ella fríamente.

Él pareció calmo segundos después. Su respiración también era inusual. La miró nuevamente a los ojos.

—Ya no tiene ningún sentido —dijo el chico, aún con la voz quebrantada—. Ya… ya no importa.

Entonces tomó el arma que la chica portaba, la desenfundó y la puso en su cabeza.

—¡NOOOOO! —gritó Gala.

El disparo se escuchó por toda la zona. Ella no pudo detenerlo. A sus pies yacía Dick, ya sin vida. Sabía que pronto llegaría alguien, así que no perdió el tiempo y abandonó el lugar. Tomó consigo su arma. No podía dejarla.

Dan llegó de inmediato. Su corazón se quebró al ver a aquel muchacho, tirado sobre un charco de sangre. En un segundo, la última oportunidad de terminar el trabajo del profesor, se esfumó.

Corrió hasta donde el cuerpo. No quiso acercarse más. Cayó de rodillas. Cansado, y con los brazos abiertos, comenzó a llorar derrotado. Había fallado. Todo había terminado.

LA GRAN EMERGENTE

El Sector 02 era considerado por muchos, el más grande de Ciudad 24, pues una isla a su costado, formaba parte de este también. Le llamaban La Gran Emergente, pues su geografía era poco usual, y presumiblemente un excelente lugar para la edificación. Sobresalía varios metros por encima del mar.

La gran extensión albergaba cerca de 120 propiedades distintas, pertenecientes a multimillonarios y a gente poderosa.

Además de contener una base militar, se encontraban ahí algunas zonas empresariales y residenciales. La cantidad de personas que tenían acceso a este lugar, era limitada.

Capítulo X

En la Mira

Ti'le II

X

"ASALTO A LA ZONA 0"

"SECTOR 07, LA INTERVENCIÓN DE LOS ASESINOS"

"SEGUIDORES DEL PROFESOR BERNARDO PALACIOS ASESINAN AL ULTIMO MIEMBRO DE LA FAMILIA CONOR"

"VÍCTOR LOMAN Y DICK CONOR, VICTIMAS DE UNA PRESUNTA CONSPIRACIÓN"

"LA RESURRECCIÓN DE BENJAMÍN CÓVET, DE HÉROE NACIONAL A TEMIBLE CRIMINAL"

"¿QUIÉNES SON LOS INVASORES?"

Esos eran solo algunos de los encabezados en los diarios de Ciudad 24 y La Nación. Las cosas habían dado un giro radical. Dick era la única esperanza para detener a la OISSP. Luego de encontrar su cuerpo sin vida, las alarmas de todo el Sector 07 se activaron. Más de 10 equipos de seguridad recibieron la orden de encontrar, capturar y ejecutar a los tres (supuestos) asesinos. Dan se reunió con Amanda y Benjamín en el punto de extracción. No pudieron ni siquiera intercambiar una palabra. Era urgente abandonar el lugar. En pocos minutos, toda la Ciudad recibió la noticia del asesinato en la Zona 0. Un hombre habló ante la prensa. Era el candidato a la alcaldía, Caín Verón, un político de renombre, con una amplia carrera en la política interior y un erudito de la economía industrial. Era accionista en varias empresas y fabricas del Sector 07.

—Me apena mucho todo lo que ha estado pasando en nuestra Ciudad. Conocí al Profesor Palacios. Sin duda era un hombre brillante. A pesar de eso, ahora me encuentro avergonzado por haberle extendido mi confianza. Sus actos y su verdadero rostro me han dejado perplejo. Sin duda alguna, puedo ver, que todos estos acontecimientos, han fortalecido el deseo que tengo de querer hacer de esta hermosa Ciudad, un lugar más seguro. Confió en que los elementos policiacos de la actual administración darán con los responsables de esta atrocidad. Si no es así, deberé encargarme de esto cuando mi equipo y yo lleguemos a la gobernación.

El comisionado de la policía de igual manera, habló al respecto:

—Nuestros mejores detectives ya están atendiendo este caso. Por ahora solo hemos identificado al Agente especial de la M6, Benjamín Cóvet. El hecho de que sigua con vida, también puede ligarlo como un presunto y probable responsable del fatídico atentado en contra de la Fuerza Especial M6. La carpeta de investigación se ha reabierto, y un equipo de investigadores ya trabaja en el caso. Por ahora solo les puedo decir, que nuestros elementos están alerta a todo avistamiento de estos criminales, y tienen la orden de capturarlos o ejecutarlos en cuanto sean identificados.

El rector de la universidad solo pudo decir:

—Las investigaciones internas, han iniciado, y vamos a colaborar con la autoridad para resolver de una vez por todo este problema. Extiendo mis más sinceras condolencias a las personas afectadas por estos sucesos, y de igual manera, condeno a todo aquel que colaboró con el Profesor. Lamento no haberme dado cuenta, sobre la clase de persona que resultó ser. Las cosas habrían sido diferentes.

Sé que tal vez no me pertenece, pero asumo parte de la responsabilidad, y en nombre de nuestra institución, pido disculpas.

MANSIÓN SILVA
SECTOR 03
AVENIDA 707

—¿Y que se supone que debemos hacer? Toda la maldita universidad sabe que estamos relacionados con Palacios de una u otra manera —cuestionó Dan al Doctor Silva

—Solo nos queda condenar las acciones del Profesor. Y adoptar la idea de que él es el verdadero villano de la historia. Al menos hasta que encontremos otra manera de continuar con esta investigación.

—Podemos ir con quienes ya sabemos que están involucrados —sugirió Amanda.

—Solo podemos encontrar a esas personas en La Zona 0. Y no podemos arriesgarnos a volver ahí —dijo Dan resignado.

—Dan. Debes considerar abstenerte de salir a las calles para continuar con esto. Solo conseguirás que te maten.

—Doctor, no estoy seguro de poder dar la espalda a todo lo que Palacios me enseñó, y a todo lo que significó para mí. Sería como una traición.

—¿Y cómo puedes estar seguro de que mucha más gente, no está recurriendo a eso? Su hermana, la niñera de sus nietos, muchos maestros de la Universidad. Todos lo han desconocido. Puedo asegurarte que, si Dick estuviera vivo, haría lo mismo.

—¡Pero yo no soy como ellos! —reprochó Dan elevando su tono de voz.

—Dan... el doctor tiene razón. Debes hacerlo por la seguridad de tu madre. Y la de todos los que te rodeamos.

La respiración del chico se agitó. En el fondo sabía que aquello era lo más conveniente, pero aborrecía la idea de desconocer a su mentor. No quedaba más. La prensa no tardaría en llamarlo.

Después de pensarlo, decidió que regresaría a la Comarca 02 por unos días. Aldo lo acompañaría. En su reporte especificó que cuidaría a su madre, pues se encontraba enferma. Una buena excusa. Los Silva permanecieron discretos, dispuestos a colaborar con mentiras a la investigación en contra de Palacios si se requería.

—¿Quieres venir con nosotros? —preguntó Dan a Benjamín.

—No. Soy un peligro para quien este cerca de mí. Debo apartarme.

—De verdad lo siento.

—Bah. De igual forma, siempre he sido perseguido. Siempre he sido un fantasma. Yo debo sentirlo por ustedes. Mentir y contradecir tus ideales, es el peor castigo que puede existir. Estaré oculto, no muy lejos de aquí. Te mantendré al tanto de lo que esté ocurriendo, conmigo y con este asunto.

—Gracias Ben. Cuídate mucho.

Terminada la reunión, Benjamín uso el túnel de la sala blanca y se marchó. La Nación entera lo estaba siguiendo, era mejor para él estar solo. Después de todo, esa era su naturaleza.

Aldo recogió todo su equipo. Conversó un poco con Silva respecto al tiempo que estaría fuera de la Ciudad. Luego subieron las escaleras hasta la casa.

Amanda y Dan se quedaron solos un instante. Estaban de frente, con las miradas cruzadas. Parecía no existir esa confianza para decir lo difícil que era alejarse el uno del otro. Habían sido compañeros los últimos días, pasaron por situaciones complicadas, pero jamás imaginaron, que todo eso bastaría para llegar a tener un sentimiento que de una u otra forma, estaba uniéndolos.

—¿Nos veremos pronto? —preguntó ella. En su voz era posible percibir aflicción.

—No lo sé —respondió Dan de la misma forma.

—Será complicado continuar sin ustedes.

—No hay otra manera —lamentó el—. Te voy a extrañar.

—Y yo a ti.

Acto seguido, Dan la besó en los labios, había querido hacerlo desde la primera vez que la vio, sentada ahí, al lado del escritorio de su mentor. La abrazó como si se tratara de una amiga de toda la vida y aquella fuera su última oportunidad de hacerlo. Su corazón se desmoronó, y pensamientos horribles corrieron a través de sus mentes. Era el momento de partir…

— *«Bernardo Palacios, alguna vez fue, mi profesor, lo tenía en alta estima. Hoy se ha convertido en un enemigo nacional. La historia lo recordará de esta forma, por el resto de los días. Me pesa el hecho, de haber estado al servicio, de un criminal, como al final lo resultó ser. Aún estoy procesando los eventos y acontecimientos que se han suscitado y que lo involucran. Puedo presumir, y asegurar, que ninguno de mis servicios para con él, requirió alguna vez, espionaje, asesinato o algún crimen que pudiera comprometerme. Estoy dispuesto a colaborar con las autoridades, dar mi testimonio, y brindar mi total apoyo, para encontrar y dar castigo, a los tres... a los tres asesinos de la Familia Conor, y del oficial de la policía... Víctor Loman»*

1998
01 DE NOVIEMBRE
CABO ATLANTE

Cinco hombres estaban reunidos alrededor de una mesa en una de las casas más lujosas de la playa. No hacía falta nombrarlos, pues era poco ético, pero era bien sabido, que aquellos era los cinco hombres más poderosos de La Nación. Al menos en la clandestinidad. Eran propietarios de innumerables corporaciones fantasma, carteles de tráfico, dirigentes de las principales y más grandes redes de trata de personas, pornografía infantil y servicios privados. Algunos eran la última generación de los imperios criminales más antiguos del país. Su fortuna compraba gobiernos, políticos y toda clase de facilidades. Sus actividades habían marchado de manera perfecta las últimas décadas, pero alguien les estaba causando problemas. La puerta se debilitaba cada vez más, y el fuego, estaba por alcanzar sus pies. La Fuerza Especial M6 había combatido contra estos magnates desde hacía un par de años. En el país se había desatado una guerra que pronto terminaría, y la balanza se estaba inclinando a favor de la fuerza especial. Por supuesto, esto no podía pasar.

Alguien entró a la sala, y se reunió con ellos. Venía escoltado por un par de guaruras. Estos no le pertenecían. El hombre se sentó frente a los anfitriones. Ellos permanecieron en silencio, hasta que uno de ellos, abrió la charla:

—Han pasado algunas semanas desde nuestra última reunión. Hemos sido pacientes, y generosos con usted. Pero requerimos una respuesta extraoficial de su parte —el anciano hizo una pausa, miró a sus compañeros, y continuó—. Tome en cuenta que, el estado fi-

sico con el que salga de aquí, dependerá de cómo cerremos este trato.

Hubo un extenso momento de silencio. El hombre al que se había dirigido, guardó absoluto silencio, el resto esperaba una respuesta.

—Creí que el trato se había cerrado hace días. Soy un hombre de palabra. Y asumí un compromiso con todos ustedes. La estrategia está en marcha.

—Perfecto. Eso nos complace a todos por aquí… su servicio dará frutos a nuestro favor. Nuestra palabra también tiene valor, y honraremos el pacto que tenemos con usted. Pero, hay una pregunta que queremos hacerle. Nos gustaría franqueza de su parte.

Hubo más silencio. Todos observaban al misterioso sujeto fijamente. Como si fueran estatuas. La pregunta se demoraba como si los segundos se perpetuaran infinitamente.

—¿Por qué accedió a esto? —preguntó el anfitrión—. ¿Por qué acabar con la Fuerza Especial M6?... ¿porque traicionar a su propio equipo?

No hubo una respuesta inmediata, el sujeto parecía pensar bien lo que iba a decir, o aguardar hasta que la tensión fuera absoluta.

— Hay decenas… tal vez cientos de razones en mi cabeza y en mi alma. He vivido grandes momentos, pero también, me he arrastrado por lo más obscuro de la perversidad y de la infamia. Su pregunta es interesante, mi respuesta sin embargo es más compleja. Son cuestiones filosóficas… no creo que hombres de su categoría, puedan entenderlo.

—¿Nuestra categoría?—cuestionó desconcertado el interrogante—. ¿Debemos tomarlo como una ofensa, o como un alago?

—Ustedes pueden interpretarlo como se les plazca. Después de todo, a eso se han dedicado a través de la historia y en cada momento de sus vidas.

Otro de los anfitriones, se levantó de su silla, con un porte y gesto de indignación:

—¡Pero que atrevimiento!

—¡Cálmate! —el líder alzó la voz e hizo que el anciano regresara a su lugar—. No puedes ofenderte con todo lo que sale de la boca de las personas… ¡Traigan más vino!

Habiéndose suavizado la situación, y con la atención de todos enfocada en su compañero, nadie pudo darse cuenta, de que su vi-

sitante había desaparecido. Se quedaron incrédulos, mirando hacia todos lados. Ya no había nadie. El anciano, aún más molesto y preocupado, solo pudo decir una cosa más:

—No confió en ese hombre.

Pasaron algunos meses desde el atentado en el que la M6, cayó. Tres miembros pudieron sobrevivir. Pero uno de ellos fue asesinado, tan solo semanas después de haber sido dado de alta. El coronel Meggar, fue hallado muerto dentro de la habitación de un hotel en Ciudad Alfa. Y cada uno de los 5 hombres reunidos en aquella mesa, allá en Cabo Atlante, fue masacrado de la manera más cruel y perturbadora. No quedó uno solo. Y sus bienes, adquirieron nuevos propietarios.

Su asesino, fue el mismo elemento de la M6, que se reunió con ellos aquel día. Una persona, sin la más remota pizca de honor. Con hambre de poder, y fortuna, eso lo parecía. El mundo delictivo, criminal y clandestino, tomaba un nuevo rumbo, uno que finalmente unificaría el control internacional, y que se levantaría como un imperio sin sombra, tan aplastante, que resultaría difícil imaginar, como terminar con él.

REGIÓN B
SUB-REGIÓN DE LA PAZ
COMARCA 02
11 DE AGOSTO, 2023
05:16 PM

En un bosque desolado, casi devorado por la noche, una pequeña criatura se disponía a comer algunas bayas, para luego entrar a su madriguera. Era una liebre común. Algo cerca parecía acecharla. Algo se movía de un lado a otro sin develar su verdadera forma. El silencio se hizo frio y profundo.

Entonces algo tomó consigo al roedor, ni siquiera fue posible ver que forma tenía.

Más de esas criaturas se movían por el lugar, muchas de ellas, tuvieron el mismo destino, estaban siendo capturadas, de muchas e ingeniosas formas. Un par de jaulas elaboradas caían sobre ellas. Algunas otras trampas las recogían del suelo y las colgaban de los arboles por las patas, el resto de ellas eran perseguidas por un formidable cazador.

Luego de correr e intentar escabullirse, una liebre se detuvo en el suelo, no tenía fuerza para seguir, y tampoco sabía que rumbo tomar. Solo se quedó quieta. Una mano la tomó por las orejas tranquilamente. Era Dan. Portaba una vestimenta distinta, era una chaqueta vieja, con zapatos de cuero y mezclilla elástica. Estaba un poco sucio.

—¡La tengo! —gritó confiado y victorioso.

Desde las más altas ramas de los árboles, un zumbido comenzó a oírse. Se trataba de *K.O.U.K.O.*

—Perfecto —dijo Aldo desde el trasmisor—. Tenemos las 85. No sé cómo rayos vamos a cargarlas a todas.

Aldo salió de entre las sombras. Vestía un abrigo café, y botas de cazador. Cargaba entre sus manos, un control remoto, en su cabeza había una diadema enlazada con el trasmisor.

—¿Por qué no me habías traído aquí antes?

Cargaron las jaulas en la camioneta. Dan se dio cuenta de que una de las liebres estaba lastimada severamente de la pata delantera izquierda. Estaba asustada. Él la tomó consigo y la metió dentro de la camioneta, arrancó el vehículo y partieron de vuelta a su casa. Unos minutos más tarde, arribaron hasta el lugar. Annie ya los esperaba. Pudo verlos aproximarse desde lo lejos.

—¡No sé si el señor Tom pueda pagarles por tanto!

Dan bajó de la camioneta con la criatura entre sus brazos.

—Esas son muchas liebres —comentó ella.

—Está malherida, ¿Crees que puedas hacer algo?

—No soy veterinaria, hijo —Dan llegó frente a ella y le mostró

—Oh por Dios… Pobre. Ponla en la mesa de la cochera, veré que puedo hacer.

—¡O puedes ponerla dentro de una olla sobre la estufa!—gritó Aldo desde lo lejos.

—Lo lamento, la cena esta lista —dijo Annie—. No lo escuches pequeñín… nadie aquí va a devorarte.

9:49 PM

—Entonces, esta mujer viene a mí, y me dice, “Es mi paciente, entrégame ese expediente y deja de ofrecer tu trasero a quien se te para enfrente" —la madre de Dan contaba una historia con el más inusual ánimo—. Entonces tomé los documentos, y comencé a golpearla en la cabeza mientras le decía "Mi trasero, está más limpio que el tuyo zorra, ¡¿Por qué no me saludas al supervisor esta noche y te largas de mi oficina?!

Aldo reía a carcajadas, Dan ya había escuchado aquel relato, así que solo podía sonreír.

—La mujer comenzó a quejarse tan alto que ni siquiera se dio cuenta de que la puerta estaba abierta, caminó de espaldas esquivando los golpes, y derribó a dos enfermeros que cargaban a un anciano en una camilla —ella estalló en risas y emoción, pero luego de unos segundos, concluyó—. Finalmente nos suspendieron a las dos. Entonces tuve que hacer un servicio en el ejército. Fue ahí donde conocí a Elías y a los chicos. Años más tarde, nació este guapo muchacho.

La mujer se levantó de la mesa para servir más café.

—Esa fue una buena historia —comentó Aldo a su amigo—. Tu madre es genial, es más divertida que la mía. Deberíamos de intercambiar.

—No te dejes llevar. Mañana querrá ponerte un enorme suéter, incluso si el termómetro sobrepasa los 30 grados.

—Ufff… bueno, al menos ella se preocupará por cubrirme con algo.

—No pensé que tuvieras problemas con tu madre —comentó Annie.

—No, es solo que desde que nos fuimos de aquí, comenzó a ocuparse en otros asuntos. Cosas importantes. Hacía mucho que no tenía un momento así.

Annie se vio conmovida. Charlaron un poco más, hasta que ella decidió irse a dormir. Debía trabajar al día siguiente. Dan y su amigo, conversaron unos minutos más antes de ir a dormir.

—Debo volver el próximo lunes a Ciudad 24 —dijo Aldo. Dan guardó algo de silencio. La noticia pareció preocuparle—. Ambos tenemos una vida, estas personas siguen buscando, pero no podemos quedarnos aquí para siempre.

—Tengo permiso hasta el próximo miércoles. Supongo que tienes razón —dijo Dan—. No tengo miedo. No por mí. Debe haber alguna manera de acabar con ellos. Pero es difícil estar en un lugar, donde no es sencillo confiar en las personas. Es imposible saber quién es quién, y para quien trabaja. La imagen del profesor quedó manchada. Y yo no pude hacer nada. El héroe se volvió el villano. Un falso villano. Y no sé cómo voy a lidiar con ello.

—¿Cómo fue que Gala terminó con ellos? —preguntó Aldo intrigado.

—Tal vez, bajo alguna amenaza. Tal vez por decisión propia. No lo sabremos.

—Lo resolveremos, tarde o temprano. Solo hay que continuar —Aldo se levantó de la mesa, se acercó hasta él y palmeó su espalda—. Dos lápices, no se quiebran más rápido que uno. Debemos permanecer juntos.

Dan asintió conmovido y con una sonrisa.

—Buenas noches.

—Descansa.

Aldo se marchó a la habitación de visitas. Él se quedó un momento más a solas. Una sola bombilla amarilla iluminaba el comedor. Ya era tarde. Recogerían las liebres al día siguiente, así que era necesario ir a dormir.

04:25 AM

La noche no fue muy buena. Las mismas pesadillas que lo atormentaron en la capsula del Doctor Silva habían regresado. Pero esta vez, podía ver cosas nuevas. Destrucción masiva. La Ciudad era un caos. Amanda estaba muerta. Los responsables eran un misterio. Pero algo quedaba claro. Las cosas no pararían. Lo peor estaba por venir. Elías apareció entre sueños. Estaba sentado mirando la luna por la ventana. Entregó a Dan el libro. Pero estaba vacío. Jamás se convirtió en alguien excepcional. Era solo un hombre. Un diminuto hombre.

Cuida a tu madre… Cuídala… Se fuerte…

La voz de su padre resonaba en su cabeza.

¡Se fuerte! ¡Fuerte! ¡Fuerte!

Gritos de desesperación acosaban su tranquilidad. El macabro rostro de Remi asfixiándolo era perturbador, pero no podía despertar. Estaba solo. Sabía que moriría, y todo era su culpa. Palacios lo condenaba desde la oscuridad. Traicionó sus principios. Echó por la borda su honor. Gala y el hombre del exoesqueleto lo golpeaban hasta dejarlo sin movimiento. Aldo moría a manos del Mimo. La figura de un hombre se proyectaba en su mente, como una sombra. Era difícil saber de quien se trataba, pero la figura era similar a la de Benjamín. Había maldad dentro de ella. ¿Acaso Benjamín era un traidor? ¿Acaso él era responsable de todo lo ocurrido? Era imposible confiar en alguien. Ni siquiera los Silva parecían de fiar. La pesadilla comenzaba a cansarlo. Un grito desgarrador lo llamaba y pedía auxilio desde lo lejos. Parecía el de su madre. Annie estaba en peligro. Annie iba a morir. Y era lo único que le quedaba.

Despertó.

Su respiración estaba incontrolable. Había sudor por todo su cuerpo, y los músculos le dolían. Un miedo tormentoso lo invadió. Se puso de pie. Abrió la puerta de su habitación. Caminó hasta la sala. La puerta del recibidor estaba abierta. La puerta de la recamara de sus padres también. Lleno de pánico, se apresuró y entró. La cama estaba distendida. Vacía.

Angustiado y desesperado salió de la casa. El cielo parecía ausente aquella noche, era aterrador, su espíritu se esfumó por segundos. Su madre no estaba. Alguien había venido por ella. Alguien sabía quiénes eran. Finalmente lo habían encontrado. La furia se apoderó de su corazón. El vigilante había regresado. Era urgente volver a Cuidad 24.

MANSIÓN SILVA
SECTOR 03
AVENIDA 707
05:10 AM

Los Silva dormían, no de la manera que esperaban, pero intentaban estar tranquilos. Los reflectores se habían apartado de ellos, pero seguían siendo vigilados. Amanda descansaba en su recamara. Había sido un largo día. En la universidad, todos la miraban de una forma muy extraña. La asistente de Palacios podía resultar alguien peligrosa. No se equivocaban. Sin duda lo era. Pero la farsa estaba llegando muy lejos. Ni ella ni su padre, habían encontrado la manera de reanudar la investigación. Solo quedaba esperar.

Un extraño sonido, comenzó a escucharse. Era constante. Como si golpearan una puerta. Amanda despertó. Era difícil reconocer que era, y de dónde provenía.

Caminó hasta su puerta, ajustó la órtesis, para que no produjera ningún sonido. El sonido venía de las escaleras que conducían al sótano.

Alguien la jaló por detrás y tapó su boca. Era su padre.

—Shhhhh —susurró.

Luego le señaló la puerta, débilmente le dijo al oído:

—Allá abajo…

Entregó a su hija el cañón de luz. Él traía consigo un arma eléctrica. Caminaron en la obscuridad. Bajaron por las escaleras hasta el sótano.

Llegaron hasta la primera sala. No había nada. Los golpes provenían del cuarto blanco, justamente detrás de la puerta del corredor subterráneo. Alguien estaba tratando de entrar. Los impactos contra esta puerta seguían. Y parecían no ser agresivos.

Abrieron la puerta de la segunda sala. El sonido era cada vez más fuerte. Sigilosamente accedieron hasta el interior del pequeño cuarto luminoso. La puerta del angosto túnel subterráneo que conectaba la casa, con el asilo, estaba siendo golpeada por alguien desde el otro lado.

Una voz emergió del interior.

—Ayuda… ayu… —le acompañaban quejidos, lamentos y balbuceos, era la voz de una mujer—... por favor… ayuda.

Amanda intentó aproximarse para abrir, pero su padre la detuvo.

—Puede ser una trampa —susurró en advertencia. La chica retrocedió.

Ordenó que revisara la cámara de seguridad recién reparada que estaba del otro lado. Así lo hizo. Había una mujer tirada en el suelo. Apenas le era posible moverse. Amanda reconoció su vestimenta de inmediato.

—Es la mujer de la Zona 0.

—¿La acompaña alguien más?

—Está sola, y está herida.

El Doctor Silva lo pensó un momento. Pero finalmente accedió.

—Ábrela con cuidado.

Amanda obedeció. Su padre se colocó a un costado, apuntando con el arma para así evitar que fueran atacados.

—Ahora.

La puerta se abrió. La chica se había apoyado a ella de pie, por consecuencia cayó al suelo cuando le permitieron la entrada. Era Gala.

—Ellos la tienen… ya la tienen… —dijo entre balbuceos.

—¿A quién? —preguntó Silva.

—Señora Vasconi… Dan… tienen a su madre…

REGION E
SUB-REGION 5
CIUDAD OMEGA
CONDADO DE LAS MARIPOSAS

La Nación, era reconocida en todo el mundo por sus grandes modelos sociológicos, su compleja y dramática historia, además era el país que albergaba a cinco de las veinte Ciudades más grandes del mundo.

Omega tenía una historia interesante y extensa, su nombre se debía a que, de las cinco urbes en el territorio, esta era la más pequeña, y solo un poco menos importante que el resto de sus semejantes. Cuando se requería de un lugar tranquilo para vivir, esta ciudad era la mejor de las opciones.

En lo alto de un rascacielos, justo en el último piso, dentro de un apartamento descuidado y sucio, Benjamín había encontrado un refugio. Habían pasado bastantes días desde la última vez que vio a Dan y a los demás.

Estaba dando la media noche. Se dirigió hasta la ventana. Era una grande, y podía ver gran parte, casi toda la Ciudad desde ahí. Había optado por dejar su barba un poco más larga, y había comenzado a usar algunas prótesis faciales para salir a la calle. Además, había teñido su pelo de negro. Tuvo un largo día, comenzó a trabajar en una recicladora. Era agotador y estresante. Además, la paga era miserable, pero no podía conseguir un trabajo común, o algo mejor remunerado. Necesitaba un buen currículum, y eso era un lujo del que no podía disponer.

El apartamento donde vivía, tampoco era muy costoso, además, podía tener la soledad y el aislamiento que requería. Pero era tarde, y parecía imposible conciliar el sueño. Aún parado frente a la ventana, extrajo un cigarrillo de su bolsa, lo encendió, y comenzó a fumar. La pequeña columna de humo comenzó a expandirse, llegando a cada rincón de la vivienda. La oscuridad reinaba en el cuarto. Pero por alguna razón, él comenzó a sentirse acompañado.

No se equivocó. Al mirar a su izquierda, pudo ver entre las sombras la figura de un hombre, traía cubierta la cara con una media negra. Era imposible reconocerlo con ella en aquel lugar. Cuando giró su vista al lado contrario, apreció la silueta de un segundo invasor. Pronto fueron tres, estaba rodeado. No traían armas. Eso lo hizo pensar, que tal vez estos no tendrían una sola oportunidad contra él. No hubo ninguna palabra, solo un combate. El hombre a su derecha se aproximó, dispuesto a golpearlo de la manera más brutal. No sabía cuáles eran las intenciones de aquellos sujetos, pero estaba seguro de que no eran buenas. Benjamín lo recibió con un golpe desde su interior, tan fuerte que volteó su cabeza. El otro a su izquierda recibió el regreso del puño derecho, el sujeto de atrás sin embargo lo tomó por entre los brazos e intentó someterlo del cuello. Fue imposible. Benjamín los superaba en fuerza.

Un cuarto intruso penetró en el lugar, y lo golpeó justo en la cara con una nudillera metálica, él retrocedió varios pasos hacia atrás, fue ahí cuando la ventaja comenzó a abandonarlo. Los demás hombres se pusieron de pie, comenzó entonces un combate donde Ben, solo pudo resistir un minuto o dos. Su principal objetivo, pasó de erradicarlos y exterminarlos, a simplemente contenerlos, pero en un punto, eso fue complicado. Por su rostro corría sangre, y la herida que Remi le había hecho, cobró factura.

Sometido al fin, fue golpeado en la cabeza con un bate. Cayó inconsciente, fue cargado por los sujetos hasta una camioneta, y llevado ante la presencia de una persona, una persona que él jamás había visto antes. Sentado bajo una débil bombilla eléctrica, permaneció inconsciente y atado a una silla. Un tipo se acercó hasta donde estaba, y colocó una esponja empapada con alcohol bajo su nariz. Eso lo hizo despertar de inmediato. Estaba confundido y aturdido, ni siquiera podía reconocer donde estaba. Todo a su alrededor era oscuridad.

Un hombre emergió de las sombras. También era difícil reconocerlo. Nunca antes lo había visto. Traía consigo un bastón. Era un tipo maduro, no muy alto, vestía un anticuado pero reluciente traje café. Su mirada era inexpresiva, y muy fría.

Benjamín lo observó directamente a los ojos durante algunos segundos.

—¿Quién mierda eres tú? —preguntó él, con la voz cansada.

No hubo respuesta de su captor.

—No recuerdo haberme metido en problemas contigo —insistió.

—No lo ha hecho —respondió el misterioso sujeto.

—Más te vale tener una buena razón entonces.

El silencio se prolongó por varios segundos más.

—Mi nombre es Christian Benarroch.

Benjamín pareció reconocerlo.

—Ah... si… el Rey de Los Topos —sonrió—. Insisto… no hay motivo para tenerme aquí.

—No, Señor Cóvet. No lo hay —dijo el mafioso con tranquilidad en su expresión. Parecía no tener prisa por aclarar sus razones, pues tardó un momento en proseguir con la charla—. Lo hemos seguido durante días. Esas prótesis faciales no le han servido de mucho.

—Un momento… la recicladora… —luego asintió, había descubierto algo—… he trabajado para ti estas últimas semanas. Idiota.

Benarroch sonrió levemente. Era cierto. La recicladora era uno de los pocos negocios legales que poseía.

—Me enteré de su estadía por la Ciudad. Pienso que encontrarnos, resulta bastante conveniente.

—No trabajo con criminales.

—No, ni yo con prófugos nacionales. Son, complicados.

—¿Qué quieres entonces?

—Brindarte algo de ayuda.

—No la necesito. No necesito un carajo de ustedes.

—Pues yo no estoy de acuerdo. Ha llegado a mis oídos, que estás buscando algo… algo importante. Y quiero colaborar.

—Te están dejando sin oxígeno ¿no? —sonrió de manera burlona—. Entonces tú, entras a mi casa, un basurero, por cierto. Me traes hasta otro basurero, esperando que yo salve tu trasero, ¿y me vienes con esta estupidez, de que es una ayuda mutua?

Benjamín escupió y rio.

—Estás quebrado —afirmó, mientras se limpiaba la boca con la lengua y calmaba su burla.

—Ambos lo estamos. Ahora mismo, todo el país te está buscando. Podría ir y tirarte frente a cualquier comisaria o departamento de policía, y ellos seguramente van a matarte. Esta gente ha estado tratando de tomarnos bajo su control, pero se han encontrado con un hueso duro. Y seamos realistas, nosotros somos indefensos frente a esta, enorme organización. No hace falta pedir una opinión, lo somos, y si allá afuera la gente tuviera conocimiento de todo esto, y si se le diera a escoger… entonces nosotros seriamos los buenos —hizo una pausa, llamó a uno de sus hombres para que le llevara algo—. Mis contactos en Ciudad Libertad me informaron sobre la ejecución del líder de la mafia local. El más poderoso. Crestoni. Ya tomaron el control de esta, de Alfa, y Fortaleza. Ahora mismo están llegando aquí a Omega, y La Ciudad 24, está básicamente perdida, controlan buena parte de la policía, muchos elementos ya no me juran lealtad a mí, y Los Baakoobo, se han vuelto más peligrosos que nunca, están al servicio de la OISPP ahora. Tengo información que asegura que la base central está ubicada en una parte del Sector 02.

—¿Cómo sabes eso?

—Dos de mis hombres, fueron raptados la semana pasada, los llevaron a algún sitio, iban a matarlos, pero algo interfirió y pudieron escapar. Alguien los siguió como si los estuvieran cazando. Solo uno pudo salir con vida.

—¿Dónde se supone que esta la base central?

—No puedo decirlo, no aún. Primero quiero hacer un trato.

Benjamín lo pensó por un momento Era lógico que había algún tipo de trampa siendo que el hombre que estaba frente a él, era uno de los criminales más grandes de toda La Nación.

—Habla.

Benarroch se tomó tiempo para comenzar a hablar. Caminó rodeando a Benjamín como si se tratara de un depredador merodeando a su presa.

—Quiero total anonimato, yo no me reuní contigo, y tú no sabes quién soy. Los Baakoobo nos han perdido el miedo ahora que sus nuevos amigos los respaldan. Ahora son simios amaestrados

—volvió al frente de Cóvet—. Estamos luchando una sanguinaria guerra, bajo la Ciudad. El ganador, podrá dominar entonces todo lo que hay en ella. Pero no es mi intención establecer un dominio. Mis negocios son importantes, y quieras o no, son un equilibrio.

—¿Y qué quieres que haga? —preguntó Benjamín, con poco entusiasmo.

—Es simple, solo necesito que mates algunos Baakoobos para mí. Yo ayudaré en lo que pueda. Y para asegurarle, que soy un hombre comprometido, tengo algo para usted.

El hombre recibió un sobre maltratado. Luego pidió que desataron las manos de Ben. Una vez liberado, le hizo entrega de lo que poseía. Dentro había algunos documentos. Benjamín los revisó. Aquello de verdad resultaría útil.

—¿Cómo conseguiste esto?

Benarroch sonrió confiado, pero no respondió. Las cosas comenzaban a ponerse interesantes.

MANSIÓN SILVA
SECTOR 03
AVENIDA 707
09:00 AM

Dan y Aldo condujeron de vuelta a La Ciudad 24 para reunirse con la Familia Silva y comenzar la búsqueda de Annie. Los contactaron antes de llegar. El Doctor y Amanda, habían colocado a Gala en la capsula. Tenía heridas y golpes en gran parte del cuerpo, pero no requirió de mucho tiempo para aliviarse. Cometieron el error, de revelarle a Dan, la presencia de su vieja amiga en el laboratorio

El tráfico por las manifestaciones estaba a punto de quebrar la ya fragmentada paciencia del chico. Estaba molesto y eufórico. Había conducido con una velocidad que hizo temer a Al por su vida. Cuando llegaron a la zona, entraron por el conducto subterráneo, y llegaron hasta la sala Blanca. Dan abrió la puerta de una patada.

Gala estaba sentada, aún asustada, tomaba una taza de té que Silva le había preparado. El sonido violento al entrar, hizo que todos se sobresaltaran. Dan se acercó molesto y velozmente hasta donde la chica. La sangre le hervía por dentro.

—¡¿Dónde está mi madre?!

—¡Dan tranquilo! —interfirió Amy.

—¡Dan! ¡Detente! —gritó Aldo mientras lo sostenía del brazo.

Él se detuvo. Su mirada estaba llena de ira y desesperación.

Contempló a Gala por segundos. Muchas palabras querían salir de su boca, pero pudo contenerse. Dio media vuelta y se frotó la cabeza con la mano.

—Dan… yo no secuestré a tu madre.

—No, no me vengas con eso… ¡maldita sea! ¿Cómo pudiste caer en esto?

—¡No tuve nada que ver! ¡Ellos vinieron a mí, me amenazaron! Amenazaron a mí… ¡Yo no tuve elección! —Gala estalló en llanto. Luego cayó al suelo y comenzó a lamentarse.

El miedo y el arrepentimiento fueron demasiado evidentes. Gala estaba sufriendo. Aldo se aproximó hasta ella y la abrazó. Las cosas se suavizaron en minutos. Ella comenzó a hablar entonces.

—Hace años, mi padre, se dio a la tarea de enseñarme todo lo que aprendió en su tiempo por el ejército. Fueron buenos tiempos, pero terminaron pronto. Él murió, mi madre estaba con él. Tuve que ir a vivir con mi tía, a la Región D. Fue difícil superar lo de mi familia. Jamás creí que llegaría a ocurrirme a mí. Ella intentaba cuidarme mucho. Enviaba a dos hombres armados para recogerme de la escuela. Contrató un maestro para perfeccionar todo lo que mi padre me había enseñado. No había paseos para mí, tampoco salidas escolares. Y rara vez, fiestas.

Dan perdió la paciencia.

—No quiero, ser grosero… pero mi madre ha sido raptada… no sé dónde está, y tú debes estar aquí por una razón. ¡¿Dónde está mi madre?!

—¡No lo sé Dan! —dijo Gala abrumada.

En un arranque de ira, el chico golpeó la pared con su puño. Hizo trizas un cuadro decorativo que había en la oficina. Para su suerte no tenía gran valor.

—¡Dan! —Silva alzó la voz—, no lograrás nada así. Necesito que te tranquilices.

—No sé dónde está tu madre. Pero sé que no le harán daño.

—¿Cómo sabes eso?

—Porque al que quieren, es a ti.

Hubo un silencio momentáneo.

—Es una trampa —afirmó Aldo.

—Si —respondió Gala.

Silva había formulado ya un par de preguntas.

—¿Cómo llegaste a la OISSP? ¿Y cómo supiste de este lugar?

Gala se demoró para responder. No sabía por dónde comenzar.

—Es una larga historia…

—Solo habla —dijo Dan con frialdad.

Ella tomó aire.

—Cuando cumplí 19, mi tía, contrató a un hombre, para poder aprender algo de música. Al principio me negué. No me interesaba. Pero las tardes y los días eran muy aburridos estando tan sola. Así que finalmente, cedí. Fue así como conocimos al señor LeBlanc. Un tipo alto, pálido, y muy delgado. A pesar de su frialdad y su seriedad, se ganó la confianza de mi tía en solo cuestión de días —hizo una pausa. Su mirada reflejaba el recuerdo en su cabeza—. Tuve muchos avances, incluso, notaron un cambio radical en mi actitud durante las primeras semanas. Fueron 4 meses muy productivos. Y memorables.

REGIÓN D
SUB-REGIÓN DE
LAS NOCHES FRÍAS
2019

La vida de Gala después de la muerte de sus padres, marcó el comienzo de una dura etapa, llena de confusión, tristeza y miedo. Su tía, la hermana de Sam, decidió hacerse cargo cuando la niña quedó huérfana. Se llamaba Carol. La llevó consigo a la Región D, donde tenía una grande y hermosa casa. Su marido la había abandonado, y a cambio de su libertad, cedió a ella buena parte de su fortuna. El dinero no parecía ser un problema para las dos. Sin embargo, los conflictos que Gala afrontaba, no se podían resolver con eso. Carol intentó pagarle uno de los mejores psicólogos del país, pero eso complicó las cosas. Su sobrina comenzó a portarse más agresiva, dura y fría.

Su tía contrató a un maestro que logró terminar con el entrenamiento que Samuel no pudo concluir, y meses después, conoció a un hombre. Su nombre era Remi LeBlanc. Participaban juntos en una fundación caritativa, mientras el enseñaba música a los niños con cáncer.

Arreglaron un trato, ella le pidió que intentara darle algunas clases a su sobrina. El delgado y pálido hombre aceptó de inmediato. Gala difícilmente fue convencida por su tía, pero después de la primera clase, quedó encantada con el violín. Practicaba casi a diario, más de cinco horas por día. Se convirtió en su pasión, y en cuestión de varios meses, demostró tener un gran talento.

La relación de ambas se volvió más íntima con LeBlanc. Gala veía en él, a un amigo, tal vez lo más cercano a un padre. Se sentía confiada. Los retos que él le ponía, elevaban la satisfacción en ella después de completar cada prueba. Carol, por otro lado… Se había enamorado de él.

De alguna forma, LeBlanc la convenció de enviar a Gala a una escuela en Francia. La misma en la que él había estudiado. La chica estaba entusiasmada, pero su tía, comenzaba a sentir que aquello no era una buena idea. Finalmente, eso no importó. Se hicieron los trámites.

Todo estaba listo.

Aquel día, Gala bajó de su habitación. Cargaba su maleta repleta de ropa y tesoros personales. LeBlanc le había contado increíbles cosas sobre aquella escuela, así que estaba emocionada.

—Mi niña… —dijo Carol, con lágrimas de orgullo y tristeza—. Tus padres, seguramente se sentirían muy afortunados

—Gracias tía —respondió ella—. Eres la razón de todo esto. Te lo debo todo.

Las dos se contemplaron por varios segundos. Como si de una madre y una hija se tratara.

—Ya es tarde.

Salieron de la casa y se pusieron en marcha. Carol conducía ese día.

Llegaron hasta el aeropuerto. Era la hora más concurrida del día, había autos por todos lados, gente de un lado a otro.

—¿No puedes estacionarte aquí?—preguntó Gala impaciente.

—No hija… Van a multarme su lo dejo aquí.

—¡Ya es muy tarde! ¡Voy a perder el avión!

—Tranquila… Aún quedan cuarenta minutos. Bien… de acuerdo… Adelántense, voy a buscar un buen lugar, y los veré adentro.

—¡De acuerdo!—dijo la chica emocionada.

—No se te ocurra dejarla ir sin que se despida, cielo —advirtió Carol a LeBlanc.

Él sonrió tranquilamente.

Ambos salieron del auto, sacaron las maletas, y cerraron la cajuela. Carol siguió conduciendo lentamente, incluso vio a Gala sonreír a través del retrovisor. Tardó casi diez minutos en encontrar un buen lugar.

Cerró el auto, tomó su bolso y se dispuso a buscar a su familia. Entre tanta gente, le fue imposible encontrarlos. Se dirigió hasta el andén del vuelo que su sobrina debía tomar, pero se encontró con que aún no había abordado. Buscó y buscó. Entonces recordó que no habían acordado un punto de reunión. El tiempo empezó a correr más rápido. Intentó llamar a los teléfonos de ambos, pero estaban fuera de servicio.

Un frio sudor congeló su espalda. El miedo comenzó a invadirla.

—¡Gala! ¡Hija! —la gente la miraba de forma extraña— ¡Remi!

Intentó preguntar a la gente pero nadie le daba respuesta. Incluso unos oficiales acudieron a ella para preguntarle qué había ocurrido.

El personal del aeropuerto comenzó una búsqueda rápida y minuciosa. El avión con destino a Paris había partido, pero ni Gala ni Remi iban a bordo. Habían desaparecido.

Carol dio una descripción. Incluso buscó durante días, semanas, y meses. Pero nada pudo encontrar. La policía inició una investigación. Se buscó por cada rincón de la ciudad, pero solo poco después abandonaron el caso.

Gala había salido de ahí, atada y amordazada dentro de un auto, uno perteneciente a LeBlanc. Le fue imposible gritar, pedir auxilio o liberarse. Estuvo ahí por horas, esperando a que el vehículo se detuviera. Se quedó dormida.

Los ojos de Gala se cristalizaron. Había lágrimas en ellos a punto de ser derramadas.

—¿A dónde te llevaron? —preguntó Aldo

Gala lo miró brevemente. No respondió de inmediato. Más bien, dirigió su mirada al suelo.

—No fuimos a Nova Vie—dijo con la voz cansada—. Fuimos a un lugar mucho peor.

La chica continúo con la historia.

—Estuve inconsciente varias horas, desperté dentro del mismo auto. No había ventanas, ni me era posible ver al conductor. Asumí que se trataba de mi captor. Estaba desesperada, angustiada. No sabía a donde había llegado, ni quien era el responsable. Me despojaron de todo medio de comunicación. Fue mucho tiempo el que pasé encerrada en ese auto. Ni mi fuerza, ni el sonido de mis gritos pudieron ayudarme, era imposible salir de ahí. Cuando por fin me sacaron. Cubrieron mi rostro con una manta. Me llevaron a un lugar. Era frio y oscuro. Parecía una bodega. Había algunos agentes, mujeres y hombres, me miraban atentamente. Uno de ellos me explicó de qué se trataba todo. Me había convertido en una agente especial de su Organización.

El rostro de Gala reflejó terror.

—Me dejaron muy claras las cosas. Dijeron que, si cooperaba, mi tía y las personas que me importaban, estarían bien. Remi se hizo presente, era uno de ellos… fue entonces cuando comprendí muchas cosas. Aquello tenía conexión con mi padre y todo lo que había pasado.

—¿Conexión? —cuestionó Dan.

—Sí.

—¿Cuál?

—Ellos sabían del entrenamiento que él me había dado.

—¿Y porque no me buscaron a mí también?

—No lo sé. Tal vez no estaban al tanto del tuyo. Pienso que el maestro que contrató mi tía, estaba relacionado con ellos. Él fue quien se los informó, y después enviaron a LeBlanc

—Gala —Amanda se dirigió con seriedad y paciencia a la chica—. ¿Quiénes son ellos?

Ella no respondió.

—Creo que no puedo decirte eso.

—Entonces tu presencia aquí, es irrelevante. Si viniste a este lugar para refugiarte, debes saber, que nosotros hacemos lo mismo, y que mientras estés aquí, el riesgo que corremos cada uno, aumenta exponencialmente. Te lo preguntaré de nuevo. ¿Quiénes son ellos?

Gala dudó en su respuesta. No tenía al valor para hacerlo. Pero luego de unos segundos, habló:

—No son un grupo criminal. Mucho menos una mafia. Son algo más. Son grandes, tanto como la C.I.A, el Servicio Secreto Británico, o el F.B.I. Pero siguen creciendo. Cada día se vuelven más poderosos. Lucran con el crimen y los servicios a gran escala. Asesinan, roban, infiltran. Realizan actividades de cualquier tipo, no importa el riesgo siempre y cuando el contratante pueda pagarlo. Me uní a ellos para proteger a mi familia. La única familia que me queda. Ellos lo dejaron muy claro desde el principio. Y como yo, hay cientos, tal vez miles. Jóvenes, adultos, personas de todo tipo. Existe cobertura en casi todo el mundo.

—¿Has matado para ellos? —preguntó Aldo.

Gala no respondió. Avergonzada bajó la mirada.

—¿Cuál es su objetivo?—preguntó Silva.

—Poder. No solo económico. Poder político, social, y criminal. Tal vez, con el tiempo, un nuevo orden. No es preciso saberlo.

—¿Cómo llegaron a Ciudad 24, y por qué asesinaron al profesor? —Dan continuaba con una actitud de recelo y resentimiento.

—No sé exactamente ni cuándo ni cómo, pero la presencia de la OISSP en Ciudad 24 data de más de una década. Comenzaron a infiltrarse en corporaciones y cuerpos políticos. Han controlado a Los Baakoobo desde hace unos años. Y ahora han aparentado ser una mafia. Los Húngaros han vuelto, solo que tales no existen.

—Eso tiene sentido —recalcó Amanda. Luego abundó el silencio—. ¿Porque Palacios?

—Palacios era el hombre más astuto de la Región B. Sus hallazgos y sus investigaciones ponían en peligro el crecimiento y mantenimiento de la organización. Era lógico que decidieran matarlo. Lo han hecho antes, y lo seguirán haciendo. Solo Palacios podía lograr desmantelar a una organización como esta. Pero tuvo fallas. Involucró a personas equivocadas y sin experiencia.

—No creo que él sea el responsable de la muerte de Dick. Sabemos que fuiste tú —Dan acusó a Gala.

—¡Yo no maté a Dick! —protestó ella.

—¡Había un disparo en su cabeza! ¡Y tú estabas con él! ¡Eres una asesina asalariada! ¿Por qué deberíamos creerte?

—¡Él tomó mi arma! ¡Se quitó la vida cuando supo que su familia y el hombre al que más admiraba estaban muertos! ¡Yo no tenía motivo para matarlo!

—¿De qué hablas? ¿Por qué dices eso?

—¡Porque yo comencé todo esto!

Todos se quedaron perplejos. Lo que había dicho de forma tan frustrada y desesperada fue muy confuso. Nadie imaginó a que se refería. Ella lo explicó sin esperar a que ellos se lo pidieran.

—Hace siete meses, un chico entró a trabajar en informática. Se llamaba Alex… era una buena persona—una lagrima cayó de sus ojos—. Nos hicimos amigos. Él y otro sujeto eran los encargados de la protección de los archivos confidenciales de la organización. Una noche salimos a un bar. Charlamos sobre nuestras vidas, y se nos ocurrió algo. Se me ocurrió algo.

Repasar la historia parecía doloroso, aun para una asesina. En momentos la voz de la chica se quebraba y debía tomar aliento de nuevo.

El resto se mostró paciente ante su tardía explicación.

—Palacios estaba en boca de todos, había logrado encontrar al asesino del ministro Mann. Era el indicado.

—¿El indicado para qué?

Su respuesta vino después de un corto lapso de silencio.

—Convencí a Alex de robar información importante para hacérsela llegar a un investigador. Estaba segura de que con solo un poco, Bernardo podría hallar la verdad. Pensé que sería intocable. Indetectable quizá. Así que lo hicimos. La OISSP nos tenía a raya. Sería difícil contactarlo, pero aprovechamos cada oportunidad. Nos reunimos con él. Le dimos algunos nombres. Fechas y ubicaciones. Luego confiamos en que podría encargarse. Intentamos vigilarlo. Cuidarlo —la angustia se acumuló nuevamente en su interior—. El compañero de Alex, un hombre tan amargado como estricto, descubrió la descarga de archivos confidenciales y condenaron la traición.

La chica cedió ante el dolor que esos recuerdos le provocaban. Algunas lágrimas hicieron que sus ojos se cristalizaran, y entonces, con un nudo en la garganta, confesó:

—Lo mataron.

El llanto de nueva cuenta, fue inevitable. Aldo pudo darse cuenta sobre el sufrimiento de su amiga. Incluso a pesar del tiempo, pudo empatizar con ella, como si fueran de lo más cercano.

—¡Yo hice que lo mataran! —dijo entre sollozos—. Alex está muerto por mi culpa. Esperaba que su muerte valiera el sacrificio. Pero fue complicado, la organización tomó el control y usaron todos sus medios para evitar que Palacios consiguiera lo necesario. Fueron tras de él, sabían que sería difícil matarlo. Muchos ya lo habían intentado. Traté de protegerlo. Sobre la información, Palacios fue localizado. Le anticipé una hora antes la invasión a su casa, e intenté apoyarlo en el traslado del hospital, pero no sé cómo lo encontraron, no lo sé. He estado buscando al chico que lo ayudó todo este tiempo. Hace dos semanas, dos hombres fueron raptados y llevados a La Gran Emergente. No sabía con certeza quienes eran. Pero ayudé a que escaparan. Remi pudo matar a uno de ellos.

—¿Qué hay en La Gran Emergente? —interrogó Amy.

—La base central…

—¿En algún complejo Administrativo?

—Y en la base militar.

Las sorpresas no paraban de salir de la boca de Gala. La OISSP, no solo había llegado a Ciudad 24, sino que había tomado total control de la base militar en la Gran Emergente, y buena parte de la Zona 0. Aquello ya los convertía en básicamente los dueños de toda la Ciudad.

—¡Ahórranos el misterio! Vayamos al grano —dijo Dan con algo de impaciencia—. ¿Qué es lo que la OISSP está tratando de hacer?

—Quieren tomar control total de La Nación.

—¿Y cómo se supone que lo está haciendo?

—Política. Periodismo y propaganda. Las elecciones se acercan. La OISSP tiene un candidato.

—Verón… —asumió Silva.

—Si —respondió Gala—. Ya tomaron Fortaleza, Libertad, y Alfa. La toma de Cuidad 24 culminará con la Victoria de Verón, y Omega no tardará mucho en sucumbir. Teniendo el control político y social de las cinco Ciudades, será solo cuestión de semanas para que toda La Nación, este bajo el control total de la OISSP. El Periodismo se ha encargado de disfrazar el conflicto interno, en una guerra de mafias. Los húngaros, contra Los Topos. Una alianza con los Baakoobo ha acelerado el proceso. Incluso Benarroch, el líder de Los Topos, ha escapado de la Ciudad. Dirige todos sus movimientos a distancia. No tardaran mucho para encontrarlo. Ahora ustedes, la reputación quebrantada de Palacios y sus aliados son la sensación. Se les ha atribuido la responsabilidad por la muerte de Víctor Loman, y Dick Conor. Solo son la segunda parte de la distracción.

—¿Cuál es la tercera parte?

—La muerte de Benjamín Cóvet y los asesinos de la Zona 0. Por eso el secuestro de tu madre. Saben quién eres y quieren capturarte. Por eso estoy aquí. Cuando me enteré... Quise hacer algo al respecto. Intenté ayudarla y sacarla de ahí, pero eso solo me costó un enfrentamiento con el escuadrón M7. Luego llegué aquí —dirigió su mirada donde Amanda —. Supe de este lugar, porque coloqué un rastreador en tu ropa.

—¿Dónde tienen a mi madre?

—En la Base Militar de La Gran Emergente. Pero es impreciso saber si sigue ahí, o si fue trasladada a otro sitio. Ellos ya saben, que yo sé que es una trampa. Y acabo de decírtelo todo. Es algo que ellos también pueden considerar, así que habrá que esperar a que se pongan en contacto contigo.

Dan se llevó las dos manos a su rostro. Estaba atado por todos lados. La OISSP lo tenía a él y a los demás en la mira. Ahora sabían quién era. No podía encontrar una manera de rastrear a su madre. Ni de averiguar cómo rescatarla.

—Tengo que ir a buscarla.

—Dan... Hay algo más que debes saber.

Él la observó, esperando a que el suspenso se extinguiera.

—El hombre, que está detrás de todo esto...

—¿Quién es?

UBICACIÓN DESCONOCIDA
CIUDAD 24

Annie despertó dócilmente. Todo le era desconocido. Una débil lámpara le alumbraba sobre la cabeza. Permanecía amarrada a una silla.

Sus manos y pies estaban atados y le era imposible moverse.

Miró alrededor, pero la oscuridad no le permitía ver más allá.

Parecía estar sola en aquel lugar. Giró su cabeza, notó que aquello se asimilaba a una vieja bodega, estaba semivacía. Intentó liberarse, y remover la silla de donde estaba, pero esta permanecía fija al suelo. No había forma. Su fuerza era insuficiente, y su miedo comenzaba a crecer.

Apenas llevaba unas horas fuera de su casa. Pero inconscientemente, empezaba a aceptar la posibilidad de que jamás volvería a ver a su hijo. Mientras más lo pensaba, más le era difícil encontrar una razón o una acción que la hubiera condenado a encontrarse ahí, privada de su libertad.

Su respiración se apaciguó. Pero no duró mucho, pues de las sombras un extraño sonido llegó a sus oídos. Había alguien abrazado por la oscuridad, podía sentirlo.

—¿Q… quien… está ahí? —preguntó temerosa.

Nadie respondió.

—Esto debe ser un error… ¡Yo no debería estar aquí! —argumentó con recelo—. ¡¿Quién está ahí?!

El miedo y la ira la comenzaron a poner histérica, sus gritos y reproches subieron de tono.

—¡Malditos, déjenme ir! ¡No saben con quien se están metiendo!

Un hombre surgió de las sombras. Era el asesino de Marco Crestoni, el mafioso de Ciudad Libertad.

Su rostro comenzó a revelarse mientras avanzaba hasta la luz.

Tenía una mirada fría, casi molesta. Usaba un traje ejecutivo con un chaleco de tres botones. Cargaba en su mano, un vaso de alcohol.

Miró a la mujer, sin parpadear un solo segundo.

—Sabemos bien, con quien nos estamos metiendo —dijo—. Temo que tu hijo, no.

La mujer se quedó congelada. Su mirada era incrédula. Como si se tratara de un fantasma, tal vez lo era. Su voz temblaba, y con dificultad, pudo pronunciar una sola palabra:

—¿Ezra?...

Capítulo XI

Miedo

Sajakil

XI

2023

La Nación, se había mantenido bajo un sistema político parcialmente estable desde hacía ya varios años, basado aparentemente en la democracia. La corrupción, era una constante con la que se estuvo lidiando desde la mitad del siglo pasado, y había sido la principal causa, de innumerables conflictos internos y externos, que se vieron reflejados en crisis, problemas sociales y crimen organizado. La Nación presumía de ser uno de los países más desarrollados del mundo, pero eso no significó nunca que el sector político fuera el mejor. El sistema aún luchaba por hacer de ese gran problema, uno menor, pero diversas cuestiones lo volvieron aún más complicado. Sobre todo, porque desde décadas anteriores, se habían presentado varias anomalías políticas, comerciales, y movimientos sociales, que causaron una turbulencia interna con degeneraciones internacionales, que los llevaron a un punto donde la seguridad y el equilibrio se volvieron cuestionables en casi todos los aspectos.

La Nación, estaba dirigida por un Presidente, respaldado por cinco gobernantes pertenecientes a cada una de las 5 regiones que componían el territorio. Dichos mandatarios, influían en las decisiones que tomaba el presidente, como un consejo de mando nacional, y servían como uno de los apoyos principales del mayor ejecutivo.

Recientemente, algunos órganos pertenecientes a La Asamblea General, habían sido expulsados, y reemplazados sin motivos específicos. Los medios de comunicación no dieron parte de ello a la población, y las elecciones próximas, perdieron algo de importancia con los recientes eventos acontecidos en Ciudad 24.

Los dos candidatos oficiales a la Gobernación de La Región B, tuvieron mucho sobre que debatir, y a pesar de que las encuestas no podían predecir con exactitud quien se llevaría el triunfo, era probable que el ganador, estuviera al tanto de su victoria previamente.

Caín Verón, era un político liberal, perteneciente al Partido Demócrata Nacional. Desde años atrás su carrera había ido en ascenso, esto gracias a las fuertes influencias con las que pudo simpatizar. A pesar de parecer una de las mejores opciones para gobernar a la Región B, y estar rodeado de grandes figuras en el mundo político y empresarial, cargaba en su historial, eventos que podían poner en duda la brillante reputación que había llegado a presumir.

Antón Carriona por otro lado, había dejado muy claro que no tenía objetivo más importante, que devolver la libertad y seguridad a su Región, y a Ciudad 24. Su imagen y su carrera parecían ser impecables. Contaba con una gran experiencia en el campo administrativo, político y jurídico, que, por desgracia, estaba siendo opacada, por la popularidad y la influencia de su opositor.

Era impreciso saber cuál sería el destino de La Región B, Ciudad 24, y La Nación, pero sin duda, la victoria de uno de estos, marcaria la división entre un futuro lleno de esperanza y progreso, o un infierno sociopolítico inestable.

UBICACIÓN DESCONOCIDA
CIUDAD 24

—D... De… ¿de verdad eres, tu?

Ezra no respondió. Solo la miró con expresión ausente.

—Tú estabas… muerto —dijo Annie confundida y pasmada—. ¿Cómo es posible?

—Después de tantos años, no sabía si me reconocerías —comento él.

—Pero… esto no tiene sentido…

—Nada realmente lo tiene. Solo hasta que puedes asimilarlo.

—¿Cómo es posible? Tú… El atentado… Yo misma vi tu cuerpo destrozado.

—Las cosas, no siempre son lo que parecen. Creo que debo atribuírselo a la suerte.

—¿Suerte? No puedes estar hablando en serio.

—Exacto… no fue suerte. Algo como eso, no existe para hombres como yo. Solo pude ver más allá.

—¿Más allá de qué?

—La libertad.

—No entiendo —Annie cerró los ojos con tal fuerza que contuvo la respiración por segundos. Esperaba abrirlos un momento después y hallarse refugiada en su cama, dentro de su habitación en la vieja casa de la Comarca 02. Tal cosa no sucedió. La voz de su captor la regresó a la realidad de forma instantánea.

—No es necesario que lo hagas. Solo eres un objeto más, en esta etapa.

—¿Qué tiene que ver mi hijo contigo?

—No le has prestado mucha atención. Pero tú no tienes la culpa. Elías fue quien lo condenó.

—¿De qué estás hablando?

Ezra la miró, y sonrió levemente.

—Tu hijo es especial. La hija de Sam, también. Pero son jóvenes. Aún no comprenden el potencial que podrían llegar a tener.

—¿Esto es por nuestro pasado?

—¡No tenemos un pasado! —alzó la voz—. Elías fue afortunado. Las cosas resultaron así, y eso está bien.

Ezra se acercó y acarició la mejilla de Annie. Ella estaba asustada, pero había furia en sus ojos. Una lágrima corrió por su rostro hasta llegar al suelo.

—De otra manera, yo no sería quien soy ahora —dio la vuelta y se alejó un par de metros —. Sé que tienes preguntas. Y por supuesto que tendrás respuestas. Pero primero, tengo que llamar a tu hijo.

MANSIÓN SILVA
SECTOR 03
AVENIDA 707

—¿Otro más de la M6? —preguntó Aldo con incredulidad.

—Sí. Sé que parece imposible, pero deben creerme.

—Ezra Nollan fue declarado muerto el mismo día en él que la M6 cayó —aseguró Silva.

—Pues no fue así, ninguno sabe que ocurrió exactamente, pero es él quien fundó y está bajo el mando general de la OISSP.

—¿Cómo puedes comprobarlo? —Dan la cuestionó.

Ella no respondió. Un pequeño gesto de exasperación surgió del chico.

—Bien. De acuerdo. Asumiremos que es verdad ¿Dónde podemos encontrarlo?

Gala pensó por un momento, luego vino a su cabeza la respuesta.

—Verón. Dará un discurso en la Plaza de la Revolución al medio día por su campaña política. Él va a estar ahí.

—¿A plena vista?

—No. Pero podría estar en cualquier parte, vigilando.

Silva miró a Dan, todos sabían que ir a la Plaza de la Revolución, sería un acto de mucho riesgo.

—¿Han sabido algo de Cóvet? —preguntó Silva.

—Recibimos un mensaje hace 4 días, está escondiéndose en Omega.

—¿Hay alguna forma de llamarlo?

—No. Ha sido muy cuidadoso.

Silva suspiró. Luego dijo:

—Es primordial encontrar a la madre de Dan. Luego nos enfocaremos en Nollan.

—O podemos hacer ambas cosas —sugirió Dan.

Todos esperaron a que intentara explicarlo. Él se dirigió a Gala.

—Dijiste que dos hombres pudieron escapar de la base militar en La Gran Emergente. ¿Cómo pasó?

—Aunque pudieras escapar con o sin ella. Es probable que la hayan trasladado a otro lugar.

—¡¿Y a donde pudieron llevarla entonces?! —el chico elevó su tono de nuevo.

Algo llamó la atención de todos en el lugar. El teléfono de Dan comenzó a sonar, era un número desconocido.

Desconcertado, tomó el aparato en sus manos, contempló la pantalla por unos momentos. Los demás lo observaron atentos, esperando a que respondiera.

Contestó la llamada. Activó el altavoz.

—Diga...

—Dan, Meggar... ¿Es correcto?—habló una voz gruesa y rasposa.

—¿Dónde está mi madre? —preguntó.

La persona en el otro lado demoró en responder.

—Pensé que, a estas alturas, Allen ya te lo había dicho… Ella está bien. Solo está preocupada.

—¿Qué es lo quieres?

—Charlar… conocerte.

—¿Para qué?

—Pienso que juntos, podríamos hacer grandes cosas.

—Piensas cosas estúpidas.

—Elías sin duda es tu padre —el hombre tras el teléfono pareció burlarse.

—Lo es. Un gran hombre. Diferente en ti a todo sentido.

—Diferente. No mejor.

—Ya me contaron demasiado sobre ti. No creo que algo de esto te pueda resultar favorable.

—Intuitivo… Palacios hizo un buen trabajo contigo.

—Esto no durará mucho. Voy a encontrarte, y voy a matarte… Te lo preguntaré otra vez… ¿Dónde está mi madre?

—¿Tienes alguna idea?

—La tengo, sí. Pero conozco tus intenciones. No soy idiota.

—Yo sé que no. Así que estoy abierto a un trato.

—¿Me quieres a mí? ¡Bien! Me reuniré contigo, solo si la dejas ir. No vas a seguirla, no quiero trampas.

—Confía en eso. No soy un monstro.

—Si tú tocas, un solo centímetro de ella…

— ¿Qué harás? Ni siquiera pudiste escucharla cuando fue raptada... estoy limitado solo por tu palabra.

No había más opción para el muchacho que confiar en el hombre que había raptado a su madre en medio de la noche. Su mente estaba siendo bombardeada por decenas de pensamientos e ideas que hubiesen podido llevarlo a la locura. Hubiera deseado despertar de aquella pesadilla. Pronto la voz proveniente del teléfono atrajo su atención de nuevo.

—Una sola irregularidad… y todos ustedes, morirán de la manera más tormentosa que puedan imaginar.

Dan comprendió la amenaza. Había sonado más bien como una sentencia. En el interior y con su silencio, la había aceptado.

La voz de Annie fue puesta al teléfono poco después, sonaba preocupada y asustada:

—*¿Dan? ¡Dan!*

—¡Mamá! ¿Estás bien?

—*¡Sí, tranquilo! ¿Tú estás bien?*

—Sí, lo estoy. Ya voy por ti ¿Ok? Solo debes estar tranquila. Yo estaré bien.

Annie dejó de escucharse.

—*Será todo por ahora. Base militar de La Gran Emergente. No tardes.*

El joven no respondió, todo había quedado claro.

—¿De verdad confías en que esto no va a ser una trampa? —preguntó Aldo.

—Lo es… ¿pero qué otra opción tengo?

—No una opción. Una ventaja —Silva miró a Gala.

Era tiempo de ponerse en marcha.

PLAZA DE LA REVOLUCIÓN
SECTOR 01
CIUDAD 24
SÁBADO 12 DE AGOSTO
11:25 PM

La gente se aglomeró en el lugar para escuchar el gran discurso del candidato del Partido Demócrata, Caín Verón, era el evento del mes, las televisoras estaban ahí para poder transmitirlo por todo el país.

La seguridad se había tomado muy en serio. Había más de 400 oficiales de la policía de la Ciudad, intentando mantener el orden. Incluso algunas unidades del ejército, resguardaban y patrullaban la zona. La gente aplaudía y gritaba su nombre, él se tomó su tiempo para saludar, estaba sonriente, emocionado, confiado. Saludó a algunos miembros del gabinete y a algunos invitados especiales. Extendió una sacudida de palma a los miles de personas que se habían reunido en la plaza. Se dirigió hasta el micrófono, y comenzó a hablar.

—El día de hoy, me presento de nuevo ante ustedes, en expresión de gratitud por su apoyo durante esta campaña, mi corazón está lleno de emoción, y motivación…

Un hombre caminaba entre la gente, era solo un agente de seguridad. Eso parecía. Se condujo tranquilamente hasta colocarse frente a una puerta, era pequeña y estaba cerrada.

—Todo bien hasta ahora, no hay señal de la gente de Palacios. Ni de sus estudiantes —informó por radio.

Al recargarse sobre aquella pequeña puerta, fue succionado por esta. Nadie pudo darse cuenta.

El discurso continuó por unos minutos más, el orden se mantuvo por un tiempo, pero no duró mucho.

MANSIÓN SILVA
SECTOR 03
AVENIDA 707

Dan y Amanda habían partido unos minutos atrás, Aldo los estaba monitoreando. Se mantendrían en contacto.

—Bien, entonces, necesito que me des los datos y la ubicación de esas personas —el Doctor Silva se dirigió a Gala. Ella lo miró intimidada. A pesar de ser una asesina, aparentaba la inocencia de una niña.

—Necesitaré acceso a la base de datos de la OISSP. Pero una vez que pueda acceder a sus registros, existe el riesgo de que puedan rastrearnos —explicó ella.

—Podemos solucionarlo, solo déjame revisar los códigos de acceso, tal vez pueda pedirle a Maximus que entre por algunos segundos, y busque lo que necesitamos.

—¿Maximus? —la confusión de Gala se hizo evidente.

Aldo le explicó lo básico acerca de su primitiva e inestable inteligencia artificial. Si quería que esta penetrara los archivos electrónicos de la organización, debía hacer una complicada programación en su sistema y preparar un respaldo en caso de que tuvieran éxito. A Silva le había parecido una idea grandiosa, pero sabían que resultaría un poco arriesgado. Gala dio algunos detalles de cómo localizar el sistema de archivos de la organización en la red mundial. Así que no fue complicado.

—Voy a contactar con amigos en C. Omega. Tal vez pueda encontrar a Cóvet —comentó Silva.

—Perfecto —respondió Aldo.

Silva salió para buscar una agenda. La aún perturbada chica y él se quedaron solos. Hubo silencio.

—¿Tienes miedo? —preguntó ella.

—Un poco… ¿Y tú?

—Quisiera no tenerlo.

—Concuerdo. Seriamos menos vulnerables.

Ella sonrió débilmente. Por un momento le hubiera gustado no serlo. Había permanecido más de tres años trabajando para el asesino de sus padres. Una verdad que por cierto, descubrió tras ser reclutada. El accidente automovilístico que Sam y su esposa sufrieron, había sido provocado por un atentado directo. Circulaban juntos rumbo a casa por la autopista, cuando fueron interceptados por un grupo de hombres armados. La madre de Gala estaba al volante, y era una hábil conductora. Sin pensárselo mucho, dio marcha en reversa e intentó escapar, pero tras una larga persecución, un disparo la alcanzó. Perdió el control del vehículo, y rodaron por la pista por varios metros. Sam pudo ver como alguien se acercaba hasta ellos. Un par de piernas recubiertas con un planchado pantalón de color negro se posicionó a solo unos diez metros de donde él estaba. El cinturón de seguridad lo había mantenido a salvo y dentro del auto, pero no tenía la supervivencia garantizada. Una explosión lo envolvió y de inmediato pereció. Las cosas fueron rápidas. Su hija lo estaba esperando con ilusión.

No pudo contarle nada de eso al chico que la acompañaba en ese momento, pues ni siquiera tenía de la certeza de que había ocurrido exactamente con sus padres antes de que perdieran la vida. Eran solo pensamientos que se basaban en lo poco que Erza le había contado con total descaro la primera vez que ella trató de matarlo.

—¿A qué te dedicaste todo este tiempo? —preguntó, tratando de disipar esas escenas de su mente. El chico se puso nervioso.

—Estudiar. Fabricar, jugar de vez en cuando.

La respuesta fue un poco sencilla, pues él se encontraba un poco más concentrado en su programación.

—Hubiera sido increíble crecer junto a ustedes.

Aldo suspiró.

—Supongo que sí.

—Dan está muy molesto por todo lo que está pasando.

—Sí. Jamás lo había visto tan furioso. Y la forma en la que te veía, era atemorizante. Si su madre sale viva de ahí, lo olvidará.

—A estas alturas ya debió haber ingresado a la base militar.

BASE MILITAR 05
LA GRAN EMERGENTE
(Exterior)

Amanda arribó con la camioneta cerca de la entrada. Había algunos autos y camiones afuera, era posible pasar desapercibida.

Solo se detuvo ahí, sin bajar los polarizados. Vestía ropa común, pero utilizaba lentes de sol. Estaba a la espera de que liberaran a Annie. Luego la llevaría a un lugar mejor.

BASE MILITAR 05
LA GRAN EMERGENTE
(Interior)

Dan ya se encontraba dentro de la base militar. A diferencia de Amanda, el sí utilizaba su equipo. Algunos militares pudieron verlo, ninguno hizo nada o dijo algo, solo lo observaron con recelo. El chico intentó caminar sereno, miró a quienes le miraban, tratando de no intimidarse. Fue solo cuestión de segundos para que un elemento lo recibiera. Era un hombre alto, con mirada fría y gesto malhumorado. Traía puesto un uniforme militar negro, y había más como el, solo que, con menos insignias, era evidente por lo que vio, que la OISSP y el Ejercito ya convivían como uno solo, al menos en aquel lugar.

—Meggar… Sígueme.

El sujeto lo condujo por un largo trayecto hasta el exterior de un almacén. La puerta permanecía medio abierta, por dentro era oscuro, y había poca luz a pesar de ser casi la mitad del día. Su guía le indicó que entrara, debía continuar solo. Luego de cerrar la enorme puerta metálica, pudo ver la figura de un hombre a varios metros de distancia, el sonido al empujar la gran pieza de metal emitió un rechinido que se oyó por todo el lugar. Comenzó a caminar despacio, procurando estar atento a cualquier detalle, a cualquier trampa o ataque, y tras varios pasos, pudo ser capaz de apreciar mejor a la persona que tenía en el frente, era Ezra. Su madre aún permanecía retenida, esta vez estaba amordazada. Había algunos agentes acompañándolos. Cuatro para ser exactos. Estos apuntaron al visitante con sus armas en cuanto quedó totalmente a la vista.

—¡Bajen las armas! —ordenó Ezra con una autoridad indiscutible, casi atemorizante. Dan se desplazó lento, con las manos colocadas hacia arriba. No dejaba de mirar su rostro, era como ver al hombre de la fotografía de su padre. Aunque había envejecido un poco, conservaba esa apariencia hostil e insensible.

—Pensé que no vendrías.

Él no respondió. Solo siguió andando. Miró a su madre, quien lo observaba perpleja y confundida. Tal vez era la ropa, tal vez el hecho de que su hijo estaba involucrado en asuntos de esa clase. No importaba. Era extraño para ella que incluso estando en esa situación, se sintiera orgullosa de él. Tal vez se dio cuenta en ese instante, que poseía el mismo valor que Elías, su incorruptibilidad. Tan solo hacer presencia ahí, era un acto de gran valentía. Quiso hablar, pero la mordaza en su boca lo impidió.

Dan se dirigió rápidamente hasta ella y se arrodilló. Luego acarició su rostro.

—Mamá, perdón. No tenías que ser parte de esto. Perdóname. Ya estoy aquí —luego sin dejar de mirarla, dijo a Ezra—. Ya estoy aquí, ahora déjala ir.

Ezra los observó fríamente por un momento. Luego dio la orden.

—Suéltenla. Llévenla a la puerta, y déjenla ir.

Los agentes hicieron caso de inmediato. Liberaron a la mujer y la llevaron consigo. Estaba asustada y confundida. Antes de emprender la marcha, cayó en cuenta del sacrificio que su hijo estaba haciendo.

—¡No! ¡Hijo! —corrió hacia donde el chico, Dan la recibió con un abrazo, había lágrimas en los ojos de Annie— ¿Qué estás haciendo? No puedes quedarte… Hay que ir a casa.

—No —respondió dócilmente, intentando calmarla—. Yo voy a estar bien. Lo prometo.

Algunas palabras y caricias más, permitieron a la mujer salir un poco más confiada del lugar. La condujeron hasta la entrada principal de la base militar y la empujaron al exterior sobre la arena.

Dan se quedó con Ezra y un agente más. Este fue despedido por él de inmediato de una forma tranquila, casi amable. Así finalmente estuvieron solos, frente a frente.

—Toma asiento, por favor —invitó.

Dan accedió con recelo solo luego de algunos segundos.

—Me gustaría que te retiraras esa mascara —dijo como sugerencia—. Lucía bien en los noventas, pero ahora, solo te hace ver ridículo.

Así lo hizo. Luego la acomodó en sus piernas.

—¿Te ofrezco algo?

—Estoy bien —respondió.

Ezra se dirigió hasta uno de los anaqueles en el lugar. Tomó un par de cuerdas, y se dirigió hasta el chico.

—Solo es por precaución. No creo que sea buena idea, atentar contra la vida del hombre más poderoso de toda la Nación. Aún no te conozco bien, así que más vale ser precavidos.

El chico no opuso resistencia. Fue neutralizado. Luego el captor comenzó a merodearlo, con una tranquilidad admirable. Tomó la máscara entre sus manos y la observó por unos instantes. Su mirada era áspera. Se acercó hasta el chico y suavemente insertó de nueva cuenta la careta.

—Es como estar frente a tu padre —dijo.

Luego se enderezó. Recuperó la postura y anduvo cerca.

—¿Tienes preguntas?

—Algunas —respondió Dan.

—Adelante.

El joven lo pensó por varios segundos. Luego habló.

—El Profesor… ¿Por qué el Profesor?

Ezra sonrió.

—Tienes toda mi honestidad a tu disposición, y aprovechas el limitado tiempo de esta, para preguntarme, ¿Porque acabe con la vida del único hombre que podía interponerse en mi camino?

Dan se sintió tonto con aquella respuesta. Tal vez al final eso era más que evidente. Sin perder tiempo, lanzó su segundo cuestionamiento.

—¿Cómo sobreviviste a el atentado del 98?

—Esa es una buena. Pero te responderé, solo si el intercambio de información es mutuo. ¿Te parece?

—No lo acepto. Tienes mi libertad. Debería ser suficiente.

—Bien. Me conformaré con eso por ahora —hizo una pausa. Se sirvió un trago de una botella que había sobre la mesa, y comenzó a beber. Luego llegó su respuesta —. Ese atentado, fue un golpe duro para el país, para el ejército y para muchas personas. Bagdhu llevaba muerto ya varios días. El hombre que se encargó de él, fue el mismo que se encargó de hacer caer a la M6.

Ezra se acercó serenamente, con la mirada clavada en el rostro del chico, su intención era intimidarlo. Parecía que iba a lograrlo.

—Ahora lo estás viendo.

Dan se quedó paralizado.

A pesar de que la respuesta a ese enigma no era extraña, la forma en que Nollan confesó aquello, fue perturbadora.

—La M6, había combatido por años cárteles, organizaciones criminales, y terrorismo. Éramos lo mejor de lo mejor. Pero las personas detrás de estos grupos, estaban pasándola mal. Y la mejor forma de destruir algo, es haciéndolo desde adentro.

El chico permaneció atento a las palabras que emanaban del sujeto, intentaba encontrar en cada una, razón suficiente para estar seguro de que debía convertirse en su peor enemigo.

El hombre continúo.

—Fueron astutos. Estudiaron a cada uno de los miembros. Se suponía que fuéramos inquebrantables, incorruptibles. Pero no era así. Vieron en mí la oportunidad. El tipo más duro y problemático del equipo, ese debía ser. Así que un día, de camino a mi casa, fui interceptado. Me llevaron ante la presencia de los criminales más poderosos del país, y comenzaron a hablarme de dinero. No fui muy fácil de convencer, pero traté de ser inteligente. Nunca me agradaron mis compañeros, tu padre era el peor de todos, desde mi perspectiva. Lo envidiaba. Puedo reconocerlo. Era un líder nato, era comprensivo, e inteligente. Motivaba a los demás. Yo no podía hacer eso. Lesionar su mandíbula, o colorear sus ojos de color purpura, me daba cierto alivio de vez en cuando. Pero finalmente me resigné, sería un elemento más, una pieza más. En solo 5 o 10 años, llegaría mi retiro, tal vez encontraría a una mujer, y viviría pensionado por el resto de mi vida, como un parasito. Esa idea me aterrorizaba. Así que no fue difícil tomar una decisión. 650 millones. Ese fue el precio de la esperanza de La Nación. Mi objetivo, sin embargo, iba más allá.

Ezra hizo una pausa. Pareció recordar lo que contaba. Se recargó sobre la mesa y se llevó las manos a las bolsas de su pantalón.

—650 millones, eran muy poco comparado con lo que realmente quería. Poder, a mi total disposición. Orden. Fue algo complicado. Realizar esa operación requería de gente comprometida. Mentes dispuestas a todo, a cambio de dinero, o de un objetivo. El cuerpo que reconocieron como el mío, pertenecía a otra persona. Pude ver la explosión a una distancia segura. El trabajo estaba hecho. Así que fui en busca de los hombres que me habían contratado, y los maté uno a uno. Con el dinero que me dieron, y el poder que tenía, fue fácil hacerme con lo que era suyo…

—Tanto dolor… Murieron decenas aquel día. Benjamín incluso tuvo que esconderse por años… Todo… tú lo causaste…—reprochó el chico, lleno de rabia.

—Fueron años difíciles, Dan. Conocí mucha gente, muchos enemigos. He vivido en las sombras por mucho tiempo, pero… ya no más.

Tomó el resto del licor que había dejado en el vaso, y elevó la vista a sus alrededores.

—Fundé entonces la organización. Recluté a toda clase de personas talentosas, hice alianzas con gente poderosa, y utilicé todos mis medios para poder comenzar a tomar todo aquello que siempre quise. Me convertí en algo más que un soldado… la pesadilla de cientos, la esperanza de muchos más —respiró profundo y exhaló el aire—. Y quiero que formes parte de esto.

Dan no aguardó mucho para cuestionar lo que propuso.

—¿Qué recibiré yo a cambio?

Ezra sonrió.

—¿Qué más? Dinero, Poder, Seguridad, y lo más importante… Libertad.

—¿Es una maldita broma? Esto no es Libertad. Solo es una tortura compensada con un estúpido salario y prestaciones. Alejaste a Gala de su familia. Solo eres un traidor más… una porquería sin valor y sin honor.

Ezra lo miró fríamente, pero nada de lo que le dijo, pareció afectarle.

—El coraje y la ira, muchas veces nos impiden ver las cosas con claridad. Y tú, solo eres un chico. Uno excepcional. Es la razón por la que estás ahí sentado.

—¡Mataron al profesor! —recalcó el joven—. ¿Por qué a Los

Conor? ¿Por qué tenían a Dick?

—Asumo que Gala, te habló sobre su traición. La información que fue filtrada, llegó a manos del mejor investigador de la región. No fue difícil descubrirlo. Alex me lo dijo aún con la sangre en su boca. Así que personalmente, visité a Palacios. Había tenido buenos avances, pero cometió errores. Involucró a un joven inexperto que sacó de prisión, y guardó una copia de todo lo que ya tenía. Pensó que nos tomaría el pelo. Creyó habernos convencido de que no continuaría entrometiéndose, pero lo hizo.

Hubo una pausa.

—Los Topos creen que pueden repeler nuestra intervención, ellos delataron al muchacho. Palacios le pidió a Conor que guardara esa información, que acudiera a ti si se encontraba en problemas. Lo encontramos en una parte de Sector 03. Pero tenía las manos vacías.

Ezra suspiró cansado. Miró la nada por algunos segundos.

—¿Ahora lo entiendes?

Se dirigió a la mesa para colocar su vaso de cristal. Luego volvió y se paró frente al muchacho.

—Mira, Dan. Esta es tu situación ahora. Puedo liberarte, entonces podrás salir por esa puerta de ahí… como mi enemigo. Y no lograrás avanzar más de dos metros, porque una bala, habrá perforado tu cabeza, un explosivo detonará en tu casa, o un asesino te buscará hasta el fin del mundo, te dará a ti y a los que amas, la más espantosa y dolorosa de las muertes. Luego seguiré mi camino. Olvidaré tu rostro en cuestión de horas, tal vez de minutos. Y las cosas, seguirán igual.

Hizo una pausa.

—Estas aquí, porque decidí darte una oportunidad. Y permanecerás aquí un tiempo más, porque necesitas tiempo, y yo soy muy comprensivo en estos casos —se acercó hasta solo unos centímetros de su rostro—. Estás conmigo, o estás contra mí. Toma la decisión correcta.

Se alejó, tomó su saco, y lo cargó en su antebrazo. Un agente entró, como si tuviera una orden ya impuesta y se colocó frente al chico.

No le quitó la mirada en ningún momento.

—El escuadrón M7 vendrá para tomar tu lugar. Después puedes ir a casa —dijo al hombre que había arribado al lugar. Luego se dirigió al chico—. Tengo que atender un asunto. Este hombre va a cuidarte. Cuando vuelva, deberás elegir la dirección de tu destino.

Se alejó después, con una expresión vacía e insensible. Caminó hasta la puerta, y se marchó. El agente que se quedó vigilando a Dan, permaneció estático, atento a cada uno de sus movimientos.

BASE MILITAR 05
LA GRAN EMERGENTE
(Exterior)

No había muchas personas afuera cuando Annie salió. Estaba temblando, y muy asustada. No estaba segura de que hacer ni a donde ir. Caminó unos pasos con los brazos sujetándose a sí misma. Miró para ambos lados, pero no reconoció nada ni a nadie.

Una voz provino de una camioneta, el cristal de esta descendió, era Amanda.

—Señora Vasconi —saludó—. Soy Amanda, amiga de Dan.

Annie se acercó temblando, la miró con desconfianza. Solo se acercó unos pasos.

—¿Una amiga? Jamás oí de ti.

—Puede confiar en mí.

Amy extrajo el diario, de una mochila y se la mostró.

Annie observó a su alrededor, aquella joven le pareció confiable, sobre todo por el carisma que aparentaba y el agradable tono de su voz.

Se acercó hasta el vehículo confundida. Amanda abrió la puerta y sonrió. La mujer por fin accedió y subió. La chica estaba atenta. No deseaba que alguien las viera.

—Yo fui quien lo traje. Él saldrá pronto. Todo está bajo control.

Luego arrancó la camioneta.

—Quítese la ropa.

Annie la observó confundida y con el ceño desencajado. La situación se puso extraña en un solo segundo.

—¿Perdón?

—Puede que hayan puesto rastreadores en su ropa, mejor hay que ser precavidas.

Annie se despojó de lo que traía puesto. Amanda le dio algo de ropa limpia. Emprendieron la marcha.

La joven no se equivocó. La ropa de la mujer tenía cuatro rastreadores milimétricos adheridos a ella. Quedaron en la entrada, tirados junto con sus viejas prendas de dormir.

MANSIÓN SILVA
SECTOR 03
AVENIDA 707

—Nadie sabe nada de Benjamín. Parece que salió de Ciudad Omega—dijo Silva preocupado—. Además, me confirmaron que Los Topos se han estado aislando ahí.

—¿Y si ya lo encontraron? —supuso Aldo.

—Ezra ya lo habría hecho público—aseguró Gala.

—Tiene razón —dijo Silva— ¿Encontraron algo?

—Maximus halló decenas de expedientes —respondió Aldo—. La OISSP tiene tantos desertores. Algunos están siendo perseguidos. Unos más son monitoreados, y otros pocos han sido declarados muertos.

—Siguen vivos. Escondidos en algún lugar —comentó Gala.

—Descarga la información, vamos a contactar a cada una de estas personas.

—¿Y luego?

—¿Qué más? Es probable que también busquen acabar con ellos —el Doctor hizo una pausa mientras revisaba su archivero—. Solo pediremos pruebas, contratos, identificaciones, lo que tengan. Su propio testimonio si es necesario. No derribaremos este grupo con una base de datos o con un video. Si quieres hacer colapsar algo tan grande como esto, el golpe debe ser de proporciones similares. Su ventaja es también su mayor desventaja.

—¿Cuál? —preguntó Aldo.

—Son internacionales. Liberaremos toda su información al mundo. Sus actividades y miembros activos quedarán expuestos al alcance de todo ser humano, centrales de inteligencia extranjeras o nacionales. Si las cosas funcionan, todo el mundo comenzará a buscarlos.

BASE MILITAR 05
LA GRAN EMERGENTE
(Interior)

Dan permanecía contenido en aquella silla. No había hecho ningún movimiento. Ni siquiera consideró la oferta de Ezra. El plan tenía que continuar.

Comenzó a mover su cabeza. Parecía comenzar a incomodarle la máscara. El agente que lo custodiaba notó que algo no andaba muy bien. El chico agitó su cuello, en señal de desesperación y cansancio. Simuló una apariencia derrotada, necesitada de apoyo.

—Me estoy quedando sin oxígeno —comentó sofocado.

El agente lo oyó, pero ignoró el comentario. Estaba inmerso en mantener su posición de guardia, tan fría y perpetua, pero el comportamiento del muchacho le estaba generando incomodidad. Desconfió por un momento.

—Por favor —suplicó Dan.

Después de pensárselo por varios segundos, el hombre se acercó con mucha precaución. No podía perder nada, y resultaba mejor mantenerlo con vida para su jefe, que dejar que por miedo, pudiera morir asfixiado.

—Tranquilo. A penas puedo moverme. Por favor ayúdame.

El hombre finalmente se acercó tímidamente, intentando esconder su nerviosismo en una postura recta e incorruptible.

—Solo debes tomarla del frente y jalarla hacia abajo. No es complicado, solo está adherida.

Al instante, una descarga eléctrica recorrió el cuerpo del sujeto. Quedó inconsciente tirado en el suelo. La función de choque había sido equipada por el doctor Silva. Amanda la utilizaba mucho, y era bastante intensa. Solo podía funcionar una vez.

Las cuerdas con las que fue atado, eran muy resistentes, su fuerza no pudo ayudarle mucho. Intentó entonces usar los guantes que Aldo le había dado antes de acudir a la Zona 0 para rescatar a Dick. Al activarlos, la vibración comenzó a formar tención en sus brazos. Trató de zafar sus extremidades hasta que pudiera tocar la soga con ellas. Requirió de trabajo, pero al final fue capaz de liberarse. Sin perder tiempo desató las ataduras de sus pies y colocó al hombre en la silla, tomó su uniforme y se lo puso sobre lo que traía puesto. Amarró el cuerpo inconsciente justo como lo habían hecho con él. Luego se comunicó con Aldo.

—Estoy absuelto. Dame la dirección.

Gala respondió desde el laboratorio de Silva.

—No estas lejos. Debes dirigirte hasta el hangar central, y entrar hasta la bodega que se encuentra a la derecha. Habrá un hombre vigilando la entrada. Solo debes darle el código de acceso general. 25-18-34. Hay una compuerta colocada en el suelo. Va a conducirte a un estrecho pasillo, que te llevará a una puerta solo a tres metros. Ese es el viejo túnel que conecta la Gran Emergente con la Ciudad. Hay una escalera, pero debes usar la máscara una vez que estés dentro. El aire es parcialmente toxico. Sería peligroso si lo respiras.

—Bien.

—¿Reveló algo importante?—preguntó Aldo.

—No tienes idea.

Dan hizo todo lo que Gala le dijo. Se condujo hasta el hangar central y dio el código al viejo guardia de seguridad. Llegó a la pequeña puerta y descendió por unas escaleras metálicas. Sacó la linterna que su ropa equipaba y se retiró todo el uniforme militar. Luego comenzó a caminar. Debía salir de ahí antes de que supieran de su escape.

No tardaron mucho en darse cuenta. El escuadrón M7 llegó al lugar. Encontraron a uno de los mejores agentes desnudo e inconsciente atado a aquella silla. Incluso no siendo responsables de aquel imprevisto, pudieron sentirse como los mayores idiotas del mundo. Un miedo angustiante los invadió. Ni Ezra ni Dan jugaron limpio, y ninguno de los dos, esperaba que eso sucediera.

UBICACIÓN DESCONOCIDA

Un claro y potente transmisor sonó dentro de un lujoso auto, los asientos estaban revestidos de piel y el chofer permanecía atento al volante, con una mirada fría y concentrada. El vehículo había salido de la base militar de la gran emergente, y estaba a punto de dejar el puente que conectaba la enorme isla con el resto del sector 02.

—Señor. Hayamos a Phil atado a una silla. El muchacho no está. Ya hay hombres buscándolo por toda la base, pero no ha dejado rastro alguno.

Nollan no se vio alarmado. Miró a través de la ventana del coche, seducido por la belleza y claridad del cielo. Estaba tranquilo, reflexivo ante la situación y los pensamientos de su mente.

—Hizo una elección. Diles a los hombres en La Plaza... que pueden proceder —y dicho esto, ordenó al sujeto que conducía, cambiar el rumbo de su destino.

MANSIÓN SILVA
SECTOR 03
AVENIDA 707

Aldo y Gala seguían revisando la información, armaban un archivo para comenzar con la búsqueda. Dan debía llegar con Amanda y con su madre en minutos. El Doctor Silva estaba atento a la transmisión en vivo del gran evento en La Plaza Revolución, era el cierre de la campaña política de Caín Verón.

—Sus palabras son convincentes —comentó —. Parece que la gente de verdad cree en él.

Gala se acercó junto con Aldo para poder escuchar todo lo que decía.

—*... No podría imaginar, en que otro lugar me gustaría estar... Mi carrera ha sido difícil... Mi trabajo ha dado buenos frutos para cada uno de los involucrados, eso los incluye a ustedes... El pueblo...*

PLAZA DE LA REVOLUCIÓN
SECTOR 01

—Desde hoy, y hasta que mi vida concluya, me comprometo fielmente a luchar por el bienestar de cada uno de los habitantes de esta gran Región. ¡La Libertad, será entregada a ustedes de nuevo!...

Una detonación se escuchó por todo el lugar. No era una bomba, era un disparo. Una bala perforó el corazón del candidato, este se desplomó hasta el suelo apenas se hubo extinguido el eco del disparo. La gente comenzó a gritar y a correr en todas direcciones. Estaban lloviendo proyectiles desde el cielo. Caín Verón perdió la vida casi de inmediato, con nada más que confusión en su mirada. Eso no fue lo más espantoso. Su cuerpo no era el único que yacía tirado en el suelo. Su sangre no era la única que estaba derramándose. En unos segundos, más de una docena de civiles inocentes había sido alcanzado por el plomo. No hubo distinción entre viejos o jóvenes, al cabo de cuarenta y cinco segundos, el número de víctimas se había multiplicado por cuatro.

La Plaza de La Revolución, hacía sentido a su nombre en ese momento. Nadie sabía de qué se trataba. Nadie podía ni siquiera suponer que había pasado. El caos abundó por toda la Ciudad.

MANSIÓN SILVA
SECTOR 03
AVENIDA 707

Silva y compañía se quedaron fríos al presenciar lo ocurrido. No tenían palabras.

—Maldita sea… —mencionó el Doctor abrumado, aún atento y horrorizado.

Aldo corrió hasta el transmisor y trató de contactarse con sus compañeros.

UBICACIÓN DESCONOCIDA
(RUMBO A LA MANSIÓN SILVA)

—*¡Dan! ¡Amanda! ¡Respondan!* —el transmisor en la camioneta emitió el llamado.

Amy respondió.

—Aquí estamos… ¿Qué pasa?

Un par de patrullas pasaron a toda velocidad justo al lado de su vehículo.

—*¡Mataron a Verón! ¡Repito! ¡Asesinaron al candidato!*

— ¿Qué? —preguntó Amanda, confundida.

— *¡Alguien le disparó durante su discurso!*

— ¡¿Quién?!

—*¡Nada sobre eso aun! Pero los noticieros suponen que tiene que ver con Los Topos, Los húngaros o el Profesor Palacios… Será mejor que vuelvan pronto.*

— ¡Vamos para allá!

—Bien.

Amanda emprendió la marcha.

ESTUDIOS TELEVISIVOS CRÓNICA
CIUDAD 24
SECTOR 02

El estudio informativo de la Ciudad estaba listo para transmitir en cadena nacional, los eventos que solo minutos antes habían ocurrido. La poca información con la que contaban, era suficiente para poder transmitir, y estaban en espera de que sus reporteros e investigadores les hicieran llegar más.

—Entramos al aire en 2 minutos… 2 minutos…

La reportera estaba preparándose detrás de las cámaras mientras se ponía al tanto del suceso y de lo que estaba ocurriendo en la Ciudad.

—¡Vamos Kay, es hora, por favor frente a la cámara! ¡Un minuto!

Justo cuando la reportera se dirigía a sentarse, un ejecutivo la tomó por el brazo. Era un hombre maduro, bien peinado y con aspecto controlador. Ella estaba resentida, lo miró con tal expresión. El sujeto solo dijo dos palabras:

—Sin titubeos…

Su exclamación fue fría, casi amenazante.

La mujer se soltó y caminó lentamente hasta el frente de la cámara, luego tomó asiento.

—¡Diez!… ¡Nueve!… ¡Ocho!…

El tipo aún la miraba directamente a los ojos. Ella trató de mantenerse firme. Mantuvo los ojos al frente y adoptó una seria expresión.

—¡Cuatro!… ¡Tres!… ¡Dos!… ¡Al aire!

MANSIÓN SILVA
SECTOR 03
AVENIDA 707

Gala y Aldo no habían quitado sus ojos de los monitores. Silva estaba haciendo algunas llamadas, intentaba averiguar lo que estaba ocurriendo.

En el monitor principal comenzó la transmisión del informativo.

—Interrumpimos la programación para ponerle al tanto de los eventos ocurridos hace solo unos minutos en la Plaza de la Revolución, en el Sector 01 de la Ciudad 24. Luego de un intenso discurso, el candidato a la gobernación de la Región B, Caín Verón, fue víctima de un inesperado atentado, él y decenas de Ciudadanos han perdido la vida esta tarde. Aún no hay noticias de la procedencia o la identidad de los atacantes, pero se ha podido ver en el lugar, al ex agente militar, Benjamín Cóvet, quien ha permanecido fugitivo durante las últimas semanas, siendo uno de los responsables del ataque a la Zona 0…

Dan, Amanda y Annie llegaron por la sala blanca, los demás seguían atentos a lo que le noticiero informaba. Al parecer Benjamín tenía algo que ver, y se encontraba presente en el lugar de los hechos.

—Decenas de francotiradores, abrieron fuego luego de que el primer disparo, diera justo en el cuerpo del Candidato Verón, en el lugar ya se encuentran equipos militares y médicos atendiendo y llevando a cabo operaciones de búsqueda…

—¿Qué pasó? —preguntó Dan al entrar al laboratorio.

Nadie respondió. Así que enfocó su atención en la televisión.

—¿Qué está pasando? —insistió.

—Dicen que Ben estaba en el lugar —respondió Aldo.

—¿Ben? ¿Qué hacía allí?

—No lo sé, pero debe estar relacionado —comentó Silva.

—Tal vez ya sabe lo de Verón y la OISSP —Amanda lo supuso.

—¿Quién pudo haberle dicho? —preguntó Aldo.

El noticiero volvió a tomar la atención de todos.

—Nos informan que han sido avistados y capturados algunos elementos de La Mafia de Los Topos, estos criminales ya están siendo trasladados a los centros de retención para su interrogación… Esperamos tener información relevante en momentos.

—Son hombres muertos. ¿Qué está pasando? —preguntó Meggar, de forma retórica.

Las imágenes en pantalla eran perturbadoras. Había gente gritando y corriendo, algunos caían al suelo, heridos y sin vida, aquello había ocurrido solo unos minutos antes. La transmisión finalizó.

Al instante y sin esperarlo, Dan recibió una llamada. Era un número telefónico que no conocía, pero sabía muy bien de quien se trataba. Respondió sin perder tiempo.

—*Ahora voy por ustedes* —amenazó Ezra.

—¿Qué acabas de hacer?

—*Yo no hice nada. Son las consecuencias Dan. Las decisiones sellan destinos.*

—Verón estaba contigo. ¿Por qué lo asesinaste?

—*Hasta donde yo sé… Esto es culpa de Los Topos. Pronto el profesor estará involucrado, y ustedes también. Cóvet, como tú, tomó una mala decisión.*

UBICACIÓN DESCONOCIDA

El hombre que horas atrás había sido succionado por la puerta en la Plaza de la Revolución despertó inconsciente bajo el drenaje. Estaba golpeado y atado de las manos por detrás. Había una lámpara de luz blanca a solo unos metros de él. Un hombre se acercó de entre las sombras. Era Benjamín. Lo miró durante unos segundos.

—Kevin Vélez. ¿Sabes quién soy?

El joven no dijo nada.

—Vas a responder algunas preguntas.

MANSIÓN SILVA
SECTOR 03
AVENIDA 707

— ¿Qué han sabido sobre el señor Cóvet? —preguntó Gala.

—Nada hasta ahora —respondió Dan—. ¿Por qué?

—Ezra dice que no tiene nada que ver… Pero por supuesto que sí, él siempre tiene que ver… Y si dice que Cóvet, ha tomado una mala decisión, quiere decir que tal vez…

—Está trabajando para Los Topos…—Dan interrumpió a Gala.

—Si… Parte de esta mafia decidió trasladarse a Ciudad Omega, para así estar lejos de todo esto —explicó ella.

—Y ese fue el último lugar donde Benjamín hizo contacto con nosotros, eso tiene sentido —dijo Aldo.

—¿Están diciendo que nos traicionó? —cuestionó Amanda al grupo.

—Nadie puede traicionar a alguien con quien no ha hecho ninguna clase de pacto —aseguró Dan —. No sé si esté trabajando con Los Topos. Pero debemos ver el panorama completo. Ezra está tratando de acabar con la mafia, y estos tal vez pudieron recurrir a un trato con Ben. Sea como sea, tenemos a la OISSP como un enemigo en común.

—Concuerdo con Dan —dijo el doctor Silva—. La cuestión ahora, es la muerte de Verón. ¿Por qué Ezra decidió asesinar a uno de los suyos?

—Hay dos opciones —propuso el joven investigador—. La OISSP sabe que Gala está con nosotros, es lógico que sepamos, gracias a ella, que Verón estaba bajo el control de la organización. Entonces decidieron matarlo, era un cabo suelto. Además, sembraría miedo y caos, no solo sobre nosotros, sino sobre toda la Ciudad. Habría que esperar, para ver cómo van a manejar esto. Ahora bien, en el peor de los casos. Antón Carriona también podría estar involucrado con ellos de alguna forma.

—¿Crees que lo esté? —preguntó Silva a Gala.

—No lo sé. Quisiera decir que no. Pero ahora creo que todo puede ser posible.

—No podemos confiarnos entonces —declaró Amanda.

—Hemos avanzado con los expedientes de los desertores —comentó Aldo—. La descarga está casi completa, pero me gustaría extraer la grabación de la máscara.

—¿Cuál grabación? —preguntó Annie a Amy.

Ella señaló con un gesto a Dan.

Aldo transfirió a una computadora el video que Dan filmó mientras hablaba con Ezra. La máscara había grabado cada segundo de aquella reunión. Reprodujeron el video. Todos miraban cada escena, pero Annie y Gala, parecían estar presenciando una película de terror.

—¿Estás seguro que no trajiste ningún rastreador contigo? —preguntó Gala.

—Ya nos habrían ubicado —respondió Amanda.

—No puedo creer que este tipo siga con vida —comentó Al, perturbado—. Hasta hace un par de días lo consideraba un héroe nacional.

Nadie se atrevía a decir nada. Dan no se había despegado de los monitores desde hacía varios minutos. Estaba perplejo, angustiado y paralizado por los eventos trágicos y desafortunados. Hubiera dado lo que cualquier cosa, con tal de que aquello fuera solo un mal sueño.

AEROPUERTO SUR
SECTOR 02
CIUDAD 24

Algunas horas después del atentado, arribaron a la Ciudad, Agentes especiales de la INTERPOL, desde Lyon, Francia. Fueron recibidos por elementos militares y trasladados hasta las oficinas de seguridad Regional. Ahí se reunirían con el director general y con algunos jefes de la policía.

Las cosas en La Nación se estaban complicando, y a los ojos del mundo, parecía un verdadero espectáculo. El medio internacional tomaría cartas en el asunto, puesto que los gobiernos del país, seguían mostrándose pasivos ante tantos sucesos como los ocurridos apenas, durante los años recientes.

Fueron recibidos por un hombre, este los pondría al tanto de la situación, y los acompañaría hasta su reunión con el director general.

—Bienvenidos, soy el oficial de seguridad regional, Marc Barret, por favor, síganme.

—Agente especial Larisse Barleni, él es mi compañero, Vito Salar, y la señorita Casia —respondió ella al saludo del sujeto. Era una mujer de 35 o 40 años, de estatura promedio, cabello negro y medio ondulado, su piel era blanca, y sus ojos lucían un café muy claro, su compañero aparentaba ser un poco mayor, pero era más reservado. La mujer que los acompañaba sin embargo, se hacía ver menos relevante, casi invisible.

Subieron a los autos y fueron llevados hasta las Oficinas de Seguridad Regional. Ahí tuvieron una charla con el director, David Velasco. Accedieron al edificio por la entrada principal. Subieron por escalones inundados de reporteros y cámaras. Después de una tediosa caminata, llegaron hasta donde se les esperaba.

—¿Puedo ofrecerles algo? —preguntó el anfitrión.

—Estamos bien, gracias.

El hombre los miró de forma nerviosa. Ella lo intimidaba.

—Correcto —intentó mostrarse firme—. Sé muy bien porque están aquí, pero sinceramente, me parece una exageración. Pienso que La Nación puede hacerse cargo de sus propios problemas.

—Eso mismo creyó todo el mundo, pero este país ha sido monitoreado por algunas otras organizaciones internacionales. Los hemos tenido bajo la mira desde hace años—la mujer se mantuvo fría en su respuesta, miró con determinación justo a los ojos del director—. Su Nación ha dado de que hablar incluso desde antes del 98, cuando su fuerza especial sucumbió ante un atentado terrorista, y la verdad, no encuentro otra denominación para el evento ocurrido hace solo unas horas.

—Lo de hoy no fue un ataque terrorista, agente…

—Barleni…

—Barleni…—hizo una breve pausa—. Todo esto, solo fue un golpe con motivaciones políticas. Las mafias han estado en conflicto desde hace tiempo, y el hombre que hoy murió, estaba en total desacuerdo con los ideales de estos grupos. ¡Política! Nada más… Y por lo que tengo entendido, su organización no debería intervenir en los asuntos políticos de una Nación.

—Si aceptamos venir antes con usted, fue solo por cortesía —divagó observando la hora de su reloj—. Nuestra gente en la Oficina Central Nacional, debe estar esperándonos, y estoy segura de que tendrán información que realmente pueda ayudarnos.

—No me malinterprete agente, tan solo estoy sirviendo a mi patria, no podemos fiarnos de cualquier intervención internacional.

—La Interpol no interviene, somos un apoyo para las fuerzas policiacas y de seguridad de cada país que lo requiera, ayudamos a enlazarlos con policía de otras naciones y conectamos todo un sistema, así propiciamos una contribución internacional, que resulta la mayoría de las veces, en operaciones y misiones exitosas. Por favor deje de preocuparse y comience a hacer su trabajo. Y déjeles claro todo esto a sus hombres.

La mujer y sus acompañantes se levantaron al instante, Vito asintió despidiéndose, pero Barleni no expresó mayor respeto por su anfitrión. Salieron sin nada más que decir.

Habiendo abandonado el lugar, Velasco pudo respirar con menos esfuerzo, la tensión sin embargo, se había quedado con él. Levantó su teléfono y marcó un número. No tardaron mucho en responder su llamada.

—Han llegado... Avisen a la Oficina Central Nacional. Son difíciles de persuadir.

MANSIÓN SILVA
SECTOR 03
AVENIDA 707

Dan y los demás habían trabajado ya en una delicada selección de elementos desertores tomando en cuenta la fiabilidad de los datos correspondientes a cada uno. Sabían que encontrarlos no sería sencillo, puesto que ni siquiera la organización los había podido hallar.

—Aquí hay uno más —dijo Amy—, pero, ¿Cómo vamos a encontrarlos?

Aldo colocó una carpeta cerrada sobre la mesa.

—¿Qué es esto? —preguntó Dan.

—Gala inició un poco de investigación hace semanas.

Aquello los sorprendió. Ella se acercó para explicarles.

—A pesar de ser una organización privada, dedicada a todo lo que ya saben, los trabajadores tienen salarios, horarios y actividades determinadas. Parte del personal está siendo monitoreado. Remi, Antón, yo. Asistentes, administrativos y operadores, todos quienes puedan tener relación directa con los asuntos de mayor prioridad.

Los chicos escucharon atentamente.

—Durante algunos días, y gracias a Alex, pude acceder a la oficina de archivos confidenciales, revisé una buena parte. Encontré reportes sobre agentes que habían abandonado sus puestos. Revisé la base de datos en las oficinas centrales, y me topé con información, que registraba a 140 elementos desertores. Algunos estaban muertos, otros bajo la mira, perseguidos o desaparecidos. Comencé a buscar por mi cuenta la ubicación de algunos, solo que nunca me acerqué a ellos, planeaba darle toda esa información a alguien confiable. Ayuda extra. Ustedes saben a quién.

—Palacios —afirmó Amanda.

—Fue demasiado tarde. Dick ya había sido capturado.

Un tímido y nostálgico silencio se apoderó brevemente del lugar.

—Bien. Vamos a revisarla —dijo Dan, un poco más animado—. Iniciaremos una búsqueda rápida. Tú y yo, deberemos tener más precaución. Somos el principal objetivo de Nollan y...

La puerta de la sala blanca se abrió de un golpe. Todos se levantaron alarmados y al instante, esperando lo peor. Entonces un hombre penetró el lugar cargando consigo un cuerpo, era Benjamín, con el agente que había secuestrado. Lo había golpeado casi hasta la muerte. Silva fue a auxiliar al sujeto.

—Tiene información, mucha —comentó Ben exhausto—. ¿Puedes ayudarlo? Lo necesitamos —se apoyó en sus rodillas para descansar y respirar, luego dirigió una mirada a los chicos dentro de la Sala. Sonrió fugazmente, un poco apenado por la entrada imprevista.

—Este hombre apenas vive —respondió el Doctor, mientras se disponía a realizar un chequeo rápido.

—Solo fueron unos golpes. Vivirá.

Dan y Amanda accedieron a la sala, detrás estaba Gala, y Aldo observaba desde la ventana.

—¡Chicos! ¡Cuánto tiempo! —saludó Ben quitándose los guantes al mismo tiempo.

—¿Quién es? —preguntó Meggar.

—Se llama Kevin Vélez. Un Baakoobo. Hacía de personal de seguridad en la Plaza de la Revolución.

—Hay que prepararlo —el Doctor Silva pidió ayuda.

Desvistieron al hombre y lo colocaron en la capsula de regeneración hiperbárica. Benjamín también estaba golpeado, había estado luchando contra criminales durante todo el día. Amanda se ofreció a curar las heridas en su cara y su espalda.

—¿Dónde habías estado? —preguntó Dan.

—Estaba ocupado... fui a Ciudad Omega. Me enteré que no había presencia de la OISSP en ese lugar. Trabajé para una asquerosa recicladora. ¿Adivina quién era el dueño?

—No lo sé.

—Christian Benarroch... El líder de la madriguera.

—¿Trabajas para él? —le cuestionó Dan, con un aire de recelo.

Benjamín lo miró confundido, y sonrió.

—No —dijo —, por supuesto que no. El vino a mí. Me entregó información, y me pidió que me encargara de unos cuantos hombres, todos miembros de la Mafia Baakoobo, a cambio me daría más de lo que necesitamos.

—¿Solo eso? —insistió el muchacho.

—No —Amy comenzó a suturar una herida en su espalda, eso le causo dolor—. Luego de días, mis sospechas fueron acertadas. Sé quién está detrás de todo esto.

—Sí. Nosotros también.

—¿En serio? Debió ser una sorpresa entonces ¿no?

—Me reuní con él. Secuestró a mi madre, así que negociamos.

La noticia sobre el encuentro de Dan con Ezra, sorprendió a Benjamín.

—¿Qué fue lo que te dijo?

—Me quiere de su lado… Es decir… Me quería —respondió con algo de culpa, luego giró su cabeza a los monitores, donde los noticieros aun reportaban el desastre—. Soy el culpable de todo lo que está ocurriendo —dijo con la voz entrecortada.

—No… No lo eres —expresó Benjamín con una sonrisa llena de orgullo, animándolo a que se mantuviera fuerte—. En la guerra siempre habrá bajas.

—Pero no es una guerra, Ben —replicó el joven—. Eran personas inocentes.

Hubo silencio. Benjamín comprendió cuán afectado estaba el joven. Trató de encontrar palabras para convencerlo de que no era su culpa.

—Eres un chico con gran potencial, y con una ideología inquebrantable. Él solo es un tirano que cree tener lo necesario para poder convencerte, de convertirte en alguien que jamás serás —trató de respirar para ocultar el dolor de la aguja penetrando su piel—. No eres un héroe, eres un chico. Y estas son las pruebas que van a convertirte en un hombre. Uno bueno.

Dan finalmente se sintió aliviado y motivado con esas palabras. Pensó por un momento en su padre. ¿Qué diría Elías a todo lo que estaba ocurriendo? ¿Cómo hubiera manejado la situación, o que le hubiera dicho al respecto de todo lo que se había desatado? No se sintió con el tiempo para seguir pensando en ello, así que solo pasó a lo siguiente.

—Tenemos un nuevo elemento.

—Ya lo veo—ambos contemplaron a Gala—. ¿Es de fiar?

Dan se quedó callado un momento, parecía que a pesar de todo, ni siquiera estaba muy seguro.

—Es desertora —comentó Amy mientras terminaba de suturarlo

Benjamín se escandalizó un poco. Su rostro reflejo algo más de tensión.

—¿Cómo ocurrió?

—Había estado ayudando a Palacios, intentó liberar a mi madre... Aldo y yo la conocemos desde hace años. Pero perdimos contacto. Ezra la manipuló. Ha aportado mucho por aquí. Fue por ella que pude entrar y salir de la Base Militar. Es hija de Samuel Allen.

Benjamín siguió inmerso, contemplándola fijamente. Estaba intentando evaluar cada aspecto de su apariencia.

—Si te equivocas, y esa mujer, no está con nosotros realmente... podrías arrepentirte.

—Por ahora no tenemos otra opción.

UBICACIÓN DESCONOCIDA

En una oficina amplia y cerrada, impregnada hasta en lo más recóndito de luz blanca, se encontraban reunidos algunos elementos ya. Entre ellos, Antón Romero, el hombre del exoesqueleto que combatió junto con Remi en la Zona 0, André Gaghel, Capitán del Escuadrón M7. Le faltaban dos dedos en la mano, y su joven sargento lo acompañaba.

Remi esperaba de pie junto a la puerta, a su lado estaba Rebecca Viutt, la mujer que acompañaba al asesino de Marco Crestoni, el gran mafioso de Ciudad Libertad. Sentado frente a ellos, con una mirada inexpresiva y fría, estaba Ezra.

—Tenemos un hombre de los Baakoobo desaparecido —comentó Gaghel temeroso—. Además, los rastreadores colocados en la mujer, fueron encontrados afuera de la Base Militar.

Ezra continuaba sin decir una sola palabra. Parecía inconforme y molesto. Viutt tomó la palabra.

—Los Agentes de la INTERPOL llegaron hace unas horas. Velasco acaba de hablar con ellos. Teme que sean un problema.

—Todos tienen un precio —respondió Ezra—. Incluso aquellos que se autoproclaman, incorruptibles.

Se quedó estático, posado sobre aquella silla.

—Comunícate con la Oficina local de la Policía internacional, envíales un mensaje. Si ellos no contribuyen, ustedes ya saben qué hacer.

Mientras daba la indicación, extrajo algo de uno de los cajones en su escritorio. Era una daga. Medía aproximadamente veintidós centímetros y sus decorados eran llamativos. Parecía una pieza de colección. La observó por unos instantes, y luego lo colocó sobre la mesa.

—Acero inoxidable, empuñadura de Zamak... perteneció a uno de los Reyes británicos más poderosos del imperio. Eso fue lo que me dijeron.

Todos los presentes observaron el arma con atención, atraídos por la singularidad que poseía.

—Nunca supe si era cierto —continuó Ezra—. Pero a los dieciocho, cometí mi primer asesinato con ella.

Con algo de orgullo, mientras les mostraba aquel tesoro, pareció dar un vistazo a sus recuerdos.

—Fui un militar, sí... pero todos tenemos un pasado... —miró frio y dominante a cada uno de sus acompañantes—... esta pieza, ha tomado más de 200 vidas... ricos, pobres... hombres y mujeres. Todos ellos... resultaron ser un inconveniente.

Volvió su mirada al Capitán, quien había permanecido rígido, ocultando cierto temor en su nervioso rostro.

—Señor Gaghel. Por favor tómela —pidió de manera solemne. El hombre así lo hizo, solo después de mostrar confusión por segundos.

—Empúñela... sienta el poder en su mano... puede tomar una vida si quiere... puede perdonar... herir... disfrutar el suave corte de una piel que no es suya.

El sujeto no comprendía. Ezra hizo una pausa, luego lo miró directamente a los ojos...

—Colóquelo dentro del sargento... —ordenó.

Gaghel, se quedó helado. Miró a cada uno de los presentes intentando encontrar respuesta sobre lo que estaba pasando en aquel momento, pero solo podía verse reflejado en la insensible mirada de cada uno de ellos. No podía pensarlo demasiado. Observó a su compañero. El chico solo cerró los ojos, asustado. Había aceptado su destino. La tensión se hacía cada vez más grande.

—No... —respondió el Capitán.

Ezra no se inmutó. Solo se sintió decepcionado.

—¿Cuál es la razón? —preguntó.

—Es solo un muchacho... —respondió Gaghel.

—Y yo el hombre del que recibes órdenes.

La situación dentro de aquel lugar, parecía estar a punto de quebrarse, pero en la ausencia de sonido alguno, todos sabían que para que eso ocurriera, se requería de algunos segundos más. El Capitán insistió:

—No puedo.

La perturbadora mirada del líder de la OISSP contemplaba cada expresión de miedo en el rostro del capitán. Sin esperárselo, Gaghel comenzó a sentir como algo se enterraba en su cuerpo... Dirigió su mirada hacia abajo, y se encontró con la daga, empuñada por Ezra, atravesando su abdomen... Cuando volvió la vista a los ojos de su atacante, este comenzó a insertar una y otra vez el arma sobre su piel. La sangre salpicó por todas partes. Las manos y la ropa del asesino quedaron manchadas. Ninguno de los agentes, pareció escandalizarse por el hecho, a excepción del sargento, quien aterrado esperaba el mismo destino que su compañero.

Lo que Nollan estaba haciendo, parecía consecuencia de un ataque de ira. Pronto se calmó y se puso de pie. Su respiración se había acelerado.

—Señor LeBlanc... —dijo mientras se incorporaba—. Quiero que los busque... Y quiero que termine con la vida de cada uno de ellos. Incluyendo a todos los aliados que tengan. Si es posible traer a Meggar con vida, lo agradeceré. Romero va auxiliarte.

Remi asintió, casi de inmediato se retiró junto con Antón.

—Rebecca, necesito que soluciones lo de la gente de INTERPOL.

—De inmediato.

Finalmente se dirigió al elemento del Escuadrón M7.

—Reúne a tus hombres... eres el nuevo capitán.

OFICINA NACIONAL DE LA INTERPOL
CIUDAD 24
SECTOR 03

El comisionado de la Oficina, Arlim Dopher, explicaba a los agentes todo lo relacionado con los problemas recientes, y sobre las dificultades que habían tenido para poder avanzar en la investigación.

—La situación es realmente crítica, ni siquiera nosotros hemos podido descubrir que es lo que ocurre. Los pocos agentes que tenemos por aquí, han tenido problemas, y sus investigaciones se han visto, obstruidas. Recibíamos ayuda de un investigador, ustedes saben de quien hablo, ¿no? —Dopher hablaba nervioso. Estaba preocupado—. Incluso temo, que mis agentes, estén obedeciendo a alguien más.

—No esperaba excusas de su parte. A decir verdad, esperaba soluciones —la Agente Barleni parecía decepcionada y sus expresiones eran frías—. Cuando lo nombraron comisionado de la oficina de INTERPOL, aquí en La Nación, pude apostar a que no habrían elegido a nadie mejor. Ahora veo que no está capacitado para este trabajo, y jamás lo estuvo.

El hombre se quedó sin palabras, había sudor deslizándose por su frente. Hubiera deseado abandonar ese lugar y olvidarse de todo lo que le atormentaba. Las palabras de Barleni eran honestidad pura que perforaba el orgullo.

—Quiero reunirme con sus agentes, mañana por la mañana, no les diga que estaré presente.

Dicho esto los visitantes se retiraron. El comisionado los despidió.

Cerró la puerta de su oficina y regresó a su lugar. Estaba temblando. Se quedó sentado en su escritorio meditando todo lo que había ocurrido segundos atrás. Percibió un húmedo frio sobre su espalda, la corbata del traje comenzaba a asfixiarlo. Casi de inmediato, recibió una llamada. Era la voz de un hombre.

—*¿Qué dijo?*—preguntaron desde el otro lado de la llamada.

—Dije todo lo que ustedes indicaron, pero quiere hablar con mis agentes.

—*Tus agentes serán informados esta noche, procura guardar silencio…*

UBICACIÓN DESCONOCIDA
(ORIGEN DE LA LLAMADA)

Los labios de Rebecca estaban al teléfono, su voz era la de aquel hombre:

—*... el bienestar de tu familia depende de ello. Vamos a encargarnos.*

Rebecca Viutt era una agente, egresada de la Academia de Artes Nova Vie, lugar donde se formó durante más de 15 años como interprete, directora de artes escénicas y asesina. Era una experta en el combate cuerpo a cuerpo, en el uso de armas, y en tácticas de ataque especifico. Su amplia destreza para persuadir a los demás, así como para adaptarse a diversas situaciones de manera improvisada, solo complementaban su prodigiosa habilidad en la escenificación de situaciones y eventos fabricados. Se le atribuían más de 70 muertes, y fue responsable del inicio de la revolución en la República de Marruecos.

Fue capaz de fingir su muerte en más de diez ocasiones, la última vez lo hizo tras el golpe fallido a la cumbre de la paz en Philadephia. Donde elementos de seguridad pudieron captarla y perseguirla. Su auto cayó por una barranca. Su cuerpo jamás fue encontrado.

CALLE 25
COLONIA DE LA VICTORIA
SECTOR 05
APARTAMENTOS MAGNOLIA

En el interior de un apartamento, un hombre observaba la televisión. Presenciaba los eventos que solo unas horas antes habían ocurrido. Estaba un poco desalineado. Portaba una playera militar de color gris, lucía fresca, y usaba un pantalón viejo. No presumía una apariencia demasiado procurada, más bien lucía como si hubiera estado encerrado ahí dentro durante meses.

Alguien tocó a su puerta, no esperaba visitas, pues aquellos golpes lo alarmaron como si se tratara de alguien intentando asesinarlo. Se dirigió al comedor con cautela y extrajo un arma que estaba oculta debajo de la mesa. Se acercó silenciosamente hasta el recibidor. Miró a través la mirilla y entonces pudo ver a un joven de aproximadamente 24 años de edad, acompañado por dos chicas y un hombre maduro. Era Dan, detrás del se hallaban Gala, Amanda y su padre. Esperaban que el sujeto al que buscaban, se encontrara detrás de la puerta.

—¿Quién es? —preguntó el tipo desde el interior.

La respuesta demoró un par de segundos.

—¿Es el señor Uker?

—¿Qué es lo que quieren?—su tono expresó desconfianza y enfado.

—Solo queremos hablar.

El sujeto se alarmó aún más. Por un momento pensó en abandonar el lugar. Pero para su desgracia la única forma de hacerlo, era cayendo por 40 metros directo hasta la banqueta del edificio.

—¡Estamos aquí para hablar sobre Samanta! —anticipó Silva desde afuera.

No hubo más que pensar. Ese era el nombre de su mujer. Así que, intrigado, no tuvo más opción que dejarlos pasar.

Abrió la puerta.

—Raúl Uker... ¡Felicidades! Es su día de suerte —comentó Amanda.

MANSIÓN SILVA
SECTOR 03
AVENIDA 707

Aldo estaba trabajando en la reactivación de *K.O.U.K.O.* Había estado tratando de volverlo a enlazar con Maximus. Benjamín estaba viendo en los monitores los reportajes y los noticiarios. Le sorprendía cuanto caos pudo generar la OISSP en solo algunas horas. Annie, había subido a recostarse a la habitación de huéspedes. Estaba preocupada, pero también muy cansada.

Luego de varios minutos se resignó a no poder conciliar el sueño y decidió levantarse. Descendió hasta el laboratorio y se encontró con el amigo de su hijo.

—¡Annie! Deberías estar descansando.

—No puedo. No... Es... es muy difícil.

—La comprendo. Llevo varios días sin dormir más de 3 horas por noche.

—No creo que hables en serio. Nadie podría soportar semejante castigo.

—Hablo en serio. ¿Acaso no ves este demacrado rostro?

La mujer sonrió débilmente. No se hallaba de humor para los chistes del chico.

—¿Qué haces?

—*K.O.U.K.O* se está reprogramando allá arriba, y estoy tratando de enlazarlo con *Máximus.*

—¿Maximus?

—*Maximus* es una inteligencia artificial de desarrollo básico. Como un sistema operativo.

Annie se evidenció con un gesto tras no entender muy bien a que se refería. Aldo pudo notarlo, así que le hizo una demostración.

—Max. ¿Estás ahí?

La respuesta demoró un par de segundos

—*Adelante* —respondió una voz proveniente de la computadora de Aldo.

Annie reaccionó con un poco de asombro. Pero no dijo nada.

—Ejecuta los sistemas de rastreo.

—*Sistemas de rastreo en línea.*

— A- Meggar, Dan. 12-00

—*Trabajando…*

—¿Qué está haciendo? —preguntó Annie.

—Ahora mismo está rastreando a tu hijo.

—¿Puede hacer eso?

—Sí —afirmó Aldo con humilde jactancia—. También puede hacer esto…

Aldo escaneó con una tarjeta plegable el rostro de Annie.

—*Vasconi, Annie. 48 años. Región: B-01-02 Código de Identificación Nacional: 13-10-96-56-99. Ocupación: Medico.*

—Pero… ¿Cómo? ¿Qu…? ¿Cómo sabe eso? —preguntó confundida.

—Tiene acceso al Registro Poblacional de La Nación. Y a más de cinco bases de datos públicas.

—Pero… ¿No es ilegal?

Aldo llevó su dedo a la boca tratando de señalarle que lo sabía, pero que era mejor guardar silencio.

—A- Meggar, Dan. 12-00 localizado. Sector 05, Colonia de la Victoria, Calle 25, Apartamentos Magnolia.

—Es increíble —dijo Annie asombrada.

Observó toda la superficie de la mesa. Había tantos artefactos y piezas.

—¿Esto qué es?

—Solo un micro generador solar. Pensaba reemplazarlo. Pero creo que no fue necesario.

—Tu nunca vas a dejar de sorprenderme jovencito —comentó con orgullo—. Aún recuerdo cuando hiciste volar esa lata por toda la casa.

—Sí. Eso no salió como yo esperaba —dijo con una sonrisa y algo de vergüenza—. Dan olvidó atarlo con una cuerda. No se suponía que debía incendiar el granero.

—Tuvieron sus momentos… —comentó ella, refiriéndose a los juegos y aventuras en la niñez de Aldo y de su hijo.

—Si… Así fue…

El silencio se apoderó del lugar. No hubo más cosas que decir. Aldo siguió ajustando algunas cosas en un segundo equipo colocado justo al lado. De pronto un sonido agudo e intermitente vino de un dispositivo colocado sobre la mesa. Era como una especie de alarma, similar a la que el Profesor Palacios tenía la noche en que sufrió aquel infarto. Aldo se aproximó y tomó el aparato entre sus manos.

—Maximus. ¿Qué ocurre?

—Falla en el sistema de seguridad.

—¿Quién lo hace?

—Origen del ataque, Desconocido.

El laboratorio comenzó a iluminarse por una sirena roja. Una alarma comenzó a producir un sonido perturbador. Benjamín dejó los monitores y se dirigió al chico.

—¡¿Qué ocurre?!

—¡Alguien viene!

—¡¿Nollan?!

— ¡Es probable!

—¿Cómo pasó?

—¡No lo sé! Mi sistema no detectó…

Aldo se percató de un detalle. El radar portátil donde podía visualizar el rastreo de sus propias unidades, indicaba la cercanía de un dispositivo ajeno, justo a unos metros de donde se encontraban. Se trataba del hombre que Benjamín había llevado.

—¡Kevin! —señaló Aldo.

—Mierda... —dijo Ben entre dientes— ¡Recoge tus cosas vayan a la sala blanca!

Tomó su mochila. La misma con la que había llegado. Sacó algunas cosas. Atravesó la puerta y subió. Caminó por los pasillos de la casa y colocó algunas granadas conectadas a unos sensores. Solo hacía falta que alguien pasara cerca para que estas estallaran. Rápidamente fabricó dos sistemas de detonación automática, tomó de la cocina un cuchillo y regresó hasta el sótano. Aseguró la puerta con un código que Silva le había anticipado y descendió por los escalones. Se encontró de nuevo con el chico, con Annie y con Kevin. A este último lo tomó por los hombros y lo arrojó al suelo con el rostro hacia abajo. Una especie de bola sobresalía de su espalda cubierta por piel. Empuñó el cuchillo he hizo una incisión. Luego extrajo una pequeña pieza metálica.

Como lo supuso, se trataba de una unidad de rastreo. La arrojó al piso y la destruyó. Luego se puso en marcha. Colocó una última mina sobre la puerta, y estando dentro del pasillo subterráneo, bajó una palanca. La energía de todo el laboratorio y el sótano quedo interrumpida. No había manera de poder entrar. Y tampoco era preciso saber a dónde ir. La OISSP comenzaba a ocupar cada rincón de la Ciudad.

Capítulo XII

Pacto

K'aba'tàn

XII

CALLE 25
COLONIA DE LA VICTORIA
SECTOR 05
APARTAMENTOS MAGNOLIA

—¿Cómo me encontraron? —pregunto Raúl a sus visitantes. Ellos estaban sentados, distribuidos por la sala prestando atención a cada movimiento del hombre. A pesar de la presión que aquello pudo significar, él se encontraba frio e implacable.

—Ella es Gala —respondió Dan—. Ha trabajado para la OISSP bajo amenaza, por un par de años. Pero nos ha estado ayudando. Ahora la están buscando a ella también, así que vino a nosotros. Yo me reuní con el líder de la organización el día de ayer. Apenas pude escapar.

—¿Te reuniste con…? —hizo una pausa.

—Sí.

Nadie dijo nada en un rato.

—Entendemos que no estés cómodo con todo esto. Eres básicamente una de las pocas opciones que tenemos —explicó Silva—. Pero debes analizar esta oportunidad…

—¿Oportunidad? —preguntó el sujeto con sarcasmo—. Ha sido imposible salir de esta Ciudad. Este es mi nombre ahora. Y no quisiera que Samanta tuviera que pasar por todo esto de nuevo.

—¿De qué hablas? —cuestionó el muchacho. Raúl miró la nada con resentimiento. No estaba seguro de querer contarles su historia, o al menos hablarles sobre el miedo que sentía.

—Cuando abandoné mi trabajo, tuve que revelarle mi pasado a ella. Pensé que me condenaría, pero no lo hizo. Contrario a eso, me acogió en este lugar. Arriesgó su vida y lo sigue haciendo en cada día. —su rostro reflejo una verdadera gama de sentimientos. En su interior luchaba por reprimir el llanto que la desesperación le causaba—. Alguien ha estado presionando a Samanta en su trabajo. Nada de lo que los noticieros muestran es la verdad. Y ni yo, ni nadie, puede hacer algo para detener esto.

—No nos conoces Tom.

—¡Pero los conozco a ellos! Sé de qué son capaces y puedo estar casi seguro de lo que me harán a mí y a todos ustedes si nos encuentran.

Gala estaba muy callada. Ella más que nadie comprendía la postura de aquel hombre.

—Lo sabemos. Pero a pesar de todo eso estamos aquí —exclamó Amanda—. Hay oportunidad de terminar con esto. Solo necesitamos tu apoyo.

—¿Mi apoyo?

—Sí. Testimonios, identificaciones, pruebas, y todo lo que te haya relacionado con ellos.

Raúl la miró por varios segundos.

—No puedo —dijo—. Por favor salgan de mi casa.

Los visitantes se quedaron quietos un momento, esperando que el individuo cambiara de opinión, pero fue inútil. Se levantaron y lentamente se dirigieron a la puerta.

—Si cambias de opinión, puedes llamarnos —Dan colocó una tarjeta sobre un mueble ubicado en el recibidor—. No puedes esconderte toda tu vida.

El joven intentó persuadirlo diciendo aquello. No hubo reacciones claras, o empáticas. Solo un hombre haciéndose el sordo ante la oportunidad de liberarse. Tenía miedo, no solo por él. Samanta era el amor de su vida.

Los visitantes se marcharon. Esperaba sentirse más tranquilo después de eso, pero no fue posible. Raúl se quedó quieto, recargado y preocupado. Pensaba en que era un buen momento para buscar otro escondite.

SECTOR 05
COLONIA DE LA VICTORIA
CALLE 25

Descendieron hasta llegar a la calle. Hacía frio aquella tarde. Gala y Dan comenzaban a sentir incomodidad con aquellas prótesis faciales en su rostro.

—¿Y ahora qué? —preguntó Amanda.

El Doctor Silva recibió una llamada. Se alejó un poco para atenderla.

—La postura de Raúl es comprensible. Tal vez debamos hablar con su esposa —sugirió Amanda.

—Sería buena idea, pero quizá eso pueda meternos en problemas con él. Aun así, no hay que descartarlo. Ojalá pueda reconsiderarlo —respondió Dan—. Tenemos que buscar al siguiente desertor, pero ya no soporto esto en la cara. Deberíamos regresar.

Silva se aproximó rápidamente hasta donde estaban los jóvenes. La expresión en su cara había cambiado de inmediato.

—Papá, hay que volver al laboratorio.

—No podemos.

Hubo confusión.

—¿Cómo que no podemos? —cuestionó su hija alarmada.

—Un grupo armado acaba de tomar la Mansión. Aldo, Ben y tu madre apenas pudieron salir.

—Es obra de Nollan —Gala se refirió al Doctor.

—Seguramente.

—¿Dónde están? —Dan hizo la pregunta con un tono elevado.

—En un lugar seguro. Vamos para allá.

OFICINA NACIONAL DE LA INTERPOL
CIUDAD 24
SECTOR 03

En la sala de reuniones de la Oficina Nacional, ocho agentes aguardaban la llegada de Larisse, habían sido citados solo unas horas antes.

La tensión era mucha en aquel lugar. Esos ocho elementos eran quienes estaban al frente de la investigación sobre los sucesos que habían estado ocurriendo en Ciudad 24. Sus actividades habían sido interrumpidas por razones inexplicables, y la información que investigadores privados les habían otorgado, fue descartada en innumerables ocasiones. Sin duda, algo no andaba bien. La Agente Larisse, su compañero y la mujer que los seguía a todos lados arribaron al lugar. Los susurros y las charlas entre los ahí presentes cesaron al verla.

—Buenos días a todos —saludó ella. Colocó un maletín en la mesa donde estaban sentados los agentes y los miró directamente a los ojos. Algunos se vieron intimidados, otros más respondieron a su gesto con una mirada fría y perturbadora.

—¿Saben que hay dentro de este maletín? —preguntó Larisse.

Nadie respondió.

—Tengo el expediente completo de cada uno de ustedes. Hay en ello, referencias personales, historial de actividades legales y/o criminales —hizo una extensa pausa y merodeo por la sala—. Algunos de ustedes han olvidado pagar algunas multas de tránsito.

Se recargó con ambos brazos en la mesa del lugar y de nueva cuenta los miró a cada uno.

—Hay quienes han usado su poder para su propio beneficio— estaba molesta—. Cada uno de ustedes, será interrogado. Y espero, puedan aclararme algunas dudas.

OFICINA NACIONAL DE LA INTERPOL
CIUDAD 24
SECTOR 03
(SALA DE INTERROGACIÓN)

—Es la Agente Bialik, ¿Verdad? —preguntó Larisse.

Una joven rubia con coleta y camisa azul estaba frente a los agentes, se notaba un poco nerviosa.

—Si —respondió.

—No tiene por qué estar asustada. Solo serán unas preguntas.

—Bien.

—Tengo entendido que han recibido información de un investigador privado. Su nombre… Bernardo Palacios.

—Así es.

—Mucha de esta información ha sido desechada. Tengo aquí los reportes, pero no los documentos. Esto quiere decir, que están desaparecidos. ¿Usted sabe algo al respecto?

—Toda la información recibida, provenía de quien resultó ser un terrorista. La unidad sospechaba eso desde hace meses, pero no había manera de abrir una investigación contra Palacios. Desconfiamos de todo lo que nos entregó, así que decidimos dejarlo de un lado

—¿Por qué sospechaban que Palacios era un terrorista?

La mujer demoró con su respuesta.

—Simple intuición. Es nuestro trabajo. Usted sabe cómo funciona esto.

Sus miradas se cruzaron. Larisse no pudo preguntar más. La chica parecía querer abandonar el lugar de inmediato.

—Retírese —ordenó el Agente Salar.

Ella se levantó y se marchó. La asistente de Larisse tomaba nota de todo. Era callada, y tenía una postura extremadamente recta. Ella y la Agente Bialik se miraron fríamente por un segundo, antes de que esta abandonara el cuarto.

—Haz pasar al siguiente —ordenó Barleni.

Uno a uno, fueron interrogados por ella y por Vito. Las respuestas eran las mismas. Era más que evidente que aquel grupo, estaba bajo las órdenes de alguien más. Él se lo dijo.

—Esto está mal, esto está muy mal —comentó.

—Hay que llamar a Lyon. La situación es más grave de lo que creí.

MANSIÓN SILVA
SECTOR 03
AVENIDA 707

Remi y Antón arribaron a la mansión, ahora tomada por agentes de la OISSP. Ayudaron con la inspección. Algunos elementos habían sido víctimas de las trampas de Benjamín. Sus cuerpos ya estaban siendo recogidos. Remi encontró la puerta de las escaleras que conducían al sótano, descendió por ellas junto con algunos miembros del M7. Se cuidaron de no caer en alguna trampa. Cuando llegaron hasta la puerta del laboratorio, les fue imposible poder penetrarla.

Tuvieron que usar una sierra, pero al acceder, la oscuridad les impidió ver más allá. Trajeron lámparas. Inspeccionaron todo el lugar, sala por sala. Descubrieron el gran secreto de Silva y de Amanda. Ahora sabían mucho más de lo que esperaban. Tener acceso a la información y a la tecnología, sería extremadamente complicado. Vieron en la mesa del laboratorio algunos documentos y los nombres de las personas que planeaban contactar. Antón no le tomó mucha importancia. Continuaron con la revisión hasta llegar a la Sala blanca. Remi halló ahí el rastreador destruido. Lo tomó con las manos y lo revisó.

—La puerta esta sellada. Tendremos que cortarla también —notificó Romero.

El mimo asintió. Su mirada reflejaba cierta ira. Como si algo dentro de él estuviera fragmentándose. Antón dio la orden.

—La Familia Silva esta con ellos… Comiencen a buscarlos.

SECTOR 05
COLONIA DE LA VICTORIA
CALLE 25

Tom (ese era el nombre que Raúl había elegido tras su deserción) estaba recostado en su cama. Eran cerca de las nueve de la noche, aguardaba a la llegada de su esposa, Samanta.

Ella era una mujer de cabello castaño, muy bella. Durante cinco años estudió periodismo en la Universidad de la Ciudad y su carrera como reportera estaba en ascenso. Los últimos días sin embargo, había tenido problemas en el trabajo. Al menos una vez al día, recibía amenazas de despido y tratos poco comunes. Ya no disfrutaba cada día de su empleo. Por el contrario, comenzaba a sentirlo como una carga psicológica que acababa derrumbándola sobre su cama cada noche. Eso no le garantizaba horas de imperturbable sueño.

Ambos estaban preocupados, sabían bien quienes eran los responsables de todo lo que estaba ocurriendo en la ciudad.

Samanta llegó. La televisión seguía encendida, podía verse a sí misma en la repetición del noticiero de las 6:00 pm. Dejó las compras sobre la mesa y miró alrededor buscando cuidadosamente a su esposo.

—¿Tommy? —trató de averiguar dónde estaba, pero no hubo

respuesta—. ¿Cariño?

Se dirigió hasta la habitación, y lo encontró finalmente. Se recostó suavemente sobre la cama para acompañarlo y averiguar qué era lo que ocurría. Él estaba despierto, pensamientos aleatorios corrían por su mente. Ella pudo notarlo.

—¿Qué pasa?

Él la miró directamente a los ojos. No sabía cómo comenzar.

—Me encontraron…

Si mirada denotaba confusión. Trató de mantenerse serena, pero en el interior quería acabar con la incertidumbre de una vez por todas.

—¿Quiénes?

—No ellos. Más bien… son…—no supo cómo referirse a Dan y a sus acompañantes—. Quieren que los ayude.

—¿Qué te dijeron?

La respuesta no fue inmediata.

—Información, pruebas de mí pasado.

La mujer contempló cada centímetro de su rostro. Esperando encontrar en su gesto una respuesta pronta.

—¿Qué vas a hacer?

—No lo sé. No puedo hacerlo. Quisiera… pero…

—¿Seguirás escondiéndote?

—Es eso… o morir.

UBICACIÓN DESCONOCIDA

El Doctor Silva arribó a un lugar en el interior de un edificio. Era un hotel de mala muerte en el Sector 06. Dan se sintió desconcertado, pues esperaba que el refugio secreto de la familia Silva fuera un poco más parecido a su laboratorio. Bajaron del auto estacionado en un callejón al lado del edificio y penetraron una puerta que los condujo hasta la recepción. Erick saludó al recepcionista, quien, a pesar de tener una apariencia poco agradable, respondió al saludo de una manera muy formal.

—¿Qué es este lugar? —preguntó Gala.

—Es propiedad de un amigo, creo. Estaremos seguros aquí —respondió Amanda.

El Doctor abrió una puerta en el corredor del primer piso. Era otro sótano, solo que aquel estaba más descuidado y despedía un olor a humedad que apenas se soportaba.

Al descender y llegar hasta el interior, abrieron una segunda puerta que los conducía directamente por un pasillo oscuro hasta una sala iluminada de color gris. Era un lugar algo amplio, como de 10 metros por 10 metros. En el centro había una mesa rectangular gastada con sillas metálicas a su alrededor. En dos de ellas permanecían sentados Aldo y Annie. Su apariencia nunca había estado tan mal.

Benjamín estaba esperando a la llegada del profesor. Se puso de pie para recibirlo. La postura ya de por si alterada de Silva, estalló cuando se aproximó hasta Kevin, el Baakoobo que Benjamín había raptado, y estaba atado a una silla. Le propinó un golpe en el rostro tan fuerte que lo derribó hasta topar con el suelo. El desorbitado hombre se quejó lleno de dolor. Todos se quedaron perplejos ante el acontecimiento. El Doctor lo levantó dispuesto a golpearlo una vez más, pero su puño quedó varado arriba.

—¡Era mi casa infeliz! —recriminó con ira. Lo miró por un momento, impotente, y luego lo devolvió al piso. Exasperado y con una mano sobre su cabeza, anduvo algunos metros por el lugar.

—Ben, ¿Qué pasó? —preguntó.

—El rastreador fue destruido. Seguí tus instrucciones. Coloqué algunos explosivos automáticos, y sellé las puertas. También cortamos la energía en toda la casa.

Silva seguía furioso e intranquilo. Estaba preocupado. Toda su tecnología y su información estaban en aquel lugar. Sería algo más que complicado recuperar todo. Lo peor era que él y su hija, ahora estaban relacionados directamente con los principales objetivos de la OISSP.

SECTOR 05
COLONIA DE LA VICTORIA
CALLE 25
APARTAMENTOS MAGNOLIA

Samanta no había podido dormir en toda la noche. Tom estaba muy asustado, pero también muy cansado. Encontró la tarjeta que Dan había dejado sobre el mueble del recibidor. Ella sabía que su marido, tenía lo necesario para poder ayudar a esas personas.

Ser víctima de amenazas y actividades irregulares dentro de la televisora, la hacían considerar convencer a su compañero de contribuir a la causa. Pero era imposible. Era un riesgo bastante alto, que seguramente terminaría en desastre. Apagó todas las luces, ya era hora de descansar, tal vez encontrarían una solución al día siguiente.

Cuando la sala se quedó en tinieblas, pudo escuchar como alguien afuera se acercaba por el corredor. Se quedó inmóvil. La rejilla inferior de la puerta, dejó ver como la luz exterior se apagaba. Casi al instante, un sobre blanco se deslizó por debajo de esta. Samanta se acercó cautelosa hasta la mirilla para saber de quien se trataba, pero por la oscuridad fue imposible. Esperó algunos segundos para poder asomarse a la puerta. No había nadie. Recogió el sobre del piso y lo examinó con cuidado. Allí había un mensaje.

Larisse Barleni. Agente especial enviada de INTERPOL. Busca a las personas que se contactaron contigo. Llévala ante ellos, y habla. Es tiempo de recuperar la Libertad.

Elemento 07

Lo escrito ahí, perturbó a Samanta más de lo que ya estaba. No sabía quién era Larisse Barleni, pero algo era seguro. Debía encontrarla.

No tardó mucho en averiguar quién era. Había información sobre ella en la red. Era una de los Agentes de la Policía internacional más efectivos e importantes. Se le atribuía la erradicación completa de La Mafia Belga en Nueva York, y el operativo 13-10-G5991, donde pudo rescatar con vida a trece niños secuestrados por una de las bandas de tráfico de órganos más peligrosas en el mundo.

No daría un paso sin premeditación. Aquello también podría ser una trampa.

OFICINA NACIONAL DE LA INTERPOL
CIUDAD 24
SECTOR 03
08:32 PM

El día había sido largo la Agente Barleni salió en compañía de Vito y de su asistente. Se dirigieron al estacionamiento del edificio y se despidieron. El Agente Salar se retiraría de vuelta al hotel junto con la mujer que los seguía a todas partes. Larisse por otro lado, aprovecharía su estancia en la Ciudad para visitar a una amiga que hacía mucho tiempo no podía ver. Pensó que sería buena idea darle una sorpresa.

Vito y Casia, abordaron el auto. Se acomodaron el cinturón. Su compañera pasó frente a ellos y se despidió con una seña, luego se alejó. Él procedió a arrancar el auto, uno que les habían asignado. Al girar la llave, tuvo problemas para que el vehículo encendiera. Un silencio extraño se hizo presente. Casia no parecía preocupada, por el contrario, mantenía una mirada fría, con una pequeña sonrisa en los labios, apenas notable. Vito la contempló confundido unos segundos. El silencio se vio interrumpido por el sonido de un arma preparando una carga.

—No te muevas —dijo la mujer.

Vito subió sus manos lentamente. Luego preguntó:

—¿Qué es esto?

— Nada más que una advertencia.

—¿Advertencia?

—No para ti —contestó la mujer, intentando calmarlo.

El arma se disparó por detrás del asiento donde él se encontraba. El parabrisas se cubrió de sangre. El rostro de Casia también fue alcanzado por algunas gotas de aquel líquido carmesí.

—Coloca el cuerpo en la cajuela. Hay que irnos —ordenó al tipo que había jalado el gatillo por detrás. Luego se retiró los anteojos, quitó algunas prótesis faciales de su rostro y soltó su cabello. Su nombre no era Casia, su nombre era Rebecca Viutt.

UBICACIÓN DESCONOCIDA
(REFUGIO)

—Hicimos contacto con Raúl. Pero no pudimos convencerlo —explicó Dan a Benjamín.

—La información se quedó en el laboratorio. Está en los servidores, pero sin ellos aquí, deberemos comenzar de nuevo. Será más complicado sin todo el equipo, tal vez tome días —comentó Aldo.

—Un solo hombre no será suficiente —dijo Silva apuntando su mirada al Baakoobo.

—Entonces debemos recuperar la información —sugirió Benjamín—. Es eso, o tomar medidas diferentes con Raúl.

—¿Qué clase de medidas? —cuestionó Dan.

—Su esposa o su seguridad, a cambio de lo que necesitamos.

—Entonces seriamos iguales a las personas de las que está huyendo. No vamos a meternos con su integridad.

—Podríamos convencer a Samanta —sugirió Amanda.

—¿Has visto los noticieros? Esa mujer está con ellos. Ha dicho mentiras en la televisión —Benjamín se burló—. Está ocultando lo que pasa realmente.

—Él dijo que ella también estaba recibiendo amenazas en el trabajo. Tal vez haya oportunidad —Amanda insistió.

—Tal vez la haya —dijo Dan, con la esperanza casi agotada—. ¿Estaremos seguros aquí?

—Solo por un par de días —respondió el Doctor. Luego salió del sótano y se dirigió al primer piso del hotel. Se ausentó por algunos minutos, Amanda fue con él.

Dan se acercó a su madre para hablar con ella. No había podido hacerlo de forma concisa desde la vez en que Ezra los acompañaba.

—Siento que estés pasando por todo esto.

Ella lo miró preocupada. Un poco molesta también.

—Te pedí que no te metieras en problemas.

—Yo no encontré esto. Él ha estado aquí durante años. Si alguien puede detenerlo, somos nosotros.

—Es claro que no pueden. Ya no. Mira donde estamos hijo. No entiendo en que momento las cosas se complicaron tanto.

La charla se vio interrumpida al instante. Amanda entró de vuelta con cobijas y mantas. Cóvet ayudó a Silva con unas camas de sol y bolsas de dormir.

—Pasaremos aquí la noche. Mañana podremos pensar bien que podemos hacer.

Nadie dijo nada más. Ni siquiera Benjamín, pues nadie se encontraba tan fatigado y cansado como él. Solo tomaron las cosas, aseguraron bien la puerta y apagaron las luces.

Dan no se quedaría ahí varado. Antes de que siquiera sugirieran descansar y dormir, él había decidido salir en busca de lo que necesitaban. La idea de Amy le pareció buena y oportuna. Pero no podía esperar a ver si resultaba. Se convenció de que tomar prestada la información que Raúl pudiera poseer, ayudaría en muchas formas. Aprovechó el sueño de todos, y con un sigilo imperceptible, salió del refugio. Caminó hacia la parte trasera del hotel y se introdujo al callejón donde Silva había dejado su auto. De la cajuela sacó la mochila que habían llevado consigo desde la mañana. La cargó en su hombro y desapareció en la oscuridad.

Regresaría a la casa de Uker para irrumpir en ella, tal vez hallaría algo que pudiera ayudar a resolver las cosas, y así sacar a su madre de ese espantoso lugar.

UBICACIÓN DESCONOCIDA

Rebecca se encontraba dentro del auto donde solo unos momentos antes, había perdido la vida el Agente Salar. Un hombre la acompañaba, era solo un agente más. Ella estaba atendiendo una llamada.

—Tenemos al hombre —informó— ¿Cómo procedemos?

—Creí que ya lo sabias… —dijo la voz proveniente del teléfono—. Solo prepárenlo. Quiero que la Agente Larisse tome una decisión rápida.

—De acuerdo.

Ella colgó el teléfono. Debía buscar un carnicero.

SECTOR 05
COLONIA DE LA VICTORIA
CALLE 25
2:41 AM

Dan llegó hasta la casa de la pareja. Escaló por los muros del edificio hasta llegar a su ventana, y retiró uno a uno cada tornillo que sostenía el cristal de las ventanas. La poca luz que había en las calles ayudó mucho. Removió la pesada pieza de vidrio y la colocó dentro. Luego penetró a la sala. Supuso que la información importante estaría en su alcoba, así que se dirigió hacia allá. El apartamento no era muy grande.

Llegó hasta la puerta, y trató de girar la manija, pero antes de hacerlo, se percató de que alguien estaba saliendo de la puerta del baño, frente a la habitación. Era Samanta. El intruso la silenció con su mano antes de que pudiera gritar.

—Shhh… —Dan la abrazó por la espalda. Luego susurró a su oído—. No voy a hacerles daño. Por favor, confía en mí.

La mujer, aun con la boca tapada, movió la cabeza como señal de que había comprendido. Fue cuando el hombre la soltó.

—¿Quién eres? —preguntó Samanta con un susurro. Estaba asustada.

El miedo y el nerviosismo que le provocaba estar frente a una mujer que podía gritar por auxilio en cualquier momento, lo hizo pensar las cosas con lentitud. Se estaba quedando a merced de una extraña parálisis, y lo único que pudo decir fue:

—Solo quiero la información que Tom tiene. Nada más.

La mujer, aun asustada, pero paralizada tanto como él, respiraba silenciosamente, mirándolo a él con ojos de confusión y terror.

—¿Tu dejaste el mensaje? —preguntó ella.

Confundido, él intentó comprender de qué estaba hablando.

—¿Mensaje?

La mujer sacó de un cajón el sobre que solo unas horas atrás le habían dejado debajo de la puerta. Se lo entregó al encapuchado y lo abrió. Leyó lo que había escrito dentro.

—¿Quién trajo esto? —preguntó.

—No lo sé. Lo deslizaron bajo la puerta, hace apenas unas

horas. Firma alguien que se hace llamar Elemento 07

—Shhhh —Dan hizo una seña con su dedo—. Hablemos afuera.

Ambos salieron al corredor. La confianza que la mujer mostró por el individuo que se hallaba frente a ella, solo se debía a que conocía la verdad. Si el encapuchado era enemigo de la OISSP, tenían una cosa en común.

—¿Quién es Larisse Barleni? —preguntó el chico.

—Es una Agente Especial de INTERPOL. La enviaron hace casi dos días, para tratar de resolver todo el caos en la Ciudad.

—¿Ella sabe algo de todo esto? ¿Tiene información?

—No. Pero si el poder para echar abajo a una organización criminal tan grande como la que tú conoces. Solo debes encontrarla antes de que ellos lo hagan.

—¿Por qué me das esto?

—Porque yo no puedo buscarla.

La mujer lo miró nuevamente, esta vez esperando una especie de respuesta. El encapuchado no atinó a los deseos de la reportera, asi que ella fue directamente al grano.

—Por favor. Déjame conocerte. Puedes confiar en mí.

Dan lo dudó por muchos segundos. Solo se quedó estático. Pensando en si realmente podía fiarse de aquella persona. Tal vez si el demostraba esa confianza, podría ganarse la de Raúl al mismo tiempo. Finalmente cedió.

LUNES 14 DE AGOSTO
(DOS DÍAS DESPUÉS DEL ATENTADO)
09:10 AM

Larisse había salido algo tarde de aquella visita. Cuando llegó al hotel intentó hacerle saber a Vito que estaba de vuelta, pero no pudo recibir su mensaje, pensó que tal vez había apagado su teléfono. Por la mañana lo llamó a la puerta de su habitación, pero nadie respondió. Era inusual que no hubiera respuesta, Salar estaba ahí siempre para ella.

Barleni sabía lo mucho que su compañero disfrutaba de las bebidas y los licores exóticos, además de su irritante costumbre a embriagarse cada vez que concluía un día lleno de trabajo y presión.

Tal vez se había perdido en el bar del hotel, así que dejó a un lado esa preocupación.

Esperaba poder verlo en la oficina central esa mañana. El camino fue bastante corto, pero a pesar de eso, llegó algo tarde. Saludó a la recepcionista del edificio y tomó el elevador al séptimo piso. Algunos agentes y personal también accedieron. Al parecer todos se dirigían al mismo lugar que ella. La incomodidad comenzó a hacerse presente. Ninguna de las personas ahí dentro dijo una sola palabra.

Finalmente se abrieron las puertas. Revisó su reloj, ya eran diez minutos de retraso. Las cosas terminaron de resultar completamente extrañas cuando cuatro de los agentes dentro del elevador comenzaron a escoltarla hasta la oficina que le habían asignado.

—¿Qué está pasando aquí? —preguntó irritada.

—Por su seguridad, no se detenga… —respondió el hombre a su izquierda.

Llegaron hasta la oficina, abrieron la puerta y la hicieron pasar. Solo uno de sus acompañantes accedió con ella al lugar. Las luces ya estaban encendidas. Y había más personas dentro. Uno de ellos, era el Señor Nollan, un desconocido para ella. También estaba Rebecca, un elemento del M7, y el líder de la unidad de investigación que solo un día antes, había sido interrogado. Todos la miraron fríamente. A excepción de Ezra, quien contemplaba las tempranas horas del día en la ciudad.

Confundida, esperó una explicación. Nollan tomó la palabra.

—Esta es una buena oficina… No se encuentran vistas matutinas así en cualquier lado. Se trata de una de las zonas más altas de la ciudad.

—¿De qué se trata todo esto? ¿Quién es usted? —preguntó Larisse.

Había una caja de cartón en el escritorio, era de color café, adornada con un moño rojo.

—¿Dónde está el agente Salar? —preguntó con autoridad.

No hubo respuesta. El hombre que miraba a través de la ventana se dio la vuelta y se dirigió tranquilamente hasta el escritorio.

—15 de julio del año 2006. Ese fue el día en el que usted, Larisse Barleni, se graduó de la academia de la Policía Nacional Francesa. Solo dos años después, recibió una carta de INTERPOL para comenzar a prestar sus servicios—caminó tranquilamente por el lugar, tratando de mostrar su autoridad—. Han sido buenos años para usted, agente.

—¿Quién eres? —insistió ella.

—Me llamo Ezra. Ezra Nollan, y ahora usted, debe escuchar bien —hizo una pausa—. Soy el director y fundador de una organización, dedicada especialmente a los... servicios secretos. Nos hacemos llamar, OISSP. Y como imagina, trabajamos fuera del sistema legal.

—¿Tú eres... —Larisse pareció reconocerlo finalmente.

—Ezra Nollan, Agente especial número 03 de la Fuerza Especial M6 —interrumpió—. No estoy muerto.

—Quiero ver al comisionado Dopher.

—¿Quieres reafirmar lo que acabas de oír?

—Sí.

—No hace falta. Dopher no vendrá.

—¿Qué?

Larisse comenzó a temer. No dijo nada. Solo se llevó las dos manos a la cintura y miró al suelo.

—No vamos a hacerle ningún daño, agente. No si usted nos obliga —Ezra intentó calmarla—. Y para que esté segura de ello, quiero darle un obsequio.

Él señaló la caja que estaba sobre la mesa.

—¡No quiero nada de ustedes!

Todos los agentes presentes sacaron y cargaron sus armas, apuntando directamente a Larisse. Aunque parecía que no, ella estaba intimidada. No tuvo más opción que dirigirse hasta la caja para abrirla. Se paró frente a ella y la contempló por segundos. No tenía una idea de que había dentro, pero sabía que debía ser algo muy especial. Tal vez algo que de verdad pudiera convencerla. Levantó la tapa lentamente, hasta que el contenido quedó al descubierto. Ahí estaba Vito. Su cabeza y algunas partes de su cuerpo llenaban aquella caja. Un fuerte olor a carne y sangre, penetró el olfato de la mujer.

—¡Dios! —Larisse se llevó las manos a la boca y retrocedió horrorizada. Su estómago se revolvió y tuvo ganas de devolver. Hubiera deseado que aquello fuera solo una pesadilla. Ezra la contempló fríamente. Se había quedado sin palabras.

—Nosotros, somos los responsables de todo este caos. Hemos tenido presencia en diferentes partes del mundo… en la vieja Francia también. Pero la INTERPOL, ha sido de verdad un dolor de cabeza. Pude controlar a la unidad nacional, pero, un agente especial enviado, eso sí es un problema, sobre todo tratándose de usted. Así que voy a ser directo —se acercó a ella, se puso en cuclillas y enfocó su mirada directamente en los ojos de Larisse—. Regresará a Lyon, y se reportará con sus superiores. Nada pasa en Ciudad 24, nada pasa en la República Federal de La Unión. Nada pasa en La Nación. Su vida y la de su familia, dependerá de las decisiones que usted tome a partir de ahora.

Barleni estaba traumatizada, todavía en shock. Solo miró al hombre. No respondió.

—Comprendo que, tomando en cuenta la incuestionable moralidad que posee, tomar una decisión como esta, será complicado —dijo de manera comprensiva—. Tómese el día libre. Abajo hay un auto, que la llevará de vuelta a su hotel. Estará acompañada todo el día, de aquí en adelante.

Ella no respondió, estaba tan consternada que le fue difícil ocultarlo. Las piernas le temblaban de una forma alarmante, y apenas pudo ponerse en pie. Unos sujetos la escoltaron de vuelta a las afueras del edificio, la acompañaron hasta un auto y uno de ellos le abrió la puerta.

Iba callada, temerosa de la situación y lo que pudiera ocurrir. Muchos pensamientos corrían por su mente. El chofer del auto arrancó y se pusieron en marcha. El miedo y el impacto la tenían casi al borde del llanto. Muchas personas la habían amenazado en incontables ocasiones, pero ver a su amigo y compañero dentro de esa caja, degollado y con un disparo en la frente, fue diferente. Las cosas habían ocurrido demasiado rápido. Estaba dentro de una macabra pesadilla, y despertar le estaba siendo angustiantemente imposible. No pudo prestar atención a lo demás, hasta que notó que el hombre a su lado, yacía inconsciente en el asiento del vehículo. Un cansancio comenzó a invadirla, cayó dormida sin más, y no despertó, no hasta horas después.

UBICACIÓN DESCONOCIDA
(REFUGIO DEL SECTOR 06)
11:30 AM

Larisse abrió los ojos finalmente. Estaba en una habitación de hotel, pero no era la suya, y tampoco era la dirección donde se estaba hospedando, el lugar lucía descuidado, y un fétido olor penetraba todo el cuarto. Cuando giró su cabeza, pudo ver a un hombre, aún estaba mareada, así que no lo reconoció de inmediato.

—Despertó... Es un placer conocerla Agente Barleni —dijo el sujeto—. Soy el Doctor Erick Silva. Tranquila, aquí va a estar a salvo. Ahí hay agua. Reincorpórese y sígame. Nos están esperando.

—¿Quién es usted? —preguntó aturdida.

—Un amigo —dijo—, nos reuniremos con algunos más en cuanto esté lista.

—Ellos lo mataron —comentó pasmada—. Ese hombre sigue vivo.

Silva la miró, sabía bien a quien se refería. Le concedió algunos minutos para que recobrara el sentido completamente. Una vez que la mujer se tranquilizó, salió con ella y cruzaron el corredor, le pidió que lo siguiera por la puerta y descendieran a través de la escalera. Lo hizo, aquel hombre de verdad le inspiraba confianza.

—Hemos formado una especie de... equipo. Hay personas excepcionales ahí abajo, genios, agentes, e investigadores. La OISSP nos tiene bajo la mira, la policía también —abrió la puerta del sótano—. Es por aquí.

Llegaron al pequeño pasillo que daba justo al cuarto donde todos se hallaban. Larisse se aproximó tímidamente, tratando de familiarizarse con cada uno de los rostros ahí dentro.

—Buenas tardes a todos, ella es la Agente Larisse Barleni —saludó Silva al grupo. Todos los presentes la miraron directamente a los ojos, mientras ella examinaba a cada uno.

—¿Quiénes son estas personas? —preguntó.

El doctor hizo una señal a Dan. El chico titubeó unos segundos, miró a su madre, que estaba situada a su derecha, y luego a Amy, ubicada a su izquierda.

—Mi nombre es Dan... Meggar. Estudiante de la facultad de investigación de la Universidad Central. Ella es mi madre. Annie Vasconi —hizo una pequeña pausa—. Sé que tal vez, se pregunte que está haciendo aquí. Es solo que creo que podemos ayudarnos, mutuamente.

La mujer se sintió algo confundida, ocultó esa postura y de inmediato se percató de algo.

—¿Eres el hijo de Elías Meggar?

La pregunta lo tomó desprevenido, pero al instante respondió:

—Así es.

—He leído mucho sobre él. Y sobre su equipo. Lamento tu perdida.

Dan asintió. Los demás estaban callados.

—Ella es la señorita Samanta Kaler y él es Tómas Arionda, antes llamado Raúl Uker. Estuvo afiliado a la OISSP… ¿Sabe que es la OISSP?

Larisse lo contempló con una mirada fría. Las cosas para ella habían ocurrido demasiado rápido. Incluso seguía parcialmente sumergida en la duda sobre si todo lo que estaba ocurriendo era parte de un sueño o no. No respondió hasta pocos segundos después, y lo hizo de una manera fría y un tanto amenazadora.

—¿Por qué no me lo aclaran ustedes?

Después de casi cinco minutos, Gala le dio una breve explicación de lo que era y a que se dedicaba la organización. La mujer no parecía sorprendida, más bien se asemejaba a una madre, escuchando avergonzada y molesta las fechorías que uno de sus hijos había hecho.

—Les hemos estado siguiendo pistas desde hace semanas. La suerte no nos ha favorecido. Perdimos mucha de la información obtenida, y estamos siendo perseguidos. Ella es Amanda Silva, hija del Doctor Erick, a quien ya tuvo la oportunidad de conocer. Mi mejor amigo, Aldo. Benjamín Cóvet, él es…

—Otro más de la M6… ¿Cuántos de ellos siguen vivos?

—Solo dos… hasta ahora —Dan prosiguió—. Ella es Gala Allen. También estuvo afiliada a la OISSP. Ese de ahí es Kevin Vélez, es miembro de la Mafia Baakoobo, su grupo está controlado por la organización desde hace tiempo. Podría tener mucho que contarnos.

Hubo silencio, el tipo permanecía molesto, atrapado y miraba a todos con el más profundo deseo de querer matarlos. Un sonido provino del bolsillo de Benjamín. Como una alarma. Era fácil de percibir debido al vacío de sonido que había en el lugar. Salió discretamente tratando de no llamar la atención. Larisse interrumpió la calma.

—¿Cómo pudieron traerme hasta aquí?

—Cinco hombres, son un número muy pequeño, pero no fue fácil. Anoche, visité la casa de la señorita Kaler. Alguien le dejó un mensaje horas antes de que yo me encontrara con ella.

Amanda entregó la nota a Larisse. La leyó en silencio, y por el tiempo que demoró, asumieron todos que lo hizo varias veces.

—¿Quién envió esto? —preguntó.

—No lo sabemos. Pero sea quien sea, está buscando lo mismo que nosotros.

—¿Qué? —interrogó Barleni.

—Libertad.

La puerta del lugar se abrió. En el obscuro pasillo, se pudo ver la forma de Benjamín, acercándose, junto con alguien más. Era Christian Benarroch. Pero algo no andaba bien con él. Su mirada era distinta. Caminaba cabizbajo y desalentado. Su rostro retrataba ira y dolor. Llegó hasta donde Barleni, y cayó justo a sus pies. Algo le impedía hablar, pero era evidente que dentro de él, había sentimientos y llanto contenidos

—Asesinaron a mi hijo… —dijo, y al instante, estalló en lágrimas.

(MINUTOS DESPUÉS)

—Fue el 24 de Julio cuando todo esto comenzó. Afuera de nuestro edificio, en la Calle 16 de la Colonia del Invierno ocurrió un altercado. Un grupo de sujetos, de la mafia de Los Topos interceptó a un chico, le estaban pidiendo algo… Algo que el poseía. No supimos con certeza de que se trataba, pero estaban decididos a matarlo. Salí a la calle para defenderlo. Una vez que neutralicé a los hombres, el chico me advirtió que no tenía que haberme metido en eso. La policía se acercaba, tuve que salir de ahí, el muchacho herido, escapó. Los Topos se fueron, pero dejaron a uno de los suyos ahí tirado en la calle. Llegaron unidades policiacas y lo recogieron. Al día siguiente, Aldo me mostró lo que ocurrió con este…

—¿Qué ocurrió?

—Lo mataron —Dan hizo una pausa—. Identificamos a uno de los oficiales. Su nombre era…

—Víctor Loman —interrumpió Larisse—. Y el chico era Dick, ¿No?

—Sí. Así es.

Ella suspiró cansada, mirando con severidad la mesa donde todos se hallaban. Dan reanudó con su testimonio.

—Esa noche visité a Víctor... Tuvimos una pelea en su apartamento, no me confesó mucho, solamente que aquella noche, el Profesor Palacios sería asesinado. Las razones fueron obvias después. Intenté salvarlo. Me reuní con él en su despacho, pero las cosas se pusieron muy extrañas. Él ya sabía que iban por él. Comenzó a sufrir un infarto. Traté de repeler a los hombres enviados. Fue cuando me encontré con Amanda. El profesor se encargó de reunirnos. Intentó engañar a quienes estaban detrás de todo, pero fue asesinado en el hospital. La OISSP envió personas para vigilar a los allegados de Palacios. La familia Silva estaba al tanto de eso. Así que raptamos al sujeto que vigilaba la Mansión desde lejos. Lo interrogamos. Obtuvimos su dirección y el nombre de quien estaba por encima de él. Finalmente nos encontramos. Era el Mimo.

—¿El Mimo? —preguntó como si se tratara de una broma.

—Un asesino. Era como un fantasma. Fue el mismo que asesinó a Víctor Loman la noche en que lo interrogué. Esa vez no pude escapar. Caímos del acueducto y desperté en una de sus bases cerca de aquí. Me torturaron. Me hubieran matado de no ser por Benjamín. Se infiltró en el lugar y me sacó de ahí.

—¿Qué hacía el señor Cóvet ahí?

—Fui a buscar a Dick Conor. Palacios me contactó hace semanas. Él quería que lo encontrara y lo protegiera, pues había algo que el chico guardaba. Un agente de la Organización me juró que estaba ahí. Pero no era así —explicó Ben.

—Luego ocurrió el asalto a la Zona 0. Ahí estaba retenido el muchacho. También encontré un cuarto de tortura. Fue ahí donde hicimos el primer contacto con Gala. Ella ya estaba al servicio de Palacios, pero cuando Dick se enteró de la muerte de su familia...

—Se disparó justo en la cabeza —dijo Gala.

—Perdimos todas las esperanzas, el gobierno y la OISSP estaban más que al tanto de nuestras operaciones, así que decidimos escondernos. Regresé a casa unas semanas. El señor Cóvet fue a Ciudad Omega. Sucedieron cosas en ambos lugares.

—¿Qué tipo de cosas? —interrogó Larisse.

—Secuestraron a mi madre. Gala intentó rescatarla cuando se enteró y buscó a la familia Silva. Benjamín por otro lado, se reunió con Christian Benarroch, comenzaron a trabajar juntos a cambio de información. Entonces encontró a Kevin. El sujeto de ahí —señaló al Baakoobo—. En el afán de rescatar a mi madre, llegué a un acuerdo con Nollan, y la liberaron. Gala me ayudó a escapar de la Base Militar, fue entonces cuando se dio la orden de asesinar al candidato. Este estaba bajo control de Ezra. Gala nos lo había confesado, así que íbamos a ir tras él… La OISSP lo supo, entonces decidieron eliminarlo del mapa y así, terminar de inculparnos.

—¿Cómo se encontraron con el Agente y con la señorita? —preguntó Barleni dirigiéndose a Tom y a Samanta.

—Con ayuda de Gala, tuvimos un corto acceso al archivo de la OISSP. Encontramos los expedientes de algunos desertores, pero no pudimos localizarlos a todos, solo a él. Mientras estábamos fuera, el laboratorio del Doctor Silva fue tomado por la OISSP. El hombre de ahí traía un rastreador bajo la piel. Luego llegamos aquí. Tom se negó a ayudarnos la primera vez, así que decidí regresar a su departamento para tomar la información por mi cuenta. Fue ahí cuando la señorita Kaler me habló sobre el mensaje que le dejaron.

Larisse intentó procesar todo lo que el chico le había dicho. Observó a cada una de las personas reunidas ahí. No hubo palabras por un buen rato, no hasta que ella decidió contar lo que ella sabía. Se notaba a leguas todo el peso y la carga que llevaba consigo. Dan notó el miedo en su mirada, pero era un miedo que se mezclaba con rabia y preocupación. Aunque la mujer se esforzaba por retener sus palabras y sentimientos, finalmente cedió ante la necesidad de hablar y liberar su tensión.

—Me enviaron desde Lyon, Francia. La Nación ha sido monitoreada desde hace años, hay problemas aquí. Hasta ahora, había sido imposible saber cuál era la situación. Esta gente ha sabido esconderse muy bien. Y ahora que sé todo esto, puedo darme cuenta de muchas otras cosas. La unidad de investigación de INTERPOL que se encuentra en esta ciudad, ha estado trabajando bajo amenazas. Sus investigaciones están alteradas. No han avanzado con nada. Nos dimos cuenta de ello ayer.

Sus ojos comenzaron a emitir un brillo que de inmediato liberó algunas lágrimas. Su rostro comenzó a tomar un color rojo, y tras un llanto tan fugaz como el merodeo de una mirada, dijo:

—Vito tuvo que pagar el precio.

Hizo una pausa. No pudo continuar. Se esforzó por ahogar su silencioso lamento e inclinó su cabeza hacia abajo. Tomó algo de aire y prosiguió.

—Esta mañana, Nollan y algunos de sus agentes estaban esperándome en mi oficina. Había una caja en el escritorio. Dentro estaba el cuerpo degollado de mi compañero, y había un disparo en su cabeza. Sus amenazas fueron claras. Si no me unía a su causa, compartiría el mismo destino. Y todos los que me importan también.

Amanda estaba sentada junto a Dan. Giró su cabeza y lo miró. Quería saber cuál era su reacción. Cruzaron la mirada. Ambos experimentaban lo mismo. Miedo. Y los demás también.

—Debo llamar a las oficinas centrales en Francia para ponerlos al tanto de todo esto. Esta situación debe ser tratada de inmediato. También aprovecharé para alertar y proteger a mi familia. Trabajaremos juntos desde ahora. Pero necesitaré armar un archivo. Espero que todos aquí estén dispuestos a hablar —luego dijo en voz baja—. También espero que nadie allá les deba lealtad.

ENERO 13, 2023
AVENIDA DE BRONCE
COLONIA CARMESÍ
SECTOR 05

Palacios era un hombre que dominaba la presión y el miedo de una forma casi milagrosa. Pero cuando se veía superado por aquellas cosas, cambiaba de manera radical. Había recibido un paquete unos días atrás. Lo abrió con cautela, pero tras leer un nombre que le era conocido, dejó caer los documentos al suelo. Pensó al principio que se trataba de una broma, pero dicha hipótesis se esfumó cuando descifró el mensaje que venía incluido.

«Extremo cuidado… no estará solo»

Analizó cada pieza del contenido, junto con cada palabra de ese mensaje. La noche avanzó, al igual que los días. Y en el transcurso de las semanas posteriores, pudo esclarecer ciertos misterios, develar algunas verdades. Comprendió entonces que lo que poseía en sus manos, podría equivaler a una bomba nuclear, tan peligrosa y tan importante. La certeza de los eventos pasados yacía en su cono-

cimiento, y no estaba seguro de saber qué hacer con ello

Llamó a un chico del Sector 06. Ese mismo que algunos meses atrás había intentado robarle, y horas después le estaba enormemente agradecido por sacarlo de aquella fría celda. Dick Conor juró lealtad al Profesor Palacios, sin conocer el peligro que estaba por enfrentar.

Emocionado y motivado por la engañosa oportunidad de formar parte de algo importante, siguió a su nuevo mentor en cada búsqueda, en cada reunión y en todos aquellos momentos en que se requirió. Pero las cosas rápidamente se complicaron. Había estado en relación con criminales anteriormente, pero jamás nadie le había perseguido de aquella forma. Las noches de euforia y emoción pronto se convirtieron en miedo y cansancio.

Palacios se encontraba más demacrado, nervioso y alerta ante cualquier suceso. Le sentaba bien haberse convertido en el presidente del consejo universitario, pues así podía ocultar su estrés en algo aparentemente razonable.

Envío a sus nietos a pasar las vacaciones con su hermana a la vieja Comarca 03 de la Sub-región de La Paz. Esperando que a su regreso, las cosas se hubieran hallado resueltas.

Quien le hizo llegar aquella información, le advirtió apenas y de manera inexacta sobre la visita de aquel contra quien conspiraban. Esa noche se encontraba sentado en su estudio. Había un sobre justo en el medio de su desierto escritorio, y el lugar se encontraba en paz. Aguardó en silencio, sofocado por el miedo y la intranquilidad de quien espera un castigo o incluso la muerte. Un pequeño sonido provino del interior de uno de sus cajones y se apagó de inmediato, segundos después, un corpulento hombre atravesó solemnemente la puerta. Palacios miró a su visitante y procuró no verse sorprendido. Con un considerable esfuerzo, invitó a que se sentara. Juntó ambas manos y se las llevó a la barbilla, cubriendo su boca en el acto, aguardando a que el sujeto se pusiera cómodo.

—Imaginé que pondrías más resistencia, profesor —comentó—. Incluso pensé, que me hallaría con tu ausencia.

Bernardo no dijo nada. Su mirada estaba enfocada en la brillante superficie de su escritorio.

—La advertencia de Alex, hizo de su propia muerte, algo inevitable... rápido.

El profesor cerró los ojos, derrotado, herido por la letalidad de las pocas palabras que aquel individuo había pronunciado.

—¿Al menos conocías el nombre de tu colaborador?

Palacios continuó callado. El visitante sin embargo paseó la mirada tranquilamente por todo el lugar, observando con detalle cada rincón que tuvo a su alcance. Unos hombres uniformados como policías accedieron al lugar, y comenzaron a revisar todo el estudio. Sacaron papeles y revisaron el interior de cada libro, hurgaron entre los cajones y se aseguraron de que no pudiera haber nada escondido. Ezra tomó el sobre del escritorio y comenzó a revisar cuidadosamente el contenido, luego lo entregó a uno de sus acompañantes.

—Asumiré que no eres lo demasiado tonto como para conservar información que pudiera comprometerte a ti o a tu familia. No hago esto por benevolencia, eres un hombre que tiene mi respeto —se levantó y comenzó a vagar por la habitación tranquilamente—. Permanecerás vigilado durante un tiempo. Luego veremos qué será lo conveniente.

Tomó con delicadeza una fotografía del librero en la pared, en ella se encontraba el docente, rodeado por sus tres nietos en un bosque tan hermoso que parecía de fantasía. Todos sonreían contentos y tranquilos. La inocencia de los niños, opacaba incluso la alegría de su abuelo.

—Bernardo. Sabes bien cuál será el destino de cada uno de los que amas si continúas con esta estupidez. El temor será tu castigo desde ahora. Así que, el bienestar de quienes te importan, dependerá de tu prudencia.

Los hombres que irrumpieron en su estudio terminaron con su tarea, el lugar quedó hecho un desastre. Tomaría horas, incluso días reacomodar todo como estaba. Ezra miró alrededor nuevamente. No podía dejar de percibir un aroma a loción que contrastaba con el olor que despedían los viejos muebles y los libros de las repisas. Se colocó detrás de la silla de Bernardo, apoyando ambas manos en las esquinas superiores de esta y dio orden a sus acompañantes de que comenzaran a retirarse. Uno a uno fueron abandonando el pequeño despacho, saliendo por la misma entrada por la que habían accedido, esa entrada que se ubicaba justo debajo de un elegante reloj que Palacios no dejaba de mirar.

—Es tiempo de que me retire —dijo Nollan, tranquilamente, pero no dio un solo paso—. Es preciso advertirte… si me entero de que mantienes escondida información relacionada conmigo o con

mi organización, o si continuas con esta investigación... —hubo un silencio aterrador—... tendré que matarte.

El profesor se hallaba en la cúspide del verdadero terror. Estaba temblando, y su expresión denotaba una alarmante presión. Sin darse cuenta, Ezra desapareció, como si se hubiera tratado de un fantasma. Incluso a pesar de haber comenzado a sentir el reconfortante calor de la soledad, seguía temiendo, algo lo mantenía preocupado. Si la persona que se encontraba con él momentos antes de que Nollan llegara logró escabullirse, debía estar a salvo. Y en efecto lo había conseguido. Dick se encontraba ya a unas cuantas manzanas de ahí, agitado, corriendo asustado y cansado, cargando bajo su brazo la copia del archivo filtrado, y con la clara orden de mantenerse escondido en las sombras hasta el momento oportuno.

Ezra volvió desde aquel recuerdo. Estaba sentado justo en la oficina donde unas horas antes había cometido ese brutal asesinato. Meditaba en silencio, mientras ignoraba como la sangre derramada se iba impregnando al suelo. La noticia sobre el escape de Barleni no le agradó en lo absoluto. Una ira incontrolable estaba invadiéndolo, y luchaba por mantener la postura. Contemplaba con detenimiento una pequeña figurilla de hierro colocada sobre el cristal de la mesa a solo unos centímetros del borde. Pensaba en que las amenazas que le hizo al profesor no fueron suficientes. Se sintió ridículo por la falta de cuidado que había tenido, y se castigó a si mismo por las fallas recientes. Sabía muy bien quienes se habían llevado a la agente, y le sorprendía el hecho de la facilidad con la que lo habían conseguido. Significó tanto para él, y fue incapaz de concebir el cómo se sentía por eso. Después de tantos años, recordó por fin como era estar nuevamente bajo una gran amenaza.

UBICACIÓN DESCONOCIDA
(REFUGIO DEL SECTOR 06)
11:30 AM

Tras un breve momento, dejaron de un lado los lamentos. Decidieron que no había tiempo para ello y los fugitivos contaron a la agente sobre su intención de armar un extenso archivo para revelar la verdad y dar paso a un contrataque.

—Esto tomará horas. Espero que tengan evidencia tangible. Una recopilación de testimonios no va a ser suficiente.

—No tenemos mucha. Pero hay algo que debemos enseñarle antes —anticipó Dan, refiriéndose a las grabaciones de Ezra.

Gala y Al regresaron casi de inmediato. Traían consigo a *K.O.U.K.O*, además de algunos equipos electrónicos.

—Utilizaremos la cámara de video del dron. Luego archivaremos toda la recopilación en una unidad. Vamos a enviar la información encriptada por una cuenta de correo, y después la pondremos al alcance de todo ser humano en la red mundial.

—Muy bien. Comencemos…

Larisse formuló una serie de preguntas, esquemas y entrevistas. Aun no estaba segura de que iban a hacer con eso, pues seguía tan abrumada como cuando despertó en aquel lugar. Era esencial conocer la verdad, aprovechar el poco o mucho tiempo que tenían todos para asegurarse de que sus vivencias y lo que sabían, no se perdiera por una inoportuna muerte o algún ataque. Primero fue el turno de Kevin, fue difícil hacer que hablara, así que Benjamín estuvo presionándolo.

La filmación comenzó. Larisse traía consigo hojas, llenas de datos que ella misma transcribió.

—Mi nombre es Larisse Barleni, Agente 047 de la Policía Internacional. Me reporto desde una ubicación secreta en la Región 05 de La República Federal de La Unión —guardó silencio y un gesto de miedo e incomodidad la detuvo un instante—. He llegado hace dos días a este país, con la misión de obtener información concisa sobre los recientes acontecimientos ocurridos en Ciudad 24. En solo algunas horas, me he encontrado con algunos percances y a continuación podrá ser de su conocimiento todo detalle.

Hubo un pequeño momento de calma, pero ella seguía un poco indispuesta.

—Por favor, diga su nombre, y comience.

Kevin dilató en dar su respuesta algunos segundos. Luego comenzó su testimonio.

—Mi nombre es Kevin Vélez, soy miembro activo de la Mafia Baakoobo, desde hace 5 años —titubeó un poco—. He prestado servicios para este grupo, y para la OISSP.

—¿Podría explicarme que es la OISSP.

El hombre se resistió a hablar. Una parte de él habría preferido una muerte instantánea antes que decir la verdad. Benjamín lo miró con determinación, la suficiente para hacerlo continuar.

—La OISSP es una organización de servicio secreto. De todo tipo.

Dejó de hablar. No por voluntad propia. Había terror en su mirada. No le era posible ocultarlo.

—Continúe —ordenó Larisse.

—La OISSP hizo una alianza con mi líder, Edgard Khan. Prestamos servicios a la organización. Hemos robado, asesinado y traficado con todo tipo de recursos. Hace dos años, Edgard fue destituido junto con toda su familia, el ex agente del antiguo escuadrón M6, Ezra Nollan asumió el control total del grupo. Somos más de ochocientos miembros Baakoobo, distribuidos por todo el país. Hemos usurpado identidades policiacas, militares y políticas.

—Bajo las órdenes de Ezra Nollan y la OISSP… ¿A cuántas personas has asesinado?

—A veinticinco. Solo yo.

Luego de varias preguntas más, nombres conocidos y declaraciones, llegó el turno de Christian. Caminó de una forma nerviosa, su porte seco y temeroso solo era comparable con el aparente estado de su rostro. Se sentó de frente a la cámara de video.

—Comience —Barleni le dio la indicación.

—Yo… y… yo… —balbuceó.

—¡Diga su nombre!

Él la miró directamente, en silencio por un instante.

—Christian Benarroch, heredero y dirigente de la Mafia de Los Topos… Mi organización se ha mantenido activa desde hace algunas décadas —tragó saliva, hizo algunos movimientos con sus labios—. Sostuvimos una rivalidad contra la Mafia Baakoobo durante mucho tiempo. Solo hasta hace algunos años, una organización criminal comenzó a invadir la Ciudad, hemos tenido conflictos desde entonces.

—¿Qué clase de conflictos?—preguntó Barleni.

—Conflictos —recalcó Benarroch, como si la respuesta fuera obvia—. Decenas de hombres han perdido la vida bajo mi mando, y durante los últimos meses, he estado tratando de repeler a esta organización, para sacarla de la Ciudad, pero mis esfuerzos fueron inútiles…

—¿Usted posee información que compruebe la existencia de

este grupo? —preguntó la mujer.

—La tuve.

—¿Cómo la consiguió?

—Mis hombres la robaron. A un chico. El más reciente colaborador de Bernardo Palacios —miró a la mujer por un instante, mientras ella esperaba con seguridad la respuesta—. Dick Conor.

Tras varios minutos, y luego de contar con detalles la persecución y la muerte de su hijo, Benarroch no pudo seguir. Estaba destrozado, y recordar todo aquello lo torturaba aún más. Dan incluso pudo darse cuenta sobre el sufrimiento del hombre. Había arrepentimiento en sus ojos. Gala se sentó frente a la cámara, con la intención de iniciar su declaración, pero Larisse no lo tenía planeado así.

—No. Primero la señorita Kaler y el señor Arionda —anticipó la agente.

La chica se levantó nerviosa. Samanta y Tom tomaron su lugar. Ella sujetó la mano de su esposo.

—Fue hace 8 años. La OISSP, llegó a La Nación, bajo la fachada de una empresa de seguridad privada. Se hacían llamar, *Grupo Guardián.* Contrataron a cientos de personas. Oficinistas, operadores, guardias de seguridad. Los entrenamientos eran estrictos, el salario bastante justo. Pero las tareas comenzaron a volverse más… inusuales, confidenciales… ilegales. Rápidamente ganaron poder en todo el país y en el extranjero. La empresa de seguridad privada desapareció sin más, y nadie dijo nada. Tal vez ni siquiera lo notaron —Tom hablaba y explicaba, pero aún no se veía convencido, le costaba trabajo encontrar las palabras adecuadas—. Un año después, fueron claros y específicos.

El hombre se detuvo, estaba a punto de quebrarse, su esposa lo sujetó del brazo, tratando de darle fuerza y valor. Luego continuó:

—El mal, florece rápido en un lugar donde a nadie le importa nada. Asesiné a más de 70 personas. Serví para 12 grupos criminales distintos. Fui responsable de decenas de delitos.

Confesarlo le había resultado más difícil de lo que creía. Sintió como si todo aquello hubiera sido expulsado como vomito o como algún mal que lo atormentaba.

—Cansado de aquello, y bajo la amenaza de ser asesinado, decidí fingir mi muerte durante la conclusión de una de tantas misiones. He estado escondiéndome desde hace 3 años. No he podido salir de Ciudad 24, ni de este país. Están en todos lados. La OISSP cuenta con más de cinco mil agentes distribuidos por casi todo el mundo.

Larisse abrió los ojos, impactada, pero dirigió esa mirada a una pequeña libreta donde había estado haciendo anotaciones.

—Necesito nombres. Compañeros, socios, clientes. Todo lo que tengas… —exigió la mujer.

El hombre nuevamente hizo una pausa. El miedo se reflejó otra vez en sus ojos. Luego inclinó la cabeza. Samanta acarició su brazo, intentando darle ánimos.

—Remi LeBlanc. Es un agente especial. Es como un monstro. Busca y asesina a cualquiera que sea un problema, dentro o fuera. Puedo asegurarle que su número de víctimas se eleva muy por encima de lo extremo.

Uker mencionó más de diez nombres, entre ellos el de Rebecca y el de Antón Romero. Casi luego de terminar con todo, dio oportunidad a su mujer para hablar.

—Las noticias sobre todo lo que ha estado pasando en Ciudad 24, han sido alteradas a conveniencia de un grupo —declaró Samanta—. He recibido amenazas directas de productores y dirigentes de los Estudios Televisivos Crónica, y podrán encontrar evidencia de ello en los archivos de las oficinas. No soy la única, más de 20 miembros de la producción están bajo las mismas amenazas. Los productores y el presidente, han sido sobornados. La verdad ha sido suprimida. Y quienes hemos tenido la intención de evitarlo, ahora vivimos con miedo.

Samanta dio bastantes detalles sobre su trabajo, y sobre todo lo que le habían obligado a callar. Larisse le puso total atención, la cámara del dron captó todo lo que hasta ahora se había revelado.

El interrogatorio continúo. Benjamín se acercó para hablar con Dan y con Amanda, Aldo se sumó al instante. Silva estaba asistiendo a la Agente Barleni.

Afuera, había hombres resguardando la puerta. Silva los contrató. Algunos ya lo conocían y le tenían mucho respeto, pues antes habían recibido apoyo de él. Pero nunca contó con que uno de ellos,

estaba recibiendo un poco más de otras personas.

Su nombre era Edgar y al ver a sus compañeros distraídos, se dirigió con un aspecto cargado de nerviosismo y miedo al interior de un cuarto de limpieza. Cerró la puerta y agitado, se recargó en ella.

Sacó de su bolsillo un pequeño transmisor y dijo:

—Se refugian aquí. Hotel Centelle, calle 03 del Sector 06. Barleni está con ellos.

BASE MILITAR 05
LA GRAN EMERGENTE
SECTOR 02
5:35 PM

—¡Te copiamos, adelante! —dijo uno de los operadores informáticos en la base militar 05—. ¡Repórtenlo ahora! ¡Envíen tres unidades a la ubicación!

El operador, tomó un radio y habló en voz más baja:

—Agente LeBlanc —hizo una pausa momentánea—. Los encontramos.

Un grupo de fuerzas militares se dirigió a los autos, algunos elementos se separaron y abordaron dos helicópteros, se puso en alerta a todos los oficiales afiliados a la OISSP, para que tomaran acción. En solo unos minutos, toda la organización sabía dónde se encontraba el equipo. Los noticieros también comenzaron a reportarlo. Ezra se enteró casi al instante. Solo esperó a recibir más información.

HOTEL CENTELLE
CALLE 03
SECTOR 06
5:45 PM

El archivo que armaban, estaba aún incompleto.

Uno de los hombres que resguardaban el hotel, entró presuroso.

—¡Nos encontraron! —informó— ¡Alguien reveló la ubicación!

—¿Quién? —preguntó Amanda alarmada.

Todos guardaron silencio, miraron al hombre esperando una respuesta. Pero este se quedó sin palabras.

—Se acercan elementos militares. Dos helicópteros y varios agentes. Temo que son demasiados.

Kevin, aun retenido en la silla comenzó a retorcerse de terror, Samanta abrazó a Tom y Barleni observó directamente a Silva. Todos contemplaron la ira del desertor de la OISSP, quien se levantó, y con molestia reprochó a su esposa:

—¡Lo sabía! ¡Te dije que no funcionaría! ¡Maldita sea!

—Tomás, ¡Cálmate!

—¡Mierda! ¡¿Cómo quieres que lo haga?! —se dirigió a Dan y a los demás —. ¡Es su culpa, ellos ya vienen y van a matarnos a todos! ¡Yo se los dije!

—¡Y yo te prometí seguridad! ¡Cállate y siéntate! —Dan reprendió al sujeto. Tom lo miró con impotencia y furia. Algo dentro de él estaba por estallar.

—¡Todos cálmense! —Larisse alzó la voz—. No tenemos tiempo para esto. Debemos salir de aquí.

Dan se llevó una mano a la cara. Pensó rápidamente.

—De acuerdo. Sí —hizo una pausa—. Hay una camioneta a una cuadra de aquí y un auto en el callejón detrás del edificio. Tenemos que llegar ahí, y tratar de ocultarnos en donde sea posible. Luego estableceremos un punto de reunión. Podrán salir por una puerta a la calle del costado.

—Los testificantes deben ser protegidos —advirtió Larisse.

—Y usted también, así que vendrá conmigo.

Todos en aquel sitio, se miraron mutuamente, esperando alguna otra indicación.

—¡Andando! —Dan dio la orden.

Larisse, Silva y Aldo terminaron de recoger el equipo. Lo colocaron en la mochila y ella la cargó consigo. Dan recibió un radio de su compañero.

—Ya están sincronizados, sin riesgo de interferencia —dijo Al.

—Perfecto —respondió Dan—. Cuídense mucho.

Amanda los observó, también abrazó a Dan, luego sus labios se encontraron nuevamente en un beso tan cálido, que incluso ambos hubieran deseado que aquel instante se extendiera por mucho tiempo más.

—Espero verte de nuevo —dijo ella, con la mirada clavada en sus ojos—. Tengo algunas cosas que decirte.

Benjamín cargó sus pertenecías, miró a los dos jóvenes y se vio obligado a interrumpir su momento.

—¡Vamos!—enseguida le dio un arma a Larisse, una a Silva, y algunos artículos más a Gala.

Dan, acompañado de la agente, de Tom y Samanta, intentarían conducirse hasta una ubicación en el mismo Sector, donde podrían refugiarse de manera momentánea, luego harían contacto con el resto para organizar el siguiente movimiento.

La disputa entre hombres de Silva y los agentes de la OISSP que ya habían arribado, estaba provocando un caos afuera de las instalaciones del hotel, donde hubo disparos, peleas e incluso heridos. Finalmente, la débil barrera humana costeada por Erick cayó, y los agentes de la Organización penetraron el edificio. Eran más de 30. Un grupo de ocho, interceptó a Dan y a sus acompañantes.

Samanta y Larisse se ocultaron dentro de una habitación, donde también interrumpieron la intimidad de una pareja, los gritos de miedo y desesperación comenzaron a hacer presencia en el lugar. Dan estaba detrás de la entrada, protegiéndolas, mientras que Tom, se encontraba frente a él, en la otra entrada. Dan aprovechó el pequeño descanso para colocarse la máscara.

Los agentes golpearon la puerta y la abrieron, se acercaron sigilosamente hasta que el que encabezaba a los otros fue golpeado severamente por el chico, quien de inmediato atacó ruda y velozmente a los intrusos. Bastaron veinte segundos para que 4 de ellos cayeran inconscientes al suelo. Tom se armó de valor y comenzó a repeler el ataque también.

Los movimientos de Dan eran más fuertes y rápidos. Luego de más de un minuto, terminaron con la pelea.

—¿Todo bien? —preguntó Dan, asegurándose de que nadie resultase lastimado—. ¡Vamos!

Tom lo siguió, Larisse salió de su escondite, con Samanta refugiándose detrás de ella. Ambas caminaron sobre los hombres golpeados e inconscientes en el suelo, intentando no pisar a ninguno.

Atravesaron la puerta con salida al callejón. Y abordaron el auto de Silva. Dan lo puso en marcha, con Larisse a su derecha y la pareja detrás.

Salieron del callejón discretamente, él ya se había descubierto el rostro. El auto resultaba muy llamativo en un lugar como ese, era un Cadillac DeVille 2002, de color negro, su pintura era impecable, como si este jamás se hubiera usado antes. Sus manijas lucían un cromado reflejante y sus neumáticos había recibido mantenimiento, eso era ostensible. Una vez habiéndose puesto en marcha, un grupo de agentes encubiertos se dispusieron a seguirlos en autos. Habían estado esperándolos desde hacía varios minutos.

Aun en el edificio. El otro grupo se aproximó hasta la puerta lateral para poder llegar a la Van, que estaba parada a una cuadra del hotel. Antes de salir, se percataron de que Benjamín y Benarroch se habían separado. Pues ninguno los había seguido desde hacía algunos metros. Solo habían desaparecido.

—¡Olvídalo! —dijo Gala a Aldo cuando se detuvo para buscarlos. Luego tomó a Kevin y lo jaló consigo de nuevo.

Ben había subido por las escaleras hasta la azotea del edificio, Benarroch lo siguió. Los helicópteros estaban llegando, el ex militar se las arregló para poder hacerle frente a los ocho elementos especiales que accederían por arriba.

Se detuvo justo antes de ascender al último piso. Sacó de entre su mochila, tres tubos de aluminio grueso, de 4 centímetros de diámetro y veinticinco de largo, los rellenó con pólvora negra y bolsas de nitroglicerina. Colocó dentro de cada uno, un detonador inalámbrico y tapó sus extremos con tapas metálicas de rosquilla. Le dio un pequeño interruptor a Christian:

—Toma, es de la última bomba, guárdalo con cuidado.

Con un poco de miedo lo sostuvo entre sus manos.

Benjamín terminó con los explosivos y subió a la última planta, colocó una de las bombas justo en la puerta de las escaleras que conducían a la azotea, por donde la unidad especial entraría y una más a solo tres metros de la primera bomba. Benarroch aun sostenía la que le habían encomendado.

Una vez colocadas, el helicóptero aterrizó y de inmediato los elementos de la OISSP se desplegaron. Se condujeron hasta la puerta y descendieron por las escaleras hasta llegar al último piso.

Benjamín pudo escucharlos, entonces detonó la primera bomba, que hizo estallar a la segunda de inmediato. Dos de los sujetos fueron eliminados al instante, los otros solo resultaron heridos, pero aun así, quedaban tres más afuera que no habían penetrado el edificio aun.

Aturdidos por el estallido, se abstuvieron de perpetuar el acceso. Pues de la puerta emanaban humo y algunos lamentos. Benjamín salió al instante, y enfrentó a los hombres, aprovechando el efecto que les había provocado el estallido de sus explosivos. Christian sin embargo se quedó dentro, no pensaba salir hasta que las cosas afuera se controlaran.

Transcurrieron algunos segundos para que el ex militar asesinara a uno de sus rivales y dejara inconscientes a los otros dos.

—¡Vamos! —gritó desde afuera. Pero se había olvidado del piloto en la nave. Este comenzó a dispararle con un arma, sin poder acertar en el objetivo. Benjamín se arrastró por el suelo y tomó el rifle que uno de los sujetos llevaba, lo preparó y dio justo en la frente del sujeto.

—¡Ahora sí! —dijo aliviado, luego se dirigió hasta el helicóptero. No se había percatado de la ausencia de su seguidor. Ya estaba arriba cuando giró la cabeza, esperando impacientemente a que el hombre apareciera.

Un instante que a su parecer se hizo eterno, bastó para que Benarroch saliera tímidamente del acceso. Su silueta se remarcaba más obscura dentro de la incesante nube de humo, pero no era la única. Un hombre estaba justo detrás de él, lo custodiaba con un arma descansando sobre su espalda.

Ninguno de los dos podía hacer algo al respecto, las cosas parecían haber acabado ahí para el líder de Los Topos. Este miró con arrepentimiento a su nuevo compañero por unos segundos, mientras aceptaba su destino. Abrazaba consigo la bomba, como si de un valioso tesoro se tratase y el detonador estaba en su mano.

—¡Nooooo! —gritó el militar desde la nave. Y al instante una explosión hizo desaparecer a Christian junto con su captor. Benjamín no pudo evitar que sus ojos se cristalizaran. A pesar de las diferencias, parecía haber encontrado en él, una especie de aliado. Él era testigo de su sufrimiento.

El impacto de la escena lo hizo lamentarse con angustia por momentos. Fue un momento dramático. En todos sus años, presenciando inolvidables eventos de violencia y destrucción, jamás se había sentido tan conmovido, como en aquel momento.

Las sirenas de la policía ya se escuchaban cerca. Agitado, subió a la nave, encendió los motores y salió de ahí.

Los restos de Benarroch quedaron esparcidos por todos lados. El resignado hombre había causado mucho daño a mucha gente, pero igual había amado de una manera excepcional. Su arrepentimiento fue evidente en los últimos segundos de su vida.

Cerca de ahí, Amanda y los demás habían llegado a la camioneta, Silva abrió la puerta trasera. Arrojaron al interior a Kevin, quien permanecía atado de las manos y amordazado por la boca. Luego entraron los demás. Aldo fue el copiloto, y el doctor condujo el vehículo. Salieron de ahí en cuanto abordaron. Era urgente abandonar el lugar.

Dan y su grupo por otro lado, estaban siendo perseguidos por el auto que los vio salir del hotel. A la persecución se les sumó un elemento policiaco y un auto de agentes civiles, que probablemente estaban bajo control de la OISSP.

—Hemos identificado a la Agente Barleni, está a bordo de un auto junto con la reportera de los Estudios Crónica y dos sujetos que no puedo identificar.

—¡Síganla! ¡No la pierdan! —exclamó una voz por el radio.

Dan se introdujo en la avenida principal, que se incorporaba en un par de kilómetros a la autopista que atravesaba toda la Ciudad.

Solo unos minutos después, llegaron a la enorme carretera, los autos corrían a grandes velocidades, pero ellos rebasaban incluso el límite permitido.

—¡Tom! —Dan se dirigió a el ex agente— ¡Toma el volante!

Larisse lo sostuvo por un par de segundos, mientras el ex agente se colocaba en el asiento.

El chico se puso la máscara y salió por la ventana hacia el frente del auto sobre el cofre, tratando de no complicar la visibilidad del conductor. Hizo una serie de señales a Tom con la mano. Indicándole que debía buscar la manera de poder tener a uno de los persecutores justo detrás de ellos.

No hubo demora en aquello. El auto de Silva, a una considerable velocidad estaba corriendo a solo seis metros de distancia por delante de uno de los persecutores.

Dan contó hasta tres, y justo al concluir, se impulsó por encima del vehículo hasta aterrizar en el coche enemigo, atravesando violentamente con su cuerpo el parabrisas. Golpeó al copiloto y lo sacó del automóvil, mientras la velocidad comenzaba a disminuir instantáneamente. El conductor asustado y molesto extrajo un arma e intentó asesinar al chico. Pero al alinearse junto con el auto de la policía, uno de esos disparos dio justo en el cuerpo del oficial que conducía la unidad. Su patrulla se desvió directamente a las vallas de contención y ahí quedaron. El chico continuó luchando con el conductor, este intentaba a toda costa no perder el control de su vehículo. Recibió entonces dos golpes del encapuchado y finalmente, fue expulsado de su auto con una patada. Dan se hizo con el control del auto y confrontó a la última unidad de la OISSP. Luego de una riña en plena carretera, decidió acelerar hasta perderse por el frente de un camión. Los hombres a bordo, perdieron el dañado auto entre el resto de los vehículos. Se llevaron una gran sorpresa cuando este los impactó por detrás con tal fuerza que perdieron el control total y se volcaron. La serie de eventos que se habían dado, provocó un desastre vehicular en el tramo de aquella autopista. Además de los involucrados, nadie salió herido.

Dan continuó conduciendo a una alta velocidad. Intentando alcanzar a sus acompañantes. Pero se dio cuenta que Tom había salido de la autopista en un reingreso vial que a propósito, conducía directamente a el Aeropuerto Sur de Ciudad 24.

—¿A dónde vamos? —preguntó Larisse confundida.

Tom no respondió.

—¿Tom? —Samanta intentó cuestionar a su esposo— ¡Tom! ¡¿A dónde vamos?!

—¡Nos largamos de aquí! —respondió alterado.

—¡No podemos! ¡Ni siquiera tienes pasaporte!

—¡No puedes hacer esto! ¡Ellos van a encontrarte! —advirtió Larisse.

El hombre solo siguió conduciendo, no le preocupaba salir del país, pues antes de ceder a la suplicas de su esposa para ayudar al misterioso grupo de justicieros, había contactado a un grupo dedicado a la falsificación de documentos, sus servicios eran satisfactorios y además contaban con gente trabajando dentro de oficinas gubernamentales. Ese era su plan de respaldo.

Pensaba justo en eso, cuando un vehículo particular impactó intencionalmente con él. El golpe fue tan fuerte que su auto volcó varias veces. Barleni quedó inconsciente. Dan se encontraba a un par de kilómetros del accidente.

Una persona bajó del coche que provocó la volcadura, y se dirigió hasta donde Tomás. Abrió la destrozada puerta del lado del conductor. Ahí estaba, herido y con varios huesos fracturados. Miró con ojos entreabiertos a quien estaba extrayéndolo del interior del auto. Sin consideración o cuidado, este lo azotó contra el piso. Entonces desenfundó un arma de entre su chaqueta y disparó dos veces en el pecho del hombre. Samanta, lesionada y en shock, contempló la escena desde el interior del carro.

No pudo ver el rostro del sujeto, y no podía moverse. Cuando el desconocido se dirigió a ella para liquidarla, alguien golpeó su cabeza y lo derribó. El sujeto cayó tendido en el suelo. El oportuno interventor se develó. Era Dan. Intentó sacar a la reportera con cuidado. Cuando la colocó en el suelo, ella se arrastró a través del pavimento caliente, hasta llegar donde su esposo. Lo tomó entre sus brazos. Seguía respirando, pero le era imposible hablar. Había sangre emanando del interior de su boca. Samanta estaba desconsolada.

—¡Nooo! ¡Tom! —murmuró, con la voz quebrada entre lágrimas, mientras sostenía su cabeza—. Por favor quédate... No puedes dejarme... No puedes dejarnos.

Tom comprendió lo que Samanta le quiso decir con aquella última frase. *No puedes dejarnos.* Había vida, dentro de ella.

En un esfuerzo por producir un par de palabras, y la mirada enfocada completamente en los ojos de su amada, él susurró suavemente:

—Te Amo.

Y sin un aliento más de vida en su cuerpo, se fue. El llanto fue desgarrador, tanto, que Larisse comenzó a recuperar la conciencia.

Dan acudió a sacarla. Para su fortuna, el cinturón de seguridad cumplió su función. Ambos contemplaron el dolor de la mujer, y el cadáver fresco de aquel confundido guerrero. Las cosas se habían ido al diablo en menos de media hora, y la desafortunada serie de eventos, no había acabado.

Al lugar arribaron elementos militares en camionetas y vehículos. Todos ellos colocaron en la mira de sus armas a los tres sobrevivientes. Samanta refugió el cuerpo de su esposo en su regazo. Dan levantó las manos, al igual que Larisse. Esta vez el final parecía verse cerca.

—¡Larisse Barleni! ¡Entregue la información gubernamental expropiada, o nos veremos obligados a abrir fuego! —gritó quien parecía ser el hombre a cargo.

—Entrégala... —dijo Dan entre dientes.

Así lo hizo. La mujer arrojó la mochila hacia el frente.

Uno de los militares se acercó para revisar el contenido de esta. Los fugitivos ahora tenían elementos detrás con armas a solo centímetros de sus espaldas.

Tras la inspección, el sujeto pareció no haber encontrado lo que esperaba. Su gesto por el contrario reflejó preocupación, algo de miedo. Al notar la demora, el hombre que segundos antes había ordenado la entrega, se acercó para saber que sucedía.

—No está —comentó alarmado el tipo a su superior. Este miró a Meggar y a Barleni de inmediato.

—¿Dónde está? —preguntó de manera violenta y se aproximó al chico.

Él solo acertó a responder con una mirada fría y directa.

UBICACIÓN DESCONOCIDA
5:59 PM

—La información está en línea. El mensaje ha llegado hasta Lyon —aseguró Aldo a todos en la camioneta, mientras una barra de carga en su monitor se había completado.

Él ya había publicado la recopilación de todo el archivo que compilaron. A partir de ese momento, estaba al alcance de cualquier oficina gubernamental y de cualquier usuario de internet en todo el mundo. Además, había enviado una copia a las principales Organizaciones de seguridad en el mundo, CIA, MI6, CBP y por supuesto, INTERPOL.

Eso no fue lo que realmente importó. Las dos cerezas en el pastel, aguardaban en el final de todo el archivo. Eran dos grabaciones importantes. La primera, mostraba todo el interrogatorio que Ezra había hecho a Dan. Desde cada movimiento, hasta cada palabra que había mencionado. En cuestión de minutos, el nombre del dirigente de la OISSP se había convertido en el más buscado en las redes, y también por los gobiernos. El segundo video mostraba a un hombre enmascarado, dirigiendo un mensaje para todo el mundo.

» Querida Nación. Les hablo desde el lugar más recóndito de La Ciudad 24. Tal vez hayan oído de mí en los últimos días. Algunos tal vez den por hecho, que soy un terrorista, o un asesino. Sí. He trabajado junto a Benjamín Cóvet, actual fugitivo nacional. Pero he de jurar por la vida de mi padre, que no he tomado una sola vida. Nuestro país ha sido infectado por una organización vil y perversa. Se hacen llamar, OISSP,

Organización Internacional de Servicios Secretos y Particulares. Y a eso se dedican. Detrás de todo ello, existen cientos y miles de muertes. Atentados, no solo a la paz y a la seguridad. A la economía también. A la educación… y a la esperanza. El fundador y dirigente de esta enorme red criminal, es también el responsable del Atentado en contra de la fuerza especial M6. Su nombre… es Erza Nollan. Ha estado interviniendo en la estabilidad política y económica del país, arrebatándole la vida y la identidad a quien se le interpone. Trabaja con asesinos, genios, grandes científicos y gente, con poco prestigio moral.

Miles y cientos de personas en el país y el mundo escuchaban el mensaje al mismo tiempo. Algunos estaban asustados, confundidos, pero otros más emocionados.

» …quiero invitar a todos aquellos que se han refugiado tras las sombras del miedo, a aquellos que se han condenado al exilio... salgan. Es momento de mostrarle a esta gente que el temor ya no es una opción, la unión será noble con nosotros. Ese el nombre de nuestro país. Este es el comienzo de una revolución. Mi nombre es Dan Meggar, y juntos… vamos a recuperar aquello que se nos ha arrebatado… La Libertad.

OFICINAS CENTRALES DE INTERPOL
LYON, FRANCIA
01:42 AM

El director general de INTERPOL, Herman Stock, terminó de revisar todo el archivo. Todos en la oficina hacían llamadas y papeleo. El mundo entero estaba al tanto ya de la información que se había filtrado.

—Notifiquen a todos. Visitaremos la Nación ahora mismo —Stock dio la orden.

Herman Stock, era un hombre con una experiencia de 30 años en el campo militar y policiaco. De origen alemán. Había enviado a la Agente Barleni y a el agente Vito Salar para averiguar sobre las irregularidades en Ciudad 24 y la Nación. Pues la oficina en dicha

Ciudad había mantenido un comportamiento deficiente en los últimos meses.

Luego de enterarse de lo sucedido con Larisse y con Salar, decidió tomar acción por su cuenta y viajar a América para poder encargarse el mismo.

—Informen a todas las agencias. Si la información es veraz, estamos bajo una amenaza internacional. Reúnan toda la información sobre Ezra Nollan y OISSP. Envíenla a todas las oficinas y contáctenme con el Presidente de La Nación.

CIUDAD 24

AVENIDA 13

06:04 PM

Dan y Larisse continuaban varados en el reingreso vial donde hacía unos minutos Tom había perdido la vida. Su mujer seguía en el suelo sosteniendo su cuerpo con miedo y tristeza.

El hombre que comandaba a los elementos, tomó un radio y se comunicó con alguien.

—Aquí oficial diez-dieciocho. Tenemos a cuatro, uno sin vida, y la información no está.

—*Trasládenlos hasta la Zona Militar* —la voz de una mujer se escuchó a través del aparato—. *Inspeccionen toda su unidad y reporten los datos. Él estará esperándolos.*

—¿Y ahora qué? —preguntó Larisse.

—No lo sé.

Un grupo de militares comenzó a acercarse a ellos con la intención de aprenderlos. Las miras de sus rifles no los habían perdido como objetivo.

A lo lejos pudo escucharse el sonido de un helicóptero. Era también una unidad militar, que se acercaba desde los cielos hasta el lugar del incidente. Todos observaron su descenso. De la nave, bajó un hombre de traje impecable, su pelo era claro, y usaba anteojos, era bien parecido, y su altura se equiparaba con la de Dan. Estaba acompañado de otro sujeto. Los dos se aproximaron directo hasta donde se encontraban los detenidos.

—¡Oficial diez-dieciocho! —saludó el sujeto al militar—. Es un placer.

—¿Qué haces aquí? —preguntó este con recelo.

—Estaba cerca. Recibí una llamada desde el Complejo militar 03 de Ciudad Libertad. Me piden que traslade a estas personas hasta allá, para que puedan ser procesados por una autoridad más... competente.

—Mis órdenes son otras. La zona militar de Ciudad 24 ya nos espera.

El militar intentó reanudar con su captura, pero se vio interceptado por Henry, el hombre de traje. Su actitud era confiada y algo arrogante. También calculadora.

—Hey. Schh, Schh, Schh, Schh, ¡No! No puedes llevártelos.

—¿Y porque no? —respondió con rabia, se acercó hasta él y lo enfrentó—. Dame una maldita razón.

—Ahora mismo estas en la mira de quince de tus hombres. Una sola señal, y serás la primera baja —le dijo en voz baja con una sonrisa en los labios—. Ustedes no son la única organización que está en todas partes.

El hombre entendió al instante, pero seguía enfadado.

—¿Quieres comenzar una masacre aquí?

—Solo si tu deseo, es no volver a ver a Pam, la linda e inocente Pam.

La mirada del militar pasó de la rabia, al miedo. Ese era el nombre de su única hija. Miró a Henry directamente a los ojos. Este se retiró y dio la orden con la mano.

Luego de comenzar a caminar rumbo al helicóptero. Los quince militares encubiertos se desplegaron de toda la tropa. Cuatro escoltaron a Dan y a Larisse. Uno levantó a Samanta del Piso y se la llevaron. Dos más colocaron el cuerpo de Tom en una camilla y lo cargaron hasta una camioneta, donde abordó también el resto de militares que estaban con Henry.

—Ahora están a salvo —dijo el hombre. Luego los invitó a subir.

De una manera burlona, alzó la mano para despedirse del oficial
diez-dieciocho.

—¿Y ahora que hacemos, señor? —preguntó uno de los soldados al oficial.

—Teme por tu vida soldado. Teme por ella —respondió, mientras observaba como el helicóptero ascendía hasta perderse en lo alto del cielo

INTERIOR DEL HELICÓPTERO
SIKORSKY S-70/UH-60
06:20 PM

—Permítanme presentarme —dijo el hombre—. Mi nombre es Henry Rockwell. Y sí. Soy Extranjero. Les ahorraré el suspenso. Me conocen como El Señor Alfa. Y dirijo una organización secreta. Similar a la OISSP. No tienen por qué preocuparse. Somos aliados de su gobierno, trabajamos juntos. Hay en mi nomina cerca de 2,500 personas. Son fieles, sí. Pero en la mayoría de los casos, menos letales que la gente de Nollan. Esta es nuestra tarjeta.

El sujeto le entregó una pequeña lamina de plástico al muchacho.

—¿Conoces a Nollan? —preguntó el.

—¿Quién no? —respondió—. Es el nombre del momento.

El helicóptero tuvo una ligera turbulencia.

—Recientemente, el gobierno de La Nación y el de otros países, se percataron de algunas irregularidades internas. Y desde hace dos años, sabemos que una organización, ha estado controlando a ciertos grupos y personas. Nunca supimos exactamente de qué se trataba —hizo una pausa—. A decir verdad. Ni siquiera estábamos muy seguros de lo que pasaba. El Profesor Palacios comenzó su investigación. Pero decidimos mantenernos alejados. Él iba a encontrar a alguien tarde o temprano. No queríamos que fuera a nosotros. Así que el gobierno nos suprimió por un tiempo.

—¿Quién te envió? —preguntó Larisse.

—Ah, sí. Lo conocerán en unos minutos.

—Creí que iríamos a Libertad —replicó Dan.

—Sí. Eso era lo que quería que creyeran esos idiotas.

UBICACIÓN DESCONOCIDA

En una habitación apenas iluminada, Ezra, terminaba de ver todo el archivo que Larisse había armado. Estaba furioso. Casi a punto de estallar en ira. Remi estaba con él. Se mantenía firme a pesar de la tensión. Rebecca entró.

—Señor, la Agente Larisse y Dan Meggar fueron rescatados.

Pudimos eliminar a Arionda (Tom). Pero también se llevaron su cuerpo.

Hubo un silencio perturbador y muy frio. Ezra tardó varios segundos en hablar.

—¿Quién lo hizo? —dijo con una voz grave y rasposa.

—Henry Rockwell.

Mirar a aquel hombre, era como contemplar una bomba de 20 kilotones a punto de detonar y causar una gran destrucción.

La comparativa era muy equivalente, pues el poder que aquel hombre tenía era demasiado.

—Dile al oficial diez-dieciocho, que pase—ordenó con frialdad.

—Pero ellos ya están buscándonos señ...

—¡¡¡DILE QUE PASE!!! —gritó con furia. Su voz incluso, pudo escucharse a varios metros de ahí a través de los muros

Rebecca salió temerosa con la orden. La situación estaba poniéndose bastante crítica para todos, y la actitud de su jefe, era consecuencia de ello.

Casi al instante, el oficial diez-dieciocho entró tímidamente. Estaba sudando, y al borde de un ataque de pánico. Él debía ser responsable de recuperar la información que Dan y Larisse habían reunido, además de asegurar el deceso de todos los relacionados a dicha conspiración.

Ezra lo miró directamente a los ojos. Era claro que quería una explicación.

—Señor. Estábamos por aprenderlos, pero llegaron ellos... — el hombre no pudo concluir con su argumento, pues Nollan se abalanzó violentamente contra él y lo abofeteó tan fuerte que lo derribó al piso. Entonces comenzaron los gritos. Aquel oficial fue víctima de un salvaje y cruel castigo. Uno que terminaría con su vida.

—¡¡¡AYUDA!!! ¡POR FAVOR! ¡PERDON! —Rebecca podía escuchar todo a través de la puerta. Estaba asustada— ¡AUXILIOO! ¡PIEDAD POR FAVOR!

Ni siquiera Remi fue capaz de tolerar tanta violencia. Lo que Ezra le estaba haciendo a ese sujeto, era tan inhumano, que el mimo solo optó por salir del cuarto. La mujer seguía afuera. Los golpes y los ataques podían oírse como si no hubiera muros.

En aquel oscuro pasillo, Viutt se quedó sola con LeBlanc. El sufrimiento del hombre aun podía oírse de fondo. Allí adentro era como un matadero. Como una cámara de pesadillas. Remi pudo ver los sentimientos de su compañera. Ella se acercó hasta él. Lo miró directamente a los ojos y tomó suavemente su mano.

—¿Cómo puedes ocultar, el miedo ahí dentro? —preguntó.

Él respondió sin expresión alguna:

—No tengo miedo.

Pero estaba mintiendo.

Capítulo XIII

Inframundo

Xib'alb'a

XIII

COMPLEJO MILITAR SECRETO
REGIÓN B
SUB-REGIÓN DEL VIENTO
07:25 PM

El helicóptero aterrizó en un complejo militar, uno que Dan no conocía. La noche se había hecho presente y estaba a punto de oscurecerse por completo.

Un grupo de agentes vestidos con uniformes militares color gris los recibieron, traían una especie de sello en la parte lateral de su chaqueta.

—¡Todo está listo señor, ya están esperándolos! —le dijo uno de ellos a Henry en voz alta, pues el helicóptero seguía encendido. Otro más ayudó a Larisse y al chico para bajar

—¡Perfecto Rony! ¡Llévanos para allá! —respondió el Señor Rockwell.

Fueron escoltados hasta un cuartel. Dan se sorprendió por la gran actividad en aquel hangar, en cierta forma, algo lo hacía sentirse cerca de casa. Tal vez era el viento, tal vez el bello atardecer. No le tomó mucha importancia porque sus acompañantes lo estaban dejando atrás.

Caminaron por un pasillo iluminado a cada doce pasos con bombillas blancas de luz muy débil. Fueron casi doscientos metros de suspenso, antes de que llegaran a una entrada de dos puertas. Al abrirla se encontraron con Amanda, Aldo, Gala, Annie, Benjamín y el Doctor Silva. Estaban sentados alrededor de una mesa rectangular, encabezada por un militar. El hombre tenía alrededor de 50 años, una mirada dura y un porte autoritario incuestionable. Era una sala de reunión fría, amplia e iluminada por colores blancos y grises.

Amanda se levantó de su silla al verlos entrar. Corrió hasta donde Dan y lo abrazó con fuerza.

—Estas bien —dijo aliviada.

—Lo estoy.

Luego de corresponder a su bienvenida con una dulce sonrisa, se dirigió hasta donde estaba sentada su madre y se arrodilló frente a ella.

—¡Hijo! ¿Cómo estás?

—Estoy bien, muy bien, solo son unos rasguños —sonrió una vez más.

Miró a su alrededor. Faltaban dos personas. Christian Benarroch y Kevin.

—¿Dónde está el resto? —preguntó.

La respuesta tardó varios segundos.

—Unos francotiradores comenzaron a dispararnos. Mataron a Kevin cuando intentamos salir de ahí. Apenas de milagro.

—¿Y Christian?

—Él murió —respondió Benjamín—. Yo no lo hice.

Dan intentó procesarlo.

—Señor Meggar, Agente Barleni, por favor, tomen asiento —dijo el militar—. Usted también, Rockwell. Señorita Kaler ¿Esta herida? ¡Por favor, traigan asistencia médica!

Dos militares se acercaron con un botiquín y algunas vendas. Comenzaron a curar la lesión que Samanta tenía en el brazo.

—¡Bien! Ya que estamos todos reunidos, quiero comenzar con lo siguiente —anticipó el hombre—. Soy el General Aarón Fogo, y estoy a cargo de la división de asuntos militares secretos, en este país… Me sorprende realmente tener a personas como ustedes aquí. Y no lo digo solo por el Señor Cóvet. Ya estamos al tanto de su operación y las investigaciones que iniciamos, los ponen en gran ventaja. Sobre todo, por el mensaje que ha enviado usted a La Nación y al mundo.

Dan lo miró confundido. Al notar esto, el militar le hizo una señal a uno de los hombres que estaba cerca. Entonces encendieron una gran pantalla que estaba colocada en el muro a su costado. Eran grabaciones de cientos de personas, documentos, testimonios y notas periodísticas.

—Al parecer cumplió con su cometido… iniciar una revolución —afirmó con un leve tono de orgullo—. Luego de la publicación de su archivo, decenas de personas han salido a testificar, y compartir información sobre la OISSP y sus líderes. Tenemos veinticinco personas aprendidas y más de ciento veinte testimonios respaldados por pruebas. Lo mejor de todo, es que este material sigue llegando.

El chico no dejó de contemplar la pantalla, había tanta información. A pesar de su inmutada postura, en el fondo se sentía como si hubiese ganado la lotería. Había emoción en su cuerpo, y le fue imposible contener una pequeña sonrisa de ilusión en el rostro.

—Tengo a mis mejores investigadores tratando de revelar cada movimiento que esta organización realizó. Se ha abierto una carpeta de investigación en contra de Ezra Nollan, y estamos a la espera de que alguien tenga información sobre su ubicación. Por ahora encabeza la lista roja del ejército, CIA, e INTERPOL. Así como la de cuatro países más. Con o sin vida, su cabeza vale más de 300 millones.

—General —Dan alzó la voz un poco—. No lo mal interprete, pero mi equipo y yo hemos trabajado, incluso hemos arriesgado nuestras vidas. Comprobamos que no se puede confiar fácilmente en nadie. El profesor Palacios murió, esa es una clara prueba. Y le agradezco que nos haya sacado de ese lugar. Pero no estoy seguro de poder confiar en ustedes.

—Señor Meggar. El ejército también fue infiltrado. Reconocemos que aquello pudo Zaber sido parte de nuestra responsabilidad. Pero si de alguna manera estuviéramos con la OISSP, tenga por seguro que usted y sus compañeros, ya estarían muertos. El señor Rockwell ya se ha comprometido suficiente. Incluso pudieron haberlo matado junto con ustedes en aquel lugar. Ahora estamos aquí, tratando de remediar todo esto. Sé que es complicado después de todo lo que ha ocurrido. Pero le ruego, que confié en mí.

Dan lo miró con algo de recelo. Un tanto serio. Antes de que pudiera dar alguna respuesta, una mujer intervino.

—General… —ella se acercó hasta él y le dio un mensaje cerca de su oído.

Este miró a Larisse de inmediato y le dijo:

—Agente, tiene una llamada, por favor atiéndala.

Larisse se levantó de la mesa y siguió a la chica que había dado el mensaje. Caminó hasta una oficina. Ahí había un teléfono, y dos agentes atentos a todo movimiento a su alrededor.

(AERONAVE CON DESTINO A LA NACIÓN)
UNIDAD DE INTERPOL

—¿Larisse? —Herman estaba en el teléfono.

—*Sí, Agente Barleni. Herman, al fin* —respondió ella.

—Gracias al cielo —dijo aliviado—. ¿Cómo estás?

—*Bien…*

COMPLEJO MILITAR
SECRETO
REGIÓN B
SUB-REGIÓN DEL VIENTO

—…Solo algo preocupada… Y hambrienta —comentó—. No he probado nada desde ayer.

—*Escúchame bien… Ten mucho cuidado con quien sea que estés* —advirtió con preocupación—. *Nuestros contactos piensan que la situación puede ser más compleja de lo que creemos.*

—Tranquilo —dijo—. Ya estoy a salvo. Solo esperamos el reporte de la ubicación del hombre que está detrás de todo esto.

—*Sí, bien. Agente… toma tus precauciones, arribaremos a La Nación en un par de horas. Solo espera a nuestra llegada.*

—Mucho cuidado.

—*Igual…*

Larisse colgó el teléfono. Los militares que la vigilaban no le habían quitado la mirada de encima. Solo los observó directamente a los ojos con desconfianza y salió de ahí. Volvió con los demás.

—Por principio de cuentas, pudieron considerar poner al tanto a las autoridades —comentó el general.

—Lo hubiéramos hecho, si las autoridades hubieran sido confiables —replicó Dan—. Ya hemos arriesgado nuestra vida. Lo hice desde el momento en que decidí rescatar a Dick Conor aquella noche. ¡Este país se está yendo al infierno! Y si ninguno de nosotros aquí hubiera intervenido, los planes de Ezra Nollan, habrían seguido el curso que él deseaba.

—¡Le pido que baje su tono de voz, Señor Meggar! —exigió el militar.

—¡Y yo le pido, que deje de cuestionar nuestras acciones! Nadie aquí estaba obligado a formar parte de esto —reprochó el chico—. Tómelo como un servicio.

Hubo silencio en el lugar.

El General y Dan intercambiaron miradas llenas de coraje y frustración. La tensión se había formado rápidamente en aquel lugar.

Otra joven uniformada llegó a reunirse con ellos. Traía consigo un mensaje.

—Señor, recibimos esto.

—¿De quién?

La chica le susurró algo en el oído y al mismo tiempo le entregó el sobre. El militar intentó descifrar el mensaje, pero lo que había escrito ahí, le era difícil de comprender.

X-Y9W9AA.6XEB3X3XYX0H4VC9B7

↑↓

2R0XM.X5YY3S4W4XN6P1UX6,

Elemento 07

—¿Alguien de ustedes, sabe que es todo esto?

—¿Me permite? —solicitó Silva amablemente.

Fogo accedió y entregó la pequeña tarjeta a el Doctor, quien la examinó detenidamente.

—Dan, la firma el Elemento 07.

La reacción de Samanta fue notoria. Pues quien antes ya había intentado ayudarlos, lo estaba haciendo de nuevo. El chico recibió el mensaje y lo revisó aun con más cuidado.

Luego de algunos segundos, dijo:

—Es una ubicación —comentó Dan, algo perplejo.

—¿Cómo esta tan seguro? —cuestionó el General.

Él no respondió. Solo se quedó con la mirada perdida. Había algo de terror y sorpresa en su rostro. También destello de alegría.

—¿Dan? —Amanda intentó hacerlo reaccionar.

—Esto no puede ser posible —dijo.

—¿Qué?

—Es un mensaje numérico oculto. Él acostumbraba a iniciar

la inscripción con una letra del alfabeto, y ocultaba los números entre caracteres para que pareciera un código. Si retiramos todas las letras, quedarán coordenadas. Y si invertimos cada una, obtenemos una ubicación.

20.5344616

-99.6330497

—¿Pero qué tonterías son esas? —dijo el general confundido.

—¿Quién acostumbraba a hacer eso? —preguntó Benjamín.

Dan lo miró a los ojos, tratando de procesar las cosas.

—Palacios.

1976
XIBALBÁ, REGIÓN E
SUB-REGIÓN ALBÁN.

Nikel Norton, era un obrero que trabajaba en la fundidora de un poblado en la Sub-Región Albán. Tenía una esposa, y un hijo de nueve años, su nombre era Israel. Él lo amaba, representaba su mayor motivación, y el niño, aunque era muy reservado a la hora de demostrar cariño, sentía una gran admiración por él.

Era Diciembre de aquel año, día 31. La familia era muy pobre, Nikel tenía un sueldo que difícilmente lograba cubrir todas las necesidades que padecían, así que debía trabajar incluso en fechas festivas. Era viernes y también fin de año. El hombre llegó a casa cerca de las 10:00 PM. Su hijo estaba sentado en la mesa. Usaba ropa que un amigo le había obsequiado en el trabajo, su hijo había dado un estirón, y no podía usar más sus pantalones. Presumía unos zapatos blancos, raspados, que le apretaban un poco. Era un día especial.

Nikel entró por la puerta. Traía consigo un pequeño pastel con la frase "Feliz Cumpleaños" inscrita con mermelada.

Israel corrió a abrazarlo.

—¡Mi hijo! —dijo él, mientras le correspondía al gesto y le entregaba un pequeño obsequio.

—¿Qué es? —preguntó ilusionado.

—Ábrelo.

Israel extrajo de la pequeña caja un figurilla de metal. Era un soldado perfectamente esculpido, portaba un rifle y lo alzaba por sobre su cabeza en señal de victoria. Estaba colocado sobre una base hecha del mismo metal. La sonrisa del chico dejó en evidencia la emoción y gratificación que sentía. Observó la brillante pieza con cuidado mientras la sostenía entre sus dedos.

—¿Con que lo hiciste?—preguntó el niño.

—Solo es hierro. Nada significante, pero fueron tres días de trabajo.

Kina, su esposa, permanecía sentada en el viejo sofá. Sus ojos estaban rojos, como si tuviera la intención de llorar. Su pelo estaba desalineado y portaba un suéter que apenas podía cubrirla del frio. Parecía muy molesta. Inconforme. Su marido ni siquiera dudó en mantener su distancia. Solo dejó su desgastado abrigo sobre la silla y la miró.

—¿Todo bien?—preguntó distante.

Ella no respondió.

Ya sentados sobre la mesa, intentaron bendecir los alimentos. Se trataba de una ardilla que Israel había atrapado por la mañana. Su madre había intentado cocinarla con algunos vegetales viejos y a fuego de brazas. Además tenían licor de ciruelos y el pequeño pastel que Nik había llevado.

—Señor, gracias por permitirnos probar de estos alimentos. Gracias por haberme concedido la fortuna de tener un hijo como el que me has dado. Hoy ya se cumple una década desde que llegó a nuestras vidas. Y seguirá con nosotros —luego miró al niño con una sonrisa dulce, y dijo suavemente—. Te amo.

Terminaron con la silenciosa cena. Eran menos de las 12:00. El niño ya descansaba sobre un camastro que le había servido para dormir desde los 3 años. Su sueño era profundo. Tan profundo que parecía no presenciar los acontecimientos que tenían cabida dentro de su hogar a esa hora. Su madre bebía desesperadamente de una licorera vieja que su padre le había heredado. No era lo único que le había heredado, pues ambos tenían una gran tendencia hacia el alcohol y las drogas. Solo de vez en cuando.

—Es suficiente —dijo Nikel a su esposa, arrebatándole la pequeña botella de la mano. Estaba molesto.

La mujer no dijo nada. Solo lo miró disgustada, de una forma amenazante.

—Ni siquiera el día de hoy puedes hacer un pequeño esfuerzo —reprochó con un poco de resentimiento—. Necesitamos buscar a alguien que pueda ayudarte.

—Ni siquiera puedes costearle ropa a tu hijo. ¿Cómo podrías hacer algo por mí?—soltó una risa burlona.

Él la contempló decepcionado. Casi cansado. La mujer dirigió su mirada hacia el pequeño soldado sobre la mesa. Israel se había olvidado de recogerlo.

—Un soldadito de hierro. ¿Qué valor podría tener?—ella seguía riendo.

—¡Ya basta! —Nikel elevó el tono solo un poco. Intentando no despertar a su hijo—. ¿Qué le has dado tú de todas formas?

El reproche pareció incomodar a la mujer. Su mirada y su cabello despeinado la hacían ver como una persona delirante. Se levantó con algo de esfuerzo y escaso equilibrio.

—Le di la vida, idiota —respondió.

—Y una manera miserable de vivirla.

—¡Por Dios! Como si fuera la única. ¡Estamos... en la total miseria! —replicó.

—¿Hablaremos de nuevo sobre esto? —cuestionó Nikel a su embriagada esposa.

—¡No! ¡Ya no! ¡Ya estoy harta! ¡Harta de esta vida! ¡Harta de ti! ¡Y harta de ese niño! —dijo desesperada e irritada—. Esto no era lo que quería para mí...

La mujer se paseó por todo el lugar. Para no caer al suelo se valió de la mesa.

—Pastel... La crema es fétida... ¿De dónde lo sacaste, eh?... ¿De la basura?—hizo una pausa, luego levantó su brazos y señaló todo el lugar—. Mira esto. Vivimos, en una maldita choza. Tenemos agua dos veces a la semana y dos comidas al día...

Suspiró resignada. Bajó los brazos tras lanzar aquellas dolorosas palabras y continuó:

—...No merezco esto.

Había lágrimas en los ojos de Nik. Estaban ahí, contenidas, llenas de coraje y decepción. Se sentía avergonzado. Hubiera querido golpear a esa mujer hasta aliviar todos esos sentimientos, pero no lo hizo. No podía hacerlo. Pues de alguna forma, se dio cuenta que su hijo, estaba asomado desde la puerta, contemplando la escena. Ambos padres lo miraron a los ojos. Nikel solo permaneció ahí en silencio, incómodo, sin saber que hacer o decir. Kina no pudo hacer lo mismo, pues el alcohol la obligó a salir afuera para poder vomitar.

Aquella no fue una buena noche. Las esperanzas de que terminara bien, se fueron con el llanto silencioso de Nikel aquella madrugada. Era las 12:01 de la mañana. Había comenzada el Año Nuevo.

1977
XIBALBÁ, REGIÓN E
SUB-REGIÓN ALBÁN.
MARZO

Nikel continúo trabajando en la fundidora. Eran doce horas de trabajo al día, a veces más. El calor provocado por la máquina que operaba a diario, comenzaba a causarle problemas en la respiración y en la piel. Su delgado cuerpo, sin embargo, aun poseía una fuerza y una resistencia admirable.

—¡Nik! Bako quiere hablar contigo —le informó un compañero.

Bako era el encargado de toda la planta. Él era un hombre desagradable, siempre sucio y con los dientes deformes. Tenía una voz rasposa y ojos como de reptil. Era un pésimo líder. Tan malo como los castigos que imponía a quien se atreviera a desafiarle. Explotaba y maltrataba a la mayoría de los trabajadores de la fábrica. Pocos sabían, que participaba en actividades ilegales y clandestinas, distribuía drogas, y lucraba con la venta de armas.

Nikel trató siempre de no llamar mucho la atención, pero aquella vez, finalmente le había llegado la hora.

Se dirigió hasta la pocilga que Bako tenía por oficina. Era una habitación sin ventanas de dos por dos. El lugar era pestilente, estaba sucio, y hacía demasiado calor. Algunos hombres ya lo esperaban, al igual que él, eran trabajadores de la planta.

—¡Nikel! ¡Hombre! ¿Cómo estás? —preguntó el anfitrión, intentando ganarse la confianza del obrero.

—Bie… Bien —respondió—. Gracias.

—¡Hey! Me han dicho, que las cosas no andan bien ahí abajo—

señaló sus bolsillos—. Los malditos dueños de este infierno sí que son avaros, ¿no?... Llevo tres semanas con los mismos calzoncillos.

El sujeto y los demás comenzaron a carcajearse, pero su visitante estaba cada vez más asustado.

—Ya en serio... —trató de acabar con el alboroto. Se acercó hasta quedar a unos centímetros rostro a rostro. Nik no se había percatado de que el hombre estaba fumando

—... Me han dicho que no quieres —expulsó el humo de su cigarrillo directamente al rostro de su visitante—... unirte al negocio.

Bako trató de intimidarlo, lo miró de una forma amenazante, hasta que Nikel desvió su mirada.

—Me parece que no estás viendo la ventaja sobre esto, Nik. Si lo consideras, podrías conseguir algo de dinero extra. ¿Has pensado en tu familia? ¿En tu hijo? No te vendría nada mal.

El silencio hizo presencia.

—Agradezco la propuesta. Pero como ya lo dijiste. Tengo un hijo. Y no voy a arriesgarlo por algunas monedas.

Sin perderlo de vista, Bako sonrió incrédulo.

—Supongo que deberé seguir, conformándome con tu silencio entonces... o no, tal vez... regresa a trabajar... hoy te quedarás hasta tarde...

El sujeto lo despidió con un resentimiento evidente. Se llevó sus manos a la cintura y se quedó ahí, rabiando en silencio. Nikel se dirigió de nuevo a su lugar de trabajo, habitaba en su interior, una alarmante sensación de miedo, coraje y desesperación. El día se le hizo más largo que de costumbre. Algunos de sus compañeros ni siquiera le dirigieron la mirada. El resto no cruzaba palabra con él en lo absoluto.

Sonó el timbre de salida. La jornada había terminado. Todos se dirigieron a los casilleros para recoger sus pertenencias, pero él se quedó ahí, limpiando y acomodando el desastre que se hacía al concluir el día.

Todo quedó en total silencio, el lugar se había quedado vacío, pero de vez en cuando podía oír extraños pasos sobre los andenes superiores o por los andamios, como si algo o alguien estuviera acechándolo. No se suponía que debía haber alguna persona a esas horas.

Eran casi las 10:00 PM. Tenía hambre y estaba temblando del cansancio. La molestia de Bako había sido más que obvia, y Nik estaba seguro de que tomaría represalias, tal vez en un día próximo, o en la siguiente semana, tal vez el próximo mes, o ese mismo día... tal vez ese mismo día.

Una gran caldera vacía de cerca de 30 kilos cayó directamente desde arriba y golpeo violentamente su cabeza. Nikel perdió el conocimiento al instante y permaneció ahí, inconsciente por toda una noche. Su supervivencia fue un milagro, las condiciones después de aquel "accidente" sin embargo, fueron fatales.

1977
XIBALBÁ, REGIÓN E
SUB-REGIÓN ALBÁN.
ABRIL

Ahí estaba él, sentado a la mesa, colocado encima de una vieja y defectuosa silla de ruedas. Nikel había sufrido una lesión cerebral traumática, lo cual lo había dejado con la severa incapacidad de poder hablar, caminar o moverse. Su comportamiento había cambiado, su lenguaje se había vuelto difícil de comprender. La fábrica se negó a pagar por el accidente y los gastos médicos. Incluso, Bako advirtió a la familia que si de alguna manera procedían con cualquier acusación o demanda, el mismo se encargaría de asesinarlos.

Kina, sumida en su irresponsabilidad y en el alcoholismo, era incapaz de cuidar de su marido. Se vio obligada a conseguir un trabajo. No uno del que pudiera sentirse orgullosa. Fue contratada en un burdel cerca de ahí. Sus ganancias solo alcanzaban para drogas y licor. Incluso de vez en cuando, para dar a su hijo y a su "Inservible marido" (así comenzó a llamarlo) algo de comer.

En cierta forma, ahora ella tenía el control. Israel observaba a diario el trato que su madre le daba a su padre. En su interior, una alarmante ira comenzaba a invadir cada parte de su alma. Su silencio estaba incubando un rencor y una maldad, que tal vez no podría calcular, porque aunque no se diera cuenta, él no se parecía a su padre. No se estaba convirtiendo en lo que Nikel hubiera querido. No ocurriría así.

La vida se volvió aún más difícil. Sobre todo para él. Sin imaginarlo si quiera, se había quedado solo.

1977
XIBALBÁ, REGIÓN E
SUB-REGIÓN ALBÁN.
JULIO

Kina fue despedida del burdel. A nadie le agradaba estar con una mujer que podía vaciar el estómago en cualquier momento. Además, estaba alcoholizada casi todo el tiempo, así que no podía laborar mucho.

Una tarde, su despido fue inevitable, había estado tomando, y aprovechó el descuido de un cliente, para robar su billetera.

Fue humillada, ridiculizada, incluso agredida. Se dirigió a su casa, más frustrada y molesta que de costumbre. Israel estaba en la mesa haciendo su tarea. Entre más silencio hubiera, las probabilidades de que su madre lo golpeara disminuían. Su padre estaba sentado a su lado. Su hijo intentaba ayudarlo a recuperar la capacidad para poder mover algunos músculos.

—Sostenlo con fuerza —dijo el niño fría y cuidadosamente a Nikel—. Con los dedos... por favor.

El silencio se interrumpió. La tensión estaba liberándose poco a poco.

—¡Israel! ¡Israel!—gritó Kina desde el otro cuarto.

El niño no hizo caso, continúo con su trabajo. Su madre se aproximó hasta donde él estaba y sin esperarlo, lo abofeteó por detrás.

—¿Mis cigarrillos?—preguntó enfadada—. ¡¿Dónde están?!

Él no respondió.

—¡Habla! —lo golpeó de nuevo.

El niño parecía estar acostumbrado a esa clase de tratos. Pues incluso a pesar del castigo, permaneció en silencio.

—Los cigarrillos no son buenos —respondió sin mirarla a los ojos, distraído por los garabatos que hacía sobre el papel.

La mujer se puso furiosa. Aún más de lo que ya estaba. La ira en sus ojos rojos fue tan aterradora, que el niño comenzó a temer por su vida.

Ella arremetió contra él con una bofetada más, para luego tomarlo por el cuello de la camisa y arrojarlo al suelo. Ahí comenzó a patearlo de una forma tan salvaje, que los gritos y las suplicas comenzaron a oírse por toda la casa. Nikel, presenciaba todo el suceso sin poder hacer nada, estaba impotente y lleno de rabia. Trataba de moverse, pero no podía hacer mucho. Con un esfuerzo sobrehumano, casi milagroso, el hombre pudo levantarse de su silla y se abalanzó contra su esposa. Ambos cayeron al suelo. Kina parecía un animal salvaje. Su marido la estaba sometiendo con ambos brazos, aferrado para que no hiciera ni un solo movimiento. Su hijo estaba tirado a un lado, asustado y quejándose… Llorando.

Intentó arrastrarse para evitar recibir más golpes, así que se alejó un poco. Giró su cabeza para ver qué era lo que pasaba detrás de él, pero su mirada se vio atraída por un objeto que yacía sobre la mesa, un objeto que lo cautivó por instantes y trajo a su alma algo de esperanza. Era un cuchillo de cocina que solo unas horas antes había utilizado para preparar la comida de su padre.

No pudo tomar una decisión pronta. Su madre estaba drogada, o tal vez ya estaba demente, era incierto saberlo. Nada podía detenerlo a quitarle la vida y quedar así libre del infierno que le hacía pasar a diario. Un balbuceo comenzó a quitar su atención de esa posibilidad. Era su padre.

—Ooo… Cccoo… Coorre —dijo el hombre, haciendo un gran esfuerzo. El niño no pudo ser capaz de obedecer al instante. Él sabía que destino le deparaba si decidía escapar. Aun así, supo que aquello era lo correcto en ese momento. El miedo lo impulsó, así que se levantó, se arrastró hasta la puerta y se puso de pie. Volvió su vista de nuevo a donde la disputa y se encontró con la mirada de su padre, una mirada que incluso en el último momento, lo llenó de alivio y cariño. Él pudo sentirlo. Fue lo último que decidió ver. No podía solo abandonar a su padre. Así que se refugió detrás de los muros mientras asimilaba todo lo que estaba ocurriendo.

Kina pudo liberarse luego de golpear a su marido con la cabeza, y se dirigió a la mesa, tomó el cuchillo que su hijo había considerado hacía solo unos segundos, pero ella sin embargo, no lo dudó.

Afuera, Israel pudo escuchar como su padre era apuñalado una y otra vez por quien alguna vez llamó, "Madre".

Ahora era un monstro. Uno que tomaría su vida también, si no se alejaba de ahí inmediatamente.

Salió a toda prisa de aquel lugar y se internó en el bosque, la oscuridad era plena, y su tristeza, así como su rabia, incalculable.

REGIÓN B
SUB-REGIÓN DE LA PIEDRA
3 DÍAS DESPUÉS…

Caminó por muchas horas, estaba cansado, hambriento y muy lastimado. Las violentas escenas de su madre golpeándolo a él y a Nik, se proyectaban en su cabeza sin cesar, era un tormento constante que lo hacía temer en cada paso que daba. El recorrido le pareció eterno, agobiante, tan angustiante como el camino de un alma desesperada, recorriendo el inframundo.

Al pasar las primeras horas del tercer día, sintió como si su alma abandonara su cuerpo. Avistó a lo lejos una carretera, hizo su mayor esfuerzo y aceleró el paso, su mente estaba cansada. Llegó hasta el límite del asfalto, e intentó cruzarlo, pero a la mitad, su cuerpo finalmente dejó de responder. Su mente se perdió en una horrible pesadilla, los recuerdos de toda su vida se proyectaron uno a uno, quitándole la oportunidad del más mínimo descanso. Sus ojos se abrían en momentos pero no tuvo la fuerza para levantarse.

Luego de unas horas, un vehículo se detuvo lentamente frente al chico. Aquella carretera en ese instante, parecía una ardiente parrilla. No bajó nadie del auto hasta segundos después. Era un hombre, alto, su piel era blanca y su cabello oscuro. Traía puesta una camisa de mangas cortas azul claro y unos jeans de tela gruesa, usaba lentes obscuros y un reloj. Se acercó con precaución. Antes de llegar hasta donde Israel, del auto también descendió un niño, más o menos de su edad. Este decidió mantenerse a salvo tras la puerta del coche.

El sujeto se puso en cuclillas e intentó revisar el pulso del chico.

—¡Trae un poco de agua! —ordenó a su acompañante—. Oye… Amigo….

A pesar de los esfuerzos por despertarlo, fracasó. La carretera estaba desierta, y no podía dejarlo ahí, así que decidió llevarlo consigo para que pudiera recibir atención médica.

—¿A dónde lo llevaremos? —preguntó el niño.

—Hay una base militar cerca. Tengo algunos amigos ahí —respondió el hombre.

El pequeño copiloto se sentía intrigado por aquel muchachito recostado detrás de los asientos. No dejaba de mirar hacia atrás. Luego de pensarlo unos segundos, tuvo el extraño deseo de tocarlo, solo para cerciorarse de que seguía con vida.

—¡Elías! —exclamó su tío—. Déjalo en paz.

El niño retiró su brazo de inmediato. El sujeto llevaba colgando en su cuello una chapa militar. Había algunas palabras inscritas ahí.

Meggar, Matías
140479
Unidad 511
CAPITÁN

El hombre era Matías Meggar, capitán de la compañía militar 511, y regresaba de un viaje con su sobrino, Elías Meggar, a quien había adoptado luego del fallecimiento de su hermano y su cuñada. Eran como una familia.

Luego de menos de una hora, arribaron a la base militar de la Sub-Región 03 (Sub-Región de la Piedra), en la Región B.

Matías se presentó en el acceso principal. Un guardia consultó la razón:

—¡Capitán! ¿Qué lo trae por aquí?

—¿Qué tal? —dijo—. Encontré a este niño tirado en la carretera, a 35 kilómetros de aquí, esta inconsciente y necesita un doctor.

El soldado se asomó por la ventana.

—¡Oh! Se ve muy mal —dijo preocupado—. Adelante, ¡Date prisa!

Llegaron hasta las instalaciones de urgencias y un médico hizo una revisión minuciosa. Elías y su sobrino esperaron afuera.

—¿Qué paso exactamente? —preguntó el Doctor.

—Lo hallé inconsciente en mitad de la carretera, no muy lejos de aquí. Supongo que provenía del bosque. Lo traje inmediatamente.

—Pues el niño corrió con mucha suerte —comentó—. Pasen por aquí.

Entraron a la alcoba, en la cama yacía el niño conectado a un respirador y a un dispensador de suero.

—Su estado va mejorando. Estaba deshidratado e intoxicado. Tal vez comió algo en el bosque. Tiene golpes en la espalda y las costillas. Hay una lesión en la cabeza y varios rasguños en el cuerpo. Necesita descansar.

—De acuerdo.

—¿Sabe cuál es su nombre? —preguntó el Doctor.

—Habrá que esperar a que despierte para saberlo

El chico no reaccionó hasta el día siguiente. Estaba fatigado y adormecido. Eso no le impidió acabar con la charola de comida que la enfermera le había llevado temprano.

Cuando Matías, Elías y el Doctor entraron para saludarlo, el chico estaba recostado, con la mirada perdida a través de la ventana.

—¡Hola amigo! —saludó el Doctor—. ¿Cómo estás?

No hubo respuesta. El medico aguardó algunos segundos para hablarle de nuevo.

—Él es el hombre que te encontró.

—¡Hola! —dijo Matías con su postura confiada, mientras sujetaba los hombros de su sobrino.

Tampoco obtuvo respuesta.

—¿Cómo te llamas? —preguntó Elías.

El chico solo lo miró un par de segundos. No parecía tener la intención de hablar.

—Bueno… le daremos más tiempo —dijo el doctor, resignado.

Los tres visitantes se dispusieron a abandonar la habitación, un tanto decepcionados, pero satisfechos por el mejorado estado del chico. Este los siguió con la mirada.

—¡Ezra! —mencionó—. Mi nombre es Ezra.

Se detuvieron. El Doctor se acercó.

—¿Qué tal Ezra?... Yo soy Beck. ¿Puedes decirme donde están tus padres?

El niño lo observó con una pizca de hostilidad en el rostro.

—Ellos están muertos… —dijo fríamente. Luego volvió su mirada a la ventana. Beck miró a Matías. No comprendían a que se refería el niño.

—¿Quieres contarme que pasó? —preguntó el Doctor.

—Fue hace años… No tengo a nadie…—respondió.

Todos se mantuvieron en silencio. El medico ya estaba sentado a la orilla de la cama.

—Todo va a estar bien…—dijo con calma.

VILLA MILITAR "ESPERANZA"
REGION A

—Será bueno que te quedes con nosotros —dijo Elías a Ezra, emocionado.

—Él no podrá quedarse con nosotros, hijo —comentó Matías—. Primero deberemos resolver algunas cosas.

El niño volvió la mirada hacia Ezra, esta vez un poco decepcionado.

—Lo siento.

Llegaron hasta la Villa Militar Esperanza. Cerca de Ciudad Libertad. Elías y su tío vivían ahí.

Aquel lugar era un pequeño poblado, ubicado justo al lado de una base militar. Allí vivían y convivían militares activos y retirados, poseían casas y tiendas. Había escuelas y centros de entretenimiento. Era como una pequeña Ciudad.

Ezra observó asombrado el lugar a través de la ventana del auto. Jamás había visto tanta prosperidad y tanto orden. Habitaban ahí, familias… verdaderas familias. Habría querido tener aquello. Estabilidad y algo de amor. Tal vez un hermano. Hubiera sido algo gratificante.

No podía quedarse con los Meggar porque aún no hallaban el paradero de su madre o su familia. Y él no había cooperado en lo absoluto. Toda la información que dio sobre si al respecto, había sido falsa. Así que fue trasladado al orfanato militar de la Villa. Ahí conviviría con chicos como él, sería educado y de vez en cuando, también entrenado. El objetivo de esa pequeña institución, se encargaba de preparar y convencer a sus internos, para que a los 16 años, optaran por unirse al ejército como cadetes, así después, podrían convertirse en elementos militares. Ezra, no dudaba en que eso era lo que quería, pues finalmente, había encontrado ahí, algo muy parecido a un hogar.

Su visita a Matías y Elías, era semanal y constante. A pesar de no sentir una gran estima por ellos, en cierta forma, eran lo más cercano a una familia.

VILLA MILITAR "ESPERANZA"
COLEGIO DE FORMACIÓN MILITAR
1987

Era el primer semestre de Elías en el colegio militar. Su tío no tuvo que convencerlo de querer integrarse, pues era su ambición, y la de muchos conocidos. Gran parte de los compañeros del Coronel Matt Meggar, esperaban que su joven sobrino, pudiera al igual que su tío, convertirse en un brillante elemento. No le resultaría difícil. A sus 18 años, el chico había demostrado ser un tipo disciplinado en extremo, inteligente, e influyente entre sus compañeros. Su propio tío, lo había entrenado en diferentes disciplinas militares, y además, le había otorgado algunos secretos adicionales, provenientes de un estudio que Matías había realizado en un antiguo libro que había encontrado en un naufragio durante sus primeros años como soldado.

El chico prometía demasiado, así como también lo hacía el cadete, Ezra Nollan. Ambos se habían convertido en los mejores de la institución, y sin intensión, una especie de rivalidad había surgido entre ellos. Al principio no parecía nada serio, con los años aprendieron a sobrellevarlo, pues estaban bajo la tutela del mismo hombre. Pelear habría sido catastrófico para ambos, especialmente para Nollan, pues finalmente, no llevaba la sangre del Sargento Meggar.

Era el verano de aquel año. Los jóvenes arribaron a sus casas con sus familias. Disfrutarían de tres semanas sin ocupaciones, y tal vez, conocerían a alguna chica. Matías aprovecharía para ir de vacaciones con su sobrino a la Región C, el Coronel disfrutaba de la cacería tanto como sus dos muchachos, aquella vez sin embargo, solo lo acompañaría uno de ellos.

—¿No vendrás entonces? —preguntó Elías a Ezra.

—No... Creo que no —respondió.

—¿Qué lugar es mejor que los bosques de La Montaña de Talladega?

—Solo, no me siento muy bien para salir de viaje —explicó—. La pasarán bien sin mí.

—No lo dudes... —asumió Elías con humor—. Samuel vendrá con nosotros esta vez.

—Una razón más para no ir... —comentó Nollan—. Sujétalo a tu cinturón. Tal vez pueda extraviarse.

—¿Por qué no te agrada?—preguntó Elías.

—Sabes que no es en serio.

—Bueno… aun estas a tiempo de considerarlo. Nos vamos en una hora.

La insistencia de Elías no pudo persuadir la decisión de Ezra. Él de verdad quería quedarse. No era usual el comportamiento del joven, pero aquel día se cumplía un año más desde que lo habían encontrado tirado en aquella carretera, tal vez era nostalgia, tal vez su pasado seguía atormentándolo, llenando de pensamientos su cabeza. No lo sabrían. Tomaron sus rifles y encendieron el auto. Se perdieron por la calle hasta desaparecer entre las pequeñas casas y los niños que jugaban en la vía.

Sin perder tiempo, Ezra se dirigió a su habitación en el colegio. Se puso un par de botas, como las que usaban durante las excursiones en el colegio, una chaqueta, y tomó una mochila. Dentro colocó una manzana, semillas, una brújula y una daga. Era una pieza de acero inoxidable, con empuñadura en Zamak. Se la había comprado a un vendedor clandestino que tenía contacto con los cadetes en el ejército. Nunca jamás la había utilizado, pues estaba prohibida la posesión de armas ajenas a los lineamientos del colegio. La había escondido en el fondo de un cajón durante los últimos meses.

Ya listo, y tratando de no llamar mucho la atención, salió a las afueras de la Villa e hizo la parada a una camioneta. La abordó y se puso en marcha. Fueron horas de camino. Cambió de un auto a otro, hasta llegar a su destino… El kilómetro 110 de la carretera D59. Justo el lugar donde hacía ya una década, había sido rescatado por la familia Meggar.

Se quedó solo a medio asfalto, esta vez de pie, tratando de rememorar aquel día. Era la primera vez que visitaba ese lugar después de haberse encontrado con Matías, y todavía podía recordar cada instante de aquella travesía.

Caminó hasta la orilla del sendero, y se internó en el bosque. Emprendió un recorrido de casi dos días, y anduvo hasta llegar al pequeño valle donde se encontraba su antiguo hogar.

Después de tanto tiempo, encontrarse cerca de ahí le causaba una verdadera gama de sentimientos. Se sentía tan cerca de su padre, algo de alivio recorría su cuerpo, pero al mismo tiempo, también gran terror. Habían pasado muchos años, y en cierta forma, aquella parecía como una vuelta al infierno, al lugar de sus tormentos.

La vieja casa estaba descuidada y en mal estado. Parecía abandonada, pues la maleza había comenzado a apoderarse de ella. Algunos de los vidrios de las ventanas estaban rotos, la fachada era blanca, pero estaba sucia y carcomida por la humedad. En aquel instante, recordó muchos de los sucesos acontecidos, los buenos y los malos, entonces vino a su mente todo lo que alguna vez hizo su madre, desde la ocasión en que le negó la comida solo porque estropeó la radio sin querer, hasta el imperdonable asesinato de su padre. De alguna forma, él sabía que aquel lugar, no había permanecido solitario a merced del bosque. La casa aún tenía dueña, y estaba por reencontrarse con ella.

De la puerta salió una mujer de edad avanzada. Su cabello estaba despeinado y rígido, se notaba a distancia que el agua seguía llegando solo cada dos días, pues la mujer lucía sucia y sus prendas estaban muy gastadas. Estaba encorvada, tanto, que cualquiera la hubiera confundido con una bruja.

Cargaba una bolsa de basura en sus manos, la colocó fuera de la puerta y se esforzó para poder elevarse un poco, estirando la columna. Al hacerlo su mirada quedó sellada por un profundo asombro, que solo segundos más tarde se volvería miedo. Ambos se miraron directamente a los ojos por un tiempo prolongado, ninguno de los dos, sabía exactamente qué hacer.

Ezra entró a la casa, la mujer se ofreció a prepararle algo de té, él solo se sentó sobre el viejo sofá y contempló el lugar, su madre utilizó una silla. La casa por dentro estaba aún peor de lo que aparentaba por fuera. Había suciedad por todos lados, ropa vieja y basura. Era lógico que también hubiera ratas. El joven permaneció estático, con una expresión desolada.

La mujer interrumpió el silencio.

—Sé a qué has venido —dijo con total seguridad—. Supuse que algún día regresarías… esperaba estar muerta para entonces.

—Había estado ocupado —respondió el.

—No fue difícil reconocerte—aseguró ella—. Fue como mirarme en un espejo.

Ezra permaneció rígido en su estado. De nuevo el silencio invadió el lugar.

—¿Cuántas veces? —preguntó él.

Kina demoró con su respuesta.

—Veinticinco… Perdió el conocimiento desde la novena.

Ezra mantuvo una calma, acompañada con un par de ojos llenos de dolor. Estaba reviviendo aquel día en su memoria. Extrajo la daga del interior de su mochila y la desfundó para contemplarla fijamente.

—¿En qué numero crees perderlo tú?

—¿Estás seguro… de lo que vas a hacer?—preguntó temerosa.

Kina comenzó a temblar, de alguna forma, era posible ver arrepentimiento en sus ojos cristalinos

—No he deseado otra cosa… en todo estos años—dijo él.

Se levantó, se acercó lentamente a su madre y la sometió. Colocó la daga en su cuello y la miró directamente a los ojos.

—Tu padre, era un hombre piadoso —dijo entre lágrimas—. Ahora yo te lo pido… Por favor hijo… Piedad.

—La piedad no es algo que esta vida me haya enseñado—replicó—. Eso te correspondía.

Fue posible escuchar cada apuñalada desde el exterior de la casa. Fueron veinticinco. Pero luego de varios segundos, remató con una más. Entonces tomó de una repisa la pequeña figurilla que su padre le había obsequiado hacía una década. Luego salió de la casa.

El fuego comenzó a correr a través de los suelos y de los muebles. Había incendiado el lugar, y a el cuerpo de su madre con él.

Volvió a tomar el sendero que lo condujo hasta ahí. Había tomado al fin la vida que tanto anhelaba. Su deseo por la sangre, apenas había comenzado.

VILLA MILITAR "ESPERANZA"
COLEGIO DE FORMACIÓN MILITAR
1984

Había llegado la semana militar de la villa, el colegio era sede de los mejores eventos deportivos en toda la región. Como cada año, los jóvenes cadetes participaban en los diferentes torneos y exposiciones del programa educativo. Todo el campus en general, estaba a la expectativa del Campeonato de Boxeo, uno donde solo los chicos más fuertes y mejor entrenados podían competir. Los primeros enfrentamientos no estaban tan concurridos. Se llevaban a cabo durante los primeros días. La pelea final en cambio, servía como el evento culminante de todo el festival. Decenas de familias acudían para presenciar la disputa entre los dos más grandes guerreros del colegio.

Regularmente, dicho enfrentamiento resultaba en una verdadera masacre. Elías y sus compañeros se habían estado entrenando duro, él y Ezra en especial, se tomaron las cosas muy en serio. Ambos intentaban impresionar a una chica, una pasante de medicina que había llegado al colegio para realizar un servicio, su nombre era Annie, y era muy hermosa. Tenía los ojos claros como la miel, y el cabello café como una valiosa pieza de oro viejo que con el sol, intensificaba su brillo amarillo. Su sonrisa podía intimidar a cualquier chico, y su figura, era belleza que no podía ni siquiera cuestionarse. Era inteligente y considerada, alegre, pero poseedora también de una personalidad desafiante.

Era difícil poder ignorarla, sobre todo por el hecho de que las chicas en el colegio eran escasas. Por lo regular se mantenía alejada de los jóvenes, pero había conectado de alguna forma con Elías. Varias veces pudo darse cuenta de la suave y dulce forma con la que ella lo miraba. Él solo podía sonrojarse, y de vez en cuando responder con una sonrisa.

El asunto con Ezra era distinto. Pues la chica no mostraba ni siquiera el más mínimo interés en él. Así que naturalmente, engendró resentimiento y envidia contra su compañero. Las cosas funcionaron así todo ese año. Ninguno tenía el valor para acercarse, y para el agravio de los dos chicos, el servicio que ella desempeñaba, estaba llegando a su fin. Era algo preocupante para Elías, pues su tío estaba muy motivado con su participación en el torneo. No quería decepcionarlo, y para lograr eso, debía disipar todo pensamiento que no se enfocara en ganar.

La competencia había sido muy intensa, fueron casi tres días de peleas y enfrentamientos. Los dieciséis concursantes eran sin duda los más fuertes de toda esa generación.

Elías pudo vencer a Jon Alminka y luego a Berth Hinoy para pasar a la semifinal. El ganador de dicha pelea, enfrentaría a Sandro Cassini, un corpulento chico de ascendencia italiana que ya estaba en la final, muy confiado de que la ganaría.

Meggar notó la presencia de Annie, ella había estado al tanto de sus peleas, y de los chicos que Ezra había noqueado sin piedad. Al igual que él, llegó de forma indiscutible hasta la semifinal, y estaba dispuesto a desatar toda la ira que contenía dentro de su alma. Los dos rivales más famosos del colegio se enfrentarían en una encarnizada pelea. Una que de verdad prometía toneladas de emoción y euforia.

Sonó la campana, Elías se acercó a su «amigo» para chocar los puños, pero este lo evadió y le propinó un fuerte golpe en el rostro. Todos se quedaron asombrados al notar aquel acto, supieron entonces que nada de eso terminaría bien. El sobrino de Matías se levantó casi al instante con una mirada llena de rabia, que prevenía a su rival sobre las consecuencias que aquello tendría. Ambos pelearon de forma violenta y honorable. Su resistencia y fuerza eran incomparables. Nollan poseía mayor masa, Elías por otro lado, presumía una habilidad y velocidad levemente superior. Todo estaba equilibrado. Las secuencias de golpes fueron tantas en un momento, que ambos comenzaron a romper las reglas del torneo, utilizando patadas, golpes bajos y empujones. Tuvo que ser necesario separarlos y mandarlos a su esquina. Los dos estaban ensangrentados, fatigados, pero con la suficiente fuerza para continuar con la masacre. Si alguna vez se consideraron familia, eso había quedado en el olvido.

Volvió a sonar la campana. Los dos se acercaron de nuevo. Comenzó entonces un ataque tan rápido y violento por parte de Ezra, que tumbó a su contrincante contra la lona. Después de eso no perdió un segundo, y se abalanzó encima, para iniciar una serie de golpes directos al rostro. Ninguno con la intención de mostrar una pizca de piedad. El público estaba horrorizado, pues parecía que el cadete estaba dispuesto a quitarle la vida a su compañero. Más de una persona subió al ring para poder separarlos. Nollan ya no era un simple soldado. Se había convertido en una especie de monstro.

El colegio suspendió la pelea. Cassini se coronó como el campeón absoluto. Y a partir de ese momento, el torneo anual de boxeo quedó fuera del programa deportivo.

Al tratarse de un "incidente" ocurrido durante un evento escolar, Ezra no fue expulsado. Fue aislado durante semanas. Se le proporcionó atención psicológica, pero este la rechazó.

Los años pasaron… La furia que en aquel momento se liberó, fue apaciguándose con el tiempo. Elías y Ezra se habían convertido en totales desconocidos. Ambos esperaban no tener que lidiar el uno con el otro en un futuro.

Esa decisión no les correspondería.

COMPLEJO MILITAR
DE CIUDAD LIBERTAD
REGION A
1990

El coronel Meggar, había recibido una orden del Secretario General y del Consejo Militar Nacional en un intento por destituirlo de su cargo. La encomienda le obligaba a crear un proyecto para erradicar a los grupos criminales y terroristas que habían estado afectando la estructura social, política y económica de La Nación en los años recientes. Una estructura que ellos mismos habían estado debilitando, pues era bien sabido por algunos, que el mismo gobierno, mantenía tratos directos con organizaciones de ese tipo, espías internacionales y redes de narcotráfico. Matías sabía muy bien que hacer.

Hacía algunas décadas, mientras navegaba en los mares del Golfo Perdido, su embarque halló un naufragio, en el que encontraron un cadáver, aferrado a un diario de navegación, plasmada con lo que parecía una recopilación de escritos sin procedencia evidente. Había dibujos, garabatos y algunas narraciones apenas visibles, donde el autor describía algunos de sus días perdido junto a su compañero, en una isla que estaba fuera de los mapas, donde habitaba un pueblo jamás antes descubierto. Sus notas no eran muy claras. El Coronel solo fue capaz de descifrar aquello mediante un largo y exhaustivo estudio.

Matías se encontró con que aquella escritura tenía algo de similitud con una antigua cultura ubicada tiempo atrás en El Caribe. Eso facilitó su comprensión.

El proyecto consistía en la selección de seis jóvenes militares muy bien instruidos y preparados, para someterlos a un entrenamiento especial basado en los conocimientos que el diario contenía. Todo bajo un estatus estrictamente confidencial, pues a conocimiento de los involucrados, el Coronel era el único y absoluto creador de aquel entrenamiento.

Cada joven, debía poseer características físicas extraordinarias, y virtudes relacionadas con la valentía y la perseverancia. Dotes que muy pocos podían presumir. Realmente le sería complicado a todo aspirante calificar para conformar el equipo.

Fueron semanas y meses de trabajo.

13 DE OCTUBRE, 1991

«Saludos a toda La República Federal de La Unión, somos la Radio Nacional, es 13 de octubre, y nos es un honor, presentarle a todo el mundo, los nombres de los excepcionales miembros de la nueva Fuerza Especial M6. Seleccionados por las figuras militares más destacadas de los últimos años. Estos hombres, son la descripción incuestionable de Fuerza y dedicación, de incorruptibilidad e inteligencia. Ante las crecientes fatalidades que nuestro país ha sufrido, estos jóvenes, se nos presentan como un símbolo seguro de esperanza y seguridad. Conozcámoslos»

Aquella vez la radio otorgó algunos segundos de suspenso. Luego el locutor comenzó con la mención.

«Capitán, Elías Meggar... Agente Especial, Paul Eliot... Agente Especial, Benjamín Cóvet... Agente Especial, Samuel Allen... Agente Especial, Adil Antara... Agente Especial, Ezra Nollan.»

«Dios los bendiga. Confiamos en ustedes.»

1998
15 DE MARZO
CIUDAD LIBERTAD

La Ciudad había vivido una de las peores tragedias en su historia. La Fuerza Especial M6, había sido víctima de un ataque, uno muy bien fabricado. Tan brillante que nadie se percataría de las anomalías hasta muchos años después. Y uno de sus integrantes, había sido el autor. Ezra Nollan, pasaría de ser un simple militar, a convertirse en uno de los hombres más poderosos en toda la tierra. Sus ambiciones y sus deseos de poder, superarían incluso la memoria de su padre. Pasaría por encima de quien debiera, tomaría la vida de quien fuera necesario, y poco a poco, se haría con el control, no solo de una Región, con algo de tiempo, alcanzaría proporciones mundiales.

A solo cinco cuadras de donde se había perpetrado el atentado, Nollan salió de una alcantarilla, portaba su uniforme. Su plan había funcionado a la perfección. El cuerpo que había quedado destrozado por la explosión, no era de él, era un impostor, un desquiciado interno del asilo para enfermos mentales de la ciudad dispuesto a morir. El militar lo había preparado por semanas, su muerte solo era un sacrificio a cambio del orden y la unificación. Eso había dicho.

Abordó un viejo auto ubicado sobre la solitaria calle y lo arrancó, luego se perdió a lo lejos. Su camino apenas había comenzado.

UBICACIÓN DESCONOCIDA

En la misma oficina donde hacía poco el capitán había sido asesinado salvajemente, se encontraba Ezra, sentado sobre el escritorio de cristal, jugueteando con la pequeña figurilla de hierro que su padre le había regalado años atrás. Estaba pensando.

La noticia había corrido tan rápido por todo el mundo. Y algunos elementos de la Organización, habían decidido optar por la traición. Las cosas se estaban saliendo de control. Su único plan se componía de solo algunos movimientos. Utilizaría lo que le quedaba de poder en los medios informativos para confundir al mundo y lanzar cortinas de humo.

Al lugar entró Remi, acompañado de Antón.

—¿Dónde está Rebecca? —preguntó Nollan.

—Ya viene en camino.

Ezra parecía calmo. Un poco resignado, pero también decepcionado.

—No es el final. No hasta que yo lo decida —dijo con la vista perdida en los pensamientos que se almacenaban dentro de su cabeza—. Estos... héroes... no viven mucho tiempo. Es desilusionante que hayan podido burlarnos. Que hayan podido ponernos la espada sobre la espalda... No podemos permanecer más en este asqueroso país. No por un tiempo. Tenemos que... comenzar desde el principio.

Hizo una pausa. Había tomado una decisión desde sus adentros.

—Pero antes... quiero que me recuerden. Van a hacerlo, por el resto de sus días.

Remi y Antón lo observaron atentos. Ambos intuían que algo importante estaba a punto de pasar. El comportamiento de su líder era inusual, rayando en lo psicótico y en lo vengativo.

Rebecca entró presurosa, tratando de mantener la calma.

—Lamento la tardanza. Me reportaron que el ejército ha comenzado a movilizarse. La CIA y La INTERPOL han arribado.

Ezra no pareció intimidarse en lo más mínimo.

—Señor, también me reportan que parte del personal está recurriendo a la deserción. Están entregando información al gobierno.

El hombre se llevó una mano a la barbilla, y miró a la mujer fijamente por varios segundos.

—Era lógico… Aun así, hay quienes se han mantenido fieles. Quiero darles un mensaje a todos —se puso de pie, tomó la figurilla y la cargo consigo en su trayecto al lado opuesto del escritorio. Abrió un cajón y la depositó ahí—. Antón… Quiero que arregles el traslado de la capsula que hallaron en la Mansión Silva, junto con toda la tecnología del Doctor Erick. Reúne a un grupo con los mejores cincuenta, e incluye al escuadrón M7. Llévalos a la base de Norwick y esperen ahí. Señor LeBlanc, dé instrucciones a todos nuestros Jefes de Unidad, para que reúnan a su gente y se desplacen a donde les corresponda. Por favor, no se aleje. Daremos comienzo a la operación *XIB'ALB'A*.

—Yo puedo distribuirlos —dijo Viutt tratando de imponerse sobre Remi.

—No —respondió Ezra con frialdad y una mirada que se disolvió en un gesto de calma y seguridad—. Te necesito para otra cosa.

COMPLEJO MILITAR
SECRETO
REGIÓN B
SUB-REGIÓN DEL VIENTO

Al lugar acababan de arribar agentes de la CIA y algunos más de INTERPOL. Les tomó casi dos horas preparar un operativo de búsqueda. La orden de vigilar aeropuertos y aduanas se había dado desde hacía casi tres horas. No había más reportes de avistamientos sobre Nollan o afiliados de la Organización. Nadie descartaba que la ubicación que el *Elemento 07* les había dado, solo fuera un medio de distracción, o en su defecto, una trampa. Así que los agentes debían estar al tanto de todo.

Las diversas manifestaciones y enfrentamientos entre grupos delictivos, unidades policiacas y militares pertenecientes a OISSP, seguían provocando cierto caos en algunos puntos de Ciudad 24, por fortuna, estaban llegando a su fin.

Mientras las unidades militares fieles a La Nación se coordinaban con los elementos internacionales que habían llegado al país, el General Fogo trataba de lidiar con Benjamín y Dan, pues se estaban mostrando persistentes en la intención de formar parte del operativo. Este por supuesto se había negado, pues bien, Dan no era un elemento militar, y Cóvet, estaba legalmente muerto.

—¡Por favor, no insista! —dijo Fogo a Benjamín—. Ya hicieron suficiente. Es un hecho que Nollan sigue vivo, y las pruebas lo están poniendo en evidencia. Pero es alguien extremadamente peligroso. Un grupo de civiles no podría estar preparado para esto.

—Ha visto de que hemos sido capaces —comentó Dan—. Podríamos ser de mucha ayuda.

—Si fuese requerido asesinar a Ezra Nollan... ¿Sería capaz? —preguntó el General, en un intento por desafiar al muchacho. Pero él no respondió. Solo adoptó una postura de resignación momentánea—. Se quedarán aquí hasta que yo de la orden.

Ninguno se movió de su sitio, excepto el Doctor Silva, pues intentó alcanzar al militar para pedirle que ordenara un cateo en su Mansión, ya que lo último que supo, fue que había sido tomada por agentes encubiertos.

—Por supuesto Doctor, avise a la señorita Merck. Ella se hará cargo.

Larisse se estaba preparando. Ella y la unidad de INTERPOL que había llegado, serían participes de la búsqueda que se llevaría a cabo en la ubicación que les fue asignada. Además, varios grupos de Elite cubrirían zonas en las que su aparición o refugio sería probable. En todas las zonas militares del país, se estaban llevando a cabo protocolos de limpieza e inspección estructural, para erradicar a los posibles afiliados de la organización.

—Lo lamento Dan, de verdad, pero yo no puedo hacer nada. Y aunque pudiera, por ninguna razón te pondría en riesgo —dispuso Barleni, mientras el chico trataba de convencerla. Ella se había hecho una cola en el cabello, traía puesto un chaleco antibalas y estaba revisando las armas.

—¿Pero por qué? —preguntó él.

—Porque eres joven. Tienes una vida por delante. Y yo no estoy muy segura, pero quien tenga la oportunidad de hacerlo, va a matarte. Ten calma. Vamos a encargarnos... Tu país y el mundo están agradecidos. Tu madre está descansando. Junto a la chica del noticiero. ¿Por qué no vas con ellas?

Sin más que decir, enfundó su pistola y salió del lugar. La acompañaba el Señor Stock, y varios agentes más.

Abordaron helicópteros, y se trasladaron a Ciudad 24.

HANGAR MILITAR
LA GRAN EMERGENTE
MARTES 15 DE AGOSTO
01:45 AM

Romero dirigía a unos hombres en la base militar. Estaban trabajando de manera clandestina. En un A400M cargaron cajas y maletas llenas de tecnología e información. En varias de ellas se encontraban las pertenencias del Doctor Silva. Pronto habrían terminado. La carga y el despegue fueron sencillos debido a que la OISSP aun controlaba casi por completo la zona. En el avión volaron 55 elementos armados y todo lo necesario para poder controlar la organización desde el otro lado del mundo. La nave voló bajo el radar para evitar ser identificada y rastreada. Su destino era la base auxiliar de Norwick, ubicada en una región de las islas Shetland, al norte de Reino Unido. Cerca de la costa se levantaba una gran construcción, integrada por una pista de aterrizaje y un pequeño hangar. La Organización llegaría a establecerse ahí temporalmente, mientras los disturbios cesaran en La Nación.

El colapso de la OISSP había comenzado, y Ezra debía actuar rápido, para así poder rescatar el trabajo de más de dos décadas. El plan era viajar a Norwick para poder contactar a cada uno de los jefes de unidad y dar instrucciones para poder determinar el destino y la reintegración de la organización. Cada uno de sus agentes, estaba prevenido y preparado para actuar frente a una situación como esa.

SECTOR 03
AVENIDA 06

Un hombre blanco, portador de un par de anteojos redondos de cristal, salió de su departamento en el edificio CITIK, y abordó uno de los autobuses rumbo al aeropuerto Norte ubicado en el Sector 05. Cargaba consigo una mochila azul y vestía una sudadera del mismo color. La barba rojiza-marrón que salía de su rostro y la gorra sobre su cabeza, lo hacían ver desalineado. Luego de desplazarse por la Ciudad y ser testigo de los disturbios que se habían ocasionado, bajó frente a la entrada del aeropuerto, y se detuvo ahí un momento. Su vuelo con destino a Manchester, RU, saldría dentro de veinticuatro minutos. Su porte frio y sereno contrastaba con el caos que se había perpetrado por toda la Ciudad.

SECTOR 02
CALLE 45

De un auto negro, descendió quien parecía ser Ezra. Traía puesta consigo una gorra de color negro, y unas gafas oscuras. También vestía una chaqueta café y una mochila de cuero. Esperó en la esquina de la calle y estiró un poco el brazo para pedirle a un taxi que se detuviera. Abordó el vehículo.

—Al aeropuerto Sur, por favor.

El taxista obedeció la orden sin cuestionarse siquiera quien era el sujeto.

—La Ciudad está hecha un caos ¿No? —preguntó a modo de querer iniciar una conversación.

Al no obtener respuesta. Insistió con otro comentario.

—Es un buen momento para salir de viaje —luego miró a través del retrovisor—. Como me gustarían unas vacaciones.

Ezra se abstuvo de responder. Ni siquiera se molestó en mostrar una reacción amable.

Los helicópteros ya habían llegado a ambos aeropuertos. Se le dio orden a toda autoridad en la Ciudad de estar atentos a cualquier sospechoso o elemento identificable. Las cosas estaban por complicarse para Nollan.

Demoró en su bajada tras arribar al aeropuerto. Vio atentamente como el lugar se llenaba rápidamente por decenas de elementos policiacos y agentes internacionales.

Larisse, Stock y otros hombres descendieron de una de las naves y se apresuraron para reunirse con el director general del aeropuerto. Este les dio acceso a todas las cámaras de vigilancia y parte del personal. Algunos vuelos incluso, fueron retrasados.

Sin más opción, Ezra dio la orden. La operación *Xibalba*, comenzó.

Cinco personas en toda la Ciudad, recibieron el mensaje. Tomaron de igual forma una mochila y salieron a la calle. A diferencia de Nollan, algunos parecían estar nerviosos. El sudor corría por todo su cuerpo, y su mirada dejaba en evidencia la enorme cantidad de adrenalina que estaba consumiéndolos por dentro.

OFICINAS ADMINISTRATIVAS
DEL AEROPUERTO SUR

Larisse y su equipo estaban al pendiente de todo lo que ocurría en el aeropuerto. También daba órdenes al equipo que se dirigía a la ubicación que recibió el General en la base militar.

—¡Ya estamos llegando!

—¡Asegúrense de acordonar el área a dos o tres calles! ¡Revisen cada rincón y estén alertas! Aun ahora, no podemos confiar en nada ni en nadie.

—Esa zona de ahí. Ordene a alguien que cubra esa zona —dijo Stock a uno de sus hombres, mientras miraba la imagen de un pasillo en el monitor—. ¿Dónde está Rockwell?

—Fue al Aeropuerto Norte. Ya debería haber llegado.

HELIPUERTO DEL AEROPUERTO NORTE

Henry había descendido del helicóptero donde se encontraba y se reunió con un grupo de hombres a su cargo.

—Señor, escuché que los americanos están arribando, al parecer tienen cuentas que ajustar con el hombre.

—Y nosotros también. ¡Necesito un arma!

Un joven se acercó hasta él y le entregó una pistola.

—El cartucho está incompleto, Señor —le advirtió.

—Está bien. Si se presenta la ocasión no necesitaré más de una bala —le echó un vistazo y se la enfundó—. ¡Muy bien amigos! ¡Escuchen! Estamos aquí por órdenes del General Fogo. Por favor, no me hagan quedar mal. Prestamos nuestro servicio a este país de manera bien remunerada, así que hagan bien su trabajo. Nuestros amigos norteamericanos [CIA] no pueden llevarse a Nollan. Así que sean astutos. Si logran atrapar al sujeto, eso sería genial —sacó de su bolsillo un cigarrillo y lo encendió—. ¡Vayan!

El grupo se retiró ante la orden. Henry se quedó solo, recargado en la nave, contemplando todo el hangar y las pistas. Le parecía increíble la gran y estupenda iluminación que tenía todo el exterior del aeropuerto.

COMPLEJO MILITAR
SECRETO
REGIÓN B
SUB-REGIÓN DEL VIENTO

El equipo de Dan seguía retenido en aquella sala. Al tanto de las operaciones en Ciudad 24. No había nada que pudieran hacer estando ahí, pero al menos a Aldo le habían devuelto sus cosas.

—¿Qué haces?—preguntó Dan.

—Solo quiero cerciorarme de algo.

—¿De qué?

—Voy a revisar la línea que usaron cuando Ezra se comunicó contigo por primera vez. Si el dispositivo que utilizó sigue activo, tal vez podría dar con una ubicación adicional.

—¿Y si lo destruyó?

—¡Oye! Al menos trato de hacer algo.

El Doctor Silva había regresado. La preocupación que sentía podía verse incluso a metros de distancia.

—¿Qué ocurrió? —preguntó Amanda a su padre.

—Se llevaron la capsula. Era lo que me temía.

Amanda, consiente del esfuerzo y la importancia que dicho trabajo le había tomado a su padre, expresó con un gesto su preocupación también. Habían trabajado juntos en ello.

AEROPUERTO NORTE
SECTOR 05

El hombre de los anteojos continuó de pie fuera del Aeropuerto. Parecía estar esperando a alguien.

AEROPUERTO SUR
SECTOR 02

Ezra descendió del Vehículo. Tomó sus cosas y se abstuvo de pagarle al chofer.

—¡Hey! ¡Que pasa! ¿Acaso no… —no terminó de quejarse, cuando Nollan sacó un arma con silenciador y le apuntó de forma amenazante—. ¡Ok! ¡Está bien! ¡Está bien! ¡Solo vete!

Salió de la unidad y caminó por las afueras. Cuando perdió de vista al taxista tiró el arma dentro de un contenedor.

Debía entrar al Aeropuerto antes de que sellaran las puertas. Pronto se percató de que más de quince hombres lo tenían vigilado. Ya era tarde. No encontraría forma de escapar.

AEROPUERTO NORTE
SECTOR 05

Finalmente, la mirada del sujeto pareció ver aquello que estaba esperando. A varios metros de donde se encontraba, un hombre idéntico a él, descendió de un automóvil. Parecía una copia exacta incluso en la forma de vestir. Ambos se quedaron viendo por varios segundos sin ninguna expresión.

El hombre que había arribado apenas, parecía satisfecho, solo asintió con una leve sonrisa. Dejó el lugar y entró al aeropuerto.

«Pasajeros con destino a Manchester, aborden por la sala 24»

El sujeto se dirigió hasta dicho lugar y entregó su boleto junto con su pasaporte. Su nombre era Colín Kuttler. De origen británico. La mujer le devolvió el documento y le permitió la entrada. El hombre se cercioró de que nadie lo estuviera viendo.

COMPLEJO MILITAR
SECRETO
REGIÓN B
SUB-REGIÓN DEL VIENTO

—¡Hey! ¡Oigan! ¡He recibido un mensaje! —dijo Aldo alarmado.

—¿De quién? —preguntó Amanda.

Dan se acercó rápidamente.

Había un mensaje en el equipo de Aldo.

—¡Hay que avisarles ahora! —ordenó el chico.

Los monitores de la Base militar, y los de millones de personas en toda La Nación, fueron el medio por el que Ezra Nollan, se dirigió a todo el país, con un mensaje que quedaría en la memoria de todos.

»...Lo intenté... Nadie puede negarlo. Para aquellos que no me conocen... soy el hombre que les arrebató la esperanza. Tal vez por ahora, me consideren la peor persona del mundo. Y respecto a eso, tengo que decirles, que están haciendo bien. He creado grandes cosas. Cosas que cualquier individuo ni siquiera podría imaginar. He dirigido cada aspecto de sus insignificantes vidas desde hace dos décadas. Le he quitado la vida a miles, a cambio de lo que sea que contribuya a mi causa. Y seguiré haciéndolo. La traición no es algo que yo pueda perdonar. Así que aquellos que han actuado contrario a lo que considero fidelidad... Teman. Teman y busquen un buen lugar para esconderse. Porque voy a encontrarlos. No he terminado. No hasta que pueda unificar a toda esta asquerosa Nación. Ustedes podrían utilizar cualquier medio para encontrarme. Pero mi legado prevalecerá por el fin de sus días. Aun si logran, atraparme... o asesinarme. La cicatriz en su memoria será imborrable. Ese es el precio... de la traición. La sangre de mis enemigos, correrá sin piedad. Solo hay una razón, para causar tanto caos. Poder. Eso es lo que realmente importa, e importará. Así que medítenlo. Asúmanlo. No existe... La Paz... No existe, el amor. No existe... La Libertad.

AEROPUERTO SUR
SECTOR 02

Ezra ya había sido interceptado. Varios hombres lo mantenían retenido mientras se quejaba... Al lugar estaba llegando Larisse junto con Stock.

Nollan comenzó a llorar de manera desesperada.

—Lo siento... Lo siento... —de pronto su voz, cambió radicalmente a una voz más aguda y dócil, como la de una mujer—. Ya es tarde...

Era Rebecca. Las prótesis en su rostro ya habían comenzado a caer de su piel. Pero antes de que sus captores pudieran asimilar lo que ocurría. Se produjo una enorme explosión que provocó la muerte de varias personas, alrededor de su cuerpo. La mochila que cargaba, estaba repleta de explosivos que, al detonar, arrebataron la vida de decenas de civiles y oficiales que se encontraban cerca.

El asunto no paró ahí, pues seis explosiones más se perpetraron en cada uno de los sectores de Ciudad 24. Al instante, la cifra de defunciones se elevó a más de 200, con cerca de 400 heridos. Lo más preocupante, fue la explosión en la Zona 0. Pues había ocurrido en las instalaciones de una de las centrales eléctricas. Eso dejó a un tercio de la Ciudad sin suministro de energía.

AEROPUERTO NORTE
SECTOR 05

Henry recibió una llamada en su teléfono. Era un número desconocido.

—Diga.

—*¡Prótesis faciales! ¡Hombre caucásico y vestimenta azul!*

—¿Qué? —respondió confundido.

—*¡Ezra! ¡Ezra escapará de esa forma! ¡Rebecca se hizo pasar por él!*

Al instante la detonación del Sector 05 distrajo a Henry de la llamada.

—¿Qué pasa? ¡Algo acaba de detonar allá afuera!

Nadie respondió. Al parecer habían colgado. De pronto el caos, se convirtió en tormento. A lo lejos, Rockwell vio como un tipo de chaqueta azul golpeó a dos guardias en el hangar y desapareció detrás de un carro de transporte. Lo siguió tan pronto como pudo. El sujeto se condujo hasta un almacén, donde se guardaba un LearJet 60 de color gris obscuro, listo para volar.

Cuando Henry llegó, tres hombres yacían muertos en el suelo. Y la puerta comenzaba a cerrarse. Subió tan rápido como pudo y abordó la nave sin que el nuevo piloto se percatara. Cuando este llegó a la cabina, preparó motores y tomó el control. Metió su mano en el interior de su cuello y comenzó a retirar una especie de prótesis, que pronto dejó al descubierto quien era.

Ezra Nollan estaba a punto de escapar. Llevó la nave hasta la pista, e inició el despegue. Nada ni nadie pudo detenerlo. La policía había fallado, y el golpe que Nollan había anticipado, así como lo dijo, dejaría en La Nación una eterna y dolorosa marca.

Capítulo XIV

Guerrero

Nacom

XIV

HOSPITAL HANS VITE
SECTOR 02
CIUDAD 24

Mientras la Ciudad vivía una verdadera pesadilla. Larisse estaba siendo tratada en el Hospital Hans Vite, del Sector 02. La explosión había afectado a buena parte del aeropuerto y decenas de personas fueron a parar ahí. Ella había sufrido quemaduras de segundo grado y algunos golpes en la cabeza. Estaba estable, pero necesitaba descansar.

—*...Las explosiones detonaron de manera simultánea a lo largo de los siete sectores. Los responsables cargaban mochilas donde se cree, portaban bombas con tecnología hasta ahora desconocida. Las investigaciones y la búsqueda de Ezra Nollan, continúa. Por ahora, medios internacionales, permanecen al tanto en aduanas y aeropuertos a la expectativa de identificar y localizar al responsable. Ahora los dejo con un mensaje que emite el presidente de La Nación.*

El televisor en la sala de espera transmitió el mensaje del Presidente. Este pedía a todo el país calma y unidad. Intentaba dar un mensaje de esperanza, que de hecho, tenía fragmentos parecidos a los que Dan ya había dado en su transmisión. Ahí estaba Herman, esperando recibir informes del estado de Larisse. Él había sufrido algunos golpes solamente. Una llamada lo puso en alerta.

—General... Sí, estoy bien. Nada grave... —hizo una pausa mientras Fogo hablaba por el teléfono—... aun no me dicen. Ya vienen hombres para acá. Me reuniré con usted en unas horas, solo que no quiero dejar sola a la Agente Barleni...

Un grupo de doctores pasaron por su derecha a toda velocidad, arrastrando una camilla. Sobre esta venía una anciana verdaderamente lastimada por el desastroso evento. Ella lloraba de una forma tan desgarradora, que varias personas ahí quedaron realmente consternadas.

—No, aun no sé nada del señor Rockwell—respondió Stock—. Descuide. Ya están tratando de localizarlo. Debe estar en algún hospital. O auxiliando a la población…

Hizo una pausa extensa. Pareció aún más consternado que las personas que habían visto a aquella anciana. Fogo le había contado sobre el escape de Ezra.

—Debimos suponer que no sería tan fácil —comentó—. Me mantendré en contacto.

LEARJET 60
CON DESTINO A NORWICK

Pasaron casi nueve horas desde que Nollan había abandonado Ciudad 24, junto con todo el caos que desató en el afán de dar un mensaje. Había volado oculto en el radar por todo el océano, con la esperanza de que su limitado grupo de hombres le recibiera, listos para establecer un plan de reestructuración y limpieza. El sacrificio a cambio de un bien mayor a su favor, no le causaba el más mínimo remordimiento. En el fondo reconocía que tarde o temprano eso iba a suceder. Había dirigido una organización que operó dentro de La Nación y el medio internacional por más de quince años. Había acumulado una vasta cantidad de enemigos, y sus descuidos lo colocaron justo en el lugar donde estaba. Su cabeza ya estaba a tope. La preocupación, el miedo y la rabia le impedían pensar en todo lo que debía. Estaba un poco inseguro acerca de que sucedería una vez estando frente a sus agentes. Temía que a esas alturas, la cantidad de información y de desertores rebasara más del 20% de su gente. Temía que hubiera perdido el control de su propia organización, habiendo tratado de salvarla. Tomó el volante de la aeronave con más fuerza, e intentó averiguar la distancia que le quedaría por recorrer antes de llegar a su zona de aterrizaje.

Dirigió su mirada a la computadora del jet, y echó un vistazo al pequeño monitor. Tocaría tierra firme en menos de treinta minutos, entonces se hallaría completamente a salvo. Extrajo un radiotransmisor del interior de su camisa y lo encendió. Introdujo un código de enlace y finalmente estableció contacto con la base de Norwick.

—Aquí Elemento Alpha 01, reportándose a bordo de un Lear Jet 60. ¿Alguien me copia?

La respuesta demoró varios segundos. El sonido del viento golpeando la nave no dejaba lugar a ninguna clase de silencio. El piloto aguardó a que alguien tras el transmisor respondiera. Eso no tardó mucho.

—*Sala de control Norwick a Elemento Alpha 01, le copiamos.*

—Solicito asistencia post-aterrizaje. Me encuentro a veinticinco minutos de tocar tierra.

—*Requerimos un código de seguridad para comprobar su identidad.*

—Cero seis, cero cinco, veinte, veinte.

El operador guardó silencio por unos segundos, estaba confirmando la información.

—*Bienvenido a territorio Británico, señor. Nuestras unidades ya van en camino. ¿Alguno de sus pasajeros a bordo se encuentra herido?*

—No hay pasajeros conmigo.

—*Rastreamos una señal emitida desde un dispositivo que ha compartido sus mismas coordenadas.*

Esas palabras lo paralizaron. Si sus operadores no se equivocaban (casi nunca lo hacían), era lógico que él no se encontraba solo dentro de aquella nave. ¿De verdad era posible que alguien hubiera abordado el jet junto con él? y si era así, ¿quién podría haber sido?

Su mirada cambió de pronto. No había gesticulado casi nada, pero el enfado y la aberración por estar ante la posibilidad de haber cometido otro error, activaron en él una apenas contenible rabia y deseo por matar. Sus ojos lucían cansados, su respiración se profundizó un poco más. Varias ideas se acumularon dentro de su cabeza y de pronto, sintió el rose de un cañón detrás de su cabeza. Era Henry, que de alguna manera se las había ingeniado para llegar hasta él, sin que este siquiera lo percibiera.

—Supuse que intervendrías en cuanto tuvieras oportunidad —dijo Ezra, inexpresivo.

—Nollan, Nollan, Nollan... De verdad me alaga ser una de tus limitadas preocupaciones.

—La menos importante de todas —recalcó—. ¿Cómo supones que saldrás vivo de aquí?

Henry sonrió.

—Iba a preguntarte lo mismo.

Ezra activó el piloto automático en un pestañeo y se libró del arma tras su cabeza, Rockwell disparó dos veces por accidente y una bala fue a parar directamente a los controles, otra comprometió gravemente la resistencia del parabrisas de la cabina. Nollan usó su descomunal fuerza y arrojó a Henry fuera. Este, adolorido y acorralado, apuntó a el piloto y disparó dos veces más, pero de pronto la quinta bala se negó a salir. Ezra cayó de rodillas, debilitado y herido, pero aun consiente de todo lo que ocurría a su alrededor. Su atacante no pudo asesinarlo en ese momento, porque el arma se había quedado sin balas. Henry observó con un poco de horror el arma, tratando de comprender que había ocurrido.

—¡Mierda! —dijo al instante, tras recordar la fugaz advertencia que uno de sus hombres le había hecho estando en el aeropuerto. Luego la arrojó y se condenó a intentar terminar el trabajo con sus propias manos. Se levantó de inmediato y se puso en guardia. Nollan, se apoyó en una mano para ponerse de pie y se abalanzó contra Rockwell. Cayeron al suelo y rodaron forcejeando de una manera feroz. Ezra, debilitado, hizo un esfuerzo para levantar su brazo y golpear la cara de su oponente. Dio algunos puñetazos, pero se vio en desventaja debido a sus heridas. Henry rodó una vez más y se posicionó sobre él. Acto seguido lo golpeó varias veces. Pudo notar que sus impactos le causaban al piloto solo la mitad del dolor esperado. Su resistencia permanecía intacta.

Con más violencia y ferocidad continúo castigando a su rival. Sus nudillos se enrojecieron después de unos segundos, y notó como una considerable cantidad de sangre salía de la nariz y la boca de su víctima. Agitado y a punto de dar un último golpe, respiró. Algo le había comenzado a arder justo en uno de sus costados. Miró con un gesto de dolor al hombre colocado debajo de él, y se percató de que había sido herido por el puñal que este cargaba consigo. Su momento de estupefacción le dio tiempo al dirigente de la OISSP para contraatacar y quitárselo de encima. Estaba muy golpeado, y las balas dentro de su cuerpo ya comenzaban a provocarle un dolor insoportable. Se puso de pie con algo de trabajo y tomó al pasajero por el cuello de su camisa. Una especie de turbulencia agitó los interiores y lo hizo caer sobre un asiento. En la computadora de la cabina, una advertencia señalaba que el manejo automático había fallado. A los golpes que ya tenía, se le sumaron los que el avión le provocaba al perder estabilidad y altura. Las alarmas comenzaron a escucharse y por un momento, ambos temieron por su propia vida.

En unos cuantos segundos el control del avión se había vuelto peligrosamente inestable, Ezra no podía permitirse dejar las cosas así. A rastras consiguió llegar hasta un compartimiento que guardaba algunas mochilas paracaídas dentro y tomó una. Henry estaba herido, golpeado y alarmado. Al igual que Nollan, conservaba el deseo de continuar con vida, pero no estaba dispuesto a despegarse del piso del jet. Ezra se puso de pie y caminó apoyándose de lo que pudo. Recogió su puñal y se propuso acabar con la vida de su persecutor, pero al instante otro brusco movimiento del avión lo obligó o dejar esa muerte en manos del poco tiempo que quedaba para abandonar esa nave. El cristal dañado en la cabina, había desaparecido ya, y el control del avión ya no podía ser recuperado de ninguna manera. Se sujetó con fuerza de un tubo de seguridad colocado a un costado de la puerta y luego con una fuerza descomunal rompió los seguros de esta. El caos reinó dentro en menos de un segundo y Rockwell tuvo que sostenerse con toda su fuerza para no ser succionado por el exterior.

Nollan ya estaba preparado, terminó de ajustarse el paracaídas y echó una última mirada a su acompañante. Sonrió confiado, fijo en la mirada asustada de Henry y salió despedido hacia afuera.

COMPLEJO MILITAR
SECRETO
REGIÓN B
SUB-REGIÓN DEL VIENTO

El General finalizó con la llamada. Estaba en su oficina. Dos hombres lo acompañaban. Los miró fijamente a los ojos por unos momentos hasta que logró intimidarlos.

—No hay noticias de Rockwell.

La mujer que había estado atendiendo la estadía de Dan y los demás llegó presurosa a la oficina del militar.

—¡General! Han llegado reportes…

—¡Más vale que sean buenas noticias!

—¡Muy buenas! —dijo ella—. La fuerza aérea británica reportó el avistamiento de una aeronave cerca de las Islas Shetland, al norte de Reino Unido.

—¿Qué clase de aeronave? —preguntó el General.

—Los radares de un avión de reconocimiento detectaron un Jet por segundos. La nave desapareció casi al instante.

—Eso no nos dice mucho.

—No hay información sobre algún aeropuerto o base militar cerca de ahí.

—Estamos igual —dijo irritado—. Siga buscando.

—Sí señor.

La mujer salió de la oficina, y se dirigió hacia la derecha. Alguien escuchó todo lo que se había dicho dentro de ese cuarto. Era Gala.

—Ezra está en Norwick —dijo a los demás con certeza, intentando no ser escuchada. Había dibujado un mapa en una pizarra. La sala donde se encontraban, permanecía cerrada—. La OISSP era una institución internacional, sin embargo, Nollan sabía bien que todo podría colapsar en solo cuestión de horas. Al ser una organización fantasma, la desintegración y reintegración sería invisible a los ojos de todos. Él planeaba redistribuir a su gente y colocarla en lugares estratégicos. Tiene más de diez bases auxiliares ocultas por todo el mundo. América del Sur, África, Asia, y en la Antártida. Hay otra en las islas del mediterráneo, pero solo una, al norte de Reino Unido. En Norwick.

—¿Él está ahí? —preguntó Dan.

—Una mujer acaba de notificarle al general que un avión militar británico detectó en su radar un Jet. Cerca de Shetland. Pero desapareció en segundos.

—¿Tienes la ubicación exacta de ese lugar?

—Sí.

BASE AUXILIAR DE NORWICK
ISLAS SHETLAND
REINO UNIDO

Los restos de un avión despedazado yacían en la costa de la base auxiliar de la OISSP. Ahí se encontraba Ezra, inconsciente y gravemente herido.

Al volar sobre una intensa tormenta, se vio condenado a caer desde los cielos luego de que la nave sufriera daños en el motor y en las turbinas.

Aún con vida, utilizó hasta su último aliento para poder llegar a tierra firme. Sumado a las heridas provocadas por los disparos de Rockwell, su abdomen había sido perforado por una pieza de metal y tenía algunos huesos rotos, además de severos golpes por todo el cuerpo. Fue localizado por su personal, y trasladado a las instalaciones de la base, donde Antón ya se había encargado de instalar y adaptar la cápsula de regeneración hiperbárica que habían sacado del laboratorio de Silva.

Luego de ser tratado, los médicos lo colocaron dentro de ella. Le tomaría cerca de doce horas recuperarse por completo.

Remi y Romero contemplaron la capsula por varios minutos. Como si de dos niños velando a su padre se tratara.

—Dependerá de nosotros —dijo Antón con frialdad—. Nuestros enemigos vendrán, tarde o temprano.

Remi, no dijo nada. Solo siguió enfocando su mirada en la brillante máquina.

—Siento mucho lo de Rebecca —Antón hizo un esfuerzo por demostrar algo de empatía a su compañero—. Era una mujer estupenda.

LeBlanc no dijo nada. Continuó perdido en lo que aquella maquina le hacía pensar. Pero eso era un misterio. Solo salió del lugar. Era momento de prepararse.

COMPLEJO MILITAR
SECRETO
REGIÓN B
SUB-REGIÓN DEL VIENTO

Un militar llegó apresurado a la oficina de Fogo. Parecía asustado.

—¡Señor, los civiles han abordado una de las naves y se han marchado!

—¿Qué? ¿Cómo pudo ser eso posible?

—Hay seis elementos amordazados y desnudos en la sala donde estaban retenidos. ¡Les quitaron los uniformes señor! Escaparon como soldados. Se llevaron algunas cosas.

—¿Y a donde se dirigen?

—Shetland. Parece que lo encontraron.

—¡No les pierdan el rastro! ¡Quiero hablar con ellos!

PHENOM 100
(UNIDAD AÉREA PARA ALTOS RANGOS DEL EJÉRCITO)
12:05 AM
(RFU)

Benjamín pilotaba una de las naves que el ejército poseía. Era un Embraer Phenom 100, de uso exclusivo para militares de alto rango. Lucía un color verde obscuro. Era un hecho que los seis tripulantes, se habían convertido en fugitivos de su propia nación.

—No creí que supieras pilotar un avión —dijo Cóvet a Aldo.

—Mi padre alquila uno parecido a este. Nunca conseguí que me dieran el mando. Tengo esperanza de que un día suceda —respondió Al.

—Te lo daré de vuelta si salimos vivos de esta. Solo mantente atento.

Atrás, Dan observaba la fotografía que había tomado de las pertenencias de su madre. Ahí estaba su padre, al lado del que alguna vez pudo considerarse su compañero. Se cuestionaba un poco acerca de los comentarios de Benjamín. En el fondo, pensaba que la muerte podría ser lo único que sería capaz de detener a Ezra. Sabía que esta vez, él no mostraría ni siquiera una pizca de piedad. Estaba comenzando a reunir valor para poder asimilar que tenía que hacerlo. Matarlo. En ese momento el chico se sintió más débil que nunca. Incluso tuvo miedo. Hubiera deseado pedirle a Benjamín que diera vuelta y retornaran.

—Dan… —Silva se acercó a él, haciendo uso de su tono tranquilo, intentando que ninguna de las otras dos tripulantes escuchara. No hubo problema, ellas estaban prestando atención a la computadora de Aldo—. Las cosas, no tenían que ser así. Pero no fue fácil… Y es mucho más complicado para un tipo como yo.

Hizo una pausa, miró desde su lugar a Benjamín.

—No soy un peleador. No… Siempre fui… el chico de anteojos que se quedaba en la biblioteca hasta tarde. Construí una máquina para poder aliviar las heridas de mi hija. Una verdadera guerrera. Como él… —señaló con su enfoque al piloto—… o como tú.

Miró a Dan de una forma que sería complicada de describir. El joven pudo sentir algo de paternidad dentro de ella.

—Francamente no sé cómo yo pueda ser útil allá… Pero mi hija no me habría perdonado, si la hubiera obligado a dejarte venir solo —su manera de hablar parecía serena a pesar de saber que era probable que todos encontraran la muerte en su destino—. Debes mantenerte fiel ante tus creencias, siempre. La naturaleza del ser humano, no se rige por la maldad… más bien se origina en los principios que decidimos adoptar. Y tengo la certeza de que tú eres diferente…

Echó una mirada curiosa a través de la ventanilla de la nave.

—El amor, y los que amamos… allí yace nuestra verdadera fuerza.

Esas fueron palabras que de verdad aliviaron el estrés que la situación le estaba generando al muchacho. Aceptó el comentario con una sonrisa apenas visible.

—¡Otro mensaje! —Amanda anunció la noticia—. Alguien acaba de enviar un plano virtual de lo que dice ser la Base Auxiliar de Norwick.

—¡Perfecto! —dijo Benjamín desde la cabina.

—Transfiere la información a los sistemas de la Nave —ordenó la chica a Gala.

Un pequeño sonido se emitió del tablero del avión. De inmediato una voz enfurecida comenzó a parlar.

—*¡Señores! ¡Han cometido un grave error! ¡Las cosas no tenían que ser así!* —era el General Fogo—. *¡Den vuelta a esa nave, o enviaré dos unidades a derribarlos!*

Ben sonrió, apagando el transmisor al instante.

La nave voló por el aire a una velocidad increíble. Benjamín había resultado ser un excelente piloto.

BASE AUXILIAR DE NORWICK
ISLAS SHETLAND
7:15 PM

Remi se encontraba en la sala de mando. Estaba trabajando en la reubicación de cada elemento de la organización. Daba órdenes para que se mantuvieran aislados y lejos de cualquier situación que pudiera ponerlos a la vista de las agencias gubernamentales y organizaciones rivales.

—Señor… —un hombre estaba al teléfono, lo llamó para darle un aviso —… Me hablan desde Ciudad 24, el equipo que mantenían retenido escapó, robaron un Jet y parece que están volando con rumbo a nuestra ubicación. Saben dónde estamos…

En el lugar estaba Antón. Al escuchar la noticia, tomó acción de inmediato.

—¿Cuántos son? —preguntó.

—Creo que son seis —respondió el operador.

—No representan gran peligro —se puso en marcha al momento—. Colocaré vigilantes en las entradas y en los alrededores de igual forma. Aseguren el túnel del área sur.

—El túnel del área sur está bloqueado. Y no hay forma de traspasarlo.

El hombre abandonó la sala. El sujeto que operaba los equipos de igual forma lo hizo. Este parecía algo nervioso. Miró temeroso a Remi un par de segundos, luego se levantó y salió por la puerta.

PHENOM 100
(9 HORAS MÁS TARDE)
(ATLÁNTICO)

La noche había parecido extenderse. Benjamín pensaba aterrizar en una carretera cerca de un poblado ubicado a una hora de Norwick. Pero sus problemas parecieron resolverse al instante. El transmisor de Aldo comenzó a recibir una llamada.

—¡Dan! ¡Alguien llama! —dijo Amanda alarmada.

El chico se aproximó.

—El código de identificación está cifrado —comentó la chica.

—¿Será el general? —preguntó Gala.

—Toma la llamada —ordenó Dan.

Nadie del otro lado del transmisor dijo nada, solo hasta segundos después.

—¿Dónde planean aterrizar?—preguntó una voz distorsionada.

—¿Quién se supone que eres? —Meggar cuestionó a la persona detrás de la llamada.

No hubo respuesta. Solo una especie de silencio que se mezclaba con el sonido del viento golpeando el avión.

—¿Quién eres? —insistió Amanda.

—Saben quién soy—dijo el hombre a la joven.

—Eres el Elemento 07 ¿no? —preguntó Dan—. ¿Qué quieres ahora?

—Hay una vieja pista de aterrizaje a 4 kilómetros de la base... Les enviaré coordenadas.

—¿Por qué has estado ayudándonos?

La respuesta demoró algunos instantes.

—Libertad.

Nadie dijo nada.

—La base tiene una extensión subterránea que lo conecta con el mar. De esa forma se puede llegar hasta una puerta que da acceso a un viejo cuarto. Solo puede ser abierta desde la sala de control, ubicada en el centro de toda la construcción. Desde ahí es posible controlar cada puerta y a buena parte del personal.

—¿Cómo sabemos que esto no es una trampa? —Dan intentó averiguar más sobre el individuo.

—Advertí sobre los ataques de Ciudad 24.

—Eso no es suficiente. Quiero saber quién eres.

El misterioso elemento 07 se negó en silencio a brindar una respuesta. Solo prosiguió.

—Su intervención es más que oportuna. Nollan ha podido llegar a la base, pero su estado de salud es crítico. Hubo un incidente dentro del jet antes de que arribara. Apenas sobrevivió.

—¿En dónde está?

—Dentro de la capsula.

El gesto enfadado de Silva acompañó la estupefacción de los demás.

—Esperamos a dos hombres con un cargamento de suministros a las 9:40 PM. Vienen dos hombres a bordo de un vehículo sobre un sendero al sur.

—¿Debemos tomar el vehículo?

—Es preciso.

—¿Algo más?

—Al parecer la organización tiene un grupo de rehenes. Uno muy importante entre ellos. Deben encontrarse en cualquier lugar de la base, pero su ubicación no me ha sido revelada. Les enviaré información encriptada. Planos virtuales. No más. Ya nada depende de mí. Solo de ustedes.

—Espera... ¡Hey!

No hubo más palabras. Solo el mismo silencio.

El Elemento 07 apareció y se fue en un instante. Esa fue su despedida. A todos les hubiera gustado saber quién era la persona que les había estado proporcionando toda esa información. Si todo lo que dijo era cierto, se había convertido en su mayor aliado.

Segundos después de que la transmisión concluyera. Recibieron coordenadas de la vieja pista de aterrizaje. Y planos virtuales de algunas zonas de la base. No sabían si aquel rehén de verdad existía, pero estaban seguros de que ninguna persona ahí dentro, importaba más en aquel lugar que Nollan.

—Dale a Benjamín las coordenadas de la pista. Vamos a confiar en el traidor.

UNA HORA DESPUÉS…

—¡La veo! ¡Abrochen sus cinturones! —Benjamín avistaba la pista de aterrizaje. Como la niebla evitaba que esta pudiera verse mejor, fue complicado encontrarla.

Finalmente, su jet tocó tierra. Los pilotos apagaron los equipos y fueron atrás para reunirse con los demás. Aldo extrajo varios componentes de una mochila. Traspasó toda la información gráfica a una especie de control que portaba en su muñeca y esta se proyectó de manera holográfica para avistamiento de todos.

—¿Por dónde está ese acceso subterráneo? —preguntó Dan.

Aldo miró la borrosa proyección tratando de encontrar respuesta a la interrogante de su compañero.

—Oh, Dios.

La entrada del acceso subterráneo estaba nada más y nada menos que a 17 metros por debajo del nivel del mar. Se trataba de una cueva. Ellos debían nadar hasta el fondo para poder acceder. Luego recorrerían más de 1.2 kilómetros para llegar a la puerta que conectaba el conducto con la base.

Dan se detuvo un momento. Aclaró su garganta intentando ser discreto.

—Bien… Primero… —le fue difícil formular sus ideas—… gracias por venir conmigo. No olvidemos quien nos envió hasta aquí… conocemos la verdad, y es muy probable que no salgamos vivos de aquí pero…

—Gran discurso… —Benjamín bromeó, los demás rieron, nerviosos, incluso Dan.

—Perdón… miren… no sé con qué o con quien vamos a encontrarnos allá… pero quiero que sepan, que yo, voy a pelear hasta la muerte. Usaré hasta mi último aliento de vida para poder protegerlos. Y espero que ustedes, hagan lo mismo…Seremos imparables entonces. Nuestro objetivo principal es Ezra. Tenemos que encontrarlo antes de que la capsula termine el proceso de regeneración. Si no llegamos a tiempo, tendremos problemas. El lugar deberá estar bien resguardado. Aun utilizando una distracción, quedará una buena cantidad de personal ahí dentro, así que tenemos que ser sigilosos. Hay que evitar a Remi a toda costa. Nos dividiremos. Gala, y Amanda vendrán conmigo. Iremos por debajo y mantendremos contacto por radio.

—¿Qué hay de los rehenes? —preguntó Aldo.

—Tú estarás en la sala de control, encontrarlos y sacarlos será su trabajo.

—¿Por qué no entramos todos dentro del vehículo que viene en camino? —insistió *Al.*

—Solo esperan a dos hombres. No hay manera de ocultarnos. Si entramos todos, será difícil pasar desapercibidos. Más ruido, más intrusos. No debemos llamar la atención.

—Podemos usar esto… —Benjamín sacó un maletín del interior del jet. Era un rifle SVLK-14S Twilight. Parecía estar orgulloso de tenerlo en sus manos—. Lo encontré en la armería del complejo.

Dan lo miró indeciso. Era claro que no estaba completamente de acuerdo. Finalmente desistió.

—Estarás adentro con Aldo, no hay forma en que puedas necesitarlo.

—Yo no —aseguró Ben, luego dirigió la mirada hacia donde estaba Silva.

Él era un científico. Y también había estudiado un poco de medicina. No estaba muy seguro de querer hacerlo.

—No lo haré, a menos que sea necesario —accedió, solo con la intención de que todos dejaran de mirarlo.

Además del rifle, Benjamín había cargado consigo una mina incendiaria con detonador inalámbrico que utilizarían para generar una distracción en el caso de necesitarla.

Caminaron por alrededor de treinta minutos. Además de su mochila, Aldo cargaba un maletín, y su computadora. Amy llevaba consigo bombas y cañones de luz. Gala fue equipada con dispersores de

humo y un par de tasers eléctricos.

—Ben... Es importante que sobrevivas. Sin ti, es imposible que salgamos de aquí.

—Ese no es problema. El chico puede sacarlos —respondió, refiriéndose a Aldo, que en aquel momento se encontraba nervioso y empapado en sudor.

Luego de una larga caminata a través de aquellos verdes pastizales, se detuvieron. Habían subido hasta una colina que les permitía observar la enorme base, y los alrededores.

Nadie hasta ese momento había imaginado que aquella base, fuero tan intimidante y aparentemente impenetrable. Era una extensa construcción de concreto, visible a plena vista. No estaba oculta, ni escondida. La OISSP debía tener bien controlado el tráfico aéreo y el transito civil para evitar que alguien ajeno a ellos, pudiera conocer su ubicación. El edificio tenía una forma singular, y se alzaba por casi 20 metros. La parte superior, estaba iluminada con ventanas de luz blanca, mientras que la parte inferior carecía de ventilaciones, solo se trataba de un alto y frio muro.

Vieron al sur como una camioneta militar se acercaba. La conducían lento por un camino de terracería y piedras. Se hallaba lejos, justo a tiempo para que Benjamín y Aldo intentaran abordarla. Iban a utilizarla para entrar a la base sin problema.

—Bien. Hasta aquí llegamos —dijo Cóvet.

Dan se acercó donde su amigo, y lo abrazó. Esa no era una despedida. Era poco común, casi algo imposible que ambos se demostraran cariño de alguna forma física. No desde que eran niños. Al separase lo sujetó por el brazo.

—Cuídalo —pidió, refiriéndose a Benjamín.

—Lo haré —respondió Aldo con una sonrisa llena de miedo.

—Estaremos en contacto —aseguró Dan—. No pueden fallar de ninguna manera.

—¡No pasará! —respondió su amigo a lo lejos.

Él y Benjamín comenzaron a descender por la vereda. El camino estaba lleno de enramada corta y arena. Había también enormes rocas al lado del descuidado camino. Pudieron usarlas para ocultarse y aguardar a que el vehículo pasara por ahí.

—¿Cómo vamos a detenerlos? —preguntó Aldo.

—Déjamelo a mí.

Arriba, Dan, Amanda, y Gala se pusieron en marcha. Dieron una enorme vuelta a la base hasta llegar a una zona rocosa en la costa. Caminaron rodeando las piedras hasta que el agua les llegó hasta el cuello.

—¡Cuidado! ¡Esperen aquí, bajaré a revisar!

Dan se sumergió en el mar y nadó varios metros hasta el fondo. Usando una linterna, halló un enorme agujero en las piedras, tan profundo que era imposible ver a través de él. La máscara no le permitió seguir por más tiempo debajo del mar, así que volvió a la superficie.

—¡Necesitaremos una lámpara más grande!

—¡Yo me encargo! —Amanda golpeó dos veces su mano derecha, y entonces un pequeño led en su puño comenzó a brillar con una luz blanca tan intensa que parecía una especie de faro. Los tres se adentraron en el mar y se introdujeron dentro de aquella cueva. Nadaron tan rápido como pudieron y luego de casi dos minutos, llegaron a una caverna llena de piedras. Hasta ahí llegaba el agua.

Salieron empapados un poco friolentos. La cueva era amplia, y había un túnel en el fondo, cruzando. Se dirigieron ahí, penetraron, y comenzaron a caminar. El trayecto fue complicado, percibido como eterno, con los tres deseando que se volviera aún más eterno.

Benjamín y Aldo aguardaron la venida del vehículo de suministros. Conducían dos elementos uniformados y armados. Poco a poco se acercaron hasta donde ellos los esperaban.

—Espera aquí… —ordenó Ben.

La camioneta avanzó unos metros luego de donde habían usado como su escondite. Benjamín escaló la piedra más alta y saltó desde ella para descender violentamente sobre la camioneta. Los hombres se alarmaron y giraron para ver que los había golpeado. Ninguno pudo ver siquiera que los atacó. Benjamín golpeó al conductor contra el volante y al copiloto lo dejó inconsciente con una patada en la cabeza.

—¡Ya es seguro! —notificó a él joven.

Aldo salió de entre las rocas y se aproximó un poco temeroso a donde se encontraba el exmilitar. Desvistieron a los hombres y los dejaron atados en aquel lugar. Luego de colocarse el uniforme correspondiente, Benjamín condujo hasta llegar a la base.

—Aquí vamos. Cubre tu rostro —sugirió.

Un vigilante los detuvo. Revisó el cargamento cuidadosamente y observó todo el exterior de su vehículo.

—¿Por qué tardaron tanto? —preguntó el guardia.

Benjamín extrajo un puñal de su bolsillo. Ninguna respuesta parecía habitar en su cabeza. Aldo se dio cuenta. Matar a un hombre incluso antes de penetrar el lugar, con dos hombres custodiando la entrada, no parecía una buena idea.

—¡El camino es complicado! —intervino Aldo.

El vigilante los observó con un poco de desconfianza. Benjamín se había abstenido hasta entonces, pero eso no garantizaba nada. La tensión seguía en aumento.

—¡Que sea la última vez! —advirtió el hombre.

Dicho esto, abrió las puertas y les permitió la entrada. Los guardias se colocaron a los costados y observaron detenidamente a los infiltrados. Cóvet avanzó algunos metros más hasta que se alejaron de ahí.

Adentro era como un enorme estacionamiento casi vacío. Su amplitud ponía en desventaja a cualquiera que desease pasar desapercibido. Algunos vehículos estaban estacionados ahí afuera. Era evidente la poca actividad que aquella base tenía. Había sin embargo, unos quince elementos afuera. Caminando, alertas ante cualquier movimiento.

—Ayúdame a bajar las cosas.

Aldo descendió del vehículo y se dirigió a la parte de atrás con Benjamín. Ambos comenzaron a hurgar entre la mercancía como si estuvieran buscando algún producto, mientras que, al mismo tiempo, colocaban las cajas en el suelo. El joven se inclinó y se refugió tras de sí para poder hablar mediante su transmisor.

—Doc... Ya estamos adentro, pero hay varios hombres aquí.

Silva también había aprovechado el tiempo para colocar la mina a una distancia en metros de los límites de la base. Volvió a la ubicación donde todos se habían separado y fue ahí donde recibió el mensaje del muchacho.

Uno de los hombres miró un poco desconcertado las acciones de los recién ingresados. Se acercó de a poco, intuyendo que algo no andaba muy bien.

—Doc... ¡Por favor hágalo! —Aldo murmuró por el transmisor.

El hombre estaba acercándose cada vez más. Benjamín nuevamente estaba preparado para atacar, pero de pronto una explosión pudo verse fuera del lugar a poco más de un kilómetro de ahí. Fue tan llamativa y extraña que desvió la atención del sujeto.

—¿Qué... que fue eso? —preguntó—. ¿¡Que fue eso!?

Luego de vociferar, corrió hacia donde se encontraban algunos otros hombres, y se pusieron en marcha hasta el lugar para averiguar de qué se trataba. Al abandonar el atrio de la base. Aldo y Benjamín vieron la oportunidad perfecta para poder acceder al edificio. Corrieron en cuanto pudieron, pero al acercarse hasta aquella puerta, se encontraron con que había un hombre más, resguardando la entrada.

—¿Qué hacen aquí? —preguntó desconcertado. Pero antes de que pudiera darse cuenta, Cóvet le había arrojado un cuchillo justo en el pecho.

—¡Oye, viejo! —dijo Aldo sorprendido—. ¡Pudiste haberlo noqueado como a los otros!

—Fue el imbécil que me golpeó cuando rescaté a tu amigo —Benjamín se acercó hasta su víctima y le desenterró el arma.

—¿Qué piensas hacer con él? —preguntó Aldo.

El ex-militar extrajo del uniforme una tarjeta. La revisó rápidamente y la guardó en su bolsillo.

—Vamos a ocultarlo entre las ramas —dijo mientras arrastraba al hombre hacia las jardineras ubicadas al costado de la entrada. Cubrió con arbusto el cuerpo y se aseguró de dejarlo en la parte más obscura.

Aldo comenzaba a sentir temor. El miedo empezaba a invadirlo por dentro.

—Ven, vamos —Cóvet sacó la tarjeta que el guardia ocultaba en su bolsillo. La deslizó a través de una ranura en la puerta y accedieron.

Luego de entrar, el chico introdujo un chip de bloqueo, que insertó en la ranura interior de la puerta. El panel de esta se iluminó de rojo. La entrada estaba cerrada por dentro. Aldo proyectó el holograma en su pulsera. La sala de control se encontraba justo en el centro de todo el edificio, pero para poder llegar hasta ahí, debían pasar por un par de puertas más.

Dan y las chicas estaban llegando justo al final del túnel. Gala pareció perder el equilibrio.

—¿Estás bien? —preguntó Dan.

—Sí... Sí, sí. Solo fue un mareo.

—La presión es mucha aquí abajo. Si permanecemos más de

treinta minutos en este lugar, comenzaremos a sentir asfixia y fatiga. Sería bueno que se quiten eso del rostro —sugirió Amanda.

Ambos se retiraron las máscaras.

Tardaron un poco más en llegar hasta el extremo del túnel. Entonces toparon con un muro, había una escalera atornillada en él, y una compuerta cuadrada de ochenta centímetros. No era una pieza común, pues una pequeña luz roja brillaba justo al costado de una inscripción que decía, *Acceso Subterráneo XP550-02.*

—¡Aldo! Hemos llegado hasta el acceso subterráneo —informó Dan, pero no obtuvo respuesta—. ¡Aldo!

Dentro del edificio, Benjamín contendía contra tres sujetos a la vez, mientras Aldo intentaba descifrar el código de una de las puertas.

Resultó que la seguridad en el interior era más compleja y eficaz de lo que creían.

—¡Te oí! —respondió alterado, estaba comenzando a sudar—. Estamos encerrados en un pasillo, Ben está lidiando con tres sujetos, por suerte aquí no hay algún sistema de vigilancia que nos detecte.

La puerta se abrió.

—¡Bien! ¡Solo una más! —dijo emocionado. Benjamín también había terminado. Tomó a los tres sujetos inconscientes y los arrastró hasta ponerlos dentro de una cámara llena de escobas y artículos de limpieza.

Luego de eso, ambos entraron por la puerta recién desbloqueada.

Aldo encendió el holograma. Lo contempló por varios segundos.

—¿Qué esperas? —preguntó su acompañante, impaciente.

El joven dirigió su mirada hacia una rejilla de ventilación que se encontraba sobre ellos. Con algo de trabajo, los dos infiltrados pudieron entrar por el conducto. Había demasiada humedad y el espacio estaba muy reducido.

—¿Hacia dónde? —preguntó Ben, él iba al frente.

—Izquierda… ¡No! Derecha.

Se deslizaron por varios metros, hasta que finalmente encontraron la ventanilla de la sala de control. Era un pequeño cuarto obscuro lleno de paneles y computadoras. Estaba operado por dos sujetos. Estos tenían acceso a todo el sistema de seguridad y comunicación en la base.

Aldo quiso hacer un comentario. Pero Benjamín le pidió que no hiciera ni un solo ruido.

—Sala de control a Sector B1. Repórtense —dijo el operador principal.

—*Aquí Sector B1. Todo en orden* —un hombre respondió por el radio.

—Sector B1, te copiamos. Unidad exterior... Repórtense... —pero no hubo respuesta.

El hombre revisó los volúmenes de su transmisor y se aseguró de que estuviera encendido.

—¿Unidad exterior? Aquí sala de control... repórtense —el operador insistió—. No responden.

—Revisa las cámaras y el croquis...

El operador obedeció pero la mirada de los agentes se cruzó por unos segundos. El terror y el miedo fueron evidentes, pero antes de que cualquiera de ellos saliera a averiguar qué era lo que ocurría, Benjamín descendió en un segundo por detrás del operador asistente y lo golpeó. Trató de esquivar su arma, despojándolo de ella antes de que se produjera un disparo. Luego de romperle el codo y golpearlo en la cabeza, apuntó directamente al operador principal. Este alzó las manos en señal de rendición. Entonces le arrojó el arma directo a su frente. Cayó al suelo. Finalmente habían tomado la sala de control, y con ello, buena parte de toda la base de Norwick.

—Haz tu trabajo —ordenó Cóvet.

Aldo intentó descender de la misma forma que su acompañante, pero solo consiguió caer torpemente.

En el túnel, los otros tres jóvenes, fatigados y acalorados, aguardaban a que aquella pequeña compuerta se abriera.

—*¡Dan! ¡Entramos! ¡Tenemos el control!*

—Perfecto. Diez minutos... Espero sean más rápidos la próxima vez.

—*Pues yo espero que no haya una próxima vez.*

—Abre la puerta.

—*Claro. Solo necesito que me ayuden. Hay cientos de puertas aquí. ¿Ven algún número grabado sobre ella?*

—XP550-02 —dijo Gala.

—*Equis pe, cinco cinco, cero, guion, cero dos...* —Aldo parecía estar buscando—. *¡Sí! ¡Aquí esta!*

La puerta emitió un pequeño sonido, y la luz roja que permanecía encendida sobre ella, cambió a verde. Entonces pudieron abrirla. Luego de subir por las escaleras, entraron a un cuarto húmedo y abandonado. Era evidente que nadie había entrado ahí en mucho tiempo. Los muebles viejos y putrefactos ahí dentro, estaban cubiertos totalmente de polvo. Parecía una vieja oficina.

—*¡Alto! ¡Aguarden ahí un momento!*—ordenó Aldo.

—¿Qué pasa? —preguntó Dan.

—*A Nollan de verdad le preocupa la seguridad.*

—¿De qué hablas?

—*Luego de todo lo que ha pasado, era seguro que encontraría una forma más eficaz de mantener el control dentro de esta base auxiliar. Según parece, la OISSP implantó un chip de rastreo en tiempo real dentro de cada uno de los miembros de su personal.*

—¡Dios mío! —exclamó Gala.

—¿Tú lo sabías? —preguntó Dan a la chica. Esta lo negó con la cabeza.

—¿Tienes acceso a eso? —consultó Amanda.

—*Sí. Pero no hay manera de enviarles esa información. Es una especie de croquis monitoreado de forma constante.*

—Entonces mantennos al tanto.

—*¡De acuerdo!*

Lo que había descubierto Aldo, era sin duda una aportación enorme. La ejecución de la operación resultaría más fluida y fácil mientras nadie sacara a Aldo y a Benjamín de ese cuarto.

—*Bien. Salgan. Recorran el pasillo y den vuelta a su izquierda. ¡Izquierda! Esperen ahí.*

Se pusieron en marcha. Al concluir su recorrido, se toparon con una puerta. Estaba bloqueada. Del otro lado, se encontraban dos hombres corpulentos, que además estaban armados. Ambos pudieron ser vistos por Dan, a través de la sucia y opaca ventanilla de la puerta. Estaban callados. Permanecían imperturbables, vigilando aquella puerta.

—*Aquí sala de control. Elementos 518 y 710, vayan afuera. La unidad exterior acudió a revisar una anomalía cercana. No tenemos vigilancia en el exterior. ¡Repito! no hay vigilancia en el exterior...*—Aldo dio la orden.

Los hombres, aunque confundidos, hicieron caso al llamado.

Pero al ponerse en marcha, del otro lado de aquella puerta, tres elementos más dieron vuelta en el pasillo donde Dan y las chicas se encontraban. Eran del escuadrón M7.

—¡Hey! —el que iba al frente desenfundó su arma y se acercó de prisa para intentar someter a los intrusos, lo siguieron los otros dos—. ¡Las manos! ¡Arriba las manos! ¡No intenten moverse!

Ninguno de los chicos se movió. Por el contrario. Colocaron sus manos arriba y aguardaron a que los elementos se acercaran.

—Sala de Control, aquí escuadrón M7… tenemos a tres intrusos en el área 14. Al parecer burlaron la seguridad exterior—reportó—. ¡De rodillas! ¡Los tres! ¡Pónganse de rodillas!

Los jóvenes obedecieron.

—Asegúrenlos… Llamen al señor LeBlanc para…

Dan golpeó con su pie la rodilla del sujeto y lo derribó, propinándole enseguida un fuerte puñetazo en la cara, luego lo tomó del cuello y lo impactó contra el suelo. Amanda se desplazó por la izquierda, esquivó un golpe proveniente de uno de los dos tipos restantes y después de dos golpes certeros, colocó a uno contra la pared, ahí lo retuvo momentáneamente mientras usaba el cañón de luz en su muñeca para cegarlo por completo. Luego lo golpeó tan fuerte que lo dejó inconsciente. Gala se había montado sobre el tercero de ellos. Lo había dejado inanimado tras bloquear su respiración por segundos.

—*Eso complica las cosas* —advirtió Aldo—. *Abriré la puerta. Después de eso tienen que recorrer un par de pasillos más. Izquierda, Derecha, Izquierda, Derecha. Hay tres elementos resguardando la entrada. Esa es la Cámara Central. Nollan tiene que estar ahí.*

—¡Entendido!

Los chicos hicieron el recorrido con cautela y tan rápido como les fue posible. Siguieron las instrucciones de Aldo, pero al arribar a dicho punto, se percataron de que no eran tres, sino seis personas las que resguardaban aquella puerta.

—Aquí vamos de nuevo —dijo Amanda.

—¡Aldo! ¡Hay más agentes de los que reportaste!

—*¿Qué? No… El croquis solo muestra tres elementos.*

—Entonces el rastreo no es general —comentó Amanda.

—Igual nos encargaremos —asumió Dan.

Aguardaron unos segundos. Gala extrajo de su bolsillo una granada de humo. La arrojó por el piso y rodó silenciosamente hasta los pies del primer guardia. Fueron suficientes solo un par de segundos, para que toda la zona se nublara y la vista fuera imposible. Las cosas nunca habían resultado más fáciles.

—*¡Amanda! tengo el código de acceso. Pueden aprovechar la confusión para salir más rápido de ahí.*

—¡Bien! ¡Dámelo! —dijo, dirigiéndose de inmediato hasta el panel de la puerta.

—*26-06-20-20.*

Amanda introdujo cada uno de los ocho dígitos. Una mujer intentó detenerla, pero fue noqueada al instante por Gala.

—¡Listo! ¿Ahora qué? —preguntó.

—*Espe… la… proces…*

El contacto con Aldo se interrumpía por momentos. La puerta se abrió entre la niebla, y Amanda pudo entrar de inmediato. La cámara era un cuarto obscuro, de siete metros de ancho por siete metros de largo. Había algunos paneles en las paredes junto a mapas anatómicos que mostraban el estado de un cuerpo, y en el centro… estaba la capsula, había sido hábilmente adaptada, y una luz blanca se emitía desde la ventanilla superior. La chica se acercó temerosa. Caminó lentamente hasta la máquina, para comenzar a desactivarla.

El miedo se apoderó de ella cuando descubrió, que en el interior de dicha capsula, no se hallaba nada, ni nadie. Dan escuchó un grito desgarrador desde el interior de la cámara. Era de Amanda.

Terminó por inmovilizar a uno de los últimos agentes, y penetró la puerta, solo para encontrarse con una escena que le hizo temer y rabiar al mismo tiempo.

Remi retenía a la chica mientras sostenía una especie de arma invisible sobre su cuello. Ella permanecía quieta, un poco asustada, esperando cualquier oportunidad para poder liberarse.

—Esto no tiene que terminar de esta forma —advirtió Dan.

El mimo contempló a él joven. Estaba aferrado a Amanda sin intención de soltarla. Su mirada era fría y desafiante. Era posible percibir algo en sus ojos. Fue difícil comprender de qué se trataba.

Remi era uno de los hombres más peligrosos y desalmados de La Nación y del mundo. Ver cierta duda interfiriendo en su instinto asesino era confuso.

Luego de varios segundos, decidió liberarla. Entonces se abalanzó contra el encapuchado. Comenzó así una pelea que los llevaría a ambos hasta el límite. Amanda decidió ir en apoyo de su compañero. Ambos apenas pudieron hacerle frente. Remi se movía de una forma tan rápida y letal, que los chicos estuvieron a punto de sucumbir. Gala entró. Se encontró con la sorpresa de ver a sus nuevos compañeros haciendo frente al asesino más temido de toda la organización. No era prudente que interviniera o se uniera. Los tres los sabían. Amanda fue arrojada de un golpe hacia donde ella se encontraba. Eso enfureció a Dan. Fue ahí cuando la verdadera pelea inició. Ambos se perdieron entre una puerta de madera que descendía por unos escalones hasta otro cuarto en el fondo. Como un sótano.

—¡Ezra escapó! ¡No está aquí! —dijo Amanda a Gala mientras la ayudaba a levantarse—. ¡Avisa a Aldo! Dan y yo acabaremos con esto.

La chica volvió a la pelea.

—¡Corre!

Gala lo hizo. No estaba segura de donde se encontraban, pero tenía una idea. Caminó por algunos pasillos, de vuelta por donde habían accedido.

Afuera, el Doctor Silva intentaba contactarse con Aldo, quería saber cómo iba todo, pues las camionetas se acercaban desde lo lejos.

—¡Al! —habló por el radio— ¡Respondan!... ¡Benjamín!

Tampoco obtuvo respuesta.

—¡Maldita sea! —se levantó y trató de moverse.

PISO INFERIOR DE LA CÁMARA CENTRAL

—¡Tú mataste al Profesor Palacios! —reprochó Dan con ira en su voz.

Remi finalmente parecía cansado. La blancura en su rostro se había ido, y sangre abundante acompañaba algunos golpes marcados en ella. Ya no lucía molesto. Más bien, consumido. Estaba muy agitado. Dan también, pero permanecía un poco más íntegro.

—¡No se quedará así! —advirtió el chico. Luego ambos se encontraron en un fuerte choque que terminó con el mimo encima de él.

Remi extrajo una cuchilla de algún lado. Era como todo su arsenal. Parecía estar dispuesto a tomar la vida del chico.

Un golpe impactó en la cabeza del asesino. Amanda había encontrado un tubo bastante denso por algún lado. El contrincante de Meggar abrazó el piso, inconsciente.

—¡Oh, por Dios! ¡Lo maté! —la chica se llevó las manos a la boca.

—No, no. Tranquila.

—¿Estás bien? —preguntó Amanda. Se acercó a él para ayudarlo a levantarse.

—Estoy bien —respondió fatigado—. Buscó el rostro del mimo y con sus dedos tapó los dos orificios de su nariz. Esta se infló un poco más, demostrando que a pesar del golpe, seguía respirando—. Hay que encontrar a Nollan, y hay que salir de aquí.

Gala dio vuelta en una esquina por los pasillos del primer piso. Si su ubicación era correcta, solo le tomaría dos minutos llegar a la sala de control. Ella jamás había visitado aquel lugar, y eso la hacía sentirse aún más desesperada. Cayó en la cuenta entonces, de que en definitiva, se había convertido en una enemiga oficial de la organización para la que trabajó durante los dos últimos años. Una enemiga que incluso podía presumirse como un peligro potencial.

Aquellos pensamientos se esfumaron al instante. La chica se detuvo en seco, y a unos cuantos metros de distancia, logró apreciar una silueta que le era familiar. El pasillo tenía poca luz, y los muros grises verdosos, no ayudaban mucho con la iluminación.

—Gala... —saludó Romero, con una expresión sumamente intimidante. El exoesqueleto que lo acompañaba siempre presumía notables mejoras y una letalidad atemorizante. La estructura que cubría el exterior de su mano, terminaba a la altura de los dedos con afiladas navajas que asemejaban garras metálicas. La chica lo miró directamente a los ojos, no temerosa, más bien desafiante.

—No... estorbes... —dijo ella.

—Tu traición ha provocado todo esto.

—Solo hice lo correcto.

El hombre preparó sus peligrosas extremidades, y el sonido agudo de los metales sobre sus dedos resonó como pequeñas espadas por todo el corredor.

—Te mostraré lo que es correcto.

Entraron en un combate, uno muy violento. Ella y él ya se habían enfrentado antes. A pesar de su habilidad, la rudeza de Antón se imponía siempre sobre ella y la había lastimado en incontables veces, imponiendo sobre su dolor, el argumento de una formación peligrosamente estricta, que prometería a una asesina fría y letalmente efectiva. Su crueldad iba incluso más allá de su arrogancia.

Ya no había tiempo de sentir miedo. Al final, aquel ser era solo un tipo con una súper-órtesis. Sin darse cuenta, reaccionó a sus pensamientos. Estaba luchando con él y ni siquiera se había dado cuenta. Después de burlar varios golpes, lo impactó contra la pared. Estaba eufórica, implacable. Una ira incontenible emergía de su interior. Golpeó una y otra vez a su excompañero hasta hacerlo caer en el suelo. La chica no pudo pensarlo dos veces. Rodeó su cuello con ambas manos y trató de estrangularlo. El episodio de adrenalina y furia que se había apoderado de ella, le hizo recordar muchas cosas. En el fondo de su mente, algo intentaba convencerla de que no era una asesina, trataba de detenerla. Antón estaba por desfallecer. Había perdido la fuerza en sus manos, y finalmente ella se detuvo. Romero no murió, quedó ahí tirado, inconsciente por la fuerte paliza que la hija de Samuel Allen le había propinado.

Ella se puso de pie, contempló al hombre por unos instantes, agitada y con los ojos abiertos. No lo mató, solo se alejó sin más.

Aquello fue sin duda un error.

Tras asegurarse de que la chica había abandonado el lugar, abrió los ojos lentamente. Dio vuelta sobre el piso, y sacó un pequeño aparato del bolsillo que tenía detrás en la espalda. Era como una barra de plástico, negra y brillante. Lo contempló algunos segundos y luego de analizarlo, presionó sobre de esta un botón.

SALA DE CONTROL

—¡No puede ser! —exclamó Aldo, alarmado.

—¿Qué pasa? ¿Encontraste a los rehenes? —Benjamín se acercó.

—¡Diablos, no! ¡Ni siquiera sabemos si eso es real! —el muchacho estaba perdiendo la calma, y su frustración tenía una razón especial—. Alguien envió una orden a tres dispositivos. Activaron algo.

—¿Qué pudo ser?

Aldo miró el monitor desconcertado. Había comprendido de

qué se trataba.

—Son bombas.

Las alarmas de toda la base comenzaron a sonar. Los pasillos empezaron a iluminarse con lámparas rojas que se apagaban y encendían de manera constante. El sonido era aterrador. Todo el caos advirtió sobre la presencia de intrusos a los rezagados de la organización. La voz de Ezra resonó por los altavoces de cada pasillo, y luego por toda la base de Norwick.

—*Su insistencia, me ha obligado a tomar medidas más especiales. Y será la última vez... Abandonen el lugar, o entréguense... La vida de una y otras personas, depende de la decisión que tomen.*

La voz de una mujer se escuchó por los altavoces de todo el lugar. Era una alerta.

"Sistema de autodestrucción activado... evacuen... esto no es un simulacro. Reúnanse con sus jefes de división y permanezcan atentos... Sistema de autodestrucción activado..."

Un monitor se encendió en uno de los muros de la sala de control. Este mostraba algunas de las cámaras colocadas en todo el lugar.

—¿Puedes ubicarlas? —preguntó Benjamín al muchacho.

—Tal vez... Hay que salir de aquí —Al hizo una copia de toda la base para su brazalete holográfico, luego se lo entregó al militar—. ¿Tienes todo lo necesario?

—Desde los veintidós años —respondió con audacia.

—Suerte entonces.

Benjamín se dirigió a la puerta con una determinación admirable. Giró la vista y observó al muchacho empacar sus cosas.

—Encuentra a esas personas, salgan de aquí.

El joven asintió. Cóvet abandonó la sala de control. Se dirigió hacia el norte, para desactivar el primer explosivo. No hacerlo, habría sido una opción, siempre y cuando su escape estuviera garantizado, pero no era así. Las probabilidades de salir de ahí eran cuestionables, y mantener el lugar intacto, resultaría útil para los procesos legales y las investigaciones.

Aldo permaneció unos segundos más en esa sala. Trató de hacer contacto nuevamente con sus amigos.

—¡Aldo! ¿Qué ocurre? —Gala arribó al lugar en aquel momento.

—Alguien activó el sistema de autodestrucción. Ezra hará todo lo posible para evitar ser capturado. Al parecer es cierto lo de las personas secuestradas —tomó sus cosas.

—En la bóveda solo estaba Remi, están encargándose, Amy dijo que viniera a buscarlos.

—Benjamín tratará de hallar las bombas para desactivarlas, nosotros buscaremos a los rehenes. Tenemos doce minutos antes de que este lugar estalle.

—Nollan ya debe haber salido de aquí —asumió Gala.

—De ser así no se habría activado nada. Intenta mantenernos ocupados.

Varios de los agentes y operadores salían asustados. Algunos ni siquiera notaron la presencia de los chicos en el lugar. Mientras ambos avanzaban, Aldo sellaba cada puerta del lugar con la tarjeta de seguridad que había usado en un principio. Ezra estaba comenzando a ser acorralado. Corrieron un poco más. El lugar se estaba vaciando para suerte de ambos.

Benjamín encontró el primero de los tres dispositivos. Lo halló en el extremo norte dentro de un cuarto de armas que estaba casi vacío. El panel mostraba 10 minutos y 44 segundos como el tiempo restante para que la explosión ocurriera. Observó cuidadosamente a su alrededor para asegurarse de que no hubieran colocado alguna trampa o sensor de alarma. Revisó todo el lugar y se acercó cuidadosamente.

El dispositivo estaba colocado en la pared. No era tan sofisticado como el esperaba. La carga explosiva estaba almacenada dentro de una caja de metal. Además, estaba conectado a un contenedor lleno de combustible. Ben había desarmado bombas mucho antes. Esperaba darse prisa con ello. Debía hacer lo mismo en dos ubicaciones más.

Amanda y Dan, salieron de la cámara central, un poco nerviosos y fatigados. Remi se había quedado ahí dentro. Avanzaron algunos metros más, de vuelta por donde habían pasado momentos antes.

—¡Tenemos que salir de aquí! —dijo Amanda.

—¡No hasta encontrarlo! —respondió Dan.

—¡Dan escúchame! —replicó ella—. ¡Hay personas inocentes aquí! ¡Sé que Ezra no está mintiendo! ¡Debemos encontrarlos, e irnos! Habrá oportunidad de hallarlo después.

—¡No! —gritó desesperado—. ¡No vine hasta aquí con intención de dejarlo escapar! ¡Él asesinó a Palacios! ¡Y a cientos más por todo el mundo!

—¡Dan! —ella intentó calmarse—. No puedo permitir que más personas aquí mueran... Haz lo que tu corazón crea conveniente.

Dicho esto, ella lo tomó de las manos, y lo besó dulcemente en los labios. Él se quedó petrificado, como si las palabras de Amanda lo impulsaran a ir con ella, pero al mismo tiempo, una profunda necesidad por encontrar a Nollan, lo obligaba a tomar un rumbo distinto. Todo pareció detenerse por un momento. Cuando se dio cuenta, ella ya se había ido. El miedo por haberse equivocado en la decisión que estaba tomando lo atormentaba en el recorrido de un camino que no conocía, uno que estaba siguiendo por nada más que instinto. Sintió como si de pronto aquella base se convirtiera en un laberinto, uno enorme, donde seguramente moriría. Las cosas parecían borrosas, todo se asemejaba a una especie de pesadilla.

Se detuvo. El transmisor integrado a su máscara, comenzó a emitir pequeños sonidos. Alguien había conseguido enlazarse con él.

"Busca el elevador... Él se dirige hacia allá"

A pesar de encontrarse aturdido y bajo una presión incontenible, pudo reconocer la voz de quien le hablaba. Era el Elemento 07. Sonaba cansado y apresurado. Pero eso fue lo único que pudo oír. Comenzó a correr, paso tras paso, cada vez más rápido, hasta que finalmente avistó una puerta, estaba sobre un pasillo que se unía con el que él recorría.

Un grupo de agentes caminaba sobre este, y entonces lo vieron. Apuntaron sus armas, Dan activó la única bomba de humo que lo acompañaba. Se oyeron varios disparos, gritos y golpes. Todo esto por casi diez segundos. Era casi imposible ver a través de todo el lugar.

Entonces se abrió la puerta nuevamente, era el elevador, la sombra del muchacho pudo verse en medio de la luz que este emitía desde adentro, y en el suelo, yacían cuatro hombres, inconscientes. El chico entró. Presionó el botón al último piso, y subió. Ezra ya lo estaba esperando.

Amanda dio vuelta en uno de los tantos pasillos. Revisaba

puerta por puerta, esperando encontrar a los civiles.

—¡¿Y Dan?! —preguntó Aldo.

—¡Es un necio! ¡Fue a buscar a Nollan! —respondió.

—¡Se activaron tres bombas! Benjamín tratará de evitar que estallen.

—¿Es cierto lo de los civiles? —preguntó ella.

Siguieron caminando.

—Es cierto —respondió Gala—. Son algunos habitantes de zonas cercanas.

—¿Cómo estás tan segura?

—Interrogamos a unos tipos haya atrás… Pero desconocen la ubicación —respondió Aldo.

—¿Hay alguna forma de encontrarlos? —insistió.

—No.

Aldo siguió caminando. Pero se detuvo. Pensó por un pequeño instante.

—¡Sí! —dijo en voz alta emocionado—. Pero necesitamos volver afuera.

—Aldo, no tenemos mucho tiempo.

—Solo necesito un minuto.

Gala y Amanda se miraron al mismo tiempo.

—Bien. ¡Vamos! —aceptó Amy.

Salieron del lugar por caminos que no habían sido bloqueados. Amanda y Gala enfrentaron a algunos agentes. Aldo hubiera querido apoyarlas, pero el combate no era su fuerte. Él en cambio, se encargó de guiarlas. Una vez afuera, colocó el maletín que cargaba en el suelo. Lo abrió. Era *K.O.U.K.O.* Lo había reparado mientras estaban en la base militar, y aunque aún estaba un poco dañado, podía ser de mucha ayuda. Tardó algunos segundos mientras programaba el robot, y enlazaba los controles

—¿Qué estás haciendo? —preguntó Gala.

—El dron tiene un híper-sensor térmico. A una altura apropiada, podrá mostrarnos zonas de calor acumulado. Tal vez incluso figuras humanas en tiempo real.

—¡Date prisa entonces! —ordenó Amanda.

Aldo hizo todo lo posible por reducir el tiempo de carga. El lugar estaba quedándose desértico. Algunos de los carros ya se habían ido. Las alarmas seguían sonando.

Un grupo de hombres, comenzaba a acercarse. Eran los de la unidad exterior, y no eran un grupo cualquiera. Resultaron ser el escuadrón M7. Las cosas habían ocurrido muy rápido para todos. Desde lo lejos, identificaron a los intrusos. Bajaron de sus autos y se dirigieron a ellos apuntándolos con sus armas…

—¡Arriba las manos! —dijo su líder—. ¡Al suelo! ¡Quédense ahí!

Ninguno de ellos hizo caso. Ambas se colocaron al frente de Al, y lo cubrieron. Entonces el dron despegó.

—¿Qué fue eso? —preguntó el hombre furioso. Pero al instante, algo impactó y estalló a unos metros por detrás de ellos. La explosión los confundió y aturdió. Amanda y Gala aprovecharon el momento para comenzar a atacarlos. Silva había divisado lo que parecía un contenedor de combustible, y lo utilizó para provocar esa distracción.

K.O.U.K.O había alcanzado la suficiente altura. Aldo se apresuró a realizar el escáner térmico. Dan ya estaba llegando a el piso superior de la base. El área era tan grande, que incluso el helipuerto que se ubicaba encima de este, ocupaba solo un 10% de todo el espacio en los techos de la colosal construcción. Estaba un poco oscuro, solo algunos pequeños focos iluminaban débilmente el lugar. Sobre la base, se hallaba una nave. Un helicóptero que, a pesar de tener suficiente espacio para más de cinco tripulantes, sería el medio de escape para un solo hombre.

Ese hombre, emergió de las sombras, y su silueta comenzó a ser reconocible para Dan. Era Nollan, finalmente, y estaba solo. Aquel encuentro estaba cargado de tanta tensión, tanta ira, sentimientos acumulados que estaban a punto de estallar en una fuerte y violenta batalla. Se mantenían distanciados por casi cincuenta metros. Ambos caminaron unos pasos hasta reducir ese espacio.

—Pensé que no llegarías nunca… —dijo Ezra, con una ligera sonrisa en sus labios.

—¿Por qué aún no te has ido? —preguntó el muchacho.

—He cometido algunos errores últimamente… Dejarte vivir, fue uno de ellos —su sonrisa había desaparecido—. No sucederá esta vez.

Con esas palabras, el enfrentamiento dio inicio. Los dos se acercaron velozmente, Ezra tiró un golpe calculador, que el chico esquivó por debajo, girando el cuerpo parcialmente, aprovechando el movimiento para atacar con la izquierda el rostro de Nollan. Su golpe fue detenido al instante, y su barbilla fue impactada por el puño de su contrincante. Eso los separó por un momento. En solo dos segundos, el exmilitar mostró una superioridad incuestionable.

Dan no se dejó intimidar por ello. Casi al instante insistió con un ataque que fue detenido dos veces. El tercer golpe dio justo en la cara de Ezra. Las cosas ya estaban parejas. Tocó con su mano el lugar del impacto, e intentó golpear al muchacho una vez más. Ambos tan solo parecían analizar las capacidades de cada uno. Una serie de ataques y movimientos fue conduciéndolos de manera mutua, hasta que, por un descuido, Meggar fue inmovilizado por Nollan.

—Han sido años de entrenamiento.... ¿No? —preguntó mientras lo retenía con el brazo rodeando su cuello.

Dan se liberó de la llave, golpeando la cara de su oponente con la cabeza, y usando ambos codos para atacar sus costillas. Ese fue un movimiento fuerte. La pelea se detuvo un instante.

—Rockwell abordó el avión donde escapé —comentó—. Tal vez tus amigos ya lo encontraron. Tal vez no. Siguen aquí... Y si voy a morir, vendrán conmigo entonces.

Extrajo una pañoleta de su bolsillo, y se limpió la sangre que comenzaba a salir de su nariz.

—No habría podido sobrevivir, sin aquello que nos hace especiales... A ti y a mí, Dan... A Gala, o a Benjamín... Sé de qué estás hecho.

—No sabes nada de mi —contestó indignado.

Ezra hizo un gesto burlón.

—Me tomó años comprender mi propósito... Me he arrastrado por lo miseria, lleno de miedo, y temeroso de aquello que más perturba al ser humano... La irrelevancia —hizo una pausa, miró directamente los ojos de Dan—. Matías y tu padre me encontraron en una vieja carretera. Ese hombre, fue la razón de mi todo... de todo lo que soy ahora.

Arrojó el pañuelo al suelo.

—Nunca lo vi como un padre, ni a Elías como a un hermano. Yo sabía que tarde o temprano iba a pasar.

Dan se sintió confundido. Lo miró, atento a cada palabra que su boca pudiera decir.

—Es un libro, ¿no? Un diario —preguntó Nollan, casi seguro—. Todo proviene de ahí... No tengo la certeza de donde se originó todo eso. Ni de cómo Matías pudo conseguirlo... Pero es evidente, ante cualquier visionario, que ese poder... no puede ser compartido.

Ezra había comenzado a merodear el lugar, con las manos en los bolsillos.

—Miles de millones, darían lo que fuera por ser como nosotros. Todos ambicionan el poder, más que el oro, o la razón.

El viento agitó su pelo, mientras contemplaba un orgullo aquella construcción y el horizonte nocturno.

—Deberán aceptar lo que el destino ofrezca —sentenció—. Este mundo existe para un dominante y yo conozco el infierno... Moldearé uno en el que exista orden, más allá de la justicia. Un paraíso para algunos, una pesadilla para otros.

Dan arremetió contra él de nuevo, tuvieron una riña, y sujetándose a sí mismos, se detuvieron cara a cara...

—¡Tendrás que matarme! —dijo el chico.

Los golpes continuaron. Eran fuertes, cada vez más. La pelea por la supervivencia comenzaba a tomarse con seriedad.

—¡Tú no eres el único Dan! —gritó Ezra durante una pausa en medio del combate.

La pelea reanudó casi al instante. El hombre golpeó fuertemente al chico. Dejándolo un poco aturdido. Estaba muy enfadado.

—¡No eres el primero! —lo tomó por el cuello y lo azotó contra el suelo.

Meggar intentó ponerse de pie, pero Nollan lo levantó de nuevo, y lo golpeó en el estómago. El joven quedó postrado de rodillas en el piso, sujetándose con un brazo y aliviando el dolor con el otro.

—Cientos más antes de ti, han intentado meterse en mi camino... —le dijo al oído—. ¡Adivina como terminaron!

El exmilitar se reincorporó, mirando al hijo de Elías con arrogancia desde arriba...

—Yo provoqué la explosión en la que el M6 padeció, Dan... Acabé con los cinco criminales más poderosos de la Nación, en esa casa de Cabo Atlante... Tomé lo que presumían suyo, y lo hice mío —estaba agitado, con los ojos abiertos y una mirada psicótica. Hizo una gran pausa—. Enero 23, del 2012...

Dan se alivió al final. Pero estaba fatigado. Su respiración se detuvo por un instante. Él reconocía esa fecha.

—¿Sabes qué día fue ese...? —preguntó Ezra. Nadie dijo nada en varios segundos.

Dan intentó comprender la intención de su rival. 26 de enero, año 2012. El día en el que su padre había muerto. El tiempo pareció regresar hasta ese entonces.

23 DE ENERO, 2012

Ahí estaba Elías, recostado sobre su cama, profundamente dormido. Dan, no podía entender que era lo que había pasado. Un frasco de medicamento yacía vacío sobre el buró de la habitación.

Aunque trató de leer la etiqueta, no pudo entender lo que decía.

Un médico llegó a su casa luego de que su madre utilizara el teléfono para pedir ayuda. Había una nota en su lecho. Annie la leía desesperada y con lágrimas en sus ojos. Elías había muerto. El Doctor, indicó que había sufrido de una sobredosis con el medicamento que tomaba para los dolores de cabeza que a veces sufría.

Solo unas horas antes, Elías estaba sentado en su ventana, mirando los extensos bosques que eran visibles hasta las montañas, respirando tranquilamente. Estaba feliz, pues su esposa y su hijo, regresarían aquel día de una visita a su suegra en la Ciudad. Había estado solo por tres días.

Algo interrumpió el silencio. Alguien había cerrado la puerta de abajo. Pensó por un momento, que su familia había llegado. No era así.

—¿Quién está ahí? —preguntó—. ¿Linda? ¿Dan?

Lentamente, intentó levantarse, dio algunos pasos hasta la entrada, pero al abrir la puerta de su habitación, pareció encontrarse con un fantasma. Asustado, dio dos pasos hacia atrás, hasta que cayó al suelo. Su respiración se había acelerado, y sus ojos estaban tan abiertos, que el miedo era evidente.

—¿Qu... que...? —balbuceó sorprendido—. ¿Quién eres?

El sujeto que había irrumpido en su casa, permanecía anónimo, cubierto por un atuendo negro y gris en su totalidad. Estaba armado, y lucía un cuerpo verdaderamente entrenado. Su figura en cierto modo, le era familiar.

—¿Ez... Ezra? ¿Estas... vivo?

—Tan vivo como nunca —respondió fríamente.

Destapó su rostro. Elías estaba confundido, asustado.

—Samuel tenía razón... —dijo él, la calma estaba llegando—. Nunca pensé de verdad fuera cierto.

—Sus contactos tienen un precio muy bajo... Estoy aquí gracias a ellos.

—¿Qué es lo que quieres? ¿A qué has venido?

—Alguien tenía que encargarse.

—¿De qué?

—De terminar el trabajo.

Elías comprendió al instante. El hombre que estaba frente a él formó parte del atentado en aquel lejano día. Había permanecido en la oscuridad por años.

Luego de una intensa charla, Meggar entendió que seguir la voluntad de su visitante, podría quizá salvar la vida de su familia. Así que cedió. Con un arma en su cabeza, procedió a escribir una nota de despedida, tan dolorosa y llena de lágrimas, que sus marcas quedaron grabadas en el papel. Ingirió bajo amenaza una dosis extremadamente elevada de su propio medicamento. No se molestó en pelear, porque estaba en clara desventaja. Comenzó a dormir lentamente, tomando consigo una fotografía de su mujer y su hijo. Nunca imaginó que las cosas terminarían así. Aun peor, jamás pensó que su hijo alguna vez correría el riesgo de morir a manos del hombre que le quitó la vida.

La mente de Dan voló por el vacío, su furia había crecido, y lo hacía cada vez más.

—No... eso no... —dijo entre lágrimas, llenas de rabia y confusión.

—Todos compartieron el mismo destino. Y ustedes también lo harán.

El chico se levantó lentamente, con los ojos llenos de ira y coraje. Casi pudo intimidar al hombre que había asesinado a su padre. La fuerza comenzó a concentrarse en su alma, en su cuerpo, y en su mente. Atacó a Nollan de una forma brutal. Los golpes parecían hacer vibrar el suelo, el verdadero combate había empezado. Ezra golpeó con toda su fuerza al muchacho, pero incluso con la sangre cubriendo su rostro, fue imparable, ambos aparentaban no sentir ninguna clase de dolor. Dan aventajaba en velocidad y en agilidad, la fuerza era equiparable.

En cierto momento, Nollan evitó ejecutar cualquier ataque. Solo recibió golpes del joven. Su abdomen fue impactado tantas veces como nunca hubiera imaginado. Comenzó a sonreír débilmente. No parecía verse afectado moralmente por la paliza que estaba recibiendo.

Meggar se detuvo, estaba agitado, golpeado. Había tomado a Erza de la camisa.

—Continua… —Nollan escupió la sangre que se había acumulado en su boca—. Veamos hasta donde puedes llegar.

El chico permaneció firme. Esperaba más palabras de su oponente

—Hazlo. Venga la muerte de Elías, la de Matías… —hizo una pausa—. Y la de miles de personas…

Estaba jadeando, gotas de color escarlata caían sin cesar en su camisa.

—... o espera un segundo más, y reúnete con ellos.

De pronto, algo atravesó la espalda de Dan, era Antón, que había perforado su espalda por detrás y lo había levantado del suelo.

Entre dolor y quejidos, trató de comprender que era lo que estaba pasando. Ezra fue liberado, cayó al suelo de rodillas y luego quedó postrado. Romero sostuvo al chico, mientras el sufrimiento que le estaba provocando, lo hacía retorcerse. El ardor en su piel era solo una pequeña molestia en comparación con el daño que las perforaciones le habían hecho en los músculos y los pulmones.

Se oyeron dos disparos. Benjamín apareció por detrás, al parecer había escalado el edificio, llegando a tiempo para colocar dos balas en el cuerpo de Antón. Dan fue arrojado al piso, y su atacante cayó muerto.

Ben se apresuró para auxiliar al muchacho.

—¡Doctor Silva! —gritó a través de su transmisor—. ¡Dan fue herido! ¡Necesito que venga a hacer su trabajo!

Pero fue imposible contactarlo. Los penetrantes cortes fueron graves. Dan estaba sufriendo, y Ezra había aprovechado la distracción para emprender la huida. Cóvet no pudo prestar atención al escape de su excompañero, solo le preocupaba el estado del muchacho.

Aldo había conseguido realizar el escáner. Así que entró nuevamente a las instalaciones y llegó hasta el lugar donde, en efecto, estaba Rockwell, acompañado de cinco campesinos, habitantes de zonas aledañas. El estado del extranjero era grave. No había sido atendido por médicos, y varios golpes en el cuerpo le impedían caminar bien.

Según el cronometro que cargaba, era probable que las bombas detonaran pronto. Luego de liberar a los civiles y a Henry, le ofreció su hombro como apoyo y guio a todos hasta la salida. Caminaron con dificultad y contra reloj. Amanda también había sido herida afuera, fue golpeada por dos hombres y su órtesis había sido dañada. A las chicas no les quedaba mucho trabajo. Gala estaba terminando.

Aldo salió, con el hombre casi inconsciente encima de él y detrás el resto de confundidas personas. Todos jadeaban y lloraban por la angustia de los eventos que todavía aún estaban viviendo.

—¡Hay que ir hacia el sur! ¡A las colinas! —ordenó el chico con una voz potente —. ¡Tenemos que ponernos a salvo!

Gala intentó levantar a Amy, pero esta se rehusó. Trató de arrastrarse de nuevo al interior de la base.

—¡Dan! ¡Tenemos que ir por Dan! —gritó desesperada—. ¡No podemos dejarlo! ¡No podemos!

—¡Amanda! —Gala se apresuró a levantarla—. ¡No podemos arriesgarnos!

—¡Por favor! —ella comenzó a llorar—. ¡Regresa! ¡Hay que regresar!

K.O.U.K.O aun sobrevolaba toda el área. Estaba captando todo lo que ocurría en el lugar. El edificio seguía emitiendo las alarmas y las luces de advertencia. El sonido era de verdad inquietante.

Arriba, Benjamín tenía a Dan sobre sus piernas, el chico estaba asustado, Cóvet había dejado caer lágrimas de miedo y preocupación sobre él.

—¡No... ¡No dejes! Detén... —apenas le era posible decir palabras a medias.

—Tranquilo... Tranquilo hijo —dijo el hombre, intentando calmarlo—. Resiste. Solo resiste.

—¡Las bombas! ... ¡Ben! —inhaló aire—. ¿Qué pasó con las bombas?

—Dos de tres... Solo dos... —lamentó.

El helicóptero ya había despegado, Ezra, lograba escapar nuevamente. La muerte los había alcanzado al parecer. Dan observó como el asesino de su padre se alejaba y comenzaba a desaparecer por el cielo.

—¿Moriremos? —preguntó cansado, decepcionado. Las lágrimas en sus ojos resbalaron por sus mejillas mientras contemplaba las estrellas.

Benjamín miró hacia arriba y dijo:

—Hoy no.

Entonces la nave que recién había despegado de ahí, se perdió dentro de una enorme y violenta explosión, que iluminó gran parte de ese lugar en aquella noche. El caos culminó con aquel evento. Dan observó con alivio la escena, y entonces cerró los ojos. La persecución había concluido. Los restos de Nollan se habían consumido entre las instantáneas llamas. El estallido de la tercera bomba no dejó ni el más mínimo rastro de su cuerpo, se había ido, y el joven, finalmente estaba tranquilo.

Los demás apreciaron aquel fenómeno. Silva, Amanda, Gala. Incluso Henry. Y a lo lejos, sobre las colinas, Remi LeBlanc. Contemplaba la destrucción de quien algún día consideró su líder, incluso su amigo. Estaba lastimado, pero como siempre, conservaba una mirada fría y distante.

Dio media vuelta y se marchó, dejando en su huida, una identificación en el suelo. En ella se podía leer:

OISSP
Remi LeBlanc
Operaciones Especiales.
Elemento 07.

El mimo desapareció. Nadie sabría a donde iría. Tal vez regresaría a Francia, tal vez finalmente encontraría aquello por lo que luchó y traicionó en el final de todo.

Libertad.

Esa noche, la Organización finalmente cayó, Ezra sucumbió ante una inevitable muerte, y el mundo había sido salvado por un grupo de guerreros que arriesgaron su vida, esperando obtener lo mejor de sí mismos. La justicia había llegado, y con ella, la oportunidad de un tiempo lleno de paz.

Epilogo

COMPLEJO MILITAR SECRETO
REGIÓN B
SUB-REGIÓN DEL VIENTO

Los ojos de Dan, se abrieron lentamente. Había dormido por más de 20 horas. Sintió como si todo lo que había ocurrido, hubiera sido una pesadilla.

Su madre y Amanda estaban en la misma habitación que él, a la espera de que despertara. Era el hospital del complejo militar, en la región B. Su rostro, aunque curado, lucía los golpes y moretones que había recibido en la noche anterior.

—¿Dónde están los demás? —preguntó con serenidad.

—Están afuera. Todos ansiosos por verte —respondió Annie.

Él volvió a cerrar los ojos.

—¿Cómo salió todo?

—Deberás permanecer algunos días en cama. Las heridas que Antón te provocó afectaron algunos músculos y nervios. Uno de tus pulmones alcanzó a ser perforado —informó Amanda. Había estado pendiente del diagnóstico que el doctor hizo.

—Ese sujeto me atacó por la espalda.

—Vaya que lo hizo.

—Sí —dijo con un quejido—. Era un idiota

—Lo era.

Ambos rieron un poco. No demasiado.

—Ninguno de ellos, regresará —comentó la chica.

Dan sonrió dulcemente. Apenas fue visible.

—¿Puedes darnos un segundo? —se dirigió amablemente a ella. Deseaba quedarse a solas con Annie.

La chica se retiró. Cerró la puerta con suavidad y abandonó el cuarto. El chico notó que cojeaba de nuevo.

—Madre… —Dan hizo una pausa—…hay algo de lo que debo hablar contigo.

DOS MESES DESPUÉS

Las heridas habían comenzado a sanar. El pasado fue asimilado con calma, y con fortaleza.

Aún quedaban las investigaciones y la captura de cientos de miembros pertenecientes a la OISSP.

El General Fogo se quedó con las ganas de reprender al grupo por el robo del equipo militar y el escape. Aunque se sintió ridiculizado por el hecho de no haber podido hacerse cargo de Nollan, fue humilde, y felicitó a los muchachos tras su llegada. Citó a Benjamín en privado, nadie supo exactamente para qué. Sus motivos no parecían preocupantes.

La Agente Larisse Barleni fue dada de alta solo dos días después de los ataques en Ciudad 24. De inmediato se reunió con sus compañeros, con miembros del ejército, y otros colaboradores.

Se le encomendó rehabilitar la Oficina Local de Interpol, ubicada ahí en Ciudad 24. Realizaría una investigación minuciosa y pondría en orden el descontrol que se desató en el lugar. Dan fue a verla en cuanto se recuperó. No había sabido nada de ella desde entonces.

Salió del edificio, aún tenía un brazo vendado.

—¿Cuánto tiempo has esperado? —preguntó.

—Solo un par de minutos —respondió el chico.

La mujer cargaba un maletín, un hombre la acompañaba.

—¿Cómo va el trabajo?

—Va bien. Terminaré en dos o tres días, pero necesitaba verte antes de volar de vuelta a Francia.

—¿Para que soy bueno?

—Tu hablaste con él antes de que muriera. ¿Mencionó algo sobre un miembro más del M6 vivo?

—No… no dijo nada.

—Menos mal. No quisiera descubrir otra organización como esta en el futuro.

Dan sonrió.

Ella suspiró cansada. El sol de la tarde hacía que sus cabellos negros, tomaran un tono rojizo.

—Creemos que buena parte de sus colaboradores siguen aquí,

ocultos en la cotidianidad. A la espera.

—¿A la espera de que?

—A la espera. No sé de qué. Pero debemos tener cuidado.

—Supongo que será así por años —mencionó él.

—Quería asegurarme de que estuvieras bien antes de irme —comentó ella—. Lo que hicieron allá fue extraordinario… cuando me enteré que habían escapado, francamente no pensé que regresarían con vida.

—Ya somos dos.

Ella soltó una pequeña risa.

—Fogo me comentó que sigues en la escuela.

—No pensé que el supiera tanto de mí.

—Pues así es. Y quería saber si te gustaría visitar Lyon, podría conseguir que hicieras tu servicio con nosotros. Si te interesa, claro.

—Pero, solo tengo 23.

—Derribaste una mega corporación criminal… participaste en varias investigaciones al lado del Profesor Palacios. Tienes potencial Dan —aseguró ella—. Pero tranquilo, no tienes que decidirlo ahora.

—Pues gracias, lo tomaré en cuenta.

—Muy bien, entonces estaremos en contacto.

—Eso espero.

Habían caminado hasta un auto negro. El hombre que la acompañaba se adelantó para abrirle la puerta.

—Cuídate mucho, Dan. Estaré vigilándote.

—No creo que eso haga falta.

—Debo asegurarme de que no seas el próximo que tenga que venir a arrestar.

—Vayan con cuidado —dijo el muchacho—. Fue un placer trabajar con usted.

—Fue un placer —dio la mano para despedirse—. Nos veremos pronto.

—Así será.

Entonces los vidrios del vehículo subieron, y el auto se puso en marcha.

CUATRO SEMANAS DESPUÉS

Benjamín siguió los procesos establecidos por la ley. Cooperó para finalizar con el caso del atentado contra el Escuadrón M6. Ezra Nollan, fue declarado el único responsable por aquel crimen, así como de miles más.

El soldado, recuperó su nombre. Su vida. El gobierno le ofreció un puesto como agente especial del ejército. Reunió a un pequeño grupo de soldados, y fueron tras los restos de la organización. Su viaje comenzó en Ciudad Libertad. Donde las concentraciones de grupos criminales se habían acumulado.

—Te veré pronto Dan —se despidió—. Esto no tardará.

—Solo uno o dos años —aseguró Dan.

—Vendré a visitarte —replicó—. A ti y a los muchachos.

—Estaremos esperándote

Benjamín abordó una camioneta, se colocó un par de gafas. Estaba tranquilo, finalmente.

—Nunca te agradecí realmente por haberme salvado esa noche cuando nos conocimos.

—Y no debes hacerlo —dijo con una sonrisa—. Algún día tal vez puedas devolverme el favor.

—Yo espero que eso no sea necesario —el chico soltó una risa.

Ambos perdieron la mirada tratando de encontrar más cosas que decir. A pesar de que solo era un hasta luego, las cosas se sentían como una despedida.

—Estoy orgulloso de ti... —dijo —. Y sé que tu padre también lo estaría.

—No eres la primera persona que dice eso... Espero que así sea.

Ben miró al muchacho.

—No nos pongamos más sentimentales, ven acá.

El hombre lo abrazó y le dio una palmada en la espalda. Encendió el vehículo.

—Cuida mucho a tu madre.

—Lo haré.

Dicho eso, se puso en camino. Avanzó por la carretera. Dan se colocó justo en medio, esperando perderlo de vista. Sin darse cuenta, había encontrado un nuevo amigo. Era especial, puesto que aquel hombre, alguna vez fue también amigo de su padre. La calle estaba desierta. Y la tarde ya estaba coloreando de gris el lugar.

Aldo estaba con Gala arriba. Ella se mudaría con ellos por un tiempo, su tía abandonó su antigua dirección, y se había establecido en algún otro lugar. Permanecería ahí con ellos hasta poder localizarla. Después de todo, no tenía a nadie más. Aldo estaba ansioso por verla tocar, así que hizo algunas compras en línea, y le obsequió un nuevo violín. Nada estrafalario. La intención era hacerla sentir como una chica normal.

A pesar de haber tenido el valor de enfrentar al monstro que la había convertido en una asesina, ella todavía tenía que arreglar algunos asuntos con el gobierno, y consigo misma también.

El chico la motivó para buscar ayuda en un profesional y retomar una vida. No podía dejar a una buena chica como ella, sin problemas o traumas. Era valiente.

Amanda y su padre regresaron a casa tan pronto como pudieron. El Doctor Silva necesitaba hacer una revisión, y algunas reparaciones. También debía presentarse a la Universidad. El consejo intentó persuadirlo para que se postulara como nuevo rector. El antiguo había sido arrestado y procesado por su vínculo con la OISSP. Muchos secretos salieron a la luz.

Amy tuvo que estar en cama una semana después de un análisis. El enfrentamiento con el M7, le resultó en una severa lesión. Su órtesis había sido estropeada. Pronto debía mejorar, pues recibió una invitación de Dan para salir al cine. Ella jamás había visitado uno, y mucho menos en compañía de un chico.

Todos tuvieron que colaborar durante semanas con el ejército y otras agencias policiacas. El caso de la OISSP era muy extenso, y probablemente sería algo que los ocuparía por muchos meses más.

—¿Seguro que estarás bien sin mí? —pregunto ella—. Jamás he visitado la Comarca 02.

—Estaré bien… Lo prometo —respondió Dan—. Ya habrá tiempo para que me acompañes algún día. Esta vez prefiero pasar navidad solo con mi madre.

—Bien. Entonces que así sea, Señor Meggar… O debería decir… ¿Magno?

Dan sonrió.

—Aún no estoy convencido de eso.

—A mí me gusta —comentó ella.

Ambos permanecieron de pie un momento más. La mañana era fría, pero bella. Él cargaba una mochila con ropa y equipaje. Amanda estaba sobre los escalones de la puerta de su casa. Un fuerte abrazo fue inevitable.

—Feliz Navidad.

—Feliz Navidad, Dan.

Sus labios chocaron nuevamente. Ese fue un beso cálido. Suficiente para comprender cuanto iban a extrañarse.

El chico comenzó a alejarse hasta que ella lo perdió de vista. El invierno ya había comenzado, y era mejor entrar a casa.

La navidad con su madre, como casi siempre, resultó muy agradable. Como todos los años, Annie se ponía sentimental. En esa ocasión, sintió tranquilidad también. Sabía que Elías no los había dejado por propia voluntad, y aunque le parecía injusto, eso era suficiente para ella.

El enemigo que jamás pudo ver, finalmente había desaparecido y eso era mejor a seguir viviendo con la ignorancia de que existía.

Dan aprovechó cada mañana para subir corriendo hasta la colina más alta, mientras todas las chicas de la comarca lo observaban a través de sus ventanas.

Él contemplaba el bosque y el pequeño pueblo hasta que su estómago le reclamaba alimento. Entonces bajaba para reunirse con su madre. Su padre estaba ahí con él, podía sentirlo más que nunca.

Era un 19 de diciembre de aquel año. El chico había regresado a casa. Entró a su habitación y revisó algunas de sus pertenecías. Ahí estaba el diario que Elías le había obsequiado, y con este, muchos más secretos que jamás había podido comprender.

Hojeó las páginas cuidadosamente, trató de recordar cada una de las lecciones que el cuadernillo compendía. Los recuerdos inundaron su mente, y fue en ese momento cuando se dio cuenta de un pequeño detalle.

Había un pequeño trozo de papel oculto bajo la cubierta. Lo extrajo con gran confusión. Nunca antes se percató sobre aquel detalle. De apoco y lentamente fue sacando lo que parecía ser una hoja doblada en cuatro partes.

Él sabía que todo el contenido de ese diario, provenía de algún lugar. Lo que halló, era la respuesta a esa incógnita. Nadie en el mundo lo sabría. Nadie más que él.

No imaginaria lo que vendría. Había cosas que no comprendía, y otras más que hubiese deseado conocer. Un pensamiento más llegó a su cabeza.

"Espera el destino, y afróntalo como un guerrero. Encuentra la verdad, y sobreponte a la adversidad. Nada puede doblegarte, nada podrá condenarte"

Eso fue lo que alguna vez le dijo su padre.

MAGNO
LIBERTAD

AGRADECIMIENTOS

La conclusión y elaboración de esta obra, tomó de mucho esfuerzo y trabajo, así como de apoyo y paciencia. Y en este increíble viaje, ustedes fueron pieza fundamental, motores, pilares, cómplices y amigos.

A mi papá y a mi mamá, su presencia y apoyo me ha llevado hasta donde estoy. Su exigencia me ha formado, y me ha impulsado a conseguir lo que mis sueños me piden. Todo lo que hago, tiene como objetivo conseguir su orgullo. No hay mejor motivación.

A mis hermanos, Ricardo y Fernando. Espero ser un buen ejemplo para ustedes. Gracias por creer y soñar a mi lado. Su buen humor siempre ha estado presente, y eso también se agradece.

A mis amigos y familiares, conocidos y extraños, personas que sirvieron para crear personajes...

...Y a ti lector, por haberte dado la oportunidad de vivir mi historia.

Gracias.

PD. Lamento no haber tenido otro tema de conversación en todos estos últimos años.

MAGNO

LA LEYENDA
DE LOS DOS
GUARDIANES

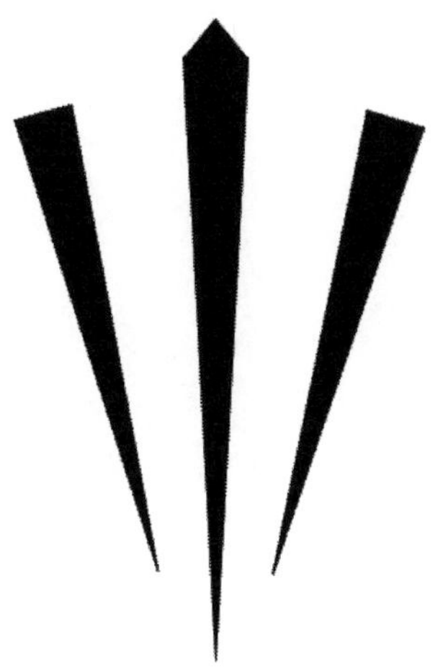

PROXIMAMENTE

MAGNO Libertad

O. Daniel R. J

@magnolibertad

@o.daniel.rj_autor

Made in the USA
Columbia, SC
10 October 2022

68820879R00237